浮羲

末日涟漪

栗新◎著

知识产权出版社
全国百佳图书出版单位
—北京—

图书在版编目（CIP）数据

浮羲：末日涟漪 / 栗新著. —北京：知识产权出版社，2024. 6. --ISBN 978-7-5130-9389-7

Ⅰ. I247.5

中国国家版本馆CIP数据核字第202420GU92号

责任编辑：卢媛媛　　　　责任印制：孙婷婷

浮羲：末日涟漪

FUXI： MORI LIANYI

栗 新 著

出版发行：知识产权出版社有限责任公司　　网　址：http：//www. ipph. cn
http：//www. laichushu. com
电　话：010-82004826　　邮　编：100081
社　址：北京市海淀区气象路50号院
责编电话：010-82000860转8597　　责编邮箱：luyuanyuan@cnipr.com
发行电话：010-82000860转8101　　发行传真：010-82000893
印　刷：三河市国英印务有限公司　　经　销：新华书店、各大网上书店及相关专业书店
开　本：720mm×1000mm　1/16　　印　张：27
版　次：2024年6月第1版　　印　次：2024年6月第1次印刷
字　数：400千字　　定　价：85.00元

ISBN 978-7-5130-9389-7

>>>

沃德端坐在沙发中，目光迷离在幽暗的烛光中，此刻，即使是智慧之神雅典娜，也无法洞悉她的心灵……

维尔丹尼则趴在壁炉前，借助那闪烁不定的火苗，开始一字一句地阅读起一本古老到连名字都早已失去意义的书籍……

斯考尔德懒散地斜倚在爬满花藤的窗台，深邃的目光跨越苍穹，魂游在璀璨的太空……

她们就是命运女神，生命之树的守护者，命运之网的编织人……

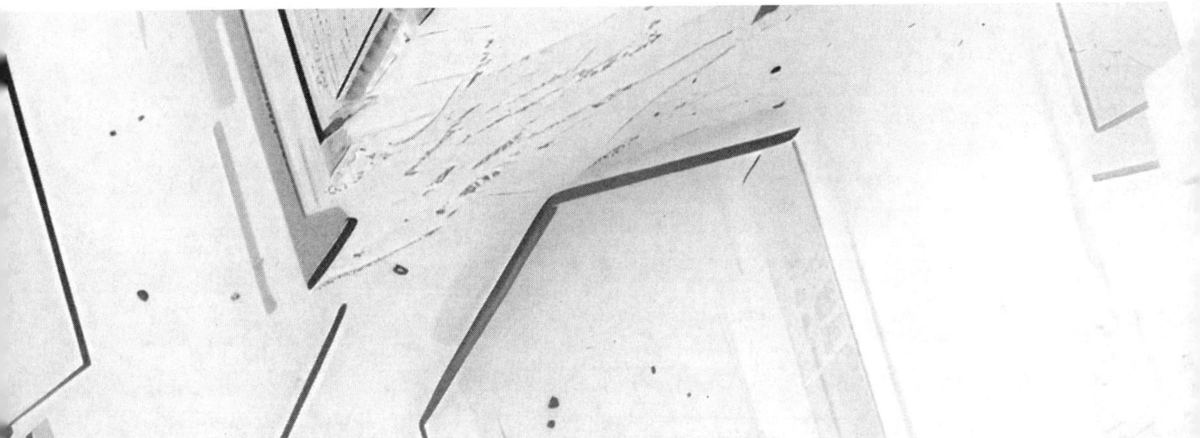

目录 contents

第一章

帝客的玩具

那是一次可怕的旅行，没有人能够逃脱死亡的命运，即使你在生命之树前虔诚地祈祷，但命运之网的经纬，不会因为你的喋喋不休而改变……

虽然事隔多年，但每每在黑暗中独处，甚至在睡梦中，死亡的阴影依旧笼罩着我。你能做的唯有在黑暗中翘首黎明，在战栗中品味煎熬……

我曾试图摆脱那梦魇般的束缚，让灵魂自由绽放，但我做不到，因为死神禁锢的意愿在黑暗中漫延，让人无法抗拒，无法逃避。

我看见了它巨大的足迹，它高大的身影，也已聆听到它那如潮似海的呼吸。我知道，它，已然找到了我。

现在，我唯一能做的只有静静地等待，等待着死亡的亲吻。虽然我很瘦，但在饿狼的眼中，绝不会仅仅只有肥胖的羔羊……

此刻，我把自己紧紧地锁在一间装满灯饰明亮如昼的书房中，努力回忆曾经发生过的一切。如果有一天，您能翻开这本尘封的记忆，请相信它的存在，您必须记住：它就是死神，它就是恶魔，它就是恐怖的使臣……

这里没有平淡的生活，这里没有麻木的岁月，这里唯一有的就是：恐惧！

你生于斯，死于斯。你没有选择。

你已经触摸过死神的镰刀，你必将在劫难逃。

我用颤抖的手拿起了笔，用这个古老的工具，去书写一个结局已定的人生……

那是两年前的初夏，在一个平平常常的夜晚，百无聊赖的我，蜷缩在客厅里那张宽大的沙发中，懒散地看着一部平淡无奇的恐怖片。绚丽的色彩已然占据全部的视野，逐渐让人忘却现实，而那远比现实还要真实灵动的音效，更是时不时勾曳出你那原本属于灵魂最底层的本能……

“嗷——”

帝客趴在沙发下，我的脚尖旁，没完没了地撕咬着它的玩具，喉咙中时不时发出低沉的欢叫声。

帝客是一只真正的“脏狗”，它的基因没有经过任何改良，这也就是为什么它会如此无聊地跟一个布偶玩具过不去的原因。而它的“同类”们，对此是不屑一顾的，它们往往更加高贵于它们的主人，因为在它们的眼中，没有经过任何基因改良的人，同样应该是“脏”人。

不过眼下帝客并没有时间去这样狗眼看人，因为此时此刻，它的眼中只有那个千疮百孔的布偶玩具，一个让人看上一眼都会心惊胆战的布衣人。

基因改良就像伊甸园里那多汁美味的苹果，如果说夏娃第一次的偷食是受到了撒旦的引诱，那么这一次，她无疑是因为有了无尽的贪婪与疯狂的欲望，才会再次偷食禁果。和她一起垂涎在苹果树下的，当然还有亚当，他那垂涎三尺的模样，甚至感染了在一旁看似无动于衷的撒旦。

“真的那么美味吗？为什么连我也有了想咬上一口的冲动？”撒旦在心底嘀咕道。

当然，在上帝的苹果树下，不仅仅只有夏娃、亚当和撒旦，还有那漫山遍野的我们……

是的，这是一个疯狂的世界，一个没有禁忌的世界，一个不可预测的世界，一个结局已定的世界。在这个两条腿统治的星球上，如果你充满欲望，你足以改变你的皮肤，你的毛发，你的眼睛，你的性别，甚至包括你的血型。如是，在科技如此的今天，你完全有足够的欲望去一天天强壮起来，一天天靓丽起来……

但你唯一无法改变的是：终有一天死神的镰刀会收割去原本属于他的东西，即使是在基因改良技术成熟的今天，你依旧无法逃避这样的结局……

每次回到家，我会打开只属于自己的另一个世界，一个没有喧嚣和自我克制的世界，梦幻般的世界……

此刻，暖暖的灯光，把银灰色的地毯渲染出茸茸的质感，如拥有鲜活生命般奇幻的草坪，予人舒适与陶醉。而敞开的拱形窗两边，那一垂到地的暗花窗帘，其丝绸般的质地所蔓延出来的柔顺，分分钟就足以让你回忆起初恋的情人……

窗拱正中，那闪烁出五光十色的风铃，偶尔会被顽皮的风儿戏弄，发出天籁的悦耳之音。而窗外的绿竹，则被明月清辉摇曳出水墨画里才会有的鲜活神韵。不远处，那不屈不挠的蛐蛐和激情四溢的青蛙，合唱出田园般欢快且曼妙的民谣……

这就是我的家，一个坐落在海滨远离尘嚣的家，一个如诗如梦如幻的家……

家门如一扇隔离开尘世和幻世之境的门，对这个世界上大多数人来说，拥有一个家，往往更像拥有一个天堂。而对于那些无家可归的人来说，这个世界却更像一个地狱——一个无处藏身的地狱。

家对于我来说，更像是灵魂的栖息地。每次踏出家门，我会像大多数人一样，毫无自我地混迹在他人的世界中。哦，不，是只能随波逐流在金钱和权利的污垢当中，沦为它们的玩偶。只有回到家，步入这个只属于我一个人的天堂，才敢把胡思乱想的风筝，放飞进浩瀚的宇宙。

可是，梦总会醒的，而白日梦，眨眨眼都会回归现实！上帝，我为什么要活着？我为什么还活着？我为什么还要这样活着？我究竟还能这样活多久？

我就是这样常常自言自语地在帝客的眼前晃荡，直到可怜的帝客如被钟摆催眠，耷拉下沉重的眼皮……

所以，无以逃避的我，常常钟情于血腥、暴力和恐怖，希望多多少少能够刺激早已麻痹的神经，只有这样，空荡荡的头颅中至少还会存在一种感觉，叫：恐惧。

“呜——”

帝客拉起了防空警报，它突然发神经似的狂吠起来，耸起身子。它扑到紧闭的大门前，用低沉的嗓音警告那些胆敢对它的存在做出任何蔑视的生灵。

但也就在它蹙起鼻子的一刹那，突然又开始摇动起那短到可怜的尾巴……

也就在此刻，门铃开始暴躁般踢打着原本紧张的气氛。

“啊！”我惊出一身冷汗，“谁？”

不速之客是威克·斯特朗。打开门，他毫无歉意地高举着一瓶廉价的白兰地在我眼前晃荡。

一瓶劣质的白兰地罢了，有必要这样糟蹋别人的时间和神经吗？一个人怎么可以这样肆无忌惮地踏入我的王国？我有些恼怒。

威克是美国人，浑身上下都散发出美国人特有的嬉皮士格调，他陈旧的西装上衣已经磨出片片明亮的斑块，五彩斑斓的牛仔裤也早已破烂到分辨不出原有的色彩。威克好像从来没有注意过这些，因为此时此刻，他已然亮出迷人的笑脸。虽然那张笑脸，令人生厌。

不可否认的是，面对这个邋遢的家伙，我找不到可以发泄不满的方向，甚至在不知不觉中受到他的感染，一切不快都烟消云散。似乎威克一生下来，就注定要用一种古怪的乐观去征服这个莫名其妙的世界，在他的眼中，没有什么是可以烦恼的，也没有什么是不可僭越的，只要他想做，就绝不会去思考之后的结局。

“亲爱的兄弟，我又不请自来了。”威克冲我喊道。

该死的，我讨厌他那腔调，但……

“我能进来吗？”威克嬉皮笑脸地问。此刻，连他那金色的眉毛都透出丝丝邪恶的笑意。

“很晚了，不是吗？”虽然这样说，我还是极不情愿地让开了一个肩膀。

肆无忌惮的威克并不招人喜欢，但他是我工作上的最佳搭档，也是我生活中最亲密的损友。面对他，我至少可以肆无忌惮去说什么，毫无顾忌地去做什么。

威克毫不客气地挤了进来，毫不客气地把白兰地塞到我的手中，毫不客气地把自己撂进宽大的沙发中，然后毫无顾忌地发出鬼叫，用极度夸张的口吻喊道：“喔！喔！喔！这里是但丁之家吗？怎么我每次来，这里都充满了魔鬼的气息。”

该死的，看来我需要马上给自己的大脑镶入一套与现实交互的拟真系统，这样，我就可以封闭独享只属于我的个人世界，而不再被人肆意践踏，即使那需要花费一大笔钱。

“上帝，这里的恐怖之夜只属于你，龙。”威克嘎嘎怪笑着看向我说。他真的令人扫兴。

我很想用拳头去招待他，但理智如我，还是慢条斯理地从酒柜中掂出两只杯子，打开那瓶劣质的白兰地，斟满杯，递给威克，然后冷冰冰地问道：“你，有事吗？”

威克望着我，显然我的态度让他有点不能接受，大概他很想说：“难道没有事，我就不能来吗？”可今天是个例外，这个从不善于察言观色的美国佬，竟然看出点什么，竟然关心地问道：“龙，你今天怎么了？怎么感觉有点不太对劲。”

“天堂之门绝不会向不速之客开放。我也是。”我发泄道，同时也在心里嘀咕，“鬼知道天堂是否真的还留有一扇门？”

如我所愿，我看见威克已经飞舞起瘦长的手臂在喋喋不休，还歇斯底里地喊了些什么。他的声音越来越大，我已经要像帝客那样竖起耳朵来听了……

“你在说什么？威克，你真的有事吗？”我已经没有耐心听完他无聊的话语，冷漠地打断了他的话。

“好吧！好吧！”威克沮丧地端起酒杯，把一大口白兰地直接灌进了喉咙，然后用修长的手指挠了挠长长的头发，似乎还斟酌了片刻，才摆出一副认真的模样说，“你知道吗？老板金正在和天慧公司洽谈一项基因人引进方案，听说是针对我们这次的研发课题来的。如果在他们达成协议之前还不能完成 B-T，我们很快就有好看的了。”

“是吗？那他这次终于做出了一次很明智的决定。”我淡淡地说。

“为什么？”威克不可思议地睁大了眼睛，“你知道你在说什么吗？”他惊讶地看着我，信以为真后，马上一脸痛苦地咆哮道，“如果那样，我们很快就会被解雇的，我们根本无法同基因人竞争，他们一生产下来，就是各方面的专家。他们拥有超人的智慧，完美的体魄，永远不知疲倦的精神……”

“而且他们还不会被疾病纠缠，完全听从指派，他们是上帝的宠儿，赫拉的宝贝，是这样吗？”我冰冷地打断威克的话，“既然如此，换成我做老板，我也会这么做的。为什么不呢？他们可以给我带来更多的财富，减少更多无谓的开支，我为什么不选择他们呢？我为什么要一些三天两头病恹恹在请假的人，要一些勾心斗角整天有着不可告人秘密的人，要一些贪得无厌只顾自己利益的人？为什么不呢？现在他终于开窍了，这是好事，不是吗，威克？”

“难道你真这么想？基因人根本算不上真正意义上的人，而我们才是真正的人，但他们现在却在夺走我们的饭碗，就像智能机器人那样。”威克睁大眼睛，他的表情就像看见了外星人。

“你好像很歧视基因人？别忘了，和我们虽然不同，但他们也是拥有智慧的人类生命体，相比他们，好像更应该受到歧视的倒是我们。”我没有继续说下去，因为威克的脸蛋已经开始变形扭曲。为了避免再次出现漫长且毫无意义的争辩，我妥协地在后面加了一句，“何况，我们有选择吗？”

是的，我们还能选择什么？生活在这个世界上，既然你不可以去选择，那么剩下的也只有被支配了……

“可是，龙，如果那样，我们就会像垃圾一样被抛弃，终日无所事事，像猴子那样被圈养在笼子里，我们的未来只能是等待死神的眷顾，不会再有任何希望，再有一丝光明。没有属于自己五彩斑斓的未来，你难道真的愿意那样苟活一生吗？”威克激动地说。

“为什么不呢？难道继续努力下去我们就会有光明的未来？得了吧，可怜的威克，别那么幼稚和天真好吗？我们活在这个世界上本就是行尸走肉，为了能够出人头地，所有人都在百无禁忌地活着；为了体面风光，所有人都在头破血流地苟且；为了晚一点被死神收割头颅，所有人又都在苟延残喘地挣扎。现在好了，没了工作，至少你我都可以安安稳稳地睡上一觉了。明天的太阳照样会升起来不是？”我想我真的有病了，但我的目光告诉威克，我是认真的。

“My God！你简直不可理喻，看来我今天真的不应该来到这里。”威克绝望地用充满鄙视的腔调冲我嚷道。

我冲帝客勾了勾手指：“My dog！”

帝客立刻欢快地扑入我的怀中，我抚摸着它缎子般柔顺的短毛，冲威克说道：“可你还是让我看见了你，不是吗？”

“你不能这样对待我，我们还是朋友，不是吗？”威克突然就嬉皮笑脸起来，他的变化竟然比山里的天气还要令人捉摸不定。

我坚信他的脸皮大概是橡皮做的，我嘟哝道：“见鬼。”我决定不再理他。

看着弱小的女人走进了魔鬼栖息的房间，残破的大门在她背后吱吱嘎嘎地关上。她战栗地打量着昏暗的房间，明媚的阳光把她的身影投射进黑暗的世界，她努力想看清眼前的一切，但面对黑暗中狰狞的魔鬼，她一无所见，甚至径直走了过去……

“不要进去！”我已然窒息。

“龙，这部片子，你究竟看过多少遍了？”威克眨眼就忘记了之前的不快，又开始没完没了地说，“上次我来的时候，这个可怜的女人已经变成了吸血鬼，成了德拉库拉的女人……”

“你难道就不能闭上嘴巴吗？你，出去。”我终于爆发了。是，我是看过很多遍了，难道我就不能再多看一遍吗？我手指外面，冲他咆哮道。

威克惊讶地看着我，沉默片刻后，终于一仰脖喝光了杯中的酒，满脸忿恨地走了。你不用担心什么，日常中的我，也总是这样发神经般对待身旁的任何人，何况威克不是小肚鸡肠的人，他总是会选择性地忘记糟糕的一切。所以我们至今还是朋友，一对真正的朋友……

帝客摇动着短尾巴送走了威克，一副恋恋不舍的模样。它回来时，不知威克对它说了些什么，它竟歪头凝视我片刻。看着帝客怪怪的模样，莫名而至的不快，又悄然无踪……

威克，对不起！我真的不知道自己在做什么！

我的眼睛有些模糊，威克已经从这个肮脏的世界离开了，我不知道他是在地狱还是在天堂，可我知道他所信仰的上帝已经抛弃了他。

想起威克和我相处的那段日子，虽然并不怎么让人高兴，但足以让人回味一生……

“龙，你知道公司那些同事怎样说你吗？”威克趁着和我嬉闹的时候说，“他们说你刻薄、冷酷、无情、自私。为什么一到家里你就像变了一个人似的？为什么？”

“因为这是在我自己的家中，只有在这里，我才真正属于我自己，而在公司，我只是一个职位，一台机器。一个人在工作中，任何感情都应该限制在规章制度中，任何行为都应该符合你身处的环境，这么简单的道理，难道你都不明白吗？难道我给予他们的关照还不够多吗？我好像也并非总是那样不是？”我平淡地说，我开始有点厌倦这样的对话。

“龙，你是一个多面人，你的性格是多重的。”威克还在笑，他笑得太多了，甚至有些做作。

“宙斯还有偷情的时候呢？人并不总是完美无缺的，我也只是一个普通的人。”我淡淡地说，“如果非要给一个合理的解释，那这应该归罪于你的上帝，因为他造出了两个不仅会偷吃，而且还很奇怪的猴子。”

“哦，龙。”威克双手抱上了脑袋。

我的眼有些湿润，时至今日我才明白，上帝不可能是人，而我们才是真正的人，拥有七情六欲活生生的人，倒霉地活在地狱里的人……

金光闪闪的太阳神阿波罗再次驾车出现在地平线上，耀眼的光芒驱散了黑暗中的暮霭。他来到窗前，用火热的手指把我在梦魇中煎熬的眼皮拨开……

新的一天又开始了，虽然它并非总是让人感到高兴。

我飞快地告别混沌的意识，麻利地穿上衣衫，随便在冰箱里的垃圾堆中扒拉出一些可以填饱肚子的东西，胡乱塞入我和帝客的口中，然后箭一般跑出家门，奔入魔鬼的世界……

我喜欢跑步到地铁站乘地铁去上班，那样就可以在跑动中把一夜的梦魇抛到扫耳而过的清风中，把一路金色的阳光融入我的四肢百骸，然后才有勇气去面对新的一天，迎接新的挑战。

郁郁葱葱的林道树沿着弯弯的道路，一直延伸到远处山丘那片茂密的竹林背后。路的两旁，星星点点不知名的野花在争相怒放，四下绿茵茵的草地上稀稀拉拉点缀着一些高大的乔木和低矮的灌木丛。在路上，如果你足够幸运，会有一只被脚步声惊飞的鸟儿，把一团污秽之物打在你的鼻尖。恭喜你，至少这真的和中头彩一样难得。

这一路很难看到住宅，这是一个富人不来，穷人又来不了的地方。我是一个对别人漠不关心的人，因此我甚至不知道这里有几处友邻，更别说和他们打个招呼什么的，即使偶尔擦肩而过，也仅仅是颔首致意，然后便都躲避瘟疫般彼此逃开。我不需要他们就如同他们也不需要我一样。我们是生活在同一个世界，却又来自两个不同世界的人。

穿过竹林没多远就是地铁站，在这里坐地铁的人并不多，甚至可以用三三两两来形容。上车的人少，自然就没了闹市区那样的乱挤乱撞，所有人似乎一下都彬彬有礼起来，在彼此谦让中步入，在彼此谦让中落座，他们会在意外的碰撞后用柔和到令人想入非非的声音道歉，他们会如天使般帮助每一个需要帮助的人。

人类大概是这个世界上最奇怪的物种，就像此时此刻，从车厢中随便挑出一个人来丢在显微镜下，大概率是不完美的，甚至可能有一肚子坏水。但一旦把他们丢进众目睽睽之下，他们就像头顶了光环一般，个个谦谦如君子。

如此，反倒没了面目……

所以，面对苹果树下乌泱泱的同类，有人会想到权利，有人会想到金钱，有人会想到秩序，有人会想到公平，也有人会想到文明……

所以，你想到什么了吗？

威克的话绝非空穴来风。虽然我也早有耳闻，却没有料到会来得这么快。刚到办公室，老板金那个妖娆的女秘书琳达便一脸坏笑地找上门来，“龙，准备请客吧。金老板给你添了两个好帮手，他们正在会议室等着你呢。”

“请客？没问题。”我一边往外走，一边问琳达，“对了，听说我们公司有一个花瓶被人打碎了，有这事吗？”

我想琳达那浓妆艳抹的脸蛋一定很难看，因为公司即使全部的花瓶打碎我也绝不会过问半句，只是因为花瓶是琳达的绰号，只是因为她刚刚被一个莫名其妙的女人找上公司，头发被扯掉了一地。

直到面对老板金，我再也笑不出来，我诧异地发现他那原本有点秃亮的脑门，竟然如枯木逢春般长出浓密的黑发。

“嗨！”我毫无礼貌地直接坐到了老板金对面的椅子扶手上，目不斜视地盯着他的头发。我当然可以这样去做，如果他还需要我，他自然会容忍我的无礼，如果他已经不需要我，我就会被他毫不留情地踢出局，所以我并没有理由对他保持谦恭不是吗？我扫了一眼两个相貌非凡的年轻人，我想他们应该就是早已让我鸡肠狗肚的基因人了。

“龙。”老板金迷瞪起一双杏黄的小眼睛，开口道，“我们的公司遇到了点麻烦，您看……”他对任何人都称“您”，在任何时候都称“您”，即使他想用刀剜下你的肉，他依然会这样彬彬有礼地招呼你。现在，他马上就要解雇我了，还如此客气，我真的很想感动。

老板金拿出一沓文件向我递来。我没有去接，我并不是绅士，我是博士。

老板金毫不介意地打开文件解释道：“我们原来计划在三年内完成 B-T 开发，到今天也只剩下不到三个月的时间了，可我还没有看到实质性的成果。虽然数据出现了点奇怪状况，但那不应该成为您的借口。目前公司围绕 B-T

产品开发的配套工作已经就绪，如果再拖延下去，我们将投入更多资金，所以很抱歉没能和您商量就给您聘请了他俩作为助手。如果您没有什么意见，请让我给您介绍：Jan，纳米应用专家；Jao，生化技术专家。从现在起，由他们两位协助您开发 B-T 项目。当然，他们是否可以留下，依旧取决于您的决定。”

我无话可说，我知道老板金现在还离不开我，因为他不可能放弃已有的开发成果，但我也不可能拒绝他的“诚意”，连白痴都明白他话中的坦诚意味着什么。我有点犹豫，毕竟在项目的攻关期，任何不确定的波澜，都会导致不确定的后果，而不管后果如何，都必将由我承担。

“相信我，龙。”老板金停顿了下，用真诚的目光看着我说，“您对公司的贡献，大家有目共睹，他们两位只是协助您做些具体工作，开发部依旧由您负责。当然，如果您反对，我会充分尊重您的选择，您认为怎样？龙。”

能够生产基因人的基因公司，放眼全球，也就寥寥几家，基因人从出生的那一刻起，就成为公司终身“产品”，只聘不转，他们的身价可想而知。

我已经决定接受这样的后果，不是我失去理智，而是我可以接受离开，但不能接受失败，“我为什么要反对呢？我一直打算招兵买马，只是顾虑你能不能承受，如果再多雇几个他们这样的，我双手欢迎。”

“那就好，那就好。”老板金高兴地笑了起来，“我静候你们的佳音。”

我面无表情地走了出去，在甩门而去的时候，口中嘟囔道：“我手下的兵越来越多了，呵呵。”我真幸福，幸福得想抽自己两个嘴巴子！

对于 Jan 和 Jao，我曾经产生过一个不怎么“阳光”的念头：“让他们从头开始 B-T 的开发。”可是面对他们至善至纯的目光，我只有把他们像地雷一样踏在脚下，然后惴惴不安地等待着他们爆发并把我撕裂的那一天。

威克对我的加班要求提出抗议，说：“既然 Jan 和 Jao 已经来了，被解雇的命运也不可避免，又何必如此虐待自己呢？我反对加班。”

我的回答依旧非常刻薄：“OK。如果你愿意，你现在就可以离开，是不会有人阻拦你的。”我的心情和他一样糟透了，但我不是一个轻言放弃的人，至少我想知道基因人到底比我们优秀在什么地方。

B-T 实质上是一个用纳米机器人控制病毒的项目，在今天，这个课题依然是非常前沿的技术，其中蕴含的巨大财富是不可估算的，用老板金的话说，控制了病毒，也就等于喊出了“芝麻开门”。

同样，自然界中的病毒更是无处不在，难以计数，而且病毒是自然界最善变的，不知何时，就会蜕变成一个陌生的家伙，它们今天可以是善良的上帝，明天就可以是邪恶的撒旦，昨天还是有着纯洁双翼的天使，后天就会是青面獠牙的恶魔。我坚信，如果人类真的有一天能够有效地控制它们，使之用于疾病的治疗，很快那些纠缠了人类数千年的疾病就会成为历史。

不仅如此，受控制的病毒有着广泛的应用领域，它们足以改变整个世界，就像充斥宇宙且永不枯竭的波粒能源那样开启一个新的时代。当然，人类用它可以打开宝藏，也同样可以打开潘多拉的魔盒。不过，现在在我的眼中只有宝藏，至于人类今后面临什么，我只能为他们祈祷了。

我们对纳米机器人的统称源于上个世纪，事实上，现在最简单的纳米机器人不过就是行为可控的单粒子罢了，虽然看上去个体的作用不大，但作为庞大队伍里的一个螺丝和搬运工，它们汇聚起来的能力足以改天换地。当然，多粒子的复杂编控，才是我们现在正在做的事情。

是的，现在我们的纳米机器人已经是第五代，它们已经能够非常稳定地在自然界中进行自我复制而基本不需要任何昂贵的投入，我们只需要提供适合的土壤、温度、湿度及合适的工作环境。

莫名其妙的坏脾气持续了很多天，以至于开发部的成员在那段日子里像遇见魔鬼一般，惶惶不可终日，威克也视我为瘟神，敬而远之。

每当我出现在宽敞明亮的办公室内，总有人会不小心摔掉一些东西，所有人都快步回到自己的座位，像木偶般沉静下来，甚至手指也僵硬地停在键盘前，好像时空突然停滞了一般。

每到这时，我会目不斜视迈着铿锵有力的脚步走进我的办公室，然后狠狠关上门，在他们的心头引起一片战栗。

“嗨，头儿，今天的工作报告。”坚推开门，满面笑容地走了进来。他是除了威克之外唯一还敢在我面前有所放肆的人，虽然他并没有什么特别优秀的地方，但他的嘴很甜，最重要的是，他是我在公司里的顺风耳和千里眼。

“出去。”我黑着脸说。

坚愣了一下，但他还是犹豫地站在门口，笑得更加灿烂了，“嘿嘿，头儿……”他想解释什么，或者来点幽默，调剂一下眼前的尴尬。

“你难道就不知道敲门吗？”我看见威克出现在他背后，按下骤然而起的怒火。

“嘿嘿，头儿，我错了。”坚笑得甚至有点可怜，他也看见了身后的威克，就向前迈了一步。

“滚出去。”我指着门，第一次冲坚骂道，因为我看见威克在门外冲我鄙夷地翘起了嘴角，我的怒火再次被点燃了起来，虽然我已经开始可怜眼前的这个年轻人。

坚面红耳赤地站在那里不知所措，威克从他手中拿过报告，然后把坚轻轻推出去说：“你先去忙。”威克关上门，径直坐在我的面前，把报告随意撂在我的办公桌上，面无表情地说：“龙，你不应该这样对待他，他只是一个刚刚走出校园的孩子。”

“你有什么事吗？亲爱的威克副主管。”我把“副”字咬得清晰响亮，我希望他能够明白自己的位置。

“现在没了。”威克站了起来，再次打量了我一眼，走了出去。那眼神充满了让人发疯的冰焰。

看着威克离开的身影，我不得不佩服现代玻璃的韧性，因为它竟然经受住了剧烈撞击而不零碎。“混蛋加白痴。”我暗暗骂道。

滴滴答答的秒针正一格格剥夺我残存的生命，可我没有丝毫的困倦，我依旧在不停地写，因为我知道，我的生命随时都会面对上帝和撒旦的召唤……

■ 第二章

死鱼般的眼睛

在我暴虐的统治下，只有Jan和Jao依旧能够平淡如水，他们敏锐的观察，让我如盲人摸象，他们缜密的思路，让我不时回忆起幼稚园时的无知。他们永远保持甜美的微笑，甚至在我骂人时，他们依旧满含微笑地看着我，用坚毅的目光和柔顺的口气要求我提供给他们所需要的一切……

他们用令我们惊讶的速度快速查阅资料……

他们在屏幕上飞快地画下神经末梢般枝枝杈杈的线条……

他们不停地交流着彼此的看法，排除和产生众多的可能……

“他们简直疯了！他们究竟在做什么？”一个职员低声埋怨道，他当然不害怕Jan和Jao听见，因为Jan和Jao是被剔除了情感并植入了芯片的基因人，他们天生就是专业领域的机器，除此之外他们简直就是白痴。

很多人并不认同基因人是真正的人类，他们认为人类和非人类最大的区别是情感的丰满度，但这种区分遭到一部分生命至上主义者的咆哮，他们反驳的理由很简单：为什么基因人只是缺少了一点情感，就不能称为人了呢？

什么是人？我真的搞不清楚，但我明白，眼下职员的质疑对我来说就是一种嘲讽，我看了一眼发牢骚的职员。

Jan和Jao并没有沿着我们现在的开发方案进行研究，而是在寻找新的方案替代，那也就意味着，如果他们成功了，那我们就真的耽搁了三年的时间。我脸色铁青地走了出去，我不会为自己失去什么而去抵制，我比任何人更想知道答案，那同样也是一种财富。

“你的脸色难看极了。”刚在休息大厅里端了杯咖啡坐下，市场部的南茜就走了进来，她接了杯饮料径直来到我的面前，仔细打量了我两眼，突然就莫名笑了起来，问：“龙，是不是又遇到什么不顺心的事了？你有点不走运的模样哦。”

南茜是个漂亮的姑娘，混血的她集成了亚欧人种的所有优点，高挑的身段，白皙的皮肤，幽蓝的眼睛，瀑布般飘洒的黑发。我的词汇并没有丰富到可以完美描述她的地步，但我可以说出她在所有男人眼中的靓度，她就像维纳斯一样拥有让天下所有女人都嫉妒的美貌和天性。

事实上对于其他部门的人，我丝毫没有优越感，所以我不会去轻易得罪任何人，而南茜更是一个例外，在她面前我甚至常常感觉自己就像一个孩子，有那么一点依恋的感觉，这种感觉很奇怪。

“没有。”我掩饰自己糟透了的心情，开玩笑地说，“只是因为几天没有看见你了，有些伤心罢了。”

“真的吗？”南茜噘起了小嘴，狠狠地说，“如果真的是这样，我会很高兴的。”

“当然是真的，你难道没有看出我现在有多沮丧吗？”我笑道。

“好啦！你是不是又想拿我当开心果呀？你真的以为我不知道你为什么会这样无赖吗？”南茜狡黠地说道。

“原来在你眼中我是这样的。”我一脸伤心地说。

南茜开心地笑了起来，随后我们开启了天南海北胡侃模式，直到——

“嗨，听说你快要走了，是吗？”南茜问道。

“如果你希望我留下来做你的新郎，我会考虑的。”我一口灌完余下的咖啡，在南茜的笑骂声中逃了出去。

和南茜在一起的感觉好极了，如果不是咖啡见底，如果不是她糟心的一问，我当然愿意再和她继续八卦下去。我快步穿过长长的走廊，心情豁然开朗起来。

南茜——一个朝阳般明媚的女孩……

“嗨，坚。”在走廊，看见坚迎面而来，心情不错的我主动招呼道。

“龙主管。”坚彬彬有礼地让过半个身子，应了一声，便快步滑过。

“真是一个小心眼。”我暗骂道，因为我突然想起来，他在被我骂的当天就调到了其他部门。

威克已经几天没有在我眼前晃荡了，但此刻他居然安静地坐在我的办公室，看见我进来，他露出一丝迷人的微笑：“龙，你终于回来了。”

不过就是一杯咖啡的时间，他居然就用了“终于”这个词。我狐疑道：“什么事？”

“我刚才梳理了一下Jan和Jao的方案，发现他们现在的方案是我们最早排除过的，你知道的，那个方案并不完美。”威克说。

“怎么可能？我看到他们正在寻找新的解决方案。”我很震惊于威克的发现。

“但他们并没有找到新的解决方案，他们现在也在想办法控制整个基因链，这和我们最初的方案是一样的。”威克肯定地说道。

“我知道了，既然他们在重蹈覆辙，让他们碰一下壁也未尝不是好事。”我开心地笑了，但心底却是一丝失落，我很想沐浴基因人的智慧，但我同样惧怕自己在坐井观天。

“数据的问题查清楚没有？我还是怀疑有人暗中做了手脚……”威克老生常谈道。

“一切都不重要了。”我打断威克的话说，“是我们太大意，一直没有启用第三方数据备份。现在要比对比天文数字还要庞大的数据已经不可能，也没有时间。”

“我们可以先排查出数据库里的异常访问，正常情况下记录备案的数据是不需要修改的，即使是调用也会有记录，计算机不会说谎的。”威克皱起眉头道。

“问题就出现在这里，这期间的数据并不存在异常修改。所以我断定问题出在录入过程中，也许是某个爱看直播的技术员只是打了个哈欠，然后习惯性地在我们这边输入了‘666’。”我苦笑道。

“你这是在自欺欺人，我们每次输入的数据都是经过严谨论证然后通过备份才输入的，不可能存在这样的问题。你究竟在逃避什么？龙。”威克咄咄逼人地问。

“你说什么？我在逃避什么？”我瞬间迷茫了。

“数据异常导致实验失败不是你的问题，我们或许就离胜利只有一步之遥，放弃容易，但我们能坦然接受这样的现实吗？”威克反问道。

“但这能成为他废掉一切的理由吗？”我愤怒地问道。

“你有没有想过，可能是源于一种报复呢？”威克小心翼翼地说道。

“报复什么？一个连自己的成果都要毁灭的人，注定也不会成就什么，这对于我来说，倒是一个天大的好消息。”我粗暴地打断了威克的话。

威克耸耸肩，站起来落寞地走了出去。

随着研发日期倒计时一天天临近，我几乎每天都在惶惶不安中度过。基因人的成功将意味着我的失败，在这个年代，失业饿不死人，却能逼疯人，一旦没有工作，你就会像行尸走肉般游荡在主流社会之外，你不会再有享受创造的快乐时光，也不会再有创造成果的荣耀，你只能在一个黑暗的角落暗暗哭泣，你会被人贴上无能的标签，被人嘲讽为寄生虫。至此，对于整个社会而言，你已经死了……

我的脾气莫名其妙变得温柔起来，一张洋溢着春天的笑脸，开始在办公室的每一个角落飘荡。但是，我在职员的眼中再也看不到以前的畏缩，而是看到了恐惧，难道我的笑容真有那么不堪？

“小王，你是不是今天不舒服？如果是，我可以给你病假的。”我肯定自己的话语已经足够温柔。

“主管，我，我只是路上堵车迟到了两分钟，我保证不会再有下次。”小王战战兢兢地回道，甚至额头上冒出一层汗珠。

“琪琪，处理器不行就换一台吧？等下你把申请单拿我办公室来。”我自己都能感觉到笑容把褶皱的脸皮堆到了耳根。

琪琪一下惊恐地站了起来，把一沓报表打翻在地。她面红耳赤，慌张回道：“还能用，这个修下还能用。”

“晚上去我家喝杯酒吧，帝客都想你了。”我真诚地对威克发出邀请。

“我晚上需要加班，把以前经手的资料整理出来，免得离开的那天手忙脚乱的。改天再约吧。”威克轻皱了下眉头说。

“有空吗？我请你吃大餐怎样？”我此刻已经有点绝望了。

南茜费解地看着我，迟迟不肯开口，在我感觉没趣刚要走开的时候，她居然问：“今天是 4 月 1 号吗？”

Jan 和 Jao 很快拿出一个替代方案：用纳米机器人控制病毒所有的基因来取代对基因链的控制。他们的理由很简单：对单个基因的控制技术已经非常成熟，而对基因链的机理作用，我们却知之甚少。很简单的理由，很明智的选择，我想跳楼！

我突然发现了和他们的差距：他们更现实，更理智。因为这种方案同样是被我最早排除的，如果一开始就针对基因链上不同的基因进行不同编程的纳米机器人研制，三年的时间已经足够了，可我还是固执地选择了控制基因链，因为一旦成功，那样我就可以随心所欲地按照自己的意愿来改变它们的行为，甚至连病毒的变异都将会成为我手中的玩具。

我发觉自己很可笑，当初否定的理由是：与其开发难以计数的不同纳米机器人去控制一个病毒，不如开发出一个“纳米病毒”。

我真的是个固执的人，因为正是威克当初提出的这个提案，而且他还疯狂地说：“我们应该开发真正的纯纳米病毒。”上帝！他的脑袋真的需要改良了，至少当时我是这样认为的，毕竟创造出一个可以控制和消灭某种病毒的纳米机器人并不复杂，但要面对无数个可以无限变异的病毒，却是一个无底洞式的挑战。

虽然 Jan 和 Jao 的方案并不完美，甚至存在巨大风险，但他们在限定的期限里拿出了让老板金满意的方案，毋庸置疑，我们彻底输了。世界就是这样，创造历史的事件或者技术往往都没有一个完美无缺的开局，他们可以在不完美的开局中继续前进，而我们只能在完美的梦想中酣睡。

因为自己的愚蠢和错误，我不能原谅自己，我已经颓废到了极点，我完美的智慧竟然垃圾般戏弄了我的尊严。我迈着沉重的脚步向顶楼走去……

“嗨，你怎么一副要跳楼的模样啊？”南茜像幽灵一样出现在我的面前。事实上我真的很奇怪，因为南茜好像无处不在，不管我走到哪里，都能毫不费力地看到她的身影，我甚至很多次怀疑她在监视我的一举一动。

“是啊。伟大的预言家，你是对的，我这就去跳楼呢。”我无精打采地回答道。

“呵呵，如果胆小退却了，别忘招呼我一声，我一定会帮到你的，只需要这么一根小小的手指头就能搞定。”南茜笑盈盈地竖起左手小拇指比划着，然后快步走开，把淡淡的幽香塞入我的鼻孔。

“阿嚏——”我用喷嚏代替了我的不满与愤怒，难道我就这么不招人待见吗？那一刻我真的有了一了百了的心。

“哎，下班一起走吧，我有事找你商量，好吗？”南茜在楼道口站住。

英雄难过美人关，况且我连狗熊都还不是。我立刻把一切不快都抛到了脑后，嬉皮笑脸地回道：“好啊，好啊。不过你要请客。”

“你……”南茜杏眼圆睁地看着我，终于没把口头禅咆哮出来，“好的，我等你死。”

哈哈，美女请客，岂有去死的道理？南茜真的是个好姑娘，怎么就认定我要去死呢？奇怪的想法，奇怪的邀请。

老板金没有接受我的辞职书，他真诚地说道：“龙，留下来吧，我还需要您。他们并不能取代您的位置，这您是知道的。”

我坚持请辞：“B-T项目的研发远远超出了我的预判，给公司造成无法挽回的巨大损失，身为主管，我有着不可推卸的责任。”

老板金很意外，他想了想说道：“既然已经有了好的办法，就应该尽快完成它不是吗？龙，我希望您能好好考虑一下，如果您继续坚持，在接到您的第二份辞职书时，我会考虑的，您看如何？”

“你放心，我会毫无保留地配合他们。如果按照目前的进度，项目会如期完成的。”我烦躁地说道。

“难道你真不想再考虑考虑？”老板金依旧想挽留我。

“就这样好了，我要回去准备第二份辞职书了。”我犹豫了一下，还是掉头走了出去。

在回办公室的走廊上遇到了威克，他下意识地想避开，却又犹豫着站在了那里，挡住了我的去路。可能我的脸色真的很难看，他迟疑了片刻才鼓足勇气开口说：“我，我有些话想跟你说，我……”

“什么事？”我有些难过，他在我面前一向信口开河，从来没有如此艰难迟疑的举动。

“我晚上能到你那里坐坐吗？”威克挤出僵硬的笑容说。

“当然可以，帝客应该也想你了。”我说。

“是吗？我也有些想它了。”威克脱口而出。

回到办公室，想起和南茜的约定，我开始心神不定地在办公室里走来走去，我不停地关注时间，我心不在焉地签了些文件，我打翻了笔筒，我搜索了沿途火爆的酒店，我不停地把转椅转到窗前……

晃晃荡荡的时针终于指向了下班的时刻，我立刻冲了出去，因为我已经看见南茜出现在对面的走廊。

海澜酒家。柔和的灯光透过湛蓝的鸡尾酒弥散出七彩的光芒，我透过光芒仔细地打量着南茜，直呆呆地看着她，像在欣赏一件难得的艺术品，我的灵魂已经不知道醉倒在哪个角落。

和南茜在一起是很轻松的事情，她是个聪明绝顶的女孩，但又不失丝毫的女性柔美。在她面前，你可以信马由缰地去大话西游，也可以装模作样地谈论高深莫测的话题。你可以看见她的存在，但你又完全可以当她是晶莹剔透般的虚无……

我们天上一句，地下一句地说着不着边际的话题，那份亲密无间的模样，相信即使是爱神也会嫉妒三分。直到天色渐晚，直到桌上盘净如洗。

“你相信鬼神吗？”

“不。”

“你相信灵魂吗？”

“不。”

“你相信上帝吗？”

“不。”

“那你相信爱情吗？”

“……”我很奇怪，南茜今天怎么了，居然会提出这么奇怪的话题，我沉默了。

夜色如洗，路面在脚下延伸，似星河般荧光点点。漫步其上，你会有种神一般的存在感，但眨眨眼，眼前的美好，就会被四面八方飘来的恶俗广告轻易撕碎。当一缕缕夏夜的凉风拂来，这丝烦躁转瞬即逝。

我们走了很远，有一搭没一搭地闲聊着不着边际的话题，直到南茜到了站台，看着呼啸远去的城铁，才黯然心伤。不知道为什么，那一刻，我竟然相信自己已经爱上了她。

但是，这个时代是属于没有婚姻的时代，即使是爱到死去活来的恋人，也会在婚姻殿堂的大门外徘徊。对于他们来说，步入婚姻往往就意味着失去自我，你不得不去改变点什么，也不得不在无法改变的现实中忍受点什么，直到两个人伤痕累累，直到再也无法承受，爱情之塔轰然崩塌……

刚回到家，门铃就响了起来，是威克，一个我想见而又不想见的过客。帝客难得看见一个“熟人”，尾巴都快要摇断了，从没有见它对我这般好过，也是一个忘恩负义的家伙。

威克手里掂了一盒狗食罐头，给了帝客，可怜的帝客开始费力地撕咬起罐头的拉口，它还是那么的笨拙，因为做过基因改良的狗，打开它们简直易如反掌。

威克向我讨了杯酒，便开始无聊地逗起帝客。显然他想对我说些什么，只是无从开口。我拿起剪刀开始修理盆景里的花枝，我种的并没有名花异草，只要四季常绿的就行，毕竟我很少有时间感受到它们的存在，更不愿意耗费生命般去打理它们。

威克打开了幻影机，漫无目的地搜索着节目，在漫长的沉默后，他终于试探地说道："我不知道你是怎么计划的？但是，我想……"他停顿了一下，继续说道，"我们还有留下来的必要吗？至少我们应该考虑一下退路。你说呢？龙。你一直是一个值得我信任的人。"

我经常听到"信任"这两个字，甚至对它们有些麻木，只有我还有价值的时候，我才会得到它们，我也经常把它们说给每一个我所需要的人，信口开河并不是一件难事，但是今天，或许现在的我已经颓废到了极点，我竟然相信我真的值得信任。"告诉我，你是怎样打算的？"我终于坐到了威克的面前，顺手把明晃晃的花剪摆在我们中间。

威克的目光很快从花剪上移开，突然灿烂地笑了。他把帝客抱在腿上，一边梳理着帝客柔韧的短毛，一边兴奋地说道："当然是辞职啊，那样我们就可以换一家新公司，有一个新的开始。真不行，我们也可以自己开一家。"

"老板金给过我机会，是我自己没有把握住。"我甚至没有听明白威克在说什么，便愧疚地说，"他们两个只是技术基因人，不具备管理和领导能力，你完全可以留下来顶替我的位置。毕竟，责任不在你。"

"不管责任在谁，既然我们是搭档，我就应该承担同样的责任。"威克平静地说，"我希望能和你一直共事下去。"

我感觉眼睛有些湿润，于是快速地眨了眨，我不需要被人怜悯的感觉，更不想背负没必要的友谊。但是，未来是令人生畏和绝望的，我犹豫地说道："现在没有基因人的公司并不好找。"

"只要我们愿意，就一定会找到。"威克再次试探地说道，"或许，我们可以成立自己的公司……"

"在这个高度垄断的社会里吗？我们怎么可能做到？"我很惊诧，不，是发自内心的恐惧。他简直疯了，他一直有这种奇怪的想法，并无数次和我争论过这样的话题。

"当然，即使再垄断，也总有一些地方是这些大企业不屑一顾的，况且那些改良人也不是无所不能的上帝，不是吗？"看到我的退让，威克突然变得咄咄逼人。

“不错，但我们也不可能成为上帝。在城市的边缘地带，暴力、毒品、疾病充斥着每一个角落，我们又能够做些什么呢？当救世主吗？”我的些许忏悔转眼间就消失得无影无踪，我对威克的建议有些恼怒，我甚至有些失控。

“我们当然不是救世主，但总有一些地方会需要我们的，既然这里的文明正在遗弃我们，我们为什么不能先它一步抛弃它呢？至少我们可以改变点什么，我们一定能够做到。”威克大着嗓门咆哮。但在我的眼中，他的背后，丝毫看不出有什么耀眼的光环。

受到惊吓的帝客从威克腿上跳了下去，躲在我的双腿间，冲威克叫了起来。看来，想贿赂一条狗，一盒罐头还不足以改变什么……

扬扬大论甚至跑题万里的威克让我吃惊，这绝不是一个简单到用几句话，或简单归罪于基因改良人就万事大吉的问题，基于我的认知，任何激进事态，都会有一种质变的结果。

我感到窒息，“好吧，如果您是对的，那么请告诉我，您打算怎样改变这个世界呢？是当个喋喋不休的教父，还是拿起刀子架在那些冥顽不灵的人的脖子上呢？如果您根本什么都改变不了，您又何必如此愤世嫉俗呢？”我冷冷地问。

“我不是上帝，当然也没有兴趣去改变任何人，更不用说去改变社会，我只是希望自己不要像垃圾一样被清理出去。至少我们都还有价值，按照生存意愿存在的价值……”冷静下来的威克依旧目光炯炯，此刻，他的面庞布满了朝阳般的潮红。

“我们当然还有价值。”我飞快打断了威克的话，“蚂蚁同样有价值，但这种价值的体现，也只能够是被选择的价值。要知道价值并不是我们的能力，而是我们被选择的价值有多少而已。我能够理解你的想法，但真的远离中心区，你会发现，除了不尽的困扰，我们甚至寸步难行。这也就是我想说的，如果我们不能改变什么，那就应该顺应它们，当我们有能力做出改变的时候，又有什么是不能改变的呢？”

“难道要我们就这样无所事事地活下去，像马戏团的狮子，像动物园里的大象，像实验室里的小白鼠？这样活下去的意义又在哪呢？”孩子般的威克如超新星般喷发出所有的能量后，突然就如泄气的皮球一下跌入沙发中，目光有些湿润与朦胧。

“我们根本不可能改变什么，我们唯一能够做的就是顺应潮流，当然，你也可以称为随波逐流，抑或同流合污，直到被埋入黄土的那一天。这就是你，也是我，也是所有普通人的命运！”我肯定地说。

“可，我们总得做些什么吧？难道就这样混吃等死吗？”威克的目光有些空洞，他已经放弃和我争论。

“我们当然需要工作，因为我们要有尊严地活下去，即使那份尊严是自我给予的。我不会苟且于任何人，任何事。”我肯定地说。

“嗨，你把我的台词抢走了，让我说什么呢？”威克突然笑起来，他装出一副恼怒的模样，飞舞起手臂喊道。

我怔住了，一下没有反应过来。但我很快想到了“人生如戏”这个成语。

“明天不是还没有到来吗？我们总归还有希望不是？”威克斟了杯酒递给我，右手食指飞快地在空中划出一连串的圈，他总是这样抛去不快，追逐希望。

“是的，我们还有明天。”我艰难地站起来，把酒杯高举起来，“干杯。”

不管怎么说，威克和我都做出了妥协，他放弃了在边缘世界建立公司的打算，但同时也让我心生一丝希望，那就是必须在这个被巨头垄断的世界中夹缝求生。是的，同这个强大且肮脏的世界抗争，逃避和面对面的斗争都不是最明智的选择，我们唯有量力而行，隐忍妥协，然后用涓涓细流来洗涤一切……

外面，明月朗朗，海风习习，蟋鸣蛙噪，真的是一个美丽的夜晚，美得让人心醉神迷，美得让人无语凝噎。

威克又一次痛苦地离开了我的家，挥手送别威克后，就在一转身的刹那，我下意识地向路对面的棕树林看了一眼，那里什么也没有……

可我还是很奇怪，我的直觉告诉我，那里似乎应该有什么。但在这个时间，这个地方，那里是不应该有人的，因为这里是在路的尽头，即使离我最近的居民也应该在一公里之外。

“难道我产生了幻觉？”走上台，我胡思乱想道。

在关门的瞬间，我再次感觉到被人偷窥的悚然，我猛然回过头去……

我的手有些颤抖，笔尖下出现扭曲了的线条，一团墨迹滴落在纸上。

我希望能永远忘记那个瞬间。虽然事隔两年，每每想起，我依然战栗如初……

因为我看见了，我是说我看见了，我看见了——

我看见了一双仿佛来自地狱般邪恶的眼睛，在棕树林的影影绰绰中，在皎洁的月光下，那死鱼般苍白的双眼，居然流淌出丝丝如炽的血红。

“谁？谁在那里？”我和帝客扑进棕树林。

除了摇曳的灌木丛在月光下如鬼魅的影子，我们一无所见，帝客好奇地看着我。我松了一口气，拍了一下神经错乱的脑袋，冲帝客说道：“我想看看你的勇气，毕竟你一向胆小如鼠的像个，像个……”

帝客借着皎洁的月光亮出一口尖牙，表示强烈愤怒。

“好了，帝客，我会给你一根漂亮的排骨的，那样你是不是应该对你的主人表示出最起码的尊敬呢？”我妥协道。

帝客不是人，但在诱惑面前，它和人的表现毫无差别，所以它马上又摇起那短到可怜的尾巴。

奇怪，骨头真的有肉好吃吗？我想……

我和威克的辞职书同时摆在了老板金的面前，他并不感到吃惊，甚至是在刻意等待着这一天的到来。他故作片刻犹豫，才突然笑了，诡异的笑容让琳达在一旁睁大了眼睛。

老板金开了口：“很抱歉会出现今天这种场面，我想主要责任在我。昨天我刚拿到一份纳米催化剂的合同，如果可能，我真心希望你们能够留下来继续帮我，那样我会无比感激。”

是的，我真的很想留下来，我甚至想乞求老板金能够给予我们一次新的机会。但——

“不必了，谢谢！”威克潇洒地说道。

“我很遗憾你们的决定。”金例行公事地耸了耸肩，然后龙飞凤舞地在我们的辞职书上签上了大名。

该死的威克，那一刻，我知道一切都完了……

走出公司，第一次无所事事地站在大街上，才发觉街道两旁的楼高可入云，它们几乎占据了全部的天空，只留下一道细细的缝隙，让人有一种蚂蚁般渺小的感觉。虽然蚂蚁很渺小，但它的世界却更加博大，可我们呢？我们应该在哪儿寻食呢？毕竟人不像蚂蚁那样，可以等待天上掉下馅饼，比如说面包渣子或比萨饼碎屑。

“我们喝杯酒庆祝一下如何？”威克还沉醉在他疯狂的创业计划中，建议道。

“为什么？庆祝我们失业吗？”我茫然道。

“不，是庆祝我们自由了！”威克放开嗓子大声说。我才发现今天的他，居然西装革履得像个新郎，难道不是应聘才该这样打扮吗？

“是啊，自由得不知道该怎么自由了。”我自己都能感觉到话中酸溜溜的滋味。

“嗨！我们去泥金如何？”威克和我走过街角的绿化带时，他抽了份报纸看了两眼，突然建议道。

威克的大胆让我吃惊，泥金是一个小镇，多年前那里发生的一次暴动，让警察永远撤离了那里。从那以后的泥金镇，就像在这个世界消失一般，偶尔有那么一两篇报道，也是在描述那里的血腥与暴力，说那里是一个无政府的世界，只有敢于杀人放火的人，才是真正的泥金镇人。而此时此刻，我眼前这位可爱的朋友却对我说，我们应该到那里去庆祝自由。

“你疯了吗？威克。你怎么会有这样奇怪的想法？”我诧异地用手背向他的额头探去，我想知道他是不是真的病了。

威克用报纸把我的手挡开，笑着说："看看报纸吧，我相信你会改变主意的。"

我们在街边木头排椅上坐下，打开报纸，在报纸的一角看见一个并不醒目的标题：泥金的节日——涂鸦节。我飞快地扫视完报道，毫无兴致地对威克说："你是想看涂鸦吗？我知道哪里可以满足你这奇怪的嗜好，知道废弃的玻璃大厦吗？在那里你可以随意看到你感兴趣的涂鸦。"

"嗨，龙，你有点情趣好不好？"威克不满地说，"泥金的涂鸦历史已经有两百年了，他们不仅仅是在街头巷尾，甚至是在自己家墙壁上也涂上自己喜爱的图案，他们才是真真正正的涂鸦人，真真正正的艺术家。"

"好吧，不过你来准备我们需要的一切，包括交通工具。"只是一个冲动，我立刻答应下来。

"那是当然。"威克兴奋地说，"我就知道你会答应的，让我们开始这次伟大的探险吧。"

我之所以答应，当然不是为了什么涂鸦，而是为了自由。

我终于发现泥金镇真正的魅力所在，我要到泥金镇去宣泄被文明压抑已久的怒火……

我看着书柜上的照片出神。

威克龇牙咧嘴地站在一棵倾斜的树干上，他用手指比画出枪的模样，指向一幅由红黑蓝三色组成的涂鸦。涂鸦是由古怪的一个个圆圈组成，或大或小，但长短不一的阴影线错乱出逼真的立体效果。久久凝视，你甚至会有一种被吸食进黑洞的恐惧……

黑洞并不是现实与虚幻之门，它们只是宇宙平衡能量与物质的另类，它们真实存在，甚至平淡无奇。但总有一些寄希望于在黑洞里发现虫洞进而能够实现时间穿越的傻瓜，当他们发现虫洞并非时间马车可以任由他们肆意驾驭，无法面对现实的他们，已然绝望于最初的疯狂。

时间不是维度，它是变化和永不倒流的幻觉……

当我被钟锤敲醒的时候，才发现我又跑神了。该死的涂鸦和黑洞有什么联系？我总是这样，过多的联想力已经摧毁我对事物的关注力……

第三章

泥金的涂鸦

泥金镇离我们居住的时代城百十公里，到那里连一条像模像样的公路都没有，上个世纪留下来的那千疮百孔的沥青路面上早已长满了荒草，像博物馆陈列的老妇人的缠脚布，此刻被随意地丢弃在此起彼伏的丘陵间。

为了“入乡随俗”，威克特意从旧货市场淘来些奇装异服，他坚信只有这样才可以和泥金相匹配。我们驾驶一辆租来的破破烂烂且早已报废的越野车，一路招摇地狂奔在大路上。

这里田地遵守严格与次序，临道树崇拜自由和自然，它们虽然近在咫尺，仅仅是半步之遥，却泾渭分明，各自彰显着自己的特性。

路的两旁是很久没有修理过的梧桐树，它们东倒西歪，枝丫乱飞。梧桐树上会筑有一些鸟巢，嗷嗷待哺的雏鸟们，在汽车的轰鸣中短暂忘记饥饿的侵袭，开始好奇地打量着我们，片刻之后，它们就不再感到惊讶和新奇，马上又开始了足以让母亲快速回归的啼唤。

喇叭中传出非洲歌手“豺狼”沙哑的号叫，那是一首能让人感触到爆破力的摇滚，但歌词却很搞怪，比如：“爱上帝就是爱自己，爱自己就不要虐待自己，抽烟喝酒就是在款待自己，倒在沙发就永远也不要再起。你的世界没什么了不起，我的目光就是看你不起。伊甸园不是我的理想之地，那里到处拥挤的是白痴的兄弟，你的苹果依旧那么的美味，可惜吃下肚子会坏了我们的肠胃。我看你不起，我看你不起，虽然我也想说爱你，我看你不起，我看你不起。我说我爱你……”

威克驾车的技术并不怎样，我的脊椎都快被颠簸零碎了，好在路的两旁，农庄渐渐稀少，庄稼也被一人多高的荒草代替，如同来到另一个世界，一个荒芜的世界，一个被遗忘的世界，一个让人耳目一新的世界，一个让人目不暇接的世界。

我们就是这样怀揣憧憬的灵魂，在颠簸不平的道路上向泥金镇进发的，我们在向另一个世界寻找心灵的寄托……

我同样在颠簸中逼视着这个世界，过多的思考丝毫没有让我感到愉悦，相反，思考才是痛苦的根源，因为你需要不断地去肯定什么和不断地去否定什么。

经过一个小时的颠簸，我们来到一片高大的城市废墟前，这是进入泥金镇的必经之路。荒无人烟的城市已经如墓地般凄凉，早已没了过去的欢笑和悲歌，是是非非已是过眼云烟，消失在时间的长河中，唯一留下的是那些矗立如墓碑般破旧的楼宇。

“喔，让我们找找海盗的宝藏藏在什么地方吧？”威克尖声叫着把车猛地拐入一条荒草丛生的街道。

两旁的楼房睁开空洞的眼睛，打量着眼前的不速之客，目光中只有淡漠与麻木。

岁月显然没有眷顾这个钢筋水泥的世界，早早地宣布了它们所代表的那个年代的终结，虽然它们也曾宏伟博大，千奇百怪，甚至卓尔不群，但比起古代那精雕细琢的厅楼歌榭，和现下已经实现板块自由的高楼大厦，它们不过是时代的过客罢了。

虽然这里曾经人声鼎沸，虽然这里曾经车水马龙，虽然这里曾经纸醉金迷，但现在，这里有的是空空荡荡的街道，有的是白驹过隙后的感伤……

“知道吗？龙。”疯狂的威克大声喊道，“昨天南茜在向我打听你的情况呢！哈哈，我想她一定是爱上你了，你小子不知道走了什么狗屎运，竟然会得到维纳斯的青睐。”

车轮在街道的拐角发出刺耳的摩擦声，一排排高楼大厦排山倒海般向我们压来。

“是吗？”我怪笑道，“那就让她做我的情人吧，因为她还没有漂亮到可以做我老婆的地步。”每个人都有狂妄的时刻，言不由衷，但此时此刻，我真的希望自己会爱上南茜，至少那样会让很多人羡慕。

“喔，喔，喔——”威克怪声怪气地喊，“你的眼睛大概长到头顶了吧？难道你想娶勇敢和智慧的女神雅典娜为妻吗？”

“雅典娜有嫦娥好看吗？”我不可一世地笑道。是的，臆想之中的我更喜欢雅典娜而不是嫦娥，但我依然这样放荡不羁地喊了出来。

“嘎——”

猛烈的刹车，差点让我的头颅与车梁狂热接吻。我在惊骇中看向前方，空空荡荡的大道上，连一颗石子都找不到，我扭转头，把愤愤的目光投射向威克。

此刻，威克正在用令人恐怖的眼神盯着我，他脸上的肌肉僵硬并伴有明显的抽动。

“嗨，你差点把我的脑袋撞出去。收起你的嘴脸吧，你让我感觉好像和木乃伊躺在棺材里一样。”威克的恶作剧有点小儿科，总是虎头蛇尾的，相信他不会等我话落，就会变出滑稽的笑脸。但……

威克惊恐地睁大眼睛，直盯盯看向我这边的车窗，在他的瞳孔里，折射出一双邪恶的眼睛。上帝！我在他的瞳孔中看到了一双熟悉的眼睛，一双撒旦的眼睛，一双让人窒息的眼睛，一双如死鱼一般的眼睛。

威克究竟看见了什么？它就在我的身后，我没有扭头的勇气，那一刻我的关节僵硬，肌肉瘫软。

“嘎——”

一声怪异的鸟叫，把我从地狱的边缘拉回现实，我猛然回过头去，四周空空荡荡，了无一物，我再次困惑地看向威克。

“龙，”威克用颤抖的声音问，“你看见楼洞阴影里的那张面孔了吗？你看见他那双可怕的眼睛了吗？这么远我甚至连他的容貌都看不清，但我却能够清晰地看见他的眼睛。上帝！他究竟是谁？”

“不，我什么也没看见。”我没有看见他说的那张面孔，我在战栗中飞快地说道，“你肯定是疲劳得有些眼花了，换我来驾车吧，我们应该尽快赶到泥金镇去痛痛快快喝上几杯，而不是在这里打发并不宽裕的时间。”

威克如梦初醒般猛然捶了捶自己的脑袋，在让出驾驶座的时候还在四处张望，他嘟囔道：“可能我真的是眼花了，我感觉有人在那里，一抬头果然看见一个身影，他的目光让人不寒而栗，我从来没有在现实中见过这样恐怖的眼睛。”

“你可以睡一会儿，你困了。”我把车快速地调头，然后在轮胎尖利的摩擦声中逃离出这个魔鬼已经盘踞的城市。

那是什么？我不知道，但我知道尽快逃离这里才是最明智的选择。此刻我坚信那就是一瞬间的幻觉，一个连上帝都不会眷顾的世界，牛鬼蛇神又怎么会垂涎三尺呢？

门外传来一些细碎的声音，可能是帝客又在偷吃什么东西吧？我呼唤着帝客的名字，打开了房门……

客厅宽大的飘窗里射进影影绰绰的竹影，冰凉的月光照在窗前那镶嵌有玫瑰花的水晶瓶上，折射出晶莹夺目的冰凉。

“帝客，帝客。”我听见厨房里传来细小的声音，我看见厨房的门打开了一条小缝，我想帝客又在偷吃了……

我一步步向那里走去，门在我的推动下，吱吱嘎嘎地打开……

那一刻，我甚至忘记了帝客早已死去……

泥金与其说是一个镇，其实更像一座小的城市。一条叫不出名字的小河从镇子的中心贯穿而过，两三座桥搭连了左右几乎对等大小的两片居民区。这里的房子大都呈现出历史陈旧的踏痕，但它们在如此拥挤不堪中，却又给人一种奇怪的完美感。

我想说在进入泥金的那一刻，真的已经眼花缭乱了。街道两旁高高矮矮的墙壁上涂满了空灵飘逸的涂鸦，几乎没有留下一丝空隙，甚至圈养家禽的栅栏，路旁报废的汽车，墙角歪倒的柱石，都难逃一涂。

这里的人并不是我们想象的那样桀骜不驯与玩世不恭，他们着装很正统，甚至彬彬有礼，面对威克特意淘来的突兀的装束，他们甚至没有投来一丝好奇的目光。倒是我和威克更像两只刚从外星球垃圾堆里爬出来的蟑螂。

如果说涂鸦是从远古鳖脚的写实衍生而来，那么现在的它已然改头换面，脱胎换骨成了一门低俗的艺术。它们用奇形怪状的线条透射出似有所寓的理念，它们色彩单调但又足够鲜活，它们无拘无束却又另辟蹊径。它们在肆意中透出洒脱，它们在刻意中又浑然天成。

是的，涂鸦注定是一种低俗的艺术，在“高雅”的人眼中是难登大雅之堂的，那份不羁下的色彩，那份放纵下的潇洒，是任何秩序世界的建立者都难以容忍的。

“我想哭。”威克看着一处涂鸦突然说，他的眉头和鼻翼果然挤在了一起。

“不过就是一团乱麻，干吗这样？你真的看懂了什么吗？”眼花缭乱的我不屑一顾。

“就是因为看不懂我才想哭的。”威克拍打着脑袋说，“我想它可能是在表达生活中的乱七八糟，但又觉得它是在暗示我们思想上的杂乱无章，仔细想想，好像又看到了人与人之间错综复杂的关系。该死的，他究竟想表达什么含义呢？”

“笨蛋，他所想表达的就是人类混乱的情感，没有节制的七情六欲，就像你现在这样。”我轻轻敲了一下威克的脑壳。

“你是对的，不过现在你可否给我来一张照片呢？”威克笨拙地爬上一根倾斜的树干，然后龇牙咧嘴地指向一幅涂鸦。

我们幽灵般晃荡在涂鸦的世界中，我们在震惊中洗涤自己的灵魂，小心翼翼地触摸心灵最深处的旋律。

街头巷尾到处都有人在埋头涂鸦，只有少数人在四顾游荡鉴赏。刺鼻的油彩气味让人有些窒息，我和威克驾车走走停停，漫无目的地在街道上梦游。

这里到处都涂满了涂鸦，有些干脆是一盆彩墨泼淋而上的图案。我看到有一处不起眼的涂鸦，描画的是一只手正在从一个人的腹腔中扯出肠子，奇怪的是肠子被画成了一条蛇的形状。面对血淋淋的蛇，不懂艺术的我说蛇代表着贪婪的欲望，装懂艺术的威克却说蛇代表着人性的延伸。

一群顽皮的孩子手拿树枝，不停地从大人那里偷来些油彩，然后尖叫着互相追赶，在地面上鞭打出随意的线条。

是的，我想那些简单的线条就是孩子们眼中的艺术，如果你把蒙娜·丽莎的画像放在他们眼前，相信童言无忌的他们会问："这个丑姐姐是谁呢？"

是啊，艺术是什么，艺术是思想的呈现，任何呈现出来的东西，让人能够感触到它存在的意义，那它就是一种艺术。所以说，真正的艺术并不是艺术的本身，而是面对它们的每一个人，面对它的每一种感触。

"嗨，龙，我看见你在笑。"耳边传来威克的声音。

我看到不远处的一座拱桥上正走过一队迎亲的队伍，前面是吹打吉乐的乐队，后面是一群衣着鲜亮的亲朋好友，他们簇拥在新郎、新娘的周围。

婚姻是什么？枷锁与坟墓，还是一时的冲动一辈子的麻木？我想都不是，在更多的情况下，婚姻更像是柴米油盐，更像是天堂里的噩梦……

眼睛盯久了，已经看不见任何东西，没有黑暗与光明的交织，却浑然不觉自己身在何处。

"这里不是地狱。"威克又莫名其妙地迸出一句话来。

他想说什么？我不知道，可能这里没有他猎奇的对象吧，或者这里远比他想象的要好一些。我很想告诉威克：那些已经跌到山崖下的人，远比还在坠落中的人安静。

我们终于决定打道回府了，一路上威克显得有些心不在焉，他问了一个奇怪的问题："龙，告诉我，我们为什么会来这里？"

我笑着耸了一下肩，算是回答。

再次穿越那片让人战栗的城市，太阳已经斜在了天际的尽头。遍布荒草了无人迹的地方是很容易起雾的，我已经看不清路面的状况，车子如劈风斩浪的快艇滑过贴地的雾霭，在夕阳的余晖下，雾霭跌宕出五彩斑斓，美得让人心醉。

"龙。"威克的声音颤抖在他的口中，却战栗在我的心里。

顺着威克的目光，我抬起了头。我不知道那是不是一种幻觉，因为在前方不远处的路口，我看见一个高大的身影矗立在高楼之巅，他背阳而站，金黄的阳光笼罩在他的周围。我看不清他的面目，但我能够清晰地感受到那死一样让人恐惧的目光，它如无底的深渊吸食去我的灵魂与意志……

“那是什么？”威克已经无法移开他的目光。

“一个巨人雕塑罢了，我们还是赶快离开这里，万一它突然塌下来，我们就完蛋了。”我笑得有点僵硬。

“上帝！我怎么感觉它好像是活的一样，它让我毛骨悚然。”威克在胸前快速画了个十字。

我不知道那究竟是什么，对比楼宇的高度，他的身高至少有三层楼那么高。难道真的是雕塑？我开始怀疑自己的眼睛。难不成是传说中的巨人？是报道中常常被提及的外星掠夺者？我不知道，但我知道这里并不是一个可以思考问题的地方。

我把油门踩到了底，车子飞一般蹿了出去。

威克哆哆嗦嗦地用手去拿饮料。

“嗨，那是我的。”我斜了威克一眼，同时也向后视镜中瞥了一眼，瞬间冷汗如雨。高楼之巅，已然空空如也。

“哦。”威克难堪地放下我的饮料，又马上心神不定地抬起手像在喝什么。

“嗨，威克，你的饮料在那儿。”我终于忍不住大笑起来。

“啊，是吗？”威克回过神来，看着空空如也的手中，尴尬地笑了起来。

它究竟是什么？星际来客还是来自炼狱的魔鬼？我没有答案，我唯一有的就是连自己都感到的惊讶，惊讶于内心那转瞬即逝的平静。

泥金之旅，让我对这个世界有了一种奇怪的感觉，不管是东西南北，所有指向终归会回到最初的同一个原点。

这真的很奇怪，甚至让人无法理解。

从泥金镇回来后的一个星期，我和威克都在为工作的事感到绝望。在这个遍布智能机器人、基因改良人、基因人的城市里，普通人成了昂贵的“替代品”，一夜间，我们突然发现自己在这个世界上已无立锥之地，我们的价值，似乎只是为了佐证“生老病死”的真实存在。

“这真的很伤人。”威克无奈且绝望地说道。

“物竞天择本身就是宇宙最真实的存在，难道要他们做圣母吗？”我不以为然地说，是的，我丝毫不会埋怨商人唯利是图的本性，毕竟，如果换作我，我也会那样做的。

“不要总是阴阳怪气地面对我，我比如何人都理解你的。”威克居然这样说。

这当然不是威克的错，也不是商人的错，因为他们完全可以在法律许可的范围里做到这些，甚至只是在践行现有规则下的所谓公平，即使它充满恶臭。

“无视差异化的存在，所谓的公平自由，其最底层的逻辑就是一种错误。所以，我们为什么还要同流合污呢？要知道，我们才是最少数的那些另类存在。”威克居然开始反思曾经的坚持。

面对威克的困惑，我飞快地从书柜抽出《再论资本》，读道：“当大多数人在信仰自由市场公平正义的时候，事实上，他们已然失去了公平的砝码。资本不是金融，资本是剥夺，金融是赋予，前者是天性，后者是义务。在资本市场经济中，资本可以用其无可比拟的能量去碾压任何基础经济，进而掌控市场利益和扭曲市场的走向。而金融，本身就是为普众提供资金服务而诞生的，榨取利益不是它应有的选项，催生经济的发展才是它存在的基础……”

“但它们现在正被人混为一谈。还好，这个锅不用我背了。”威克说。

我继续读：“以钱生钱，是垄断资本诞生的基础，基于金融的日趋扭曲和股市的日渐无序，资本市场已经形成庞大的利益盘剥体系，它们没有生产出任何有价值的产品，却始终把控住所有产品的产出，如毒瘤一般日渐在社会的各个领域蔓延……”

“所以，我们拿什么生存并幻想能做大呢？”我苦笑着问。

我已经读得有点口干舌燥："资本具有不可估量的市场控制能力，它们通过购买股份，让企业为其打工而坐享其成。在能够赚取更高利益的时候，它会锦上添花，同样，在能够赚取更高利益的时候，它也同样可以落井下石，一买一卖之间，你的命运，已然握在它的手中。当一个企业对资本唯命是从的时候，它失去的不仅仅是自我，还包括未来……"

"股市的底层逻辑没有错，而错在设计上，快速买进卖出，让投机成为一种可能，更让资本如鱼得水。"威克一针见血地说。

能改变这个世界的，除了资本大概也只剩下政权了吧？但是，如果连政权也掌握在资本手中……

我再也没有兴致读下去，把它丢给了帝客，我看见帝客好奇地抬起了爪子……

是的，反观资本的存在，溯其根源，无非就是人类本身丢不掉的欲望。如果非要说是一种本性，一种原罪，那贪婪自然不会凭空而来，因为是上帝造了人，上帝都无从知晓的贪婪，人类又怎么会拥有呢？除非……

我一直有一种想法，溯源生命之初细胞的形成，无非就是汲取营养的过程，进而不断进化才有了人类，自然而然，为生存去取舍营养才是我们今天的贪婪之源。当然，说自己拥有和动物一样的本性，那岂不是骂自己就是畜生了。

"我更愿意让自己成为畜生，因为此时此刻，人类在我眼中才是最肮脏的。"威克一脸坏笑地看着我说。

进化说可以用漫长且毫无考据的说辞来定论一切；造人说可以万事大吉地把一切推给造物主，然后把自己当成个摆设任人摆布；外星实验说只是告诉我们，我们就是笼子里的白鼠，等待我们的就是打开笼子时的恐惧；更加玄乎的是心象说，原来你只是我眼中的垃圾，当我这样想的时候……

在浪费的一天又一天时光中，人类究竟是什么玩意引起了我很大的兴趣：本能、本性、本源……

是的，我的答案还没有着落，但我已经确信人类不是什么玩意了。

"是不是玩意，好像都不是什么好词，我拒绝选择。"威克认真地说。

呵呵，奇怪人类，只有我们才会有这么多好奇怪的想法。

漫无目的和缺失信仰的生活中，威克成了我家的常客，虽然他自始至终只是获得了一丘之貉帝客的热烈欢迎，因为他从来没有顾及我的情绪，因为我是一个安静的人，一个喜欢在安静中逍遥自在地思考的人。

他又开始谈及创建公司的梦想。

“滚开。”我一脚踢开正在撒欢的帝客，冲它喊道。我真的是说给威克听的，没有理由。没有工作的人发点脾气也需要理由的话，是很可悲的。

“嗨！你在干什么？”威克不满地推开我，把帝客抱在怀中安抚着，可是帝客还是挣脱他的双手，一副可怜巴巴的模样钻在我的双腿间，低声呋着。该死的家伙，他连指桑骂槐都不知道吗？

“龙，知道吗？我的叔叔……”

威克又开始炫耀他的叔叔赫尔·豪·斯特朗了。他的叔叔是一位职业探险家，威克每每谈到他，话语中总是充满了无限的崇拜与骄傲。

面对我的无视，威克硬着头皮说：“听说截云山的原始森林中有一处传说中的神秘史前文明，好像是一个巨人的部落。我叔叔的探险队已经组建完毕，一旦拿到探险批准，相信他们很快就会过来。”

威克停顿了一下，看出我对这样的话题丝毫没有“感冒”的意思，便在犹豫中话题一转，试探地说道：“现在工作的事还没有眉目，与其焦头烂额耗在这里，不如趁机放松一下，比如去探个险什么的，说不定会有些收获。你认为呢？龙。”

“即使它们真的存在又有什么改变呢？世界末日的审判依然盘踞在我们的头顶，地狱的大门也不会因为它而关上，你我照样得排队等着套上牛头马面的枷锁，我们的生活依旧是枯燥无趣的生老病死。我真的没有那份激情，我会等到你灰溜溜地回来去坐享其成。我想这就是我的回答。”我耸了一下肩，毫不犹豫地回绝了。

“哦，龙，我越来越看不明白你了！难道你就是这样看待自己的人生和这个世界的吗？”威克惊恐地睁大眼睛。

我笑了，用最柔和的语气说道：“醒醒吧，不管是面对巨人还是外星人，我们要面对的永远是无止境的谜题，我们是不是应该先做好自己的事情，再好奇其他呢？你不能总是像帝客那样好奇于它的宠物。”

“嗷，嗷……”帝客不满地冲我咧嘴龇牙，但还是不愿放弃爪子下的宠物。

“嗨，龙，你至少应该尊重我，不管你是否接受我的好意，你不能……”威克难堪地看了眼帝客，然后冲我咆哮道。

“看看你，我亲爱的威克兄弟，难道用帝客形容你会让你受到侮辱了吗？冷静下来好吗？”我打断了威克的咆哮，和蔼可亲地说，“事实上，我自己都不如帝客，它至少知道吃饱了可以去玩它的宠物，去追逐花园里的蝴蝶，去拉着我做它最喜欢的游戏。它不会处心积虑地去向我讨要下一顿美餐，也不会去要求我去看什么巨人之类的……”

“够了，龙，你不能也不用卖弄口舌了，我已经受够了。”如我知道的那样，威克跳了起来，歇斯底里地喊叫道，“你，真是个古怪的家伙，莫名其妙。再见！”

威克深知我的脾气，恼怒的他把杯中的酒一饮而尽，摔上门走了，口中还喋喋不休地问：“为什么这样？为什么？”

奇怪，今天威克脾气怎么就这么大？我不过是发发牢骚罢了，他有必要这样伤筋动骨的激动吗？他真疯了……

轻轻撕下写满字的纸张，新的一页，为我呈上淡淡的纸香……

捻动下潮湿僵硬的手指，才感到肩背的酸痛，双脚的麻木……

■ 第四章

安娜的邀请

当一个社会高速运转起来，是十分可怕的，你将不再属于你自己，你全部的价值也只能是整个社会机器中的某一个不起眼的零部件。如此，你必须每时每刻保持良好的运转状态，稍有懈怠，就会被毫不留情地搁置一旁。

同样为了生存，你需要去学习的东西会很多，比如和自己文凭毫不搭界的技能，比如适应不同的虚假面具，比如买卖尊严。

日子在一天天过去，匆匆忙忙，忙忙碌碌，日升月沉，潮起星没，周而复始，复而又至。这就是你无法选择的生活，一个重复着单调轨迹的一生，一个等待死亡降临的日常。

为什么活着？我常常在逃避这种思索，我只希望能够按自己的意愿去生活下去，哪怕只有一天。可即使如此，要做到这些，也真的很难，因为我需要生存，像牢笼的雄狮，像铁笼里的填鸭，为别人，也为自己。

浑浑噩噩的日子在继续，抱有明确目标的我们，几乎已经放弃了在满是基因人的世界中寻找生存的机会。但是，我和威克都不是那种苟且生活的主儿，在没有找到可以实现自己梦想的工作前，我们都不会轻易地放弃，至少威克在我犹豫的时候，就放言道："我宁愿去死！"

是的，我们是在宁愿去死的意愿下扫荡了整个城市，精疲力竭，伤痕累累。在威克的不断鼓动下，我最终做出妥协，那就是成立自己的公司，不问结果地去做自己喜欢的事情。

是的，我们很容易就通过网络申请到商业准入和营业许可，我们甚至咬牙切齿地签下了一年的税收合同……

威克兴奋地说："我们现在就成了老板不是？我们的公司就叫亚宇宙科技，怎样？"

"何必要一个'亚'字呢？你应该把它改成'大'字，岂不更符合你的气质？"我丝毫高兴不起来，我们现在拥有的全部，只不过是一块招牌。此刻，看着异常兴奋的威克，我甚至有一种被拉上贼船的感觉。

威克不容置疑地说："好啦，现在我们要做的最重要的事，就是迎接我们的第一位贵宾。开车走吧，否则我们会迟到的。"

"谁？"我吃惊地问。

"保密。"威克神秘地笑了。

在通往机场的路上，我一直幻想着贵宾的富有与慷慨，或许我们真的会时来运转，或许有那么一天，我们也会步入富人的天堂。虽然我并不厌恶现下的生活，但富足的生活远比伊甸园苹果有诱惑力多了，不是吗？

很多人认为，科技的发展和生产的富足注定会改变文明的走向，并带来公平。这很可笑，他们不但忽略了科技的无限性，也是在蔑视人性的贪婪……

路在我的视野中慢慢模糊起来，我甚至在祈祷，向上帝祈祷，祈祷他派来真正的"贵人"。

但是，我错了……

我有些头晕，夜已经很深了，书房中除了笔尖划动纸张的沙沙声，就只剩下钟表的滴答声……

安娜，我想起了安娜，我该去找她了……

我站了起来，但在开门的瞬间，我突然醒来……

"安娜……"我轻轻地在心底呼唤，泪水从我的脸颊滑落……

"安娜，我的妹妹。"威克介绍道，"安娜，这是龙，我常给你提及的，我最最要好的朋友。"

"您好！常听哥哥提及您。"安娜伸出了手，她的眼中透射出深邃迷人的光芒。

我没有看见上帝，但是我相信自己看见了女神，看见了从宙斯脑袋里蹦出来的女神，看见了让诸神黯然失色的智慧女神——雅典娜，此时此刻，她就站在我的眼前……

是的，雅典娜从宙斯的头颅中跃出，她身上笼罩的光芒普耀天地，令众神和世间万物黯然失色……

是的，没有任何人类言语可以准确描述雅典娜的美貌，即使是得到“金苹果”的美神阿弗洛狄忒，也心甘情愿地臣服在她的脚下，去赞美她的容颜……

是的，普罗米修斯是“先知者”伊阿佩托斯之子，最具智慧的神。但他面对雅典娜时，也不得不低下那高贵的头颅，因为雅典娜的智慧已经跨越浩瀚的知识海洋……

是的，战无不胜的战神阿瑞斯，卑微地俯下高大的身躯，臣服在雅典娜的脚下，因为即使他使用最卑鄙的伎俩，也无法战胜眼前这位拥有宙斯神力与神盾埃吉斯的女神……

此刻，在刺眼的阳光照耀下，安娜的光芒让人无法直视，虽然还没有完全看清她的容貌，但我已经爱上她了。这，难道就是一见钟情？

“您好！”在那一刻，我唯一能做的只是伸出冰凉颤抖的手。

“您比我想象的要单薄些。”安娜淡淡地说。

“最近事情很多，威克知道的。”我绝望地解释道。

“你没发现我也瘦了很多吗？天天忙得四脚朝天，不瘦才怪。”威克嘟囔道，“我们这段日子有些偏离轨道，想在这该死的社会中想讨碗饭吃真难。”

“我们还是先上车吧。”这难道不是在说我一事无成吗？我急忙打断这种缺乏美好氛围的谈话，飞快地把安娜的行李塞入车中。

一路奔驰，马路在视野中不断延伸，而此时此刻，我的眼中已然没了“$”形状的车辙，我看见了鲜花烂漫的山谷，我看见了天花乱坠的天庭，我看见了爱神丘比特弓弦上的箭羽。

“我爱她！即使让我堕入地狱也心甘情愿。”在路上，我居然冒出这种令人震撼的想法。

一见钟情往往是小孩子的游戏，但面对安娜，我不知道自己的脑袋究竟出了什么毛病，至少在我对未来的规划中，爱情是摆在花瓶中然后高置在壁柜里的，只有当我需要的时候它才会进入我的眼帘，我应该能够决定它的花色，它的气味，包括它的形状。

曾经的我，可以选择，可以等待，但眼下，身旁这个不经意闯入我理想世界中的女孩，刹那间就改变了我的一切，甚至打碎了那完美之梦。

至此，我才明白原来被束之高阁的应该是我，她将决定我的一切，而最糟心的是，我势必心甘情愿地成为她生活中的点缀。

安娜——一个梦一般的女孩……

我会说我没有想到，即使我已经在路上无数次想到……

是的，威克的狗窝是绝对无法安置妹妹安娜的，而我恰巧有一栋让我们三个都住进去依旧会显得空荡荡的大房子，于是我的幸运就此降临……

就在几分钟之前，为了安娜，我第一次踏入威克租住的破屋，一间几乎没有地方下脚的单身公寓。看着眼前乱七八糟的一切，我马上向安娜发出了邀请："如果你不介意的话，可以和威克一起住到我那里，至少大家都有坐下来的地方，也方便许多。"

就在几分钟之后，在我的一再邀请下，威克兄妹来到了我的家。"喔，这么大的一栋别墅。"安娜顽皮而又夸张地喊道，她竟然像一个孩子。

帝客听见了我们的脚步声，飞快地从花园的一角钻出来，它摇着尾巴扑向我们，喉咙里发出欢快的声音。

"嗨，你是帝客吗？"安娜丢下东西，抱起了帝客，那一刻让我嫉妒得牙根痒痒。

帝客显然比我要率直得多，自从安娜一进门，它就一直在她的身前身后转个不停，尾巴都快摇得掉下来，直到我钻进厨房忙活了半天出来，它还在安娜的身后亦步亦趋。

我摆好一桌子的美食，才喊来威克兄妹。面对眼前丰盛的美食，威克是从来不会绅士的，他就差把喉咙撑开，直接往里面塞东西了。

安娜同样经受不起美食的诱惑，她尝试着用筷子夹起每一样食物，小心翼翼地品尝它们，口中不停地发出赞美的词语。

“龙，你是怎么做出这些的？能教教我吗？”安娜用餐巾沾了沾嘴唇，兴奋地说。

“何必学呢？如果你愿意，我很乐意每天做给你吃。”我有些飘飘然，因为我从来没有发觉自己是个天生的厨师，虽然我听说过好男人都是被这样的溢美之词锻炼出来的。

“真的？”安娜狡黠一笑，马上说道，“不过，我恐怕没有这样的口福。”

我的脸红了，我看了一下威克。威克好像是我肚里的蛔虫，竟然头也不抬就给我解了围，他咬着一块骨头含糊不清地说：“那我们天天都来吃他的好啦，反正他现在还是孤家寡人。”

安娜像看见怪物般盯了我一眼，在与我目光相遇的瞬间，低下了头。

“哥哥说，你会和我们一起去截云山，是吗？”安娜突然问道。

“是，是的。”我有些不知所措，此时此刻，我真的希望自己曾经这样答应过威克。

“他当然会去，至少他现在已经迫不及待了。”威克心怀叵测地看着我笑，奇怪，他是一个看不懂我的人，他不应该有这样的笑容。

“我就知道你们会去的，不然也不会大老远地跑来，叔叔为此还对我大发雷霆呢，怕耽搁了探险队的行程。再过两天，叔叔他们就应该动身了，然后我们在截云山天马镇会合。”安娜饱满的柔唇在微笑时，上唇的中间会奇异地翘起一点，很是迷人。

晚宴终于在帝客的搅扰下结束了，威克酒足饭饱后用一根大骨头挑逗帝客，帝客竟然跳到了餐桌上，像一个没有教养的家伙，抢过威克手中的骨头，然后在我的怒喝中，一路蹬盘踏盆地逃到安娜身后。

“上帝！帝客！”我真不知道是该喊上帝还是该喊帝客好了，我疯狂地站起来扑向帝客，它从来没有这样过，它让我显得和它一样缺乏教养。

“没事的。”安娜用甜蜜的声音阻止了我，“你做得太好吃了，以至于我忘了喂它，是不是，帝客？”

“是，是吗？”我呆立在那里。我不是帝客，但我显然替帝客回答了安娜的问题。我的眼睛一刻也没有离开安娜，她正如黑洞般吸食去我全部的认知与灵魂。

“龙，真的很感谢你用这样丰盛的晚宴招待我们。”安娜突然客气地对我说。

“没，没什么呀。”我突然发觉自己在安娜面前异常弱智，竟然不知道该如何思考和对答，甚至会口吃。

安娜好像看出我的窘迫，她话锋一转说道：“我叔叔人很好，但他和哥哥却是一对欢喜冤家，总是一碰面就叮叮当当吵个没完。你和我哥哥之间会这样吗？”

“不会，当然——”我已经预感到话题的危险性，我需要逃避。这次帮我的不是威克，而是帝客，此刻它正想打开充满诱惑的冰箱。

“你不能再吃了，帝客。”安娜立刻把帝客抱了起来。

“上帝！”我如释重负地喘了口气，没想到爱上一个人，会让人如此难受，痛苦不安。

当我端上散发出浓郁香味的咖啡，威克兴奋地说：“嗨，龙，快看，联合国太空计划署批准了新的月球移民计划，我想我们很快就可以到月球定居了。”

“真的吗？那你就真的可以在老鼠洞里抓到外星人了。”我笑着回答。

“你们真的相信会在月球碰见外星人？”安娜在一旁莫名其妙地看着我们。

“我们是小白鼠不是吗？所有人都这样说，包括龙。”威克耸了耸肩。

看着沉默的我，威克奇怪道：“龙，你今天有点反常，好像变了一个人似的，有点索然无味。来吧，说点什么，不然我们将无法对话下去。”

“我还要给你们准备房间呢。”我真的很想和威克掰扯下去，毕竟我们常以此为乐，但今天不能，因为安娜就坐在我的面前。我站了起来，向楼上走去。

“嗨，龙，你没事吧？”大嘴巴威克在我背后桀桀怪笑道，“别以为我不知道你在想什么，你还不是癞蛤蟆……”

我好像摔了一跤，在内心幻想的台阶上……

我的书桌、书柜和墙上挂满了相框，不管我看向哪里，它们都会给我一个栩栩如生的过去……

一个爱笑的女孩，一个让人发疯的少女，一个让人无法自已的女神……

我触摸，我沉思，我亲吻，我回忆……

一颗泪滑过我的脸颊，把彻骨的冰凉打入我火热的心房，它自由地飞过短暂的时空，勇敢地与冰冷的地板碰撞，用最后的生命幻化出晶莹剔透的梦想……

为了迎接安娜的到来，第二天一早我们就去了海边。我们嬉戏在蔚蓝的海水中，追逐跌宕的海浪；我们奔走在沙滩上，把肆意的脚印交错留下；我们喧闹在婆娑的椰树林下，找寻那些落地的熟果；我们垂钓在礁石间，意乱神迷在海天一色的远方……

安静的安娜，会轻轻翘起嘴唇，静静眺望远洋过往的船只，那一刻，她那湛蓝的眼睛犹如披上如丝如雾的薄纱……

欢笑的安娜，会常常乐不可支，一头金色的头发在空中飞扬，她那明媚的光芒，足以让太阳神阿波罗黯然神伤。

“龙，听哥哥说你是用一个发明换到的别墅，看来你的发明一定很伟大。能告诉我是什么吗？”安娜竟然好奇地问起让我最值得炫耀却一直无法炫耀的资本。

“不过是一个小发明罢了。”我欲言又止地回答，我害怕安娜会追问下去，所以一脸不以为然。

“讲讲嘛！”安娜居然撒娇般乞求道，这是我没有想到的。

“哈，我知道，妹妹。”一直和帝客在海滩上玩闹的威克不知何时跑了回来，他抢着说道，“龙发明了一种可以携电和放电的纳米药剂，不过，在临床试验中，被注射过药剂的动物，不是神经错乱就是疯掉，并极具攻击性。所以，他虽然取得了发明专利，却没有办法投放市场。后来他的这项专利不知道被哪个神经错乱的老板知道了，竟然破天荒提出用这套别墅来换。你说他是不是疯了？所以他就阴错阳差地拥有了富人的身份，有了在我面前炫耀的资本，甚至还说我住的地方连帝客的狗窝都不如。”

我的脸红到了脑后，我真的很想踹威克两脚然后堵住他的嘴巴，再把他丢入大海中喂鲨鱼。在那一瞬间，我华丽的皇帝新装被扒掉了，赤裸裸地暴露在灼热的阳光下……

威克其实并不了解那项专利的真正价值并不是纳米的携电和放电功能，而是稍加改造，它就能在自然的弱磁环境中获得自由电，那样，它的价值又何止只值一栋这样豪华的别墅呢？那次专利交易令我后悔莫及，但我不可能去告诉威克，因为威克明白后，必然会像看白痴一样看我……

虽然我现在处在极度难堪的境地，但我绝没有丝毫的解释余地，我任何的解释，只会让安娜看见我更加糟糕的一面……

“哥哥，那你也阴错阳差地搞个能换到别墅的发明呀？那样我们就不用跑到龙这里借住了。还有，龙说得一点不错，你那里还真没有帝客的狗窝干净。”安娜用她的光辉遮盖了我的丑陋。

“嗨，妹妹，你知道你在说什么吗？你这是在侮辱你的哥哥。”威克看见在安娜背后狞笑的我，气愤地说。

“我只是在说事实。”安娜说完，笑着抱起了帝客，然后点了点帝客的鼻子，问，“是不是呀，帝客？”

在帝客的欢叫中，腕机上的次宇宙系统突然炸了窝般鸣叫起来：“显我，显我……”

“嗨，龙。”南茜穿着一身靓丽的紫色连衣裙出现在我们面前。

南茜看到了威克：“嗨，威克，你也在？”

南茜看见了安娜，惊讶道：“咦，这位靓女又是谁啊？”

“南茜，这是威克的妹妹安娜。”我忙介绍道，“安娜，这是我们以前的同事南茜。”我想我把“同事”两个字已经咬得足够响亮了。

两个好奇的女孩彬彬有礼地打了声招呼，然后开始互相打量起对方……

南茜终于说道：“你们真的不够哥们，走了也不通知一声，想请客都找不到你们的人影。”

“你可没有请我，要不然我早去了。而且在走之前龙还专门找过你，是你不在。你现在在哪儿？不行我们过去找你？”威克胡言乱语道。

“来吧，木子街口，我等你们。”南茜笑着回答，然后用狡黠的目光盯着我说，“就是不知道人家龙会不会嫌我碍事。”

“哈哈，有人请客我们怎么会不去呢？还怕你摆鸿门宴吗？我们这就来。”我当然嫌她碍事，可我能够说出口吗？

“切，我本来就是想看看你们现在过得怎样，要不是安娜在，我怎么会请你们这两个忘恩负义的家伙呢？”南茜伶牙俐齿地回怼道。

我的余光看见安娜正好奇地打量着我和南茜，此刻的她竟然平静得让人毛骨悚然……

木子街口是女人的购物天堂，遍布大大小小的商店，一个男人一旦被女友拉进这里，落荒而逃是不用想了，因为不管往哪个方向走，等待你的都是绝望。你唯一能做的就是欲哭无泪地亦步亦趋，直到被满满的幸福包裹其中，才能企鹅般左右摇摆着脚步离开……

晃荡了几个小时，安娜和南茜才各自选到给对方的礼物。安娜送给南茜的是一枚精致的胸饰，南茜送给安娜的是一只淡黄的手镯，虽然都不是十分昂贵，但两个人都像捡到宝似的，爱不释手……

“在这里吧？”南茜在一家装潢精美的酒店门前停下了脚步。

“还是再走走吧，我想让妹妹吃点不一样的。”威克却说。

于是我们继续向前走去，不知不觉就走出了木子街口，来到一处街心公园，那里的人很多，打拳的，打牌的，唱戏的，拉曲的，逗鸟的，遛狗的，让人眼花缭乱，目不暇接。

“这里好热闹。”安娜好奇地站住了脚步，直到夕阳渐落，直到肚子发出咕咕的叫声，直到她再无好奇。

威克很快就在公园的一角寻到一家小吃摊，于是一张破桌，四把脏椅迎来了四个不安分的闹客……

“啤酒四瓶，烤鱼四条。”威克先举起了手指，我想我不用小肚鸡肠了，因为这是威克请客的暗示。

“麻辣海螺一份。”我点到了久违的美食。

“小葱拌豆腐一份。”南茜也开心地喊道。

“我要这个，不，不，我要这个，这是什么？”晕，好笑的安娜，可怜的安娜。

“蒸的山野菜，很有营养的。”一身脏兮兮的老板满脸堆笑地回答道。

“哦，那就要一份吧。”安娜犹豫道。

“嗨，南茜。”当我吐出第一根鱼刺的时候，开口问道：“Jao 和 Jan 现在怎样了？”

“不是吧，龙，你什么时候学会关心别人的死活了？”南茜一副吃惊的模样，然后才笑着说，“他们很好，已经完成了你留下的尾巴。不过，他们产品的制作过程太复杂，生产量一直提不上去，老板金不得不又专门请教了一位业内专家，不过专家给出了和你们一样的方案，而且依旧要面对你们曾经面对的那些技术难题。老板金现在正让 Jao 和 Jan 在重做你的方案。”

“真的？”威克瞪大了眼睛。

“当然是真的，你难道认为基因人是万能的啊？他们虽然有专长，但缺乏对现实全面的把控。”南茜笑着说完，调侃威克道，“不用这样看着我，你钦佩的对象在那边坐着，你难道不好奇他那小脑袋里怎么就会有那么多莫名其妙的想法吗？”南茜顺带也捎上了我。

“得。你就告诉我，老板金是不是很懊悔啊？”威克甚至没有看我一眼，追问道。

“肯定是有的，因为生产率不高，效益自然大打折扣。至少他向我打听过你们的去处，好像我会知道一样。”南茜笑道。

“哈哈，他现在就是给我涨十倍的工资，我也不会回去了。知道吗，我们这两天正准备去截云山探险，有兴趣加入吗？”威克已然向南茜发出了邀请。

如果有十倍工资拿，我肯定是会回去的，毕竟那才是我为所欲为的天下，至少比眼下提心吊胆地跟着威克整天瞎忙些乱七八糟的事情要好。况且我已经很久没有做项目了，脑袋瓜子里都快长出了草。

“真的假的？我可以去吗？”南茜居然孩子般兴奋起来。

“你能走开？可不是一天两天哦。”我看见安娜正在目不转睛地看着我，于是马上悬崖勒马，回归现实。

“你又不是不知道，我一年到头也在公司待不了几天，我自由着呢。”南茜居然说。

“那就一起去吧，我跟叔叔说。”威克大包大揽地说。

“还是我跟叔叔说吧。”安娜终于开口道。

“好哇，好哇。”南茜惊喜地喊了起来。

那一天我们玩到很晚，直到有人说我们该回去了……

那一晚的夜很美，皎洁的月光如丝缎披裹在双肩，烁烁星辰射下淡淡如涟漪般的星光，如那柔软的小手，触摸到心灵之泉，让人神魂迷离。窗外，竹林发出的沙沙声和远处海浪的潮汐声，如热恋中的情人在窃窃私语。

“哥哥总说你是他见过的最优秀的人，也是最适合做朋友的人，但他的话我很少当真的，因为他总是太过天真地去看待每一个人。”俏皮的安娜眨了一下眼睛说。

“我就是想要知道你骨子里到底是怎样的一个人，我想彻彻底底地了解你。”安娜用脚趾挑起清澈的湖水，明亮的眼睛在月光下显得格外透彻。

“因此我看到了一个丑陋的人，一个卑鄙的家伙，一个自私自利的胆小鬼，就是眼前的你啦，生气吗？嘻嘻。”安娜已经准备随时逃走。

“不过现在你还蛮可爱的，这样多好，还能洗耳恭听我的教诲。”

安娜跳到了另一块石头上，极力让自己不要笑出声来。

“唉，你的智商那么高，可是我怎么看，你都有点——”安娜没有说完，就立刻尖叫着跑了出去。

昔日的欢笑依然就在耳畔，但星辰转换间，尘归尘，土亦归土，留下的只有无尽的思念和煎熬……

■ 第五章

步入

新的一天，新的希望，新的梦想。

赫尔显然对我们的加入耿耿于怀，而面对冲他一直龇牙咧嘴的帝客，更是恼羞成怒，如果不是安娜在，我相信他会毫不犹豫地把帝客烧烤成狗排，然后一根根连骨带皮地吞下。

赫尔的笑脸只保持到和安娜拥抱之后，接着便匆忙离开了，直到他走出很远，他满脸的络腮胡，依然直愣愣地戳在我的脑海中。

安娜看出我和南茜的难堪，笑语道："我叔叔就是这样直来直去的人，他从来不会掩饰什么，是一个清澈见底的人。如果他温柔那么一点，我哥哥恐怕就不会来中国了，因为他们在一起总是争吵个没完没了，命中相克一般。"

我感激地看着远去的赫尔，因为，如果没有他的暴躁，我就不可能认识威克，更不可能邂逅到自己的梦中情人。

安娜领着我们，一一介绍着探险队的成员。

"很高兴见到你，龙。"比特·霍·卡尔伸出有力的大手，把我的整个手掌握在手心。比特：以色列人，细长的棕色眼睛，弯弯的眉毛，鹰钩鼻子，厚实的嘴唇，他的脾气大概很好，脸上始终挂着开朗的笑容，似乎一生都在笑对一切。他的助手巴西人休·亨特却是个不苟言笑的年轻人，不过他的嘴角也始终挂着一丝不易察觉的微笑。

"早安！龙先生，很高兴您的加入。"戴维·肯特彬彬有礼地和我轻握了一下手。戴维：英国人，男爵的后裔，面目清秀的他拥有天生的绅士风度，举手投足间都充满了优雅与克制，他的完美可以表现在任何细节，从平整的衣领到缀着金扣的袖腕，从精心折叠的领带到打着梅花结的鞋带，在他的身上找不到丝毫让你可以挑剔的地方。连他的助手，黑皮肤的南非人彼得·马斯顿的雪白的衣领也浆洗得干净如新。

“哈，在这明媚的早晨看见你，真的让人很愉悦。你好吗？”尼让·肯丘斯双手温暖地包围了我的手掌。尼让：法国人，他的胸前佩戴一枚金灿灿的盘龙徽章，已经开始发白的头发和不断闪动的目光，让他看起来像个智者，他的言语诙谐幽默，他的身材虽然肥胖得有些可爱，但又能足够灵活地做出令人颇感意外的敏捷举动。但他的助手，来自沙特阿拉伯的柏特却瘦骨嶙峋，几乎是一阵风都可以吹走。

“您好！”希蒙·柏克斯·拉维克用冰冷的手指触了一下我的手。希蒙：德国人，自从看见他的那一刻起就没有看见他笑过，他始终沉着脸，犀利的目光像要刺透你的心灵。他的助手，澳大利亚人迈伦·摩西更是个古怪到有点变态的家伙，他的一双手始终插在怀中，也在用阴冷的目光打量每一个人。

“您好！龙先生，多多关照。”平野郎深深鞠了一躬，不轻不重地握了一下我的手指。平野郎：来自日本，和他的名字一样，像头狡猾的野“狼”，飘忽不定，四处游荡，不论你的目光移到哪里，你总是能够看到他的影子。他的漂亮助手，日本人小渊美子，却是一个热情洋溢的姑娘。她和探险队里的每一个队员都打得火热，处处洋溢着她爽朗的笑声。

“早安！先生，如果需要帮助，直接来找我好了。”赫尔的助手是美国人歇洛·汗比，他负责整个探险队的后勤工作，要做的事情总是没完没了，他的脚步总是匆匆忙忙，而他的眼睛可以让你联想到空中盘旋不定的秃鹫。

面对这个联合国式的探险队，我丝毫开心不起来，虽然他们都表现得很友善，但多余的我们还是可以从他们每一个人的目光中，解读到让人沮丧和不安的东西，那是一种被歧视甚至无视的感觉。

“我感觉不对劲，威克。”我神经兮兮地说。

“你总是这样，可能这里对于你来说太过陌生了，你应该学会享受眼前的一切。龙，相信我。”威克已经开始可怜我。

“你难道以为我是疯子？看见那个叫迈伦的家伙了吗？我每次回头都能

看见他盯着我，直觉告诉我，他在监视我们。”我想说服威克。

“可我每次抬头也总能看见你在我眼前晃来晃去的啊。好啦，龙，我们现在去找安娜和南茜好吗？我们可以到镇上走走，放松一下。”威克笑着说。

天马镇三面环山，坐落在截云山区一处山脚下的谷地，这里是国家级自然保护区，除了百十户当地居民外，还有几家科研机构驻扎在这里。

镇子不是很大，但是足够古老，至今还保留着大量几个世纪以前的古老建筑。这些颇具民族特色的建筑三三两两地散落在街道两旁，虽然里面已经少有人居住，但依旧打扫得干干净净，供不多的游人观光游览。

这里的街道是用青石板铺就的，原本棱角分明锋芒毕露的它们，早已被世世代代的人用柔软的脚板踩踏得十分圆滑。或许是经历过漫长的时间洗礼，它们无疑目睹过人类无数的悲欢离合，开始对一切感到释然，就那么柔顺地躺在地上，笑对自然，闲看浮云……

走在街头偶尔会碰见一些兜售特产的当地人，她们把自己亲手编织的纪念品和一些土特产摆放出来，用淳朴的热情，招呼着每一个路过的游客。

“哇，它们太美了。”安娜几乎会驻足在每一个摊位，惊讶地摆弄着每一件物品，口中不断发出惊喜的赞美。如果不是因为知道她是第一次来中国，我一定会认为她是不食人间烟火的仙女，或者是天外来客。在这里，她就像白痴一样，雅典娜的智慧早已没了踪影。

安娜拿起一对苗族的竹筒娃娃爱不释手，她很想买下来，甚至开始讨价还价，但威克的一句话让她放弃了。

“我们可以回来再买，你总不能背上它们去探险吧。”

我把竹筒娃娃放在鼻尖，深深地闻着，在上面努力寻找安娜那淡淡的体香……

“她们很美，是吗？龙。”安娜把竹筒娃娃贴在脸上，撒娇般地看着我说……

泪水跌落在竹筒娃娃的面上，也打湿了整个世界……

太阳还没有升起来，帝客就已经开始在外面疯狂咆哮起来……

“起来，快点，你们不能让所有的人在下面等着，你却在这儿睡该死的觉。我们该出发了。”赫尔居然就这样闯进我和威克的房间，一脸怒气地喊道。

我们手忙脚乱地逃出房间来到院中，才发现太阳还躺在温暖的被窝中，只把缕缕清晖洒在暗空……

外面一片混乱，十辆越野车已经横七竖八地停在院中，歇洛正在指挥助手和几个雇佣来的当地人往车上搬运物资，一副逃难的模样……

赫尔和尼让等人在一棵桂花树下争论着什么，不识趣的帝客跑上前去，却被平野郎一脚给踢了回来，一脸的委屈。帝客是可怜的，它从来没有见过厌恶它的人，在它眼中，似乎只要是人，就应该喜欢它……

我和威克想去帮忙搬运东西，但歇洛冷冰冰地拒绝了我们。我不知道还要多久才能上路，看着眼前乱糟糟的一切，那一刻，内心就像这里的空气一样，潮湿得能捏出水来……

新的一天开始了，如果我早知道会有今天的结局，我绝不会踏进截云山一步……

这是一片处女之地，一片不可预测的新世界。

当朝阳洒下第一缕阳光，下了一夜雨的谷地里到处都是水镜般的水洼。此刻，它们折射出片片异彩，点缀出一个美轮美奂的世外桃源……

宽大的车轮把潮湿的草地碾开，红色的黏土随着车轮的高速运转，在车后抛起两道泥雨，被霞光一抹，形同两条红色的丝带，在车后飘逸……

“好美。”安娜几乎把脸贴在了车窗上，不时发出惊叹。

群山如泼染而成的水墨，淡淡的云雾盘绕在它的脚下。山渐渐近了，草地上开始零星点点散落着一些树木……

太阳慢慢把它的光辉涂满整个大地，远处如丝如绸的薄雾，在阳光的照耀下彩虹般跌宕飘曳……

我在看，但我的灵魂已然彻底融入这如诗如画的世界……

“上帝！看呀，那里。”坐在前座的安娜突然兴奋地叫了起来，顺着她白皙的手指，在我们不远处的高地上，伫立着百十只梅花鹿，它们远远地，谨慎而又好奇地打量着我们这群不速之客。

帝客闻声把头探出窗外，快速摇动起尾巴，喉咙中发出低沉的吠声。

马上要倒霉的威克，冲它们挥着手呐喊起来：“嗨——”

可想而知，梅花鹿先是一阵骚动，然后跳跃而起，如奔雷般滚滚而去，也就是瞬间，便逃得无影无踪。

看着安娜不满的眼神，威克尴尬地解释道：“它们跑起来看上去更美。”

“哈哈。”司机刘爽朗地笑了起来。他是一个三十多岁面色枯黄但又很健壮的汉子，长着一头漂亮而又黝黑的硬发。他的牙齿很白，可两旁的犬齿比正常人要长很多，足以让人联想到吸血鬼。相信我，刚刚看过《德拉库拉》的我，在看见他第一眼的时候，差点就抱头鼠窜了。

“这里的野兔、锦鸡和梅花鹿很多，还算可爱，但这里还有猕猴、豹子、棕熊和野猪等大型动物，看见它们最好还是保持点距离，千万别招惹它们。此外，这里蛇很多，一旦被它们咬了，会要命的。”司机刘笑呵呵地提醒我们，他显然是一个很热心的人。

“谢谢您的提醒。”安娜礼貌致谢后，又好奇地问道，“一路走来，怎么看不见猎户？他们不在这里狩猎吗？”

“我们很少到截云山这边来打猎，而且山里已经没多少猎户了，政府每年会给我们一两个月的狩猎期，只准打些野兔、山鸡、野猪什么的。”司机刘说着，娴熟地绕过一块巨石。

“为什么？这里好像离镇子并不远？”敏锐的威克，好奇的威克，异想天开的威克，问，“是不是这里有什么恐怖的传说？”

“当然。”司机刘犹豫了一下说，“这里确实有很多古老的传说，也有很多恐怖的故事发生……”

司机刘的话引起了我们的好奇，我们都静静地看着他……

“传说在上古时候，截云山顶峰有一个巨人的部落，他们身材高大，是天神和凡间女人私生儿女的后代。在传说中，山里还有一个巨大的蛇窟，那里盘踞着无数种毒蛇，让任何人都不敢靠近顶峰，于是巨人也成了蛇的庇护者，他们在那里世世代代过着与世无争的生活。可是后来，一条被东海龙王赶出来的逆子，被这里美丽的风景吸引住了，便决定在这里安家，可想而知，它不可避免地和巨人发生了战争，巨人设下圈套，在蛇的帮助下擒住了它，又用巨石把它压在湖底，然后把它的双眼挖出来镶嵌在权杖上。从那以后，截云山再也没有了原有的祥和与宁静。巨龙在湖底日夜号哭，凄惨的声音传到了玉皇大帝那里，他由此发现了天神与凡间女人私通的事情，于是决定惩罚天神的子女，就挥手砍断了捆绑巨龙的铁链，巨龙得以重见天日。它吸尽了湖中所有的水，腾云驾雾飞到半空中，把所有的湖水排山倒海地倒向巨人的家园……”

威克显然也注意到了司机刘背诵教科书式的语调，那应该是经过无数次提炼后的语句，绝非侃侃而谈。“于是巨人都被淹死了，故事也就结束了，是这样吗？”威克打断了司机刘。

“传说的结局正如你讲的一样，巨人死了，但巨龙自感杀戮太重，竟然皈依佛门，不知所终。传说终归是传说，没有人会相信。不过你们进山后，还真的要多加小心，那里真的有很多蛇。”司机刘说完又犹犹豫豫地说，“还有……”

“还有什么？”安娜敏感地问道。

“从 20 世纪起，这里就发生了很多离奇古怪的事情。先是一个探险队在进山后失踪了，接着镇里的猎户也隔三差五地在这里失去踪迹。后来政府派人来调查，也是进山的多回来的少，最后不得不放弃。于是镇里的老人开始说是他们触怒了巨人的冤魂，是巨人的鬼魂在作祟。有人说曾经在这里看见了巨大的身影，也有人说听见了它们在黑夜中号叫。再后来，一些科研机构驻扎在了镇子里，很快又传出什么有外星人的说法。”司机刘危言耸听道。

“真的假的？”威克将信将疑道。

司机刘耸了一下肩，接着说：“不管这些故事是真是假，反正后来镇里的人渐渐把这里当成禁地，再没有人愿意轻易踏入这里一步，特别是在黑夜中。”

“那你们为什么要来这里？难道你们就不怕吗？”威克问。

“因为我们和你一样不相信鬼神，也和你们一样充满好奇。这样的回答，你满意吗？”司机刘哈哈笑了起来。

离奇的传说，惊悚的故事。车里一下冷静下来，好像一个魔咒已然降临……

南茜一直安静地躺在后排宽敞的沙发座中，她戴了副青蛙似的卡通眼镜，看上去就像动漫里那倒霉的衰衰虫，虽然它总是最后的赢家，但每次它总会有一个完完全全的失败表演过程。

我想到了威克，威克此刻已经含笑入了梦乡，无忧无虑的他甚至让我怜悯，他怎么能够麻木地睡着了呢?

心思杂乱，我又定神在安娜身上。安娜一直用小手托着圆润的下巴，出神地眺望着远方，如美丽的森林女神阿尔忒弥斯，只是看上一眼，就足以让人无法抗拒她的诱惑……

安娜身上淡淡的幽香，时断时续地沁入我的四肢百骸，她的长发也时不时被风卷起，轻柔地拂过我的脸颊，我陶醉于那片刻温馨的骚扰，思绪随之飘荡无踪……

车速渐渐缓了下来，草丛中的石子也越来越多，在车轮的碾压下，发出清脆的响声。车子在齐人高的灌木丛和野草中劈开了一道绿色的波浪。这是夏色的海洋，跌宕起伏的不仅是车和人，还有一颗颗惴惴萌动的心……

夕阳西落，车队已经深入截云山区，车窗外此起彼伏的山峦，在太阳最后一丝光辉的招摇下尽显峥嵘，似乎总有一些暗影之魔，在黑暗的角落窥视着我们的到来……

车队准时到达了宿营地，夜鸟盘旋在我们的头顶，时不时发出令人心惊肉跳的叫声。这是一片相对平整的山坡，紧挨着一片茂密的原始森林。车队刚刚停下，暴躁的赫尔便跳下车开始指挥队员安置营地，他不停地挥舞手臂暴躁地咒骂着，他的咆哮让全队陷入了紧张……

希蒙和助手开始有条不紊地搭建营地帐篷，比特和平野郎已经点燃篝火，戴维和尼让在挑选晚餐的食品，歇洛跑前跑后地指挥司机和雇工为营地的安全忙碌着……

我想我应该做些什么，虽然一天的颠簸已经让我的四肢酸麻，骨架零散，内脏错位，但我还是应该做点让自己不会成为累赘的事情。等赫尔终于安静下来，我向他走去：“赫尔先生，我能做些什么？”

赫尔上上下下仔细地打量着我，似乎我是从地狱里爬上来的怪物。我开始有些后悔，在这里我只是个累赘，也只能是个累赘，我能够帮助他们什么呢?

正在我面红耳赤准备逃走时，赫尔突然问：“听安娜说你当过兵，是吗？”在得到我的确认后，他笑了，说道，“帮我看住他们几个，别让他们给我添什么麻烦。”

我明白他指的是安娜、南茜、威克和帝客，当然还有我……

离开时，我感到前所未有的放松，安娜竟然和她叔叔提起过我，不管她说些什么，都足以让我心生涟漪……

晚餐是在篝火旁进行的，虽然简单，却营养丰富。

以色列人比特从上衣口袋里掏出一瓶散发出浓烈气味的白兰地，礼貌地让了一圈，在没人共饮的情况下，自己倒了一小杯，惬意地抿上一口，很快惬意的微笑便浮现在他的脸庞，在火光的映衬下竟然像弥勒佛一样和蔼可亲……

德国人希蒙从旅行包里拿出一小瓶药，拧开瓶盖，往手中倒了两片赤红色的药丸，丢入口中，细细品嚼起来，看上去那药丸好像是山珍海味般让他津津有味……

法国人尼让笑眯眯地看着火盆里灵异般飘荡的火苗，口中细细咀嚼着一根腊肠，眼中闪耀出智慧老人才会有的那份光芒……

英国人戴维小心翼翼地用白净的手指捻起薯条，一根根丢进口中，生怕不小心把薯条上的油沾染到身上……

赫尔早已三口两口就把所有的食物塞进了肚子，然后在火盆旁的草地上撑开柔软的电脑屏幕，蹲在那里指指点点，开始向正在用餐的队员们交代明天的行程……

日本人平野郎凑在赫尔身旁，一边听，一边用力撕咬一块牛肉，他脸上的笑容一直僵尸般保持着，当然那是在赫尔看不见的时候，每当赫尔看向他，他的笑容会立刻充满活力和激情，就像川剧中古老的变脸一样迅捷……

小渊美子是活跃的，她不停地走来走去，像在寻找猎物一般，看得出她并不想和安娜、南茜说话，她更喜欢和包括威克在内的其他任何男人打情骂俏，即使赫尔不满地看着她，她也毫无顾忌……

比特又开始兴致勃勃地推销起他的发明："人类语言本身就是匮乏的，就像鸡蛋，不论你怎么描述，其他人也不可能完整地画出它标准的模样。所以，人类需要新的交流模式，比如感官互联，我们只需要把彼此所看到的，听到的，感受到的，通过彼此链接的感官芯片传递给对方，那么一切都 OK 了，根本不需要只言片语的交流……"

"你拍张全息照片发过去不就得了，有必要那么麻烦吗？"尼让显然是极简主义者，在他眼中，任何多余的拥有都会成为一种负担。

"那你看到的还是照片，而感官交流会让你身临其境，这能一样吗？想象一下身在万里之外的你，可以和家人共进晚餐，品味同样的美酒，那该是多么温馨的事情。"比特笑眯眯地说，他并没有表露出丝毫的不满。

"我更担心的是被人把我的信息通道黑了，那我岂不是赤裸裸地站在别人的眼前。"戴维更在意自己在外人眼中的形象，显然，隐私才是他关注的重点，毕竟每个人的隐私都不怎么光彩。

"你们应该知道，自然界并不存在完全相同状态的粒子，虽然它们只是看上去好像相似而已。我们使用的同频粒子干涉传输，会把彼此干涉的粒子调整到随机的类统一状态，这样，即使是世界上最尖端的黑客技术，想在极秒级的时间段里来破解它们，也是不可能的。所以你更应该担心你亲爱的妻子和可爱的女儿在晚餐上吃了些什么，而不是去担心被他人偷闻去四处飘散的香气。"比特对眼前话题的统一十分满意，他只是担心地看了一眼平野郎，那可是一个喜欢东拉西扯的主，万一转换了话题，那就得不偿失了。

平野郎撕下一块牛肉，刚嚼了两口，看到比特的目光投来，没来得及咽下，马上问道："如果有人对这样的产品很感兴趣，那又该怎么去做呢？"

“哈哈，我回头会给你一份详细的材料，保证你会财源滚滚的。”比特开心地笑了。

“不知道你的发明什么时候才能让我们每一个人都能使用上，那样我就可以对你们每个人遇到的状况了如指掌了，也免得你们手忙脚乱地伤到自己。”赫尔把目光从地图移开，面无表情地调侃道。

“如果它们在不恰当的时间出现，我们的感知是不是也会受到影响呢？就像此刻在我们享受眼前的美食时，你会让我们看到甚至闻到了你的呕吐物，或者在面对危险时，它的出现会影响到我们的注意力。如果这样，我们该如何面对这些不确定的感知干扰呢？就像垃圾电话和信息一样。”希蒙平静地说道，他一直保持着高度的理性状态，多角度看待问题一直是他的强项。

比特的话题就这样被终结了，比特还没有来得及表示出不满，赫尔已经站了起来，大声道：“走，我们去营地四处转转，看看还有什么疏漏没有，如果不小心，他们这些缺乏野外经验的人是很容易出问题的。我不希望任何不幸发生在我的团队中。”

拥有百亿人口的地球会有百亿种不同的想法，碰撞出任何奇妙的火花，都不足为奇，但能在一个问题上达成共识，才真的比见鬼都难……

你无法绑架别人的思维，无法左右任何人的脚步，它们就如浩浩荡荡的泥石流，泥石俱下，乌漆麻黑地扫荡一切，然后沉淀入山川河流，居然又清清爽爽地界线分明，形成五彩缤纷的大同之世。这个历程很壮观，也很无奈，本可瞬间而就的事，居然要经历万千磨难，才皈依一体，是不是有点无趣……

篝火依然，看着婀娜摇摆的火苗，我正在迷失。是的，如果连诺亚方舟都变成了石山，你还能相信什么呢？不，你什么都不能相信，你唯一能够相信的只有自己的直觉，和对自己智慧的信任。

黑暗中的山是狰狞的，当森林里特有的夜雾笼罩整个星空，黑暗无处不在，来自地狱的蠢蠢欲动的幽灵，开始窥视弱小的人类，它们即使没有丝毫戏弄和毁灭的欲望，就那么静静凝视，也会让人毫不犹豫地选择逃亡之路。它们在等待什么呢？我不知道，或许它们在等待人类毁灭后的忏悔，即使为时已晚……

和不靠谱的宇宙爆炸学说一样，我也在质疑宇宙一成不变的永恒，我无法理解一个永恒的宇宙中，为什么智慧文明的火种如此寥寥，在一个已经永恒了无数个永恒的今天，难道它不应该是足够强大和成熟到遍及整个宇宙吗?

我已经敏锐地察觉到自己思维的局限性，但那是什么？我毫无头绪……

“干吗呢？周公又约你喝酒呢？喝的二锅头还是人头马呢？”我不知道神游了多久，直到威克拍着我的脑袋调侃道。

“我不喝。”我没头没脑的回答立刻引来一阵嘲讽般刺耳的笑声。我无法控制自己的大脑，让它安安分分地待在现实中，它们总是杂乱无章地左右着我的生命。

“有什么好笑的？你们这种无趣的闲聊纯粹是在浪费彼此的时间和生命，难道我就不能用这些时间去思考些问题吗？”我尴尬中带着怒气。

面对戛然而止的笑声和极度难堪的安娜，习以为常的威克说：“别理他，他就是这样，可以无视一切，活在自我世界中的人。”

“嗨！兄弟，现在我们开始谈论一个有趣的话题怎样？”威克再次眉飞色舞地冲我说道。

“外星人、深海恶魔、小矮人还是帝客的眼罩？”我已然释放出体内的魔鬼。

威克神秘地说道：“明天晚上我们可以用肉眼观测到一颗名叫撒旦的彗星，一个一万年才会出现一次的彗星。这样的星际邂逅，会提起你的兴趣吗？”

“真的假的？”南茜将信将疑地问，“你怎么知道的？而且它怎么会有一个这么邪恶的名字呢？”

“小渊美子告诉我的。”威克毫不掩饰地回答道，“我现在就告诉你关于撒旦彗星的传说，如果你们想知道的话。”

看他兴奋的样子，即使我们不想聆听好像也改变不了什么，糟糕的演说家威克说道：“据破解的埃及文字记载，撒旦彗星来自天蝎星座，当它临近地球的时候，天神会从云中降落在金字塔尖，接受人类的膜拜，他会赐福给最虔诚的人，也会用闪电惩罚那些有罪和邪恶的人……”

威克的话是苍白而无趣的。语言其实并不是人类专有的交流技能，动物早在人类诞生以前已经拥有了它，只不过它们在人类耳中有些不知所云罢了。语言作为交流工具，无疑促进了人类本身的进化和社会的发展，但同样不可否认的是，在现实社会中，它还会成为蛊惑人心的工具……

“那它改名叫上帝彗星不更加妥当些？”面对威克破绽百出的鹦鹉学舌，我讥笑道，“据我所知，埃及象形文字好像还没完全破译，想准确解读它们是不可能的。而且在埃及象形文字失传的时候，上帝和撒旦好像还都没有出现过呢。所以，威克，你是在人云亦云地制造谣言！”

威克哈哈一笑，驳斥道：“你知道的，龙，埃及今天的历史是口口相传的历史，难道没有象形文字的历史就不是历史了吗？再或者，他们仅仅根据彗星上一次的轨迹，就计算出再次回归的路线和日期了呢？也是有这种可能不是？”

很多人活在这个世界上，是从来不带头脑的，虽然他们也顶着一个叫脑袋的东西，但是他们从来不去思考什么，他们一生都在追随别人的脚步。是的，在我的眼中，任何人，如果失去独立思考，人云亦云地活着，那他已经就是死了……

“喔喔喔。”我不屑一顾地说，“好吧，即使你所说的一切都成立，但对有罪和邪恶的人进行惩罚是上帝的专利，为什么会套用撒旦的名字呢？毕竟它代表着上帝的惩罚，而不是撒旦的荣耀。”

“因为罪恶来源于撒旦啊。”聪明的威克终于笑了起来，他认为他的解释很合理。

“嚯，反向定义吗？角度不同，所以看到的和用到词汇也会不同？”话语中虽然带有质疑，但我已经开始反思自己对错而不顾生死了。

可是倒霉的威克却先住了口，瞬间失去了和我继续辩驳下去的愿望，此刻他的脸和安娜一样通红，不过他的是难堪，而安娜则是满脸兴奋……

我似乎看见帝客在睡梦中撕咬外星人的遗骨……

“该睡了啊？安娜。”南茜无精打采地建议道。

“走啦，走啊——”安娜的声音真的比世界上的任何音乐都美。

那一夜我又失眠了，莫名其妙的白日梦和没有节制的冲动，让我很奇怪自己的状态……

我就像一个双面人，在截然相反的性格驱使下，不断跌宕在胜利和失败的浪尖谷底之间……

我在黑暗中睁大眼睛，一秒、一秒……

第六章

厄运之始

我睁开了酸涩的眼睛，我还活着，但我不会感谢上帝……

我必须出去一趟，因为我想起了地铁站台里的那个身影是谁，那是坚，一个被我只用了一个“滚”字就能被侮辱到的人，显然，那会成为他报复我的正当理由……

出门的时候，我看了一眼花房，我已经很久没有进去过了，因为我知道，纵使再鲜花怒放，终有一日，它们也会和我一样从这个世界消失……

老板金告诉我坚早在我辞职后不久就离开了公司，他只是听人说坚好像在T区……

我去了T区黑博士那里，他答应了我的请求，说一定会帮我找到坚……

当我醒来时，天已经微亮，迷迷瞪瞪刚梳洗完，还没来得及活动下筋骨，就看见安娜笑盈盈地端着早餐走来……

此刻，漫卷的晨雾在轻风的拨弄下四处游荡，绿油油的花草在懒散的晨光中伸展，叶上的露珠折射出宝石般的璀璨。安娜就这样走来，她把金发随意挽在脑后，洁白的衬衣下摆束扎在淡蓝的牛仔裤中，如油画中的天使般漫步走来，光芒四射……

安娜笑盈盈地冲我们喊道：“嗨，懒虫们，该启程啦，我可看见叔叔正在向这里走来。”

牛奶，面包，一顿简单但足够营养的早餐……

无意中，我发现平野郎坐在不远处的石头上，他端起牛奶杯冲我举了举，我才惊讶地发现他还很年轻，板平的寸头，在晨辉下显得格外黝黑……

早餐匆匆而毕，拔寨启程。新的一天开始了，等待我们的依旧是未知的命运……

我们在车上颠簸了几个小时，一路上，叽叽喳喳的安娜像一只百灵鸟一样快活，她甚至搅扰到南茜把电脑眼镜戴到了帝客脑袋上。她们开始海阔天空地谈论些和眼下风马牛不相及的事情，她们的笑声甚至让前后车辆里的人都探头投来羡慕的眼光……

而威克和我，只能像傻子一般，除了洗耳恭听，连插嘴的机会都没有。偶尔会和安娜的目光相遇，她会莞尔一笑，立刻逃开我的目光。南茜则会大眼瞪小眼般盯得我坐立不安，直到我逃之夭夭……

“你们快看，猕猴打架呢！”南茜突然指着远处喊道。

茂密的树林中正在发生一场战争，两伙猴群不知道是为了什么，开始上蹿下跳地彼此攻击，甚至互殴到头破血流……

“也许是为了一根香蕉吧？毕竟这不是收获苹果的季节。”威克的注意力也转了过来，用轻蔑的口吻嘲笑道。

“切——”习惯站在威克对立面的我，不假思索地就冲他“切”了一刀，“它们好歹是为了一根香蕉，我们呢？我们人类甚至连为了什么都不知道就会彼此杀戮。”

“它们为了食物，我们为了信仰，不是吗？”瞬间的错愕之后，安娜为了哥哥，还了一“刀”给我。

“杀人的信仰吗？”话到口边，硬生生被我咽了回去。在我眼中，人类的历史是不堪的，和所有生物一样，同样是用鲜血泼染而成的画卷，一旦风吹日晒，那抹血红就会渐渐发霉发黑，直到破烂不堪，还依然散发出恶臭。

是的，我不可能去反驳心爱的女神，那会让我得不偿失。随着路途的行进，我渐渐放松，瘫在车座中，不再去对抗上下左右的颠簸，空洞的目光逐渐抛向了远方……

中午，队伍停靠在一处悬崖下躲避火辣辣的日头，然后分发了一些快食让队员们填饱肚子，之后又匆忙上路了。

精力得到短暂的恢复，聪明的我们立刻发现原来脚下并没有路，但走过之后，我们就可以称它们为路了。于是在我们的笑声中，路被分为了安娜道、南茜街、威克巷、龙之途，以及什么帝客胡同……

说的人嘴皮子快磨出泡，笑的人依然腮帮子发疼，终于有一个人开始发困，接连打了几个哈欠，于是一个个闭上了嘴，眼睛也渐渐睁不开。不知道睡了多久，再醒来的时候，发现太阳已经开始拥抱山峦，巨大的阴影投射在远处的森林……

“到哪儿了？”威克揉着红红的眼睛问。

“应该不远了，大概再有半个时辰就能赶到营地。”司机刘闪耀着吸血鬼般洁白的牙齿回应道。

满是石头的山地让行进更加颠簸，身体零件散落一地的我们，看见前面的人纷纷跳下车步行，也马上聪明地逃出车笼，跟随在车辆左右。

我们一路风尘，如饱经风霜的圣徒，凭借最后的一点信念，用坚毅的脚步向圣地跋涉……

这里的群山不奇不险，却高耸入云，气势磅礴。或高或低的山体上密密麻麻地长着些松、杉之类的高大林木，林间更是枯藤纵横交错，乱草穿空，还有遍地枝丫婆娑的灌木丛。这里是罕有人至的原始森林，这里是天地造化的世界，这里是孕育着无限生机的处女地……

步入其中，沁入四肢百骸的是一种古老的气息，面对它们，你偶尔会如痴如醉，你偶尔会目眩神迷。此刻，你的眼前不再有危立如林的高楼，不再有熙熙攘攘的人潮车流，不再有喧嚣不尽下的彷徨和孤独，不经意间，你会对生命产生敬畏，对自然产生崇拜……

在这里，你大可不必匆匆忙忙如丧家之犬，为生存，为金钱，为权利，为明天，为荣誉，为伦理，为信念，为理想，为一切因人而存在的东西去苟延残喘地活着。在这里，你就是你，你也永远只能是你自己……

“上帝如果不造出人类，这个世界会不会更加美好呢？”威克突然一本正经地说。

“哥哥，你在说什么呀？应该是造不出像你这样的人吧？如果都造成南茜这个模样，或者像龙那样也好，世界肯定会美好很多。”顽皮的安娜打趣威克道。

一个“也好”让我生出许多感慨。我红了一下脸，我知道自己是一个俗不可耐之人，人类几乎所有的缺点都可以在我的影子中窥到，我对自己的否定更多于肯定，毕竟骨子里固有的本能是无法改变的……

“我是好人？如果真是那样，我就成了上帝。”我想。

因为一句话，威克和安娜之间的战争由此拉开，安娜尖叫着躲到了我的身后，一双小手紧紧握住我的手臂，他们在我身边追逐嬉闹，安娜的秀发拂过我的面颊，那淡淡的幽香把我的灵魂带到了天堂……

南茜只是笑盈盈地看着我们，目光清澈而无半点涟漪。这很奇怪……

威克无意中踩到了帝客，帝客立马哀号着蹿到一旁的草丛里。

“看你做了什么？”安娜心痛地向帝客伸出手去。

“我不是有意的。”威克沮丧地解释道。

“啊——”

安娜突然尖叫着后退了几步，指向帝客身后。我飞快地把她拉在身后，手指也已贴在腰间的刀柄上。可是眼前除了浓密的草丛，我什么也没看见。

探险队员都注意到状况的发生，他们敏捷地向我们靠拢，始终走在队伍最前面的歇洛，也拖着长长的砍刀奔了过来。

受到了惊吓的帝客，并不知道自己犯了什么错，口中发出哀怨的低吠，毫不理会我的召唤，看着围涌上来的人们，害怕地向草丛里缩去。

“该死的。”我听见赫尔低低地咒骂，他快步来到安娜身边，关心地问，“你没事吧？”

安娜依旧恐惧地看向帝客，帝客骤然狂叫一声，身体高高跃起，连滚带爬地扑在我的脚下，浑身战栗地向树丛发出胆怯的叫声。

树丛一阵摇动，我想我看见了伊甸园的撒旦，它从草丛后伸出巨大的头颅，“咝咝”的长舌如勾魂的链锁，在向我们招摇，它邪恶的目光更让人不寒而栗。

歇洛已经移动到队伍的最前端，他紧紧盯着巨蟒，手中的长刀射出逼人的寒光。他弓起腰背，像一头即将出击的雄狮。

“不要伤害它。”赫尔低吼道，“它会自动离开的。”

我制止了帝客的低鸣，把它的头塞在我的怀中，可怜的小东西，我相信它是第一次在真实的世界中看到令它如此恐惧的东西。

在漫长的对视中，巨蟒终于离开了，很快树丛里枝摇叶落的声音渐渐远去。它显然不愿品尝这些散发出古怪味道的两腿动物，也许它认为不必要的好奇可能会让自己拉肚子，因此，它掉头离开了，甚至是不屑一顾。

“大家都警惕点，营地就在前面了，马上就到。如果我们能够准时到达，你们都可以得到一杯红酒。”赫尔安抚过安娜后，对大家说道。

来自红酒的魔力，让队伍加快了行进的速度，安娜走在我和南茜中间，她脸色苍白，把帝客紧紧搂在怀中……

我并没有尝试去安慰安娜，因为我同样处在深深的惊骇中。即使走出很远，我依旧能感到后背不断冒出的凉意。巨蟒仅仅凭借其神龙见首不见尾般的存在，就足以让我瑟瑟发抖，这是我在白日梦中从未曾想到的……

我们终于在日落前赶到了营地，稍作休整，所有人开始搭设帐篷，忙碌的脚步和此起彼伏的喊声，给寂静的山麓增添了些许活力，也打破了这里冰封多年的宁静。

晚餐时，在暖暖的火盆旁，我们品尝到了来自法国地道的红酒。浓郁香醇的红酒为安娜因受到惊吓而苍白的脸上抹了一丝红润，她静静地坐在那里，出神地望着变幻不定的火苗。

我丝毫没有打扰安娜的冲动，就那么静静地看着她，看着她目光里游离不定的思绪……

南茜拉起威克和其他人一起跑到视野开阔的地方，拿出望远镜等待“撒旦”降临，只有我和安娜还默默地坐在篝火旁。

“安娜，你们快来看啊，彗星！”远处巨石上的威克，兴奋地冲我们大喊起来。

那是一颗美丽的彗星，它拖着长长的彗尾，划过群星璀璨的夜空，划过明亮如轮的月亮，它光芒四射，照亮了整个大地，天地瞬间被笼罩在神秘的色彩之中……

我想，我没有看见撒旦的坠落，却看见了雅典娜的降临。我看见安娜把双掌合在了胸前，那淡淡清辉如丝如缕，曼舞在她的身边，让她如出浴的女神，圣洁而又庄严……

“谁？”

蓦然间，一股冰凉悄然爬上我的脊梁，在我回头的瞬间，我看见了迈伦躲闪的目光……

是的，从步入截云山的那一刻起，我就有点神经质，不管看到什么，听到什么……

经过几天的颠簸，我们终于顺利抵达截云山主峰区，一路上虽然遇到些小的波折，但一切都还算顺利。赫尔决定在山脚下的一片空地上休整一天，因为在我们前面已经没有越野车可以爬得上的地方了，剩下的路，我们只有徒步跋涉。

这是个艳阳高照的好天气，太阳懒洋洋地挂在空中，白云在碧蓝的天空飘荡，倒是久未见到的美景。群山敞开温馨的怀抱，慈母般迎接着我们的到来，为我们这群远来的儿女拂去身上的尘土，揉去四肢的疲惫，抹去心灵的感伤……

在绿波荡漾的原始森林中，有一群猴子厮闹个不停，它们先是远远地在树上观察我们，后来开始放开胆子慢慢靠近，不断唧唧喳喳地取笑着我们的怪模样。再后来，源于它们好奇而又足够顽皮的天性，它们会冲我们喊叫，丢东西，甚至窜下来想从我们身边抢走一些鲜亮好玩或者可口的东西。

帝客像守护神那样恪尽职守，它勇敢、敏捷、无畏、毫不退缩，它始终保护着属于它的领地。

喧闹的猴群时不时惊起些五色斑斓却又叫不上名字的鸟儿，它们展开五颜六色的翅膀，在空中自由地飞翔，它们的鸣叫如一曲曼妙的乐章。

猴群终于安静下来，胜利的帝客屁颠屁颠地跟在小渊美子身后跑开，我想肯定有一根骨头在召唤它肚子里的馋虫，否则它是很讨厌和小渊美子在一起的，因为它厌恶被不停地梳理以及被迫闻着浓郁且古怪的香味。这不是我的杜撰，因为帝客每次被她抱在怀中，总是喷嚏不断……

我静静地躺在草地上，听着身旁可恶的威克和可爱的安娜小鸟般斗嘴，在暖洋洋的阳光下惬意地闭上了眼睛。这是一种舒适且无拘无束的感觉，我想，别人一生梦寐以求却未必得到的东西，此刻，却被我不经意间全部享受到了。

如果我有一个像安娜一样可爱的妹妹该多好，我又想到了安娜。安娜在我的眼中如圣女般圣洁，我无法控制自己不去看她，不去想她，哪怕只是在远处静静地看着她的一举一动，一笑一盼，都令人心动神摇，无法自已。

“她会爱上我吗？”我已经陷入一场暗恋的沼泽。

爱情真的是一杯苦酒吗？如果是，那我会毫不犹豫地喝下它。这里山路依旧漫长崎岖，但我发觉自己将要走的路更加艰难。我很想告诉上帝：我爱安娜，愿意为她抛弃一切……

但，她会爱上我吗……

鼻头一凉，睁开眼睛，倒霉地发现是一团白色的鸟屎，肇事者已经逃之夭夭。

“该死的。”我再次恶狠狠地咒骂道，因为我的眼中已然看到了血腥……

“啊——”

出事的是莫西，此刻，他的一条腿被死死压在车厢下，他在哀号，在咒骂，双手拼命地拍打着车门。

我看到了车辆旁歪倒的千斤顶和卸掉的车轮，显然这是一场意外，一场因为疏忽而导致的意外。

莫西的个头不高，身体也瘦弱得让人可怜。探险队招募雇工和司机时，他第一个就报了名，但赫尔也是第一个就刷下了他。但莫西不依不饶地缠上了赫尔，他自称是瓦西族的后裔，为了加入探险队，他甚至提出愿意做免费的向导。看着执着的莫西，还是心软的尼让最终说服了赫尔。想不到还没有正式进山，他就出了意外。

赫尔指挥队员们抬起越野车，比特费力地扯出了莫西。小渊美子熟练地撕开莫西的裤腿，先在受伤处喷上麻醉剂，仔细检查后，大咧咧地宽慰莫西道：“你放心好了，没什么大问题，只是骨折，上些药固定一下，十七八天就会好的。”

是的，不过是骨折罢了，又要不了人命，何必大惊小怪的，如果我是医生，我也会这样说，毕竟人类往往会见怪不怪，甚至到最后只剩下麻木。

我不知道这种邪恶的念头是如何诞生的，并很快为此而感到羞耻。是的，人不只是一个符号，更是一个鲜活的生命。我在自己的脑袋上狠狠拍了一下，我必须让自己的思想维持在正常人的标准，否则我早晚会被它拉入万劫不复的地狱……

“不，不，我要进山，我不能留在这里养伤！”刚刚脱离危险的莫西，竟然马上想到了后果。

“不会有人抛弃你的。”小渊美子安慰他说，“我给你用的是纳米药剂，只要好好休息一下，骨头很快就会长好的。”每个人都知道这是谎言，说的人如此，听的人也如此。

莫西继续哀求道：“不要留下我，我不要报酬来探险队，就是想亲眼看一看我们瓦西族史前的文明。”

赫尔毫不犹豫地拒绝了莫西的请求，因为探险队不可能在这里停留十多天，毕竟补给是有限的。伤心的莫西立马孩子般痛哭起来。

那一刻，我看到南茜的眼睛中充满困惑，她似乎自言自语地说了句：“为什么人类会这般脆弱？”

是的，为什么呢？我已经看到了满眼含泪的安娜……

走出莫西的帐篷，每个人都把沉重的心情挂在脸上。虽然我也知道，在别人不幸的时候表现出幸灾乐祸，是疯子才有的胆量，但我不断闪出各种邪恶且粗鄙的念头，我无法把它们剥离出去，它们如生而有之，一直如影随形在我的内心世界。如果面对安娜和南茜，我更相信人之初，性本善。但面对自己，我唯一能够做的就是把与生俱来的恶扼杀在脑海深处，让自己更像一个善良的人，一个正常的人……

因为我本恶，我必须改变自己……

整整一个晚上，营地都沉浸在死寂中，不仅仅是为莫西，也因为这是一个不祥的预兆……

月亮渐渐被夜雾笼罩。安娜不时拨弄一下潮湿的金发，她看了我一眼，欲言又止。威克到赫尔那里还没回来，南茜也不知道跑到哪里去了，帐篷里只剩下我和安娜，此刻的她有点不安，手指不自觉地纠缠在一起，玩起了手指头的游戏……

难得有机会这样仔细地打量她，灯光侧照下，她那本就雪白的肌肤更是如冰似玉，甚至珠圆玉润，让人心猿意马。面对冰雕玉琢的安娜，不可方物的安娜，我的内心深处已然敲打起非洲狂野的鼓点，梦在启航……

“你看什么？”安娜注意到我的眼神，脸渐渐红了起来，最终她鼓起勇气，皱着眉头生气道。

“你真美！”我脱口而出。

“关你什么事？”安娜脸色绯红，哼了一声，转过身去。

我很想去花言巧语地说些什么，但搜肠刮肚半天，最终也没有找到一词半语来化解眼下的尴尬，更生怕自己会说出什么不适宜的话来而事与愿违。再度安静下来的帐篷里，空气稀薄得让人窒息，毕竟这里海拔很高……

幸运的是，我的自闭刚刚开始，威克就回来了，他耸了一下肩说：“瓦西族依旧是一个传说，是一个莫名其妙的民族，莫名其妙地存在过，又莫名其妙地消失了。”威克说，“不过他们也是一个异常高大的人种，至少在传说中是那样的。”

巨人和恐龙相比，应该属于小儿科级别的物种，因此应该没有生物学上不可突破的禁地，只不过是些好奇家伙在庸人自扰，浮想联翩，甚至为装神弄鬼的阴谋论玩家提供了广漠的寄生地……

我厌恶巨人的世界，就像我厌恶比我身高的人一样，虽然和他们在一起时，他们总是对我恭恭敬敬地耷拉下脑袋，一副俯首称臣的模样，但我还是讨厌一天到晚昂首挺胸地站在他们中间，那是一种很累的姿态。

“他的眼神好恐怖。”安娜怯怯的声音穿入我的耳膜。

“他在做梦呢？别理他，我早就对他这样的怪模样习以为常了。”威克好像也在我的耳旁说。

“难道这样也可以睡着？”安娜好奇地问。

“妹妹，难道你以为他是普通的人呢？他简直就不是人。哈哈。”威克大笑起来。

我无视了威克兄妹的调侃，我依旧沦陷在黑暗的世界中无法自拔……

地球文明在这个浩瀚的宇宙中，就如一个还没有发出第一声哭泣的婴儿那样，周围虽然星光灿烂，但我们的视野依旧黑暗……

我站了起来，我的腰酸痛得很，我已经写了很久，缓慢的进度让我沮丧，我甚至想放弃，但看着已经厚厚的一沓笔记，我打消了这样的念头。

是的，或许我不应该这样事无巨细地写下去，让自己看上去就像一个喋喋不休的家伙……

但我真的很想跟你们分享我和安娜在一起的每时每刻，真的……

人真的是很奇怪的动物，至少会去自找麻烦的动物就很少……

我打开了安娜的全息照片，她活灵活现地站在了我的身边，我甚至闻到了她身上的幽香，我很想让她一直在那里陪我，但我放弃了，因为我会不停地扭头去看她，而我没有时间可以这样去做，真的……

我再次提笔而书的时候，昔日的嬉闹声依然在耳边萦绕，久久不散……

第一缕金色的阳光照耀在山之巅峰，一个生机勃勃的世界，如绚丽的画卷在我们的眼前铺展开来。薄薄的云雾在山峦间飘荡，在朝霞的泼染下，如绚烂的绸缎一般耀眼多彩。碧绿如洗的群山在彩霞云雾的缠绕下，影影绰绰，变幻莫测。

在鸟声的喧嚣中，安娜站在一块巨石上，贪婪地眺望着眼前的一切，惊叹道："这里好美呀！"

"那是谁？"我突然看见一个人影从远处的树林里钻了出来，他一边飞快地向营地这边走来，一边不停地扭头回看，行踪甚是诡异。

"好像是平野郎？"安娜看了片刻，肯定道，"是他。奇怪，他一早到营地外面干吗？"

随着身影越来越近，果然是平野郎，他一身的雾水，靴子上也沾满了污泥，他走得很匆忙，甚至没有察觉到站在巨石上的我和安娜。

"嗨，这么早干吗去了？"我大声喊道。

平野郎听见我的喊声，猛然怔在那里，抬头看见我们，才慌乱地回答道："没，没干什么？我晨跑去了。"他的眼眸中闪过一丝异样，令人生疑。

"你好早，我们在看日出。"我看见平野郎的一侧衣兜里好像装了什么东西，鼓鼓的，一种奇怪的感觉闪现在我的脑海，于是打趣地问："你兜里装的什么？鼓鼓囊囊的，不会是偷了面包出去吃吧？哈哈。"

"哈，还真让你猜着了，这不，我良心发现，正准备送回去呢。"平野郎嘻嘻哈哈地应着，脚不停步跑进营地。

"不行先给我们吧？早餐的时候再还你。"我冲平野郎的背影喊。

平野郎回头一挥手道："这个我已经咬了一口，马上就开饭了，你们也下来吧。"说话间，他已经三步两步地跑出去很远。

"龙，你好奇怪。"安娜用奇怪的眼神看着我说。

我当然不奇怪，奇怪的是咬了一口的面包还能还回去吗。"是吗？我真的饿了。"我嬉皮笑脸地回着安娜。

吃过早餐，莫西被无情地留在了营地，他拄着拐棍，泪巴巴地目送我们远去。

“我来了，截云山。”再次踏上征程，我居然心生一种征服的欲望，早已忘了眼前华美的大自然是无为的万物造就的，我们这般渺小的存在又能改变什么呢？可笑亦可悲的我们……

我想到了“道”，想到道，自然会想到如今的世之道，我们的世之道，乃是非之道，早已偏离了自然之本，自然之源。一个连真我都搞丢的世界，大概也只能剩下对鬼神的无脑膜拜了。只可惜，道本无神明，徒自寻烦恼……

山就在那里，只是我们来了，给它送来了短暂的喧嚣和骚扰……

这里没有路，到处都是齐人高的茅草，粗大的藤枝左盘右旋地缠绕在树木间。看不见的地方，有鸟鸣，有兽叫，它们弹奏起凌乱的乐章，却难得一现。目之所及，林草、百花、乱石、腐叶在视野里涂抹上杂乱的色彩……

歇洛走在队伍的最前面，为我们清除路上的障碍，他手中一柄一米长的砍刀，被挥舞得呼呼有声。山里的路很难走，有时为绕过一块巨石或者溪涧，我们甚至得多耗去几倍甚至更多的时间。

“怎么会是这样？至少我们应该有羊肠小道走的。”威克低声嘟囔着，又一次蹲在旁边清理起靴子上厚重的黏土，这一路已经让他吃尽了苦头。

行进是疲劳和枯燥的，曾经的一点兴奋已经被沉重的旅行包压碎，对眼前的景物也渐渐失去了初入山时那份新鲜与刺激的感觉。脚下随时都有可能踩上又湿又滑的石头，它们躲藏在散发出腐烂气味的落叶下，一不小心，就会让你四脚朝天，如果地势陡峭，那可能就是另一种结局了……

无话找话的我们，有一搭没一搭地聊着，但是话题却渐渐深入……

安娜毕业于休斯敦大学，是软件编程员，现在纽约一家名冠全球的WOW软件公司上班。她的父亲老斯特朗是纽约有名的律师，在安娜童年时因一起离奇的车祸中去见了上帝，并没有给安娜留下多少记忆，母亲在她十岁时，改嫁到澳大利亚，把威克和安娜丢给了叔叔赫尔，从此就没了音信。用安娜伤感的话说，除了哥哥威克，在这个世界上她唯一的亲人就只剩下叔叔赫尔了……

但安娜又说她很怕赫尔叔叔，虽然赫尔一直很疼爱他们，为了照顾她和威克，甚至因此而一直独身一人。“小时候我很害怕他发脾气的样子，每次他醉酒后，就像一头暴怒的雄狮，没有什么可以唤醒他的理智。”安娜还沉浸在回忆中，她明媚的眼睛浮起一层恐惧。

“那是可怕的地震。”安娜总是这么形容，我几乎断定她曾经遭遇过一场地震，一场让她永远无法磨灭的梦魇般的地震。

“不，我没有遇到过地震。我对地震的认识，仅仅局限于在电视里了解到的。”在随后我故意挑起的话头中，她否定了我的推断。安娜曾经认为像赫尔叔叔那样暴躁的人应该很难与他人和平相处，可她又不得不承认她错了，因为赫尔生而有之的魄力与高贵的气质，使得他身边永远聚集着一群挥之不去的朋友。

“他们就像一群苍蝇。”威克用了一个让我很意外的比喻，“来找我叔叔的人，永远只要一个目的，就是利益。虽然他们的目的各不相同，但是，能够让他们如愿以偿的最佳人选肯定会是叔叔。”

说到这次中国之行，安娜出色的语言才能，在表达自己的感受时，也寡陋到只剩下一个词——喜欢。

安娜迷人地微笑着，说：“我很喜欢这里，喜欢这里的一切，当然也包括你。”

上帝，我醉了，我想不飘飘然也不可能了，于是我被不起眼的树根绊了个跟头……

我竟然为了一句话跌了一跤，上帝！

一直趴在我旅行包中的帝客，一番惊吓号叫后，很快又恢复了主人的模样，它站在我的肩头，悠然自得地欣赏起四下的风景，甚至得意的时候会和远方的狼共鸣两声。当然，狼用号叫来威慑进犯者，帝客却用号叫表示对自己地位的满足……

“哈，龙，我怎么感觉帝客越来越像你的主人了呢？”安娜逗了逗帝客，开心地说。

“知道因果吗？这就是。”我嘿嘿道。

赫尔再次停下脚步，大声提醒队伍里的每一个成员，一定要踩着前面队员的脚印行进。即便如此，一路上，人仰马翻还是常事。

果然，队伍后面又传来一声惊叫，司机刘失足跌倒在地，他头下脚上地仰面躺在斜坡上，竭力想爬起来，无奈背上的旅行包很重，是如何也爬不起来的。看着他滑稽的模样，很多人都笑了，虽然毫无恶意。

威克快步走上前去，他拉起了司机刘，并细心地替他拍去身上的枝叶。

幸灾乐祸的我看见了落在队伍最后面的迈伦，他正蹲在一棵树下整理自己的旅行包，手忙脚乱的模样给人一种怪怪的感觉。迈伦显然也注意到我，眼神瞬间变得诡异，他匆忙站了起来，一路小跑地跟上了队伍。

是的，从踏入探险队的那一天起，我就有种心神不宁的感觉，它让我不安，但又让我想不明白为什么……

是人，总是要吃喝拉撒睡的，我找了个很正常的理由躲到了一棵大树的后面，仔细观察迈伦的一举一动。我看见他从靴中抽出刀子，在脚旁的树根上刻画了两下，然后背起旅行包飞快地赶上队伍。

那是一个指着行进方向的箭头……

一丝凉意爬上我的肩头……

澳大利亚人可以说是具有大陆人格和岛屿人格的组合体，他们的性格就像鸡尾酒一样色彩斑斓。但总的来说，他们并不让人厌恶，甚至也很可爱。但眼前的迈伦，留给我的印象却充满黑暗和邪恶的色彩。从队员的说笑中，我了解到他曾经做过牧师，这倒令人惊讶，因为你不可能在他身上看到半点上帝的影子……

“嗨，小心，龙。”安娜突然伸手拉了我一把，打断了我纷乱的思绪。

“谢谢！”我已经意识到不妥。

“又跑神了吧？这次又梦见谁了呀？”安娜俏皮地看着我问。

“至少不是你吧。”这是实话，就这样被我轻易脱口而出。

“干嘛要梦见我呀？”安娜果然翘了下嘴唇，一副厌恶的模样，然后逃到了南茜身边，甚至恶狠狠回头瞪了我一眼，那模样可爱极了。

留给我走神的时间并不多，甚至我的白日梦还没有做起，就到了营地。那一夜安静得出奇，甚至让后来的我想不起那一夜究竟发生了什么……

我的手指很疼，我放下了笔，然后快速地搓了搓脸，一股暖流让睡意走开……

我活动了一下手腕，攥了几下手指，又打了两个哈欠，再次掂起笔来……

我真的很喜欢手指握住笔的感觉，那一刻，你的灵感，你的思绪，会如喷泉般喷薄而出，你会忘记一切，忘记此时此刻趴在窗外窥视你的黑暗……

我依然想不起那天夜里发生过什么，也许什么也没有发生……

■ 第七章

博学的尼让

一夜无语……

队伍再次开拔，临近中午的时候，我们经过一处溪流的旁边，所有人的脚步都不自觉地慢了下来。这里四周重峦叠嶂，松林若海，猴语鸟鸣，淡淡花香，让人欣然而醉……

赫尔看着疲惫的队伍，终于决定在这里临时休整一下。他的决定让所有的队员都很兴奋，很快队员们就像一个个饺子跳入溪中……

安娜和南茜跑到了上游，在一块大石头旁，她们脱去皮靴，赤足踏入水中。很快威克和小渊美子也赶了过去，甚至还有帝客。

我在溪水旁找了块石头坐下，开始耐心地清洗皮靴上厚重的泥土，眼睛却时不时飘向嬉闹中的她们。

这里的溪水清澈见底，彩色的鹅卵石上爬着些小如指甲的螃蟹，还有体态修长的银色小鱼，以及透明到能看清内脏的小虾。

我看见她们正兴奋地掀着溪中的石块，去捕捉溪中的螃蟹和小虾，并不时发出悦耳如铃的欢笑。

眼前的一切无疑都是美好的，但早已习惯逆向思考的我，不知道又触动了哪根神经，居然就在此刻不期然地打了个冷战，我在惊悚中快速回头望去……

这里视野开阔，远处截云山主峰在云海中若隐若现，而这里的白云也异常地飘浮在触手可及的地方。此刻，截云山在我眼中，充满了神秘与鬼魅气息。

我匆匆套上厚重的皮靴，刚要起身，突然一道冰凉的寒光从溪流中刺出，夺人耳目。钻石？我激动地在溪水中捡起了它，原来只是一颗普普通通滚圆透明的石子，我失望地想扔开它，但想想留作纪念也好，于是便把它揣进了口袋。

这一切都被威克看在眼里，不过他丝毫不感到惊讶，因为在他眼中，我就是一个终极的破烂收集王，任何稀奇古怪的东西都逃不出我的魔掌，小到邮票钱币，大到奇石木根。

但我从来不是真正的收藏家，因为我从来不想了解它们额外的存在价值，也从来没有刻意去收藏它们，它们只是我生命中的过客，在让我感悟和触摸到什么的时候，也就到了我放下它们的时候。

留有安娜体香的手链就挂在灯盏下，亮晶晶的石子在我视线中闪耀……

直到今天，我还依然认为过去的一切不过是一场梦，只要醒来，就会有艳阳守候……

一丝冰凉划过我的嘴角，涩涩的，咸咸的……

我突然打了个寒战，余光中一道黑影在身后闪过……

我骇然地挥臂转身，面对空无的四壁，冷汗悄然而出……

队伍再次开拔，午后的阳光毒辣辣地煎烤着我们的肌肤，你时刻能感受到肌肤上的灼热和刺痛。为了把在溪边浪费掉的时间赶回来，我们加快了步伐。

路上偶尔会路遇三三两两的猴子和五彩斑斓的小鸟，甚至是一头孤独的狼。看见我们，它们并不会匆忙逃离。毕竟对于忙于赶路的我们来说，也根本没有展现人性邪恶的机会……

它们只是在那里疑惑地打量我们，既好奇，又淡漠。随着我们的接近，它们会飞快地离开，它们没有你死我活捍卫领地的意愿，因为大自然母亲毫不吝啬地给了它们足够丰盛的赏赐，它们也严格遵守着大自然的律法，没有起丁点的妄念和贪欲。

当把人类和禽兽相提并论的时候，总有人会不舒服，即使我们掉进水里会淹死，丢在空中会摔死，埋进土里会闷死，我们依旧会高傲地说，我们是智慧生命，怎么能与禽兽相提并论呢？是的，我们高傲地行走在禽兽的世界中，即使禽兽已然对我们不屑一顾……

前面的赫尔和尼让一直在高一声、低一声地交谈，他们好像在谈论什么问题，尼让始终保持着微笑，因为他在探讨问题，而赫尔却充满了愤怒，因为他在争论……

林鸟有一声没一声地叫着，除了歇洛偶尔用砍刀挑飞拦路的蛇还能引起队员暂时的惊呼，很难再听到有人开口说话了。我们行进的速度明显在加快，曾经还洋溢的说笑声，随着天色的暗淡渐渐消失了。安静下来的森林中，只剩下沉重的脚步声和粗重的喘息声。

安娜的体力有些不支，我把安娜的旅行包和我的旅行包捆在一起，然后横背在身后，它们像一座小山，虽然它们远没有看上去那么重。

安娜在我耳旁悄声说："谢谢你！龙。"她的目光中充满幸福和信任。

望着安娜清澈的眼神，我几乎能够肯定地对自己说："她爱上我了。"是的，可我会给她幸福吗？我们会在甜蜜之后开始争吵吗？我们会在未来的某一天彼此羞辱对方在今天看似美好的一切吗？我不知道，我害怕有那么一天，我甚至希望时间永远停驻在此分此秒，没有得到后的淡漠和无视，只有没有得到前的甜蜜和煎熬，没有占有后的狂喜与遗弃，只有期待中的幸福与憧憬……

"嗨，龙，你是不是也该帮我背点啊，我真的背不动了。"南茜可怜巴巴地看着我说。

我有的是智商，虽然情商有点尴尬，但至少明白将要发生什么，所以我毫不犹豫地伸过手去说："小意思，这点重量怎么会难倒我呢？"

"哈哈，龙，你怎么突然好像变得伟岸了呢？"南茜笑着躲了出去，她依然笑得那么肆意。

"你以为他真的肯替你背啊？他聪明着呢，你真的给了他，他不把它们丢下山就算你幸运了。"威克气哼哼地说，"只有我最了解他，他……"

“闭嘴！”我在心里喊道，但威克真的闭上了嘴巴。

“嗨，平野君。”小渊美子向前面喊道。

平野郎闻声跑了过来，小渊美子笑盈盈地说：“帮我们的南茜美女扛一下包袱啊。”

“对不起！抱歉！”平野郎一怔之后，礼貌地伸过手去。

南茜有点难堪，但聪明如她，还是致谢后，把旅行包放到了平野郎肩上。

虽然平野郎的笑脸还在我眼前乱飘，但我已经“魂飞天外”了。自从第一次见到他，他给我的感觉就很奇怪。随处晃荡的他，笑脸比尼让还要阳光，言语比戴维还要绅士，思维比希蒙还要严谨，性情比比特还要多变，举止比赫尔还要果断……

面对变色龙般的平野郎，我始终看不出个究竟，他的行踪更是神龙见首不见尾，稍不留神就不见了他的踪影，稍不留神他又出现在你的眼前。他的存在几乎是透明的，你可以一天没见到他都没有想到什么，但你每次想起他的时候，他就会出现在你的眼前，没完没了地到处溜达……

真是一个奇怪的人，奇怪得令人心底发慌。

平野郎丝毫没有和我们搅在一起的欲望，只是彬彬有礼地交谈两句，就驮起行李赶到了前面。

此刻的天色已如威克那淘洗千遍的牛仔裤，破烂而色彩褪尽，我们再次离开了溪流，一头扎入茂密的丛林当中。赫尔还在不断地大声提醒每一个人注意脚下，他说：“如果你还想完整地活在这个世界上，就低下你高贵的头，去向撒旦祈祷吧。”

威克总是不放过和叔叔顶嘴的机会，他有气无力地怪叫道：“上帝会惩罚你的，叔叔。”

开路的怨神歇洛·汗比把拦路的藤草当作威克的脑袋一样砍去，脚步走得更急。

傍晚时分，当我终于听到来自赫尔的福音，在安娜感激的目光下，我把旅行包“轻飘飘”地放在地上，然后“劲力十足”地帮助队员搭建帐篷，又在“谈笑风生”中吃过晚餐，甚至“矫健”地帮安娜在树上摘了些酸甜的野果，然后才在她充满钦佩的眼光中“安静”下来。上帝！我想我一躺下就再也不愿意看见明天的阳光。

我们在半山腰一处光滑的峭壁下安营扎寨，一天的奔波，让所有的人早早钻入了帐篷，百无聊赖的威克开始缠着我和他下起了围棋。

夜很静，截云山不但人迹罕至，连鸟兽也出奇地少。冰冷的风虽然是温和地钻入帐篷，但依然让人吃不消。安娜和南茜在腿上铺上毯子，开始叽叽喳喳地谈论一些稀奇古怪的话题，虽然她们认为很有意思，但在我的耳朵里早已不知道听她们重复了多少遍。奇怪的女人，奔波了一天，她们怎么就不困呢?

和威克下围棋同样是一件很无聊的事情，因为他的围棋下得很糟，过多注重于一城一地的得失，当他辛辛苦苦好不容易建起一片王国，我早已君临天下了，然后是再一次，再一次君临天下。老天，就不能让俺尝尝当老百姓的滋味?

队里的很多人都喜欢下围棋，但下得好的并不多，棋风如人，一个人下棋的水平高低与棋风并没有太大的关系，却能真实地体现出一个人的性格喜好与思维缺陷。

赫尔的棋与威克相反，行子如风，如天马行空般，早早摆下大模样，却没有据地为营的概念，往往被四分五裂，五马分尸，领土频丢，最后落个死无葬身之地的下场。

平野郎则过于执着，棋势如刀，招招逼人，常常得势不让人，弄得满盘血雨腥风，刀光频现，可惜他的方位感极差，常常丢兵弃将地刚逃出囚笼，又钻入死牢。

尼让的棋很有韧性，精于计算。一盘棋下来，往往需要几天的时间。每次下完，用他的话说：“痛快极了。”

我想起尼让对围棋的一番评论，他认为围棋是划分东西方文化的界点，是以道心为本，以儒家为形，融合了东方文化的精髓。他显然是对的，围棋虽然也是博弈棋类，但并不追求赶尽杀绝式的唯我独尊，它更多的是在追求和平相处中取得优势。因此，围棋是一种充满艺术的博弈，远离刀光剑影，尽显平和与飘逸……

威克终于把棋盘揉成一团，抛在了一旁。

安娜对那颗石子十分感兴趣，当得知我送她时，她激动得差点跳起来。我正在诧异她有没有必要这么夸张的时候，她已经扯下一根帐篷上的线，然后十指如梭，不一会儿便编织出一条精细的手链，中间做了个小袋，装上石子，然后又打了个米字结固定住石子，随后系在了自己细嫩洁白的手腕上。

这一切，只是短短几分钟，看到我惊讶的眼神，南茜笑着说："她已经告诉过你的，她是一流的编程员。"

"原来如此。"我笑了。

我揉搓着僵硬的手指，关节开始隐隐作痛。

看着窗外鸟语花香的世界，依旧有那么一点眷恋与不舍。

我知道我在惧怕什么，因此我才会不停地写下去，没日没夜地写下去……

此刻那串手链就挂在我的面前，它再次把我的记忆拉回到过去……

又一天无趣的奔波开始了。看多了青山白云，眼前的一切都不再让人欣喜，就像过了热恋期，再也无法燃起内心的火热。

这让我看到了安娜的现在，也看到了未来之后的我们，那一刻，我战栗不止……

不过，威克和小渊美子之间的发展无疑是光速的，他们那份充满激情的火热，很快感染了全队……

"滚开。"歇洛一脚踢开了倒霉蛋帝客，虽然我可以想象出他是在踢威克。

赫尔居然也轻松地说："龙，看来他不需要你的照顾了。"

"去死吧。"我又听见迈伦在一个角落恶狠狠地说，鬼知道他又在诅咒谁。

平野郎则不无醋意地说：“可是我需要别人的照顾。”自然这是句调侃，因为队员们都看得出他是一个喜欢独处的人，甚至从来没有人听到他谈论过女人。现在如果连他都在吃醋，不是他疯了，那就是这个世界疯了。

司机刘对平野郎有着一种莫名的厌恶感，我听到他说：“他就是个变态，你看他对小渊美子凶狠的样子，好像要吃了她似的。怎么能对一个漂亮的女孩子这样呢？”

小渊美子也曾经私下说平野郎是一匹都市野狼，情感就是他的死敌，他患的是一种典型的“都市自卫症”。他除了自己，不会去相信任何人，甚至包括他的亲人。当问及他们走到一起的原因时，小渊美子说那不过是被平野郎选择的结果，因为探险队和他本人都需要一名有野外探险经验的医务人员，而自己恰巧又符合这样的条件。

“都市自卫症”是一种以自我为中心而封闭外界的心理形态。亘古至今，人类因外界的死亡威胁而维系下来的群居生活方式，在今天已经显得那么苍白无力……

当死亡更多来自群居的同类，人类已然迷失了自己，自我封闭无疑是不错的选择，因此“都市自卫症”的出现也就不是什么奇怪的事情了。

不过幸运的是，人类是贪婪的动物，当金钱、权力、美色取代了生存，它们也会成为人类群居生活得以延续的新的黏合剂。虽然这不怎么让人欣慰，但还不至于让整个社会分崩离析。

现代文明的积累，更多的是物质的累积，对于大多数人来说，衡量一个人存在价值的，不是智慧与德行，而是权力的大小和财富的多少，这真的很可笑……

杂乱的日子，凌乱的思绪，嘈杂的现实……

探险队中，除了安娜她们，尼让大概是我最愿意与之相处的人。他是一个可爱的老头，充满了智慧与诙谐，臃肿的身材丝毫没有影响到身手的敏捷，而且他那棕灰色的眼睛，永远都放射出温和的目光。

安娜说尼让有点像她的父亲，但唯一不同的是赫尔叔叔并不像敬畏父亲那样惧怕尼让，他们两个人已是数十年的交情，也是叔叔唯一值得完全信赖的人。

尼让胸前佩戴的金光闪闪的盘龙胸徽让我无数次侧目，我开始猜测它的来历，想象它背后的历史。不知不觉我已经养成了一种怪癖：我有了和所有偷窥者同样的举动，偷看一眼，然后再去偷看一眼……

我异样的目光终于引起了尼让的注意，在一次晚餐后，他竟然主动谈及胸徽的来历，他说那是一个美洲印第安人送给他的，而且还救了他的一条命。他几乎是在用敬畏的话语讲述二十年前他和赫尔的那次危险之旅……

他们碰到一次可怕的山洪，被困在一棵大树上，眼看大水即将把大树连根拔起，一个身着古老服饰的印第安人出现并救下他们。他们不知道该怎么去感谢救命恩人，于是拿出了身上所有值钱的东西，但那个印第安人并没有接受，反而留下了这枚盘龙胸徽说："你们有一天可能会用到它。"

赫尔追上去问他："我们该怎么才能报答你呢？"那人同样只是奇怪地回答说："你们会有报答我的那一天的，在我需要你们的时候。"

尼让说后来他们询问了当地的公园管理员，管理员诧异地说那里根本就没有印第安人，如果说有，大概也是很久远的过去了。

一个近乎传奇的故事……

"这是真的吗？"这是一种近乎鲁莽的质疑，绝不是我，是口无遮拦的威克。

"至少这个徽章是真的，你说呢？"尼让笑眯眯地反问道。

"会不会是一种臆想？或许在某次伤害中……"身边的南茜嘀嘀咕咕，我第一次见到她如此复杂的表情，她的眼神中有着让人无法看透的涟漪。

我是不会去质疑尼让的，他是一个神奇的老头，他不仅精通各种文字，而且无所不知。他是一个中国通，一个为中国痴狂的人，他能够如数家珍地道出中国历朝历代君王的姓名，甚至包括其在位年代和年号，他还对儒、墨、道、法、兵等百家流派的观点了如指掌。他认为儒家是中国社会的基石，道家才是中国文化的根源……

"纵观世界历史，唯有中国春秋战国时期的百家争鸣是人类历史上最具智慧的思想大爆炸，亘古无二。想想百家争鸣、百花齐放的思想潮流，浩浩荡荡地汇聚在一起，摧枯拉朽般席卷去人类的愚钝，给予人民智慧、思想和信仰，中华文明焉能不璀璨数千年呢？”尼让依然在笑。

拂手所至，信手拈来，倒让我这个中国人为之汗颜。我不禁想，时间机器什么时候能出现呢？那样我就可以回到百家争鸣的年代去舌战群儒了，那样，今天名垂青史的名单中，应该有我……

是的，在今天我们得到了秩序，我们远离了战争，但，我们也失去了如星海般璀璨的思想……

跋涉一天，再次扎营，所有人都极其疲惫，没了篝火，没了聚餐，各自领了食物，便早早钻入帐篷……

威克大概又去找小渊美子了，少了威克的夜晚，是令人愉快的，因为南茜会拉来安娜陪伴我。但糟糕的是，快乐还没有降临，我们就发生了争吵……

“婚姻难道真的那么可怕？难道爱情一定会成为彼此的坟墓吗？”安娜吃惊地看着我问。

“爱情不等于婚姻，婚姻也不代表爱情。爱情的开始不是血脉的传承，而是欲望；婚姻的尽头也不是爱情，而是坟墓。”我不假思索地回答道。

“你真这么认为？”安娜睁大眼睛。

我丝毫没有在意安娜异样的眼神，继续妖言惑众道：“一个人从热恋的甜言蜜语，到蜜月中的如痴如醉，再到七年之痒的麻木以对，他们大部分的时间是在彼此消磨，他们压抑了很多原本属于自己的本性。但这些本性会在某一天卷土重来，就像无法改变的人性一样。”

“人性也不是不可以改变的。”我听见南茜小声质疑道。

改变人性？我讥讽地看了南茜一眼，继续说道：“所有的婚姻都是在轮盘赌，一次的选择将决定你一生的命运。那么，如果它停在错误的格子里，争吵、羞辱、打骂甚至谋杀都会随之而至。那么，你必将在坟墓中死不瞑目。”

南茜沉默了。事实上我也憧憬至死不渝的爱情，至少现在为了安娜，我会毫不犹豫地放弃一切，包括我的生命，但激情过后，我还会如此吗？因为在这个世界上，能够让人痴迷一生的，大概只能是自己。

安娜此刻出奇的安静，她心事重重，手指下意识地捻着帝客的耳朵，目光却迷离于未知的地方……

“龙，你是不是很爱做梦呀？”安娜终于选择打破沉默。她在笑，笑得让人毛骨悚然。

我挠了下头，感到有些莫名其妙，可是我还是老老实实地答道：“是的，而且经常做，不管是梦魇还是白日梦。你问这干什么？”

“你能告诉我人类的未来究竟是怎样的吗？”安娜依旧在笑。

“我也不知道……”我终于语塞。婚姻构成家庭，而家庭的存在又在很大程度上减少了社会的管理成本，没有家庭的社会矛盾只会更多，同样失去了传承的人类，又怎么会有未来呢？

是的，我们的未来在哪儿呢？我不知道。

直到我感觉到有东西在拉扯我的裤脚，才发现安娜和南茜早没了踪影，只剩下急着要去撒尿的帝客。帝客这些天好像胆小了许多，刚出帐篷，它就做贼似的小心翼翼地跟在我的身后。

没有人愿意在明媚的早晨刚踏出帐篷就一脚踩在狗屎上，包括帝客。我领着帝客向营地外走去。

山里的夜，远比白天要热闹许多，没有了白天的嘈杂，你可以听见许多奇怪的声音，草丛里有蛙类和虫类的小夜曲，天空有野鸟的独奏，树林里则是众多参与者的交响乐。它们无处不在，甚至让人心惊肉跳。面对未知的世界，我充满了敬畏。

我把帝客领到一片乱石旁就止步不前了，我示意帝客赶快解决问题，帝客却撒起欢来，不停地跳动和欢快地吠叫。

“好了，帝客，我们需要赶快回去，难道你没有看见树林里那些绿莹莹的眼睛吗？它们正在盯着你的小脑袋呢。”我威胁它道。

“汪汪。”帝客竟然冲我叫了起来，此刻我听见远处有人惊讶地叫了一声，我循声望去，只看见远处两个影影绰绰的人影，我刚要开口问是谁，他们却掉头走开了。奇怪，是谁呢？他们在这里干什么？

帝客的问题解决了，可我的脑海中还充满了疑惑。我下意识地向那两个人刚才站的地方走去。山里的夜，大部分时间都笼罩在云雾中，即使有月亮，也黯淡无光，我什么也没有发现，事实上，我也看不清任何东西。我看了看帝客，可帝客只是四下闻了闻，就了无兴致了。

“走吧，帝客。”我终于放弃了自己的好奇，但就在我一转身的瞬间，突然感觉后背一阵冰凉袭来，我惊骇地闪身向后看去，甚至拳头已经挥出。

“汪。”帝客叫了一声，躲在了一旁。

我什么也没有看见，难道是错觉，可我真实地感觉到了它的存在。

“快走，帝客。”我战栗地说。

我骇然惊醒，手中的笔落在地上……

我不知道自己睡了多久，甚至在睁开眼睛的那一刻，居然不知身在何处……

一夜的阴雨让帐篷内阴冷异常，就在我还在担心的时候，天际的一抹彩霞轻易就扯走了漫山的雨雾……

队伍匆匆开拔，不过我们很快就遇到了麻烦，在穿越一片茂密的森林时，一道断崖凭空出现在脚下，拦住了我们前进的道路，斧劈般陡峭的两处断崖间隔有一百多米。至于它有多深，如果你愿意，你当然可以跳下去看个究竟，至少我不会那样做，因为只是离它的边缘稍近些，就已经有一种正在被扯入深渊的感觉。

赫尔几乎没有考虑绕道，就决定了解决的办法。当威克听说要用绳索飞渡断崖时，他惊呼道：“不，这根本不可能。这不是游戏，我还没活够呢！如果你们愿意现在就去见上帝，那你们去好了。”

我知道威克只是在贫嘴，他还真不是如此不堪，嘻嘻哈哈惯了，自然什么话都不过大脑的，或者说，他不过就是想“哗众取宠”罢了。

小渊美子在他的肩上重重捶了一下，笑着说：“如果真是那样，就先拿你这身皮囊做祭祀好了。”

安娜笑得差点背过气去，但看得出她也很紧张，她的一只小手一直紧紧攥着我的手指，柔热而且颤抖。那是一种奇妙的感觉，我如何也想不到肢体的接触所引起的一系列化学反应，竟会如此奇妙。

“别怕，有我呢。”我瞬间有了勇气，用力握了握那纤细柔软的手指。

“可是我怕啊。”南茜哼哼着说。

脸红的不只是安娜，还有我，至于帝客，我想它不会，因为它只是看了一眼悬崖，就已经瑟瑟发抖地钻入囊中，闭上了眼睛。

动筋骨的事情总是离不开歇洛，他像猿猴一样，轻灵地爬上一棵大树，系好绳索，一抬射枪，银蛇随之闪烁而出，带着嘶嘶破空之声射向对面，一道银色绳桥很快地就横架在两崖之间。

“哇，不会吧，就这么细的绳子，万一断了怎么办？”威克拈着还没手指粗的绳索惊呼道。

“就你这点斤两，它足够胜任。”小渊美子取笑他道。

倒霉的还是歇洛，他第一个滑了过去，只是眨眼间，他已经向我们验证了绳索的安全。站在对岸，系好保险绳，他往上竖了竖大拇指，队员们于是开始依次滑过。

赫尔走过来，关心地问：“安娜，你能行，是吗？”安娜惊悸地退了一步，紧张地望向我。

“你能行，相信我。”我说。

安娜还在犹豫，赫尔已经果断地说道：“龙，你和她一起过去，她实在让人放不下心。”

赫尔亲自为我和安娜扣好吊索，安娜静静地伏在我的背上，那一刻，温柔满背的感觉让人心潮澎湃。

“旅途愉快！年轻人。”赫尔不加预警地就把我们推了出去。

我几乎是垂直掉下去的，下面幽深的峡谷，快速张开黑暗的怀抱，吞噬整个世界，一种魂飞魄散的感觉随之而来……

吊索发出游丝般的响声，快速的滑动开始让人产生错觉……

我正在不断地坠落，坠落……

如撒旦坠落天界，灵魂已经开始脱离去躯壳，随着灵魂的弥散，渐渐产生了一种强烈的冲动，如果真的就这样死了，我愿意……

一百多米的距离不足以让我遐想联翩，更不会因此而一梦不醒，眨眨眼就已经到达了彼岸。

该死的，让我再来一次吧！脚踏实地的我突然有了这种奇怪的想法，我甚至没有来得及细细感受来自安娜的温暖……

我看见歇洛冲我扬起了大拇指，我也听见兴奋中的安娜正在冲对面喊：“哥哥，勇敢点，快过来呀。”

此刻从旅行包里探出头的帝客，才惊讶地发现自己似乎来到了另一个世界，它高高地立在我的肩上，也冲对面的威克有模有样地喊叫起来。

威克似乎还在抗拒，但他最终还是伏在小渊美子的背后滑了过来。一落地，歇洛就嘲讽地说：“美子，想不到你还真有些力气，幸亏不是胖子尼让，否则……”他没有往下说，因为威克的面色已经足够难看。

“大男人一个，胆子怎么就那么小呢？”小渊美子也在讥讽可怜的威克。

威克脸色苍白地说：“我想，我可能有恐高症。”可怜的威克，可爱的借口。

南茜的表现令人惊讶，我甚至没有看出她的胆怯，瞬间她就平平稳稳地站在我们面前，脸上满是兴奋。

安娜一脸钦佩地看着南茜，用依旧颤抖的声音问道：“怎么你一点都不害怕呀？”

“谁说的，怕死我了。”面对众人欣赏的目光，南茜做作地拍了拍胸脯。

随着队员们陆续滑过来，对面只剩下休·亨特和雇工柳，他们开始把行囊挂在绳索上往这边传送，就在他们挂上最后一件行囊时，背后的丛林中突然传出一声令群山都为之颤抖的吼声。

“嗷——”那是发自地狱的咆哮，是死神降临前的威仪。

我们都惊恐地瞪大眼睛，就在他们身后，我们看见了撒旦的使者，看见了死神的镰刀……

死亡已然降临……

我看见了，我看见了一双死亡的眼睛，它透射出令人不寒而栗的目光，里面充满了血腥与傲然……

我在战栗中放下笔，然后在书房中来来回回地走着，来来回回……

直到我的手不再颤抖……

直到我再次握起笔杆……

■ 第八章

黑豹、白蛇

雇工柳是一个沉默汉子，他的言语少到在日常交往中只剩下一个字：“嗯。”

在死神的进逼下，雇工柳慌乱地扑向绳索，他把锁扣挂在绳索上面，甚至没来得及扣上就滑了出去，亨特想制止他已经来不及。柳在滑至绳索的最底端时，锁扣崩落，然后他尖号着消失在云海中，空中只留下他最后的哀号，在空荡荡的山峦间回荡……

“上帝！”安娜骇然地扑入我的怀中。

亨特无疑是勇敢和理智的，在死神步步逼近中，他俯下身体，慢慢向后退去，随后猛地一个转身窜向崖外，在即将跌落崖下的时候，用胳膊挂住了绳索，然后飞快地挂上吊索并扣好锁扣，流星般滑了过来。

“嗷——”

硕大的黑豹发出愤怒的咆哮，整个山涧都回荡着它的威严。它屹立在山崖之巅，如不可侵犯的神灵，傲视着我们这群不速之客。

墨汁终于在这里干涩，原本黑油发亮的字迹，开始出现划痕……

我找不到墨水瓶，这个发现让我陷入前所未有的恐慌，就像突然失去一切……

我看不到，看不到手中拿着的墨水瓶……

柳的死，让司机刘很伤心，因为那是他最好的朋友，一个只长着耳朵却没有嘴巴的朋友，一个永远不会质疑只会倾听的兄弟。

赫尔为柳做了一个简单的仪式，没有尸体，没有墓碑，只有司机刘摆上的几块石头，和一个插在地上的树枝，他在上面刻了柳的名字。

尼让为柳祈祷时，引用了圣经里的话："上帝会吩咐天使照看你，他们会用手托着你，使你的脚不会跌到石头之上。"

安娜的双眸中闪动着晶莹的泪花，哀伤让她显得格外脆弱。

威克一直脸色苍白地默立一旁，身体在不停地颤抖。

南茜在伤感中一次又一次看向对面悬崖，虽然那里早已没有黑豹的身影……

死亡就这样不经意间来临，虽然我们还没有准备，虽然我们认为自己早已准备好……

"这是一个不祥的预兆。"赫尔小声地说。

戴维惊讶地问："你指什么？"

赫尔平静地回答说；"你难道忘记了传说中的死亡信使。"

"死亡信使？"平野郎在一旁诧异道。

歇洛大声解释道："在众多传说中，自然界中一切纯色的生灵如果出现在你的旅途中，代表了不同的征兆。而纯黑和纯白两色就是死亡和厄运的信使。"他显然是说给威克听的，因为我看见了威克苍白的脸，也看见了歇洛满足后的微笑。他为什么就那么恶毒呢？我显然忘记了曾经的我和他多么相似……

安娜轻轻颤抖了一下……

"一种再古老不过、自欺欺人的把戏。"清醒后的威克不屑一顾地说。

尼让抹了抹淡淡的眉毛，岔开了这场随时会迸射出火花的对话："很自然的一件事，没必要把鬼神信仰都牵扯进来。对了，你们谁会修腕机？我的好像出了点状况。"

柏特从旁边闪了出来，他用手指梳理了一下乱蓬蓬的头发，说道："交给我吧。"

尼让从手臂上褪下腕机："它的感触系统好像有点儿失灵，运行也有些卡顿。”

“手到擒来的事情，很快就好。”柏特很瘦，瘦到让人害怕即使在他面前打个喷嚏，都会找不到他的踪影。

一场悲剧转眼间就消失得无影无踪，我们悲伤的只是已然失去的过去，但我们憧憬的则是即将得到的未来……

门铃把我从梦魇中拉出，虽然头依旧昏昏沉沉，但我还是想起黑博士要来，我费劲地把一道道门锁打开，看见了黑博士平静的笑容。

“坚不在T区。”黑博士给我带来了失望。

“不过，如果他还活着，我一定会找到他。”黑博士又燃起了我的希望。

“你憔悴多了，如果没事，应该出去多走走。”黑博士放下咖啡杯，在离开的时候对我说。

我坐在海边，看着碎碎的浪花涌起跌退，思绪迷失在淡淡的咸风中。

我把柳的名字从名单中划去，他只是死亡游戏中的第一个不幸者，比起此刻煎熬在死亡边缘的我，他无疑又是幸运的。

暖暖的阳光下，翠绿的竹林中，我再次拿起笔……

我们依然在行进中。

遮天蔽日的阔叶林渐渐稀少起来，取而代之的是直溜溜的云松，这不但让我们的视野更加开阔，同时脚下也少了残枝腐叶的磕磕碰碰，路开始出奇地好走……

蔓草温顺地贴伏在地面上，低矮的灌木丛一团一团地点缀山岗。淡淡的雾在林间如飘逸的音律，不经意间就会麻痹你的神经，让人舒适欲睡。

所有的人，渐渐忘却了柳的死，毕竟人不能总是活在过去的阴影中……

或许能够改变一切的是上帝，但上帝不是人，他没有七情六欲，他不会怜悯你痛苦，也不会饶恕你的罪恶。这就是上帝！为了他的威严，你甚至没有选择堕落的权利，你存在的价值，仅仅因为他制造了你，仅此而已……

是的，他用六天创造了世界，但留下一天让我们沉沦在现实与梦想之中……

欢乐在山林中蔓延，死亡已经被遗忘在肮脏的角落……

“哇！”一个没有见过世面的人，就这么轻易暴露出自己的短见，并刺耳地喊叫出来。

眼前，是的，就在我们眼前，就在我们迈出松林，一片平淡无奇的开阔地呈现在我们的眼前。它们丝毫不能让我愚蠢地去喊上一声，可是如果加上一些类似麦田怪圈中常常出现的那种令人不知所以的图案，再冒出一堆大大小小七零八落的石头……

面对抽象的几何图案和一个足有数十米高的正方体巨石，没有人可以熟视无睹。就是这些东西让所有人都惊讶了，因为没有人敢去相信它们是自然界的鬼斧神工所能造就的……

我是个有见识的人，所以，我只是在心底偷偷“哇”了那么一声。

“上帝。”见多识广的赫尔也发出惊叹。

这是一个谜，只有上帝才会知道的谜，简简单单如同婴儿房内那些丢落的积木，只是被不明所以的人看到后，便以为有什么寓意在里面，想用自己所掌握的知识去联想些什么……

我的兴趣只局限在对图案和巨石的一些奇妙联想上，我甚至没有深究它们的意愿，就断然下了结论：这就是传说中的巨人干的。然后万事大吉地坐在草地上，用奇怪的眼神看着一些奇怪的人拿着一些奇怪的仪器在进行一些奇怪的检测……

南茜一通乱跑过后，带着满头的问号回来了，她说道：“谁能够告诉我，这些石头是怎么回事吗？”

我摇了摇头。

“威克？”

威克摇了摇手指。

“安娜？”

安娜却看向了我。

“不管是什么，它就在那里不是？有这么多专家为我们解密，还需要我们自寻烦恼？晒晒太阳侃侃大山不更自在吗？”我揉搓着发麻的大腿说。

无趣的威克马上建议道：“坐在这里很无聊，不如我们到上面去看看如何？”我想反对，但是安娜同意了，我只好狠狠地剜了威克一眼，他倒无所谓地耸了耸肩。该死的威克。

“我建议来场比赛，看谁先爬到那上面吧？”南茜指向旁边的山冈说。

于是我们开始争先恐后地向山冈上跑去，很快我就和威克纠缠在一起，他甚至把我狠狠地摔倒在地，不过我很轻易地又把他按在地上，并脱下他的靴子，抛下了山坡。看着威克狼狈地踮起脚尖去捡靴子，南茜已经笑到走不成道。就在我以为胜利在握的时候，一抬头，才惊讶地发现，安娜早已站在了山冈之上。

“天呢，太美了，快来看呀！”首先爬上山冈的安娜激动地挥起了手臂，喊道。

笑闹中的我们如梦方醒，在安娜的惊叹声中，快步赶了上去。

一道飞瀑从云遮雾绕的截云山主峰飘曳而下，如一条银龙在云雾间飘逸翻滚，直到砸落在半空中一处凸起的石台上，溅起一团如云似雾的暮霭，然后才神龙化蛇般形成数十道瀑流，最后汇聚在山坳中，形成万亩大小的湖面，水面如镜，清澈见底。

“飞流直下三千尺，疑是银河落九天。”

我的偶像是李白，此刻，我已然看到了他的身影……

一个人的偶像往往决定了他的目标朝向，但为了偶像去放弃自我，放弃方向，甚至放弃生命，就是这个世界上最无脑的蠢货。在我的认知中，偶像从来不是用来崇拜的，而是用来超越的。

是的，你可以白痴般去努力，但你绝不能白痴般去膜拜并认同偶像的全部……

甜甜淡淡的水雾随风扑入我的肺腑，洗涤我肮脏的身躯，沐浴我罪恶的灵魂。我嗅到了雅典娜的圣洁，也看到了她的威仪，她的光芒在天宇中绽放。我似乎看见了天使洁白的羽翼，看见了天堂白玉般的阶梯……

“美子，快来，看看我们发现了什么？”威克在耳边呼喊。

很快湖边聚集满了人，有人建议给这片湖起个名字才是，于是这个世界上就多了一个：安娜湖。

此刻，雅典娜消失了，光芒也消散了，只剩下我跌落下来的灵魂，孤零零地站在那里……

“我们下去洗个澡吧？”有人建议道。

这里的湖水清澈见底，湖中有一种眼睛血红的小鱼，细长宽扁的身上披着银白色的软鳞，它的背鳍很长，游动起来像一条飘带。它们并不惧怕人，反而时不时在你的身上啄上啄下，麻麻的，痒痒的，让人有一种透心的舒适感。

当安娜她们从岩石后走出来的时候，我再也无法移开自己的眼睛。

安娜把湿漉漉的金发高盘在头顶，露出颀长白皙的脖颈，白玉般的脸庞上透出少女特有的红润，藕段般的秀臂带着玉一般的光泽……

“嗨，我妹妹美吗？”威克推了把傻呆呆站在湖水中的我问。

“美。”

“那就给你一次表达的机会。”威克爬上了岸，拽走了小渊美子，又喊上南茜，最后甚至拽走了帝客，才向我挤眉弄眼地跑开。也是一个聪明的家伙，我怎么早没发现呢?

是的，在进入截云山后，威克的变化有点快，可以说，他好像从一杯清澈的矿泉水变成了万花筒，乱七八糟的颜色都会渲染在他的身上，让人眼花缭乱。

管他呢！有安娜在，我的全部世界就都还在不是……

安娜和我并肩坐在瀑布边的巨石上，阳光下，四溅的水雾笼罩着我们的视野，形成若有若无的彩虹。湖对岸的远山如一座座海市蜃楼，在云雾中沉浮不定。

安娜说真美，她是指景色迷人……

我说是，真的很美。我是说她秀色逼人……

我们静静地坐在那里，白云渐渐成了晚霞，如丝如缕，如绸如缎。红灿灿的夕阳渐渐浮在天际，一刃遒峰嵌入其中，彩云涌起，在我们的足下曼妙起舞。

“这里就是天堂！”安娜不知何时已依偎在我的肩膀，一缕淡淡的幽香，令人心醉，让人神迷。

我是谁？我在哪里？我不知道……

我打开了幻影，美丽的安娜湖再次萦绕在我的身边……

“要是永远能待在这里多好。”安娜居然心生伤感。

“是，如果可以，我愿意永远陪伴在你的身旁。”那一刻，我居然平静若水……

湖畔边，篝火旁……

比特借着皎洁的月光，轻轻吹起了口琴。音乐挑起了彼得跳舞的兴致，他抖肩移胯地在篝火旁舞动起来，很快威克和小渊美子也加入其中，他们的激情渐渐感染了周围的许多人，又有人不断加入“鬼舞神嚎”的行列，他们杂乱地舞在一起，纵情地释放出囚禁已久的灵魂……

一旁的赫尔和尼让伴着节奏，唱起了民谣：“这是一个世外的村庄，这里居住着善良勇敢的儿郎，这里四季如春，这里鲜花怒放，这里有着英雄的战士，这里有着美丽的姑娘……”

是的，那是一段过去式的遥远现实，更是一段未来式的梦想……

当一个哲人扪心自问“我们为什么活着”时，我们只有选择逃避。还有谁能在欲望横流的现代都市中去直面自我呢？人类从来都有着自虐倾向，吃饱喝足就会想办法折腾，折腾别人也折腾自己，没有片刻的安静……

但，人总是要死的，不管是做个好人还是做个坏人，无疑，那些能够一生安安分分等待死亡的，才是真正怪物般的存在……

安娜偎在我肩膀上睡着了，月光洒在她的脸上，折射出柔玉般的润白，长长的睫毛安静地微微颤动，俏丽的秀鼻呼出淡淡的幽兰香气。这是一种怎样令人心动的美丽，我不知道该怎么去描述，我只知道，我在守护着自己的明天……

夜已深，威克一路高歌地回来时，已经是子夜时分。我虽然还没有进入梦乡，但也进入了混沌的状态，我嘟囔了威克一句什么，然后爬起来，迷迷瞪瞪地向营地外面走去。

“你应该……否则……杀死……”

“难道你疯了……我不会……该死的。”

“你好自为之。”

我听见争吵声，刚刚走出混沌的感官依旧麻木，我想走过去，但我的脚步可没有我这么好奇，它拖沓地踩在一根干枯了的树枝上，发出断裂的响声，于是两个人影飞快地消失在夜幕中。

“奇怪，这些夜猫子难道不需要睡觉吗？”我拍了一下脑袋。

“杀死”两个字猛然跳入我的脑海：“杀死？他们是谁？他们要杀死谁？”我突然战栗而醒。

黑暗使者从幽暗中走出，他黑色的长袍拖在身后，空洞的面罩下有吸食一切的漩涡……

“谁？”我惊骇地喊道。

不远处，森林的边缘伫立着一个高大的身影，我看不清他的面目，但我似乎看到了他那两只幽红的眼睛，我不知道他手中拿的什么，但我却感受到一丝寒光在上面闪烁……

“你是谁？”我一步步靠了过去，直到我脚下踩到帝客的狗屎，就在低头的瞬间，再抬头，眼前已经失去了他的踪迹。

该死的帝客！该死的狗屎！

他是谁？即使逃入帐篷，我依然瑟瑟发抖，我分辨不出说话人的口音是谁的，只是感觉有个腔调很像平野郎，可是他要杀死谁呢？

此刻，帝客四脚朝天地躺在威克的肚皮上，两个睡得正熟，呼噜声此起彼伏。黑暗中，只有我还蜷缩在睡袋中，惴惴不安地翘首期待黎明的到来，直到……

“起来啦！大懒虫们。”安娜的喊声驱赶去梦魇中的魔鬼，我睁开酸涩的眼睛，一缕金色的光芒照耀在脸上。我眯起眼睛，依稀看见顽皮的安娜挑起门帘，正皱着眉头冲我们大喊大叫。

“烦死啦，安娜，就不能让我们睡个好觉吗？今天又不用赶路。”威克不满地用双手拉起睡袋捂住了耳朵，开始继续追寻他的美梦。

我的梦中只有肆意追杀的魔鬼，我常常被逼到无路可逃，最后竟然能跺跺脚，扇扇手臂，便可以跳到空中。久而久之，我爱上了飞翔，爱上了那种随心所欲，那种飘飘荡荡，那种无拘无束的感觉。直到有一天，我才惊讶地发现，我居然爱上了魔鬼……

“你好些了吗，安娜？”我看着明媚的安娜，还是问道。

“我很好啊。”安娜俏皮地回道。

“那就好。”我说，我依稀记得她昨夜坐到很晚，有些头疼。

“出去，让我睡觉！”威克不满地大叫起来。

赫尔他们围着那些破石头又整整忙活了一上午，才得出一个让人感到好笑的推测：这可能就是传说中的巨人干的。

我和安娜相视一笑。干吗那么麻烦？我们本来就这么认为的。

“那么他们摆弄这些石头干什么？”愚蠢的威克开始了他愚蠢的提问。

“它们可能是用于建筑房屋的材料，当然也可能是一种神秘的祭祀品或者别的，像石头阵那样。”尼让推测说，“我想在这附近，我们可以找到答案。”

尼让显然错了，我们被分成几个小组，呈扇形向四周搜寻可能存在的遗址，或其他能够和人联系起来的任何东西，但我们最终什么也没有发现。

希蒙开始表示怀疑：“我很奇怪，至少我们应该找到他们移动巨石的痕迹，毕竟它们很重，移动它们应该会留下些痕迹，但我们什么也没发现。难道这些巨石是天生的吗？这怎么可能？”

“会不会是外星人干的？如果是，一切都可以得到合理的解释。”威克灵光一现地说。是的，如果是真的是外星人干的，我们还需要解释吗？

“我更想知道的是这些巨石是从哪里开采出来的，我已经看过附近的山体，根本就没有发现被开采过的痕迹，同样，石头的成分也没有匹配上。”赫尔只是瞥了威克一眼，依旧困惑地说道。

“传说中巨人是活动在截云山巅的，很可能它们来自上面，可是要把这些巨石运上运下，就是我们现代人也很难做到。”比特提醒道。

“你不是在说我们要爬上山顶吧？”威克惊讶地喊道，他终于聪明了一回。

“是的，我想我们应该到上面看看。”赫尔笑了，他的手指指向了高不可及的截云山主峰。

截云山主峰就矗立在我们眼前，光滑如镜，陡峭的山壁使人无法相信在它的上面，曾经会有智慧生命的存在。是的，一个与世隔绝的弹丸之地，怎么可能诞生出智慧生命，并且孕育出一种文明……

很多人开始犹豫，因为就是一只鸟想飞上千米陡崖，也不是一件容易的事情，更何况远古那些没有现代登山工具的古人……

在赫尔的意志之下，任何反对都是徒然的。歇洛和彼得开始登顶，歇洛拿着射枪在前面攀援，彼得背负着登山所需物品紧随其后。他们上升的速度很快，甚至有点随心所欲，渐渐他们的身影越来越小，慢慢地消失在云雾当中……

不知道为什么，我再次感觉到那双死鱼般眼睛的存在，但每当我就要忘记它时，它都会重新出现在未知的角落，就那么死死地盯着我们，目光中充满了仇恨与邪恶……

我瞅了平野郎一眼，他安静地站在一旁，全神贯注地聆听赫尔和尼让的交谈。如果不是我先入为主地把恶赋予平野郎，可能我会注意到他的优秀，他谦卑的品格和沟通的能力使他在队伍中有着不可或缺的地位，并受到队员们的尊重。

是的，改变内心的邪恶很难，但只需要认识到这一点，又有什么能蒙蔽你的双眼呢？看来平野郎还不足以与我为敌，至少我的敌人应该更强大点才是，比如赫尔……

一不留神，爱跑偏的大脑就又一次把我拉扯进混沌的世界……

安娜远没有我想象的那么柔弱，她矫捷地攀爬在我的上面，甚至毫无畏惧。是的，在吊索的拉引下，眼下的攀登甚至比走路更加容易。

所有的人攀上山顶已经是黑夜了，当希蒙最后一个爬上山顶时，一道罕见的紫色流星划过夜空，划过我们的头顶。“哇，天哪！它真美！”安娜情不自禁地发出惊叹。

“唉——”

就在几乎所有人都在震惊惊叹的时候，一声不合时宜的叹息传来，声音不大，却清晰入耳，令人毛骨悚然。

“谁？”威克愤怒地喊。

没有人回答，空气一下紧张起来。那不过就是一声叹息，却让人为之忐忑不安。

事实上，自从进入截云山，一直有一股莫名的气氛困扰着队里的每一个人，虽然看似风平浪静，了无异样，但仔细想想，这里的每一个人在进山后，性情都多多少少发生了改变。面对未知的世界，或许这没有什么值得奇怪的地方，但他们目光时不时闪现出的那一抹惊魂，才是最令我不安的地方……

队里的雇工林曾经打算退出，他曾经激动地说道：“我要离开这里，我已经受够了。”

但如果你问他受够什么了，他的回答却又永远是：“不知道。”

赫尔注意到了林的反常，他只是对林说了一句话，就让林打消了回去的念头，“如果你一个人能找到回去的路，我不会勉强你留下你的。”

林自然能找到回去的路，但一个人回去显然就是在自寻死路，山里长大的林自然深知这一点。

经过简单的休整，恢复体力的队员们在营地的空地上燃起了篝火，他们围坐在一起，再次没完没了地开始了老生常谈般的对话。

山顶的夜很冷，但安娜还是想到四下走走，哪怕就是随便走走。她说：

“龙，我们出去走走吧？”

我点点头，默默地陪伴在她的身边。

这里纯净的大气层，让皎洁的月亮和星星看上去大了很多，也低了很多，甚至触手可及。淡薄的云雾就那么不经意地流淌在脚下的大地，如梦如幻如仙境般让人流连忘返。

明月俯照在脚下的云雾间，让变幻的薄云显得神秘而又空灵。我甚至怀疑这是一场梦，人间怎会有如此仙境？没有绚烂的霓虹，没有流动的车灯，没有喧嚣的话语，没有川流的人影……

我和安娜彼此依靠地坐在崖壁前的巨石上，默默地享受着天地的净化。

“如果可以，我会永远坐在这里。”安娜最终打破沉默，梦呓般说。明亮的弯月轻洒银辉，为安娜镀上一层淡淡的银色，此刻的她美得令人窒息，让人无从仰视……

“我也会。”我白痴般回答道。

是的，面对眼前的这片圣洁的土地，任何词语都是多余的，甚至此时此刻，人类的浪漫同样也不应该属于这里……

截云山主峰犹如一艘漂浮在云海之上的“诺亚方舟”。这里是一处世外桃源，即使你只是站在这里，你都会无欲无求，你甚至会产生一种错觉：你为世界而生，世界因你而存在……

这是一个能够给你无限惊喜的地方，当我们穿越一片百十米的松针林地，呈现在我们面前的是一个巨大的盆地。

透过星星点点的云团俯瞰下面，可以看到苍郁茂盛的植被，下面乱七八糟绚烂的色彩搅拌在一起，居然就那么轻易地叠染出一幅色彩绚丽的画卷。是的，眼前活脱脱就是一个被诸神遗弃的巨大盆景，精美绝伦。

“天哪，我从来没有见过这么美丽的地方！”见多识广的尼让发出不可思议的喊叫。

世间美丽若此，能走此一回，人生又何来遗憾？面对足以震撼我灵魂的梦幻之地，它只带给我片刻的心旷神怡，之后，恐怖之花却又一次盛开在心底最黑暗的地方。

我呆呆地站在盆地边缘，说不出为什么，眼前的盆地充满了邪恶的诱惑，它似乎在召唤我们，让人无法抗拒……

当我顺着吊索缓缓滑入盆地，满眼葱绿的绒草和星点成阵的野花更是令我目眩，甚至让我产生一种发自内心的恐惧……

下到盆地，我们只是短暂休整了一下，匆匆忙忙吃过午餐后，队伍继续向盆地深处进发。在这片犹如天外飞地的世界，我们肆无忌惮地向腹地深入，此刻，忐忑不安的灵魂也会蜷缩在心底的某个角落，因为脚步依旧在坚定地迈出……

“看哪，好漂亮。”南茜居然和安娜一样少见多怪起来。

那是一株说不出名的花树，雪白的花朵缀满了枝头，粉嫩的花蕊更沁出令人心旷神怡的幽香。

“这是什么花？”安娜好奇地问。

这时后面传来威克纠缠小渊美子的声音：“嗨，你不能这样对我。”

“痴情花。”灵光一现如我。

“痴情花？是呀。”安娜竟然信以为真。

“我想吐。龙，你也真的太有才了，亏你想得出。”南茜在一旁笑弯了腰。

“我算看清你了。”小渊美子的声音再次传来。

“哥哥他怎么了？”安娜困惑地问。

“没什么事，他们很快就会和好如初的。”南茜拉住了安娜，宽慰她道。

“这才是真正的我！”威克在咆哮。

“你简直不可理喻。”小渊美子开始冲威克大吼大叫起来。

可怜的威克，看来所谓的爱情就像竹子开花，瞬间的美丽过去后，能留下来的，也只是一地鸡毛。

看着不知所措的安娜，我自然而然地想到了我和她之间的未来，我们也会有这一天吗？

不，绝不可能。我亦步亦趋地跟随着队伍，不知道走了多久，也不知道还在想着什么……

突然，帝客发出了低沉的吠声，它开始在背包中不安地扭动，我甚至没来得及呵斥……

“啊——”一声惨叫惊醒混沌中的我，让我看见了只有在影视中才能看得到的镜头，血淋淋的镜头……

■ 第九章

巨人的宫殿

我划去了林的名字……

那只是一个符号，不是生命。我对自己说……

我想我的思维已经开始混乱，我甚至不知道自己该怎么写下去，暴躁的心跳让人坐立不安……

我听见了死神的召唤，他就在门外徘徊，他在戏弄我最后那点活下去的欲望，他甚至想让我自投罗网去结束自己的生命。他就要如愿以偿了……

我已经握住冰凉的把手，只需要轻轻转动……

我听见了把手的转动声……

“不要，龙。”是安娜的声音……

“你还不能放弃，龙。”威克看着我说……

我跪在了地板上，冰凉的泪珠从脸庞滑落……

我现在还不能死！我对自己说，如果那一天注定会来到，我绝不会退缩……

笔尖再次沙沙地响起，紊乱的笔画如我的心绪一样杂乱无章……

我看见装饰柜里的菩萨在向我微笑，而她的脖子上被童心未泯的威克挂上了十字架……

一条四五十米长、通身白鳞的巨蛇，把雇工林卷在空中，林只发出一声惨叫，我们便听到他全身骨骼碎裂的声音。

巨蛇的眼睛是血红的，透射出的光芒，宛如来自地狱里的炽火……

“不！”赫尔按下了歇洛举起的枪，冰冷地说，“他已经死了。”

林被揉搓得像一团海绵，鲜血从他的五官中流淌而出。白蛇咬住林的头和双肩左右疯狂地甩动着，我不知道它为什么要那么夸张，因为林对于它来说，渺小到连塞牙缝都难……

我自始至终平静地看着，那是一种很奇怪的感觉，犹如在观看一部再平淡不过的恐怖电影。作为人类，我们生活在这个星球已经足够久远，我们已经习惯以自我为中心，在家庭，在友朋，在社会，在国家，甚至在种族。直到今天，甚至我们开始把这种自大投射于浩瀚的宇宙，即使我们明白，我们只是那种连渺小都称不上的存在，但这依然无法阻止我们的狂妄……

我不知道我们是如何走开的，只知道安娜一直在我怀中抽泣。不经意间我打了一个寒战，恐惧在压抑中彻底释放出来：恐怖的尖叫，扭曲滴血的面孔，闪动的蛇信，锋利的牙齿，巨大的血口……

“龙，你弄疼我了。”耳边传来安娜虚弱的声音。

“啊——”我长长地出了一口气，绷紧的手指松开安娜的肩头，冒出一身冷汗。

安娜颤抖地说：“龙，我怕。”

“有我在，你不用畏惧任何东西。”我抹去眼前的血腥，毅然说道。

也就在那个时刻，我察觉到一丝异样，回头寻找，才发现南茜已经落在了队伍的最后面，她的脸上呈现出让我惊讶的平静……

天又一次黑了下去，赫尔在选择营地的时候特别小心，甚至开始关心帐篷搭建的里外层次，甚至第一次安排了守夜人。

尼让又一次在为尸骨无存的人进行祈祷，但这次他说：“愿上帝保佑你的灵魂！”是的，万能的上帝总是在人类最后的关头出现，不过他始终扮演的是一个迟到的角色。

“这么多的意外不应该发生在像我们这样专业的队伍里面。”我听见赫尔粗大的嗓门，虽然他刻意地压低了音量，但还是很清晰。

“不知道我们后面还会遇到什么，我们应该把那些没有探险经验的人集中在队伍的中间。”尼让平静地说。

“没想到会发生这样的悲剧。”戴维也伤感道。

“这里美得让人有些恐惧。”比特说出了心中的不安。

“这是意外也不是，如果我们保持足够的敬畏之心，并做好万全的防备，也就不会有这样的意外发生。”赫尔显然不希望他的队伍里出现什么流言蜚语，他快速结束了这样的话题。

“如果这里的巨人不是天上掉下来的，他们至少应该有一条通往山外的通道才对。”尼让也开始转移话题。

“这里很多地方的磁场并不稳定，是一片动态磁场，而且分布十分复杂，所以，单纯的扫描并不能让我们防范所有的危险。”比特提醒道。

“远不止这些，我的仪器昨天捕捉到一些神秘的射线，虽然数据看上去和宇宙背景射线有点类似，可让人奇怪的是，它们的方向却和大背景下的宇宙背景射线具有相反的方向，虽然这也很正常，但其庞大的数值是我们从来没有记录到的。”戴维疑惑地说。

“你是说，这里可能存在某种空间通道？如果真的是这样，我们应该庆祝才是，因为当我们解开这里的谜团时，说不定就会一夜成名。”平野郎兴奋地说。

“你是科幻小说看多了吧？居然还相信穿越之类乌七八糟的东西。”希蒙皱起眉头说。

“我想那时他会高兴得连自己的名字都忘记的。”赫尔是一个讨厌名利的人，至少他认为不应该把它们和探险联系在一起。

“我只是开个玩笑。”平野郎立刻严肃了起来。

我依然在听，因为我很想知道他们的话题会不会涉及无聊的上帝和没事找事的帝客……

我们的世界被众多无事生非的人划分出不同的维度，甚至故弄玄虚出诸多妖魔鬼怪……

我们总是活在自欺欺人的社会中，彼此愚弄和蛊惑，甚至以此为乐……

我们对现实世界的理解大多源自臆想，甚至经常对身边的事物熟视无睹……

窗帘的缝隙中逐渐透出一丝明亮，一夜未眠的大脑丝毫没有困意，甚至开始更加疯狂地运转起来……

我好像听到了对我的呼唤，我摇晃着站了起来……

我拉开了窗帘……

赫尔一大早就把我喊到了营地外，然后把一把夸克左轮枪塞在我的手中，严肃地说道："我想你会使用它。不过，你不要轻易用它去伤害任何人和任何动物，除非你正在受到致命伤害。"

看到我的犹豫，赫尔解释道："他们需要你的保护，我相信你。"

"嘎嘎——"树林中传来猕猴尖叫的声音，它们在树林中上下窜动，惊飞数十只鸟。雨滴般的鸟屎打落下来，滴在我接枪的手背上。

"你看到了，这里动物很多。"赫尔居然笑了，手掌重重地拍了拍我的肩头。

或许我们已经开始适应死亡，虽然我们一直小心翼翼，但是……

"嗨，伙计，你们掉队了，小心后面哪。"是威克，苍白已经从他的脸上褪去，一夜过去，现在的他显得很开心，甚至有点让人困惑，或许仅仅是因为小渊美子此刻正跟在他的身后。

歇洛手中的砍刀是随着威克的笑声高举起来的，但是威克似乎并没有发觉，或许他是故意笑给歇洛听的，毕竟有一个对手，无聊的探险才会有那么一点乐趣。

"我真搞不懂他们。"安娜是说威克和小渊美子。其实，连我也看不明白他们的爱情究竟是什么？如果说仅是一场儿戏，我不会怀疑的。

人，无聊的人！

人，奇怪的人！

任何人在这里都会有一种井底之蛙的感觉，四下望去，除了远处高耸入云的山峰和随处可见的大树外，甚至连一些花草，都在嘲弄地俯视着你。已经习惯俯视一切的你，在这种被俯视的目光中，你的自信会变成自卑，高傲会变成畏缩，坚强会变成柔弱。奔波其中，我甚至在想：这里不是人类应该涉足的地方。如果我们无法改变征服一切的本性，那么我们必将陷入死亡的魔掌。

威克嘲笑我说："龙，你何时也有害怕的念头了？我记得在你家里发生的恐怖远远胜过这里。这里至少没有魔鬼的身影。"

"我只是有种不祥的预感。"我说出了自己的忧虑。

"可我丝毫看不出他们的死和什么神秘的东西有联系，不过就是黑豹和白蛇而已。"威克一本正经地说，"如果我们的眼睛看见的不是幻觉，我只能认为那不过是不幸的意外。"

"一连串的事故难道还不应该引起你的警惕吗？"我真的有一种对牛弹琴的感觉。

"我想你是整天泡在恐怖片里，产生了阴暗的逻辑，所以，你该吃药了。"威克急于去找小渊美子，他显然并不希望我发生一场耗费时间的争论。

我丝毫没有怀疑自己在疑神疑鬼，否则我真得精神病了。看见安娜在前面等着我，我只好把那些糟糕而烦乱的心情像丢垃圾般丢到看不见的地方……

当尼采大呼上帝死了，在当时那个禁锢人性的时代产生的震动有多大是可以想象到的。和他不一样的是，我还真希望上帝是存在的。当我在胸前庄重地画下十字时，当我脱口而出"上帝保佑"时，当我逃离人山车海的现代囚笼心无杂念地对他祈祷时，无疑上帝就在我的心中……

我曾经不止一次梦见过自己的死亡，奇怪的是每次都是以意识的消失为结局，那是一种在漩涡中坠落的感觉。不过当我再一次睁开眼睛，我并没有重生的喜悦，相反会对死亡产生渴望，因为我很好奇漩涡的尽头会有什么……

天再次亮了起来，虽然阿波罗披上了黑色外罩，但他依旧光芒四射……

睡眠不足让我有点头晕，可我还是一直写到中午才打起精神走了出去。我打算出门去购买些食物，而不是等待快递或死神找上门来……

外面的空气依然充满了令人心醉的气息，我的脚步开始加快，很快我就跑了起来，步伐越来越大，已经长长的头发在耳后飞舞，那一刻，我感觉自己就要飞起……

地铁无声地驶入站台，我身不由己地被身旁的人流带入车厢，我的耳畔充斥着叽叽喳喳的话语，我漫无目的的目光渐渐定格在一个趴在母亲肩上的婴儿脸上，她在笑，黑黑的大眼睛一眨不眨地望着我……

我笑了，我感觉到自己面皮皱纹的堆起，那是一种早已久违的感觉……

从明亮的超市出来，我的旅行包中已经塞得满满当当，这已经足够我半个月不用再来这里购物了，我的心情开始渐渐好了起来。

“嗨，龙。”一个惊讶的声音从对面传来，它所带来的温暖足以让我崩溃。

“是你，你还好吗？”我简直为自己感到羞愧，居然激动得几乎忘形。

“我很好，你呢？”南茜拥抱着我，柔柔地问。

“我已经离开公司准备到法国去。你呢？你还好吗？我去找过你，我也打听过你，但没有人知道你现在的状况？”南茜关心地问。

我不知道该如何回答她的问题，我必须离开她，马上……

“我要走了，我会和你联系的。”我的目光扫向四周……

“不要不接我电话。龙，振作些，我等你的电话！”南茜愕然地看着我跑开。在进入地铁站入口的瞬间，我看见她依然向我挥舞手臂。

“我是魔鬼使徒，我是厄运的翅膀。原谅我！南茜。”我在胸前划下庄重的十字……

“嗨，看哪！”南茜惊喜地喊了起来，顺着她手指的方向，一片树林的背后隐隐约约露出一角石屋的尖顶。

“天哪，那是什么？宫殿吗？”

是啊，那是什么？呵呵，我不知道，不过我可以成为你的眼睛，并满足你全部的好奇。

跟随我的脚步，你首先会看见两个足有三十米高的巨大雕塑，它们额头饱满而圆浑，鼻子修长而笔挺，嘴唇厚重而浑实，耳朵宽阔而秀美，下颌丰满而刚毅……

走出遮挡视线的丛林，你会发现雕塑是立在连门框都没有的“城门”两旁。虽然你认为那里应该是有门的，可它就是那么空空如也地敞开着……

十四五米高的石墙向两边伸张出巨大的怀抱。石墙上的石头洁白如玉，近乎完美的切割让石块间几乎没有罅隙。

虽然没有门，但你在进入时依然会碰到麻烦，一道一米多高的门槛石拦在我们面前，这让渺小的我们根本无法直接跨越过去。

当你终于爬进里面，眼前是一个巨大到令人目眩的广场，广场里面铺满了青石。这里没有树，也没有花，视野所至，到处平平坦坦，空空荡荡。

哦，不，在广场正中间还立着四根二十余米高的方柱，方柱上面有四尊头颅的雕塑，它们深邃的目光投向星空。

此刻，如果你还知道转动一下眼球，你就会注意到在广场的四角各有一座九层尖塔，上面通体雕刻，暗窗遍布……

现在你不必合上嘴巴，眼前就是矗立在广场尽头的巍峨宫殿，宫殿前圆后方，飞檐高挑，整座宫殿雄浑而庞大，上面雕满了精美的雕画……

宫殿的左右各连接着一个稍矮的配殿。配殿呈方形，上下两层飞檐，不同的是殿外有一圈走廊，雕柱四立。再走近些，你会清晰地看出在石柱和石柱间，到处都雕画着不同姿态的蛇，它们腾云驾雾，怒目张口，蛇身曲盘……

宫殿两旁是草地，细茸茸的草如毯子一般平整，平整到让你怀疑这里一直有人在修剪它们……

至此，你是不是看得有点眼晕了呢？可是你很快就会注意到，宫殿的门呢？为什么连宫殿也没有门？你的目光游离在宫殿正中间那空洞洞的入口处，你会突然想笑，笑那些奇怪的巨人怎么就愚蠢得造不出一扇门来。但是，请相信我，面对眼前的一切你不可能会笑出来，反而双腿开始战栗……

“上帝，他们是怎么做到的。”安娜在我的旁边发出惊叹。这里雪白的石头刀切般平滑，整齐地砌出整个宫殿，连想寻找出它们之间的缝隙都会是一件困难的事，它的完美，是不可思议的。

“好像还用不到上帝来做这些粗活吧？”南茜嬉笑地和安娜闹成一团。

宫殿冷冰冰地表达出对我们这群不速之客的淡漠，岁月不但没有泯没它的威严，反而为它披上了更加神秘的威仪。

步入大殿，一根根直达殿顶的巨大石柱让人感到目眩，虽然它们足够牢固，但过高的高度还是让它们看上去太过单薄，甚至摇摇欲坠，让人不寒而栗……

还在心惊肉跳的你早已注意到大殿中有一处高耸的平台，爬上阶梯，你会看到平台上面摆放着一张巨大的石椅，它几乎占据了整个平台。在平台的四角，立着四根石柱，上面摆放着镂空精美的石球。

生活中，可能让我们敬畏的从来不是某种权力，而是一种能力，一种智慧的能力，一种足以让我们放弃生命都想换取到的能力……

面对眼前的一切，我有一种似曾相识的感觉，我应该来过这里，它曾经在我混沌的记忆中出现过，是在梦中吗？我不知道，也忆不起来……

这里曾经有人，这里曾经繁华喧闹，你可以看见他们在四处走动和交谈，曾经的你就在他们的中间。你会感觉这里的一切都是那么熟悉，你好像属于这里，好像他们也在一直等待你的归来……

“安娜，安娜。”安娜就在我的身边，她静静地站在那里，像文静的雅典娜一样待在原地，阳光洒在她的脸上，泛出金色的光辉……

大殿里的青石地板虽然布满了灰尘和一些蕨类植物，但轻拂之下，它们依然光滑照人，看着脚下的倒影，你会茫然不知所措，你似乎看见了自己过去邪恶的嘴脸，看到了过去邋遢的心灵，看到了脑海中殊死搏杀的一正一邪的两种灵魂……

宫殿里很暗，墙壁上也雕满了壁画，不过你要想看清它们的全部，就必须清除上面长满的苔藓……

事实上，从你踏入大殿的那一刻起，你的头脑已经开始混乱，你甚至没有意识到自己已经踏上了传说中的巨人之地。你的大脑好像出了故障的计算机，各种凌乱的信息程序会同时加载进来，不堪重负的硬盘开始发出刺耳的叫声，时不时还会冒出来一两个病毒程序，在屏幕上用闪动的数字浮现出魔鬼的嘴脸……

好啦，你都看到了，这里没有巨人，这里一无所有，所以你可以走了，毕竟你也从来没有打算付导游费给我。不要否认，我能够看到你内心的深处……

走开……

白日梦很快醒来，我开始好奇地看着眼前的这些人，他们好像都很疯狂，即使这里连巨人的破碗都没有一个，即使这里有的只是空荡荡。我苦笑地望着他们，蓦然感到一双邪恶的眼睛在背后盯着我，一股冰凉闪电般滑过我的脊梁，我惊悚地拧过身去，威克傻呵呵的笑脸映在我的眼前。

不是他，我知道不是他。我向殿外看去，外面空空荡荡，空旷得让人不寒而栗。它在哪儿？它是谁？

“你好像在找什么东西？”威克看着我说，显然他和我一样对没有任何可以拿在手里的收获开始不满，至少我们应该有个纪念品才对，但我们总不能搬个巨人雕塑回去吧，不过我看见平野郎正在试图撬动石柱上镂空的石球。

“奇怪，这里少了很多元素？”我说。

“是，包括锅碗瓢勺。”威克困惑地附和道，“难道他们吝惜到连留一只破碗都不肯给我们留下？”

“莫名其妙，你怎么知道他们一定要用破碗而不是金灿灿的金碗？”我调侃道。

“因为它们才是我们来的目的，不是吗？”此刻的威克显得十分机灵。

“当然。”

我看见了安娜，安娜出神地望着空旷的广场，面无表情，波澜不惊……

那是乱糟糟的一天，嘈杂的一天，毫无头绪的一天，就这么过去了，直到躺下，身体还在那里辗转难眠，翻来覆去，不得安宁……

那天的梦很奇怪，我一遍遍地走进大殿，跨进去，跨进去，还是跨进去，无休止地重复那个单调的动作……

太阳从我们看不见的地方爬起，可它的光辉依旧早早地到达了盆地的所有地方……

按照一夜的争论结果，赫尔宣布把所有的人分成四组：希蒙、戴维、比特和他们的助手六个人负责主殿雕画的清理及数据的收集；平野郎、小渊美子各领两名雇工清理配殿；赫尔、威克、歇洛和司机刘为一个小组，他们负责南边的搜索；而尼让、柏特、雇工郭、安娜、南茜和我为一个小组，我们负责东面的搜索。

能和安娜在一起是令人愉悦的，何况还有领队尼让和南茜。我们一早就打包好装备，投身到林海茫茫的盆地，去找寻一个未知的发现。

闲聊中，尼让提及中国古代的书法与美术，他说传神与空灵是艺术的根基，而中国古代的艺术家早早就寻悟出了它们，渐渐画有所寓，书有所指。而西方的艺术家则结出了抽象派的果实，一个让中国古代艺人学徒都笑掉牙的画风……

“可是，凡·高那些抽象的线条与杂乱色彩的确能够引起人们的深思。”南茜打断尼让的自嘲。

“哈，你是对的，即使你的面前只是一团混乱的色彩，你也会在某个瞬间被勾起共鸣，但如果说这也算是一种辉煌的艺术成就，我倒建议你没事的时候就用破抹布去涂鸦，说不定这个世界上又会多出一位大艺术家。”尼让打趣地说。

“如果艺术只有视觉效果，只为引起人们的一声惊叹，那就只是一件普通的艺术品。真正的艺术应该是让看到的人在思考中得到启迪，在若有所思中开启智慧的法门。”尼让高深莫测地说。

作为一个中国人，此刻沾沾自喜还来不及，又怎么会去质疑尼让呢？虽然我不懂画，但我懂生活，和艺术一样，它们就像日常的酸甜苦辣，能带给我不同的感觉，心情不同，眼中的它们也会不同。所以在我的眼中，一幅画的美丑及价值，不过反映了我的喜怒哀乐罢了。

尼让的话题是多变的，他甚至提出要放开通假字的限制，理由是通假字能够活跃人们对汉字的认识与改造，由此而改变汉字造字难的困境。看似风马牛不相及的事情，经他一说，还真的有其道理。

我已忘记了许多，我是不习惯记忆的，但我认为他是对的，因为安娜也赞同了他的观点，我又为什么要去反对呢？

终于，尼让结束了他对自己学识渊博的炫耀……

“希望我们今天能够有所收获。”尼让说，“这是一个神奇的地方，如果一个族群能在这么狭隘的区域内诞生，并成就一种高度文明，那将是匪夷所思的。”

“他们不会是外星人吧？”郭竟然像威克一样问道。

“或许等壁画清理出来之后，我们会得到一个答案。”尼让肯定地说。

“如果能找到外星人，我们还真的不虚此行。”瘦骨嶙峋的柏特笑了。

“我希望他们是无神论者，那样我才可以和他们公平对话，而不是同鬼神讲。”我莫名其妙地自言自语道。邪恶从我心底升腾而出，它来源于我的心灵深处，像一个幽灵般不受约束。

“你知道你在说什么吗？龙。”安娜惊讶地看着我说。

“我认同龙的看法。”尼让笑眯眯地说，显然他对“主”还不够忠诚。

“我也是。”柏特竟然也容忍了我这个异教徒的放肆。

“上帝！你这奇怪的脑袋里究竟都装着些什么东西啊？龙。”安娜用好奇的目光打量着我的脑袋，我想如果她手里有一把斧头，她会毫不犹豫地试试它的锋利。

“它们以撒旦之名杀戮，它们以上帝之名开战，它们是建立在人类欲望和生死之上的无端臆说，它们收获愚人的膜拜，收割愚人的财富，控制愚人的思想，不断创造对立和割裂社会，甚至彼此征伐，屠戮无辜。这难道不是历史的真实吗？”我好像在说。

“龙，我们不说这些好吗？”我好像听见安娜在遥远的地方对我喊。

“怕什么呢？我说的不对吗？我已经受够了它们拿人性的弱点来开涮，我们怎么活着和怎么死去跟它们有半点关系吗？它们有必要幸灾乐祸吗？”我好像在冲安娜怒吼。

“这样说，你会遭到报应的。”安娜好像开始惊慌了。

“走开，为什么不让我说？我讨厌你们的虚伪，我们为什么不能正大光明地去谈论一切，在这个虚伪的时代，我们还需要什么禁忌的约束吗？你们愚蠢的苟延残喘是改变不了世界，因为……”我好像没有看见脚下的树枝。

“哎呀。”我重重地摔在了地上。

“哈哈，我肯定他又是走路的时候做起了白日梦。”安娜和南茜站在我面前笑弯了腰。

“是吗？嘿嘿，我怎么又跑神了。”我难堪地站了起来。

安娜走过来给我拍打着身上的泥土，小声问道：“疼吗？”

“我们说到哪儿了？”我依旧魂游天外。

“什么说到哪儿了？”安娜的目光中充满了迷茫。

佛曰：我不入地狱，谁入地狱。

如果我对死亡还充满敬畏，那我就应该在生命终结之前，保持最后的一丝尊严……

碌碌无为的人，得过且过的人，毫无思想的人，他们必然有着相同的人生……

我需要一个梦想……

一连三天过去了，我们一无所获。随着宫殿清理工作的进展，刀凿斧刻的壁画渐渐浮现出清晰的轮廓和色彩。

壁画的上部，线条狂野粗劲，笔锋奔放夸张，雕刻的是一群狂舞的男人，他们赤裸全身，身体不可思议地任意扭曲，如幽灵般随心所欲地展现出自己强壮的肌肉。他们十分高大，虎、豹、狼、蛇在他们的脚下四散奔逃……

壁画的中部，线条细腻圆滑，内容丰富真实，刻画的是一个由神指定的新生儿成为他们的首领，以及他的诞生、成长直至死亡……

壁画下部的线条简单明了，色彩鲜明，描述了众多狩猎、劳作、收割、聚会、舞蹈、建造等大量的生活场景。

“这怎么可能是巨人的杰作呢？看这些雕刻的线条多么细微和密集，巨人有那么纤细的手指吗？还有这里，看见了吗？他们好像在使用一种复杂的器械，究竟会是什么呢？”戴维质疑道。

“真正的问题是我们没有找到任何和巨人有关的线索，这些天我们只是收集到一些对断代毫无价值的东西，因此，我们应该寻找他们的遗骸或者日用品之类的遗物。”希蒙摊开双手说。

“我们已经翻遍了这里的一切，如果当初我们获得更多的装备许可，或许就不会浪费这么多时间。”平野郎不满地发起牢骚。

“我们是来探险的，不是来探宝的。”尼让提醒道。

“那又怎样？我们一无所获，他们也会一无所获。”平野郎嘟囔道，他甚至把目光扫向了我。

我看见他们开始争吵起来，此刻，大殿外明亮的阳光，把他们的身影投射在巨人的墙壁上，犹如一群手舞足蹈的皮影……

这里除了我们，肯定还有某种未知的存在，因为，此时此刻，我真真实实地感受到了。

“懦弱者，你在偷窥什么！”我在颤抖。

“你怎么了？龙。”平野郎突然出现在我的面前。

“你怎么像幽灵一样？”回过神来的我不满道。

“你见过幽灵吗？”平野郎毫无歉意地笑了，然后奇怪地说，“你对这里怎么看？我是感觉很奇怪，而且总是感觉有东西在暗处偷窥我们，你有这样的感觉吗？”他神秘兮兮地对我说，“知道吗？昨天夜里广场雕塑旁边有个人，我还以为是自己人，就招呼了一声，但瞬间就没了他的踪影。真是见鬼了，我确定不是幻觉。”

我在战栗，但依旧调侃道：“会不会你要走桃花运了？说不定……”

平野郎嘿嘿一笑，真诚地说道：“但愿如此吧，不过我还是提醒你一下，这里好像真的很邪门。”

“我是一个无神论者。”我笑着回答，但他的话已然在我的心底打上了一道不祥的烙印。

“那就好，祝你好运！”平野郎晃荡着走开了。

奇怪，他怎么会一反常态找我说些莫名其妙的话？他的目的是什么？难道……

盆地里的夜来得出奇地早，太阳早早吝啬地收去它最后的一缕光芒，匆匆落下山去。月亮还没有爬上山头，星星就缀满了天空，它们大大小小地挤在一起，好奇地眨着眼睛盯住我们……

“原来它们的世界也这般拥挤。”威克嘻嘻哈哈地说。

“它们好像在看着我们。”南茜一心向往地说，“如果在那里我们也有一个家园就好了。”她好像很厌恶地球这个弹丸之地。

“那里肯定也早挤满了人，就像我们。你吃过沙丁鱼罐头吗？和那简直一模一样。”威克令人扫兴地说道。

“不知道外星人的家园会不会和我们这里一样美？”安娜自言自语地说。

“嗨，妹妹，有时间我带你去月球旅行好吗？”大嘴威克嘻嘻哈哈道。

“当然好了，不过你有钱吗？”安娜拧了下他的鼻头。

“就会有的，我现在不已经是大老板了吗？”威克居然恬不知耻地答道。

“是啊，我的哥哥是大老板了，不过还要他妹妹过着寄人篱下的生活，是吗？龙。”安娜笑嘻嘻地问。

我不知道自己还在想什么，只是下意识地点了点头……

我曾经真的认为，每个人都生而有罪：婴儿一生下来就知道拼抢母乳，方蹒跚学步就知道哭喊着索要需求，迈入学堂便开始争名夺利，步入社会更是尔虞我诈，甚至死到临头，也要风光大葬……

我无法评价自己已经走过的人生，可我知道我拥有人类已知的所有缺点。我当然不会无时无刻忏悔自己的邪恶，但每每想起，还是有一些良心发现的，甚至会有一些开悟……

或许，面对无从改变的未来，无法改变的人性，我们真的需要逃离人类，逃离地球……

第十章 ■

死亡进行曲

再次出发，一夜的挣扎使我有点疲惫，安娜说我的眼睛有点像大熊猫。“你怎么了？”她关心地问。

“没什么，只是没睡好。”我掩饰道。

“为什么？”她继续关心我。

“没什么，就是没有睡好。”我固执地回答。我没有打算告诉她，我夜猫子般溜达了半夜。

“可是为什么呀？”看来她是要关心我到底了。

“因为一双眼睛。”我不得不放弃反抗，随口胡扯道。

“什么眼睛？”她更加好奇地追问。

“一双一直盯着我的眼睛。”我依旧没打算实话实说，我不可能告诉她我跟踪了平野郎一夜。

“它在哪儿？”安娜开始不安。

我真的不能说下去了，于是我笑了，笑得一脸灿烂，手指着她的眼睛说：“就在这儿。”她的脸瞬间红了，像秋天的红叶一样迷人。

昨夜，神出鬼没的平野郎，在偷偷爬出围墙那高大的门槛时，终于被起夜的我发现。他诡异的行为无疑加重了我对他的猜疑，于是我一路跟随，随他进入密林中……

但很快，一团浓雾就彻底掩盖了他的行踪。当我浑身上下湿漉漉地赶回营地，才惊讶地发现平野郎的身影正在帐篷中走来走去。我本想走过去一探究竟，但歇洛提着灯出现在附近，我只能灰溜溜地钻回自己的帐篷……

其实没有人知道我们究竟在寻找什么，包括我们自己。我们不断踏入以前从未涉足的地方，我们希望有那么一个地方，一个可以让我们兴奋的地方，一个足以让我们疯狂的地方。于是我们不停地寻找……

丛林中多的是猕猴和飞鸟，它们用奇怪的眼光看着我们。少有天敌的生活，让它们缺乏畏惧，它们会像人类一样好奇地围在一起，像吃瓜群众般看着我们。麻烦是安娜引起的，她递去一块面包，最终让我们受到了猕猴们疯狂的追击，再也无法获得更多面包的它们，开始在树木间跳跃着，不断发出刺耳的尖叫。

雇工郭不怎么友善地捡起一块石头抛向它们，愤怒的猕猴们立刻摘下树上的果子雨点般砸向我们。

不堪其扰的尼让拾起一个果子，在衣服上蹭了两下，便有滋有味地吃了起来，他吃果子的样子很可爱，甚至有点做作。尼让的举动，让猕猴措手不及，它们随后停止了攻击，一番叽叽喳喳的交流后，放弃了对我们进行“糖衣炮弹”的攻击，纷纷爬上树梢，然后居高临下地冲我们吐起吐沫。

我们笑着跑到一片空旷的地带，尼让大笑道：“看看它们多么聪明，如果这样继续进化下去，恐怕有一天连我们都会成为它们的阶下囚。”

尼让是不是有点杞人忧天，我不知道，但我知道今天的世界，是智能机器人的世界，如果有一天它们也因为得不到更多的面包停了下来，那么灾难就会不可避免地降临到我们身上，如史前大洪水一般吞噬掉整个人类……

是的，我们已然把人性刻印在未来的智能世界，所以，我们的未来必然也是黑暗如斯……

人性的贪婪是上帝亲手为我们打上的烙印，如果我们无法完成自我的升华，未来将永不可期……

人类的社会性从起始的那一天起，就注定了十字架迟早会树立在坟墓之上……

如果我们依旧无视人性和社会的走向，依旧浑浑噩噩地活下去，那才是真正的悲哀……

猕猴突然安静下来，静得让人窒息，随着毛色鲜亮的头领发出逃亡的嘶吼，瞬间，它们便消失得无影无踪。尼让立刻示意我们停下来，他把手指竖在唇间，警惕地观察着四周。

森林里传来不祥的“嘶嘶”声，树木的枝干开始疯狂摇动。就在我刚刚意识到那是什么的时候，它出现了。

一条巨龙般的白蛇游荡在高林之巅，缓缓来到树林的边缘，在距离我们不远的地方，它停下了，好像感知到我们的存在，它高傲地抬起无与伦比的头颅，俯视着渺小的我们……

即使在今天，我依旧无法描述自己的感受。它宛如圣灵般的存在，彻底震撼了我……

传说中，圣灵是灵魂的指引者……

传说中，圣灵充满智慧与力量，赋予我们信念和勇气……

面对它，我们目瞪口呆地停下了脚步，彻底臣服在它的脚下……

那一刻，我们充满敬畏……

十几分钟过去了，巨蛇还没有离开的意思，它显然嗅出了异样的气味，开始不断摇摆着身体，在我们的身边探头探脑。它巨大的身躯，让大树不堪重负，开始发出吱吱呀呀的断裂声，残枝落叶雨点般掉落下来。

僵持是危险的，尼让终于选择了退让，他慢慢抬起手臂，我们开始缓步后退。白蛇没能脱凡出俗，它显然没有发觉我们细微的举动，死神收割的镰刀已经离开我们的头颅……

“吓死我了！”安娜低声地在我耳边说道。

是的，死亡已经渐渐远离我们，我们是幸运女神的宠儿……

“它太让人震撼了，简直美得令人窒息。”南茜居然兴奋异常，反应更是令人诧异。

“哎呀——”

不幸还是发生了，南茜身后的雇工郭不小心绊倒在树根上，然后尖叫着跌倒下去。白蛇被响声惊扰，它蓦然挺直了身躯，然后像箭一样向我们射来。

虽然它的尾部还远远盘在一棵大树上，但它那血盆大口已然笼罩了我们的世界……

我们无视了传说中的暗示，因为我们无知无畏……

当不祥的征兆出现在我们的面前，我们却被贪婪的欲望蒙蔽了双眼……

如果撒旦真的以蛇的面目出现在伊甸园，那么不论蛇是善是恶，伊甸园都必将因此而万劫不复。这才是上帝的游戏与规则……

如果说一个人总会心生忏悔，那么此刻，我已然虔诚无比……

不是虔诚于鬼神，而是自我之心……

“砰！”

一束强光从尼让的枪中射出。子弹钻入蛇的口中炸裂开来，随之一蓬蓬血雨洒落。白蛇发出痛苦的嘶鸣，它扬起巨龙一样的身躯，剧烈摇摆起来。

“Go，Go！”尼让大声喊道。

我们玩命地向树林里跑去，身后是蛇的悲鸣和树断枝折的声响，天空中不断有石子和树枝在我们身旁砸落。安娜和南茜几乎被我拖离了地面，她们不断发出尖叫。但我绝不能停下脚步，身体的潜能在死亡的边缘爆发……

“嗨，来这边！”

迎面碰上被枪声招引来的赫尔他们，我们才惊魂未定地站住脚步，然后心有余悸地去感谢上帝，而不是感激自己。是的，我们还活着！

白蛇在森林中上下翻滚扭曲，巨大的身躯粉碎了一棵又一棵参天大树，更是卷起漫天的枝叶和沙石，云雾般笼罩它的身体，宛如一条在碧波绿海中腾云驾雾的白龙……

“你没事吧？”是威克，我唯一的朋友，我嘲笑的朋友，我离不开的朋友。

我摇了摇头，然后举起了手中的枪，那一刻，我感受到了生命的沉重……

“不要开枪，你会伤害到它珍贵的外皮。”平野郎不知道从哪里钻了出来，大声阻止我道。

我的枪响了，白蛇最后一次仰起高傲身躯，然后像崩塌的天塔，瞬间土崩瓦解在我们的视线中。也就是那一刻，我看见了它的眼睛，它的眼睛没有邪恶，有的只是神圣与尊严……

上帝！请您原谅我！

是的，我还活着，但一个圣洁的生命就这样断送在我的手中……

“即使把我们所有的人都放在拍卖会上，可能也无法与它相比。”平野郎自嘲道。

我们无疑是幸运的，幸运的不是死里逃生，而是我们居然能得到一张值钱的蛇皮，那可是一份让人做梦都会咧开嘴笑的财富。

劫后余生，天降财富。大家都在笑，郭也在笑，唯一不同的是，郭在一笑间，失足跌入一个不大的坑中……

看着他试图爬起来的笨拙模样，我们都笑了。郭不好意思地站了起来，他并没有受到伤害，沟里有的是厚厚的落叶，它们如松软的毛毯般舒适，躺在上面，即使你没有丝毫的困意，也会很快闭上眼睛，接受睡眠之神许普诺斯亲手送上的甜蜜美梦……

司机刘把一根绳子抛给郭，郭嬉笑着迈前一步，抓住了绳索，但就在那一刻——

所有的人脸色都变了，脸上出现了对死亡的恐惧。

“嗨，你们可别吓唬我，我的小心脏脆弱着呢。”郭看到了我们眼神中的恐惧，但他依然在寻求宽慰。

“啊，不，该死的东西，滚开！”郭突然发出恐怖的叫声。

只是短短的瞬间，坑里的树叶突然蠕动起来，渐渐蠕动出一片血红的海洋，如炼狱之火……

“救救我，快救救我！快——”

一只只红色的食人蚁不等郭喊完，就已经覆盖他的全身……

郭绝望地想再一次抓住绳索，但他马上就发现自己的双腿已然成了白骨森森的骨架，他尖叫着跌倒下去……

郭一直试图爬起来，也一直在向我们伸出绝望的手臂，他的目光中自始至终都充满对我们无限的信任。但那一刻，我们唯一能做的，大概也只是和上帝一样，沉默以对……

转瞬间郭的眼耳口鼻中就爬满了蚂蚁，它们不停地用锋利的牙齿撕咬着一个鲜活的生命……

郭的衣服和皮肉如泥点般大片大片脱落，已经露出白白的牙齿和鼻骨。郭发出最后的呜咽，没有人知道他在说什么，或者他想说什么……

他终于倒了下去……

只是片刻，沟中的红潮退去，落叶依旧，不同的是，上面仰浮着一副完整的人体骷髅……

这就是死亡。其实我们每一个人都在享受死亡带来的乐趣。不同的是，这次死的是人，而不是你摆在案头的鸡鸭鱼兽。你不也曾打死一只噬血的蚊子，还恶狠狠地说："让你咬，去死吧！"不也曾肆意地用放大镜在阳光下去灼死一只蚂蚁，还沾沾自喜？我想郭的死也不外如此，只不过他不再是手握生杀大权的人类，而是死神手中渺小虚弱的猎物……

我不知道我们是怎样回到宫殿的，我只知道安娜一直趴在我的肩膀上抽泣。她的泪水打湿了我的手臂，也打湿了我的心灵。我第一次感到自己存在于这个世界上的价值，也第一次意识到人活着不仅仅是为了自己。我的世界在模糊，我的心灵在忏悔。那一刻，我感受到眼眶内的冰冷……

一滴晶莹的泪珠划破时空，在月光的映照下，摇曳出斑斓四射的光芒……

我在郭的名字上划下一道重重的线条……

他的死，如迷雾中的云霭……

一个熟悉的身影不断在我眼前晃动……

但我无法说服自己，不可能……

司机刘的情绪低落了很多天，他说下一个该死的可能就是自己了，说希望死得不那么痛苦，希望有一个全尸，甚至希望我能帮他一把，就像对待白蛇那样……

郭的死，丝毫不会阻挡第二天的阳光到来。平野郎早早地领着歇洛他们把白蛇的皮剥了，和它的头颅一起带回来。蛇皮摊开来，晾在广场上，那刺鼻的血腥味令人窒息。

我曾经无数次在蛇的面前停下脚步，然后执着地看着它的眼睛。那里空洞洞的，没有我要找寻的答案。我不知道自己想从那里看到什么，可我依旧固执地认为，只要我去看就一定会看到……

从那一天起，在接下来的几天，我始终无法摆脱这种奇怪的举动，我一次次看去，没有，没有，还是没有……

事实上，探险队一直延续着关于巨人宝藏的话题，即使这里根本没有什么宝藏。

“宝藏？难道我们眼前的一切不都是吗？其实我们已经硕果累累了，仅凭这些影像就可以让每一个人的口袋鼓起来。至于其他，我想在场的每一个人都不应该再有非分之想。”一直一言不发的赫尔突然说。

“是的。”尼让微笑着赞成道，“这里所展现的文明已经足以让我们载誉而归了，我们的目的不就是享受发现的过程吗？”

“我们总不能把墙上的壁画搬走吧？”平野郎继续发泄着自己的不满，“但是多待上几日，我们或许会有新的发现呢？”

“好吧，既然有人不满，我可以推迟回去的时间。”赫尔厌恶地看了眼平野郎，决定道，“如果你们同意，从明天起你们就必须开始节衣缩食，让食物来决定回归的日期好了。”

几乎所有人都表示了赞同，包括我。我自然不是一个不食人间烟火的人，我同样是一个贪得无厌的人。“走啦。”威克在我脑袋上重重地拍了一下。可恶……

山谷里的搜索已经基本完成，我们只有偶尔才会出去漫无目的地溜达一圈，因此，几乎所有人都加入了壁画清理的工作，而主殿的清理更成为重中之重。

随着壁画清理工作的进展，终于有了一个重大的发现，在王座背后的墙体上，当我们铲去厚厚的苔藓和浮尘后，一个巨人的雕像逐渐浮现出来。他披散着长发，把一块云雾般的衣纱随意搭在肩上，衣纱在他的腰间被一条镶满各种宝石的蟒带束起。

他顶天立地，头顶艳阳明月繁星，脚踏群山河流莽原。他手握金杖，赤足站在堆满了金银珠宝的大地。

很快金杖也被清理出来，它由两条巨蛇缠绕而成，下面那条蛇的口中含着一颗奇兽的头颅，而上面的那条蛇眼窝中镶嵌着两颗拳头大小的宝石，即使在幽暗的宫殿内，它们依旧熠熠生辉。

“哇——”

所有人都发出了惊叹，所有人也开始变得疯狂。平野郎蹿上了摇摇晃晃的梯子，还没有人来得及阻拦，他已经硬生生把两颗宝石给挖了下来，又不顾赫尔的怒斥，掏出了蛇口中的奇兽头颅。

“你在做什么？你这是在犯罪！”赫尔的脸色铁青，他愤怒地咆哮道。

“我知道，但我也是在为这里所有的人犯罪。”平野郎直视着赫尔说道，“把它们留在这里只会有两种可能，一是被别人挖走；二是永远埋没于此。况且我们这次组队出来，开支巨大，现在有了它们，我们多少也能找补点回来不是？大家说对不对？”

“对，我赞成。”毫无意外，威克在希蒙的身边举起了双手。

当财富的大门打开的那一刻，曾经坚持和信仰的一切，都开始不堪一击地崩塌。此刻，甚至连我也希望能从中讨得一杯羹，这是我没有想到的。正当内心的邪恶和善良还在交战，我无意中看见巨龙空洞的眼眶内闪过一抹鬼魅的光影……

“啊——”

一声凄厉的叫声把我从迷雾中唤出……

宫殿外传来可怕的叫声，它让刚刚的对立瞬间烟消云散，所有人都神色怪异地奔了出去。

凄惨的叫声来自一边的配殿，当我们赶到那里时，我看见临时用木棍搭成的脚手架已经零散地倒了一地。雇工郝仰面躺在石板上，他已经死了。他的面孔极度扭曲，眼睛里充满了惊恐，嘴巴也奇怪地大张着，那声惨叫大概是他生命尽头最后一次喧嚣……

小渊美子和另一名雇工杨面色苍白，不知所措地站在那里。

“怎么回事？”赫尔冲过去大声问道。

“脚手架不知道怎么就歪了，然后他就从上面掉了下来。”小渊美子面色煞白地说。

简单的描述，简单的死亡，没有人怀疑，也没有人哭泣，所有的人已经对死亡失去了理解，它就像再平常不过的事情，一旦出现，也就意味着无法挽回……

面对哭哭啼啼的小渊美子，面对和郝形影不离的杨，面对眼前已经冰凉的尸体，我们自然不应该多想什么，甚至连多想到点什么都会有一种罪恶感。是的，我们根本不应该多想什么，人都是要死的，死不是很正常的事情吗？只有不死才是一个奇迹……

我们草草地把郝埋在了宫殿外面的草地里，竖了一根木牌，然后压了块石头，一个鲜活的生命就这样告别了他的人生。我注意到尼让在祈祷时只是在胸前草草地划了一个十字，大概只有天天面对死亡的人，才会这般草率……

我的笔尖轻快地划在郝的名字上……

我想起了南茜，犹豫着想给她一个电话，但最终还是放弃了。

外面不时传来一些琐碎的声音，每当我竖起耳朵，它马上就会销声匿迹。

我告诉自己，一切都是幻听，我必须学会自我安慰……

终于，面对外面的嘈杂……

“滚开——”我愤怒地喊道……

清理工作在第二天继续进行，当所有人再次返回宫殿，一切都恢复了平静，一切都归于了寻常，仿佛一切都没有发生，一切都将继续……

我们开始在血淋淋的地面上搭建起脚手架，歇洛细心固定着上面的每一个交叉点，即使已经捆绑得足够坚实，他还是会细心地再加固一次……

一旁的小渊美子眼睛一直红着，她神经质地一遍遍诉说着意外的过程：“我不知道怎么会发生那样的事情，我和杨刚刚从上面下来，它便倒了下去。”

“事情已经过去了，你应该忘记它。”安娜搂住小渊美子，泪水在眼眶中打转。

是的，一切都已过去……

日子依旧一天天毫无精彩地过去了，我们在这里已经待了十几天，这里的每一寸土地都留下了我们的脚印。我们已然没有了留下来的必要，即使这里如诗如画，即使这里充满诱惑，但我们终究不属于这里……

只有平野郎心有不甘，他依旧疯狂地四处找寻着什么，我无数次看见他笨拙地爬出高大的门槛，又无数次笨拙地爬回来，但面对越来越少的食物，他终于无计可施……

我们除了清理出全部的壁画并录影保存之外，再无所获。这里没有尸骨，没有遗物，空荡荡的宫殿留给我们的只有无尽的困惑与恐惧。不再有人怀疑这里曾经有一个高度发达的文明，但依旧有人好奇他们为什么会突然消失……

博学的尼让也给不出一个合理的推测，他耸肩道：“他们凭空消失了，就像空气一样，我想我的智慧也只能让我这么理解了。”

“这里甚至没有生活垃圾，难道他们是极致的环保主义者？还有他们的尸骨呢？难道他们不会死亡吗？我想壁画中的描述已经否认了这种可能。”这是戴维的疑问。

“他们是不是被外星人掠走了，媒体上不是有过很多这样的报道吗？不过这次外星人玩的对象好像有点大。”这是威克的灿烂。

“应该说他们本身就是外星人。”南茜明媚地说道。

“南茜可能是对的。”希蒙说，“这里并没有足够的资源，在如此狭隘的空间中繁衍生息，简直无法想象。”

“外星人住石头房，他们挺有个性的！”威克奚落道。

“不管怎样，我们已经硕果累累。我们见证了传说中的历史，也开启了一扇神秘之门，它把我们带回远古时代，让我们看见了辉煌的成就，看见了令人震撼的能力，看见了智慧生命的无限潜力，也看见了这片土地上曾经有着和我们一样生老病死的族群。因此我们可以说，我们不虚此行。”赫尔站起身，他环视每一个人，做出了最终的决定，“我已经决定明天就离开这里，如果你们还有什么工作没有完成，那现在就赶快干起来吧，而不是在这里争论不休。”

威克大概是队伍里最想离开的人，即使他充满欲望，即使他一身的人间烟火，但，他已经受够了眼前的一切……

我和大多数人一样充满遗憾，毕竟我不是到画廊走了一遭，满足了一点视听幻觉，就可以空着手回家的人。我突然想到在配殿的石柱一角，那里镂雕着一个睡卧在莲花上的婴儿，栩栩如生。看着眼前那些垂头丧气的人，我露出了鬼魅般的笑容……

“哇，龙，你干吗这样盯着我笑，是不是又想出什么不可告人的伎俩来招呼我？”威克跳到一边，一惊一乍地说。

“哈哈，威克，你真的很聪明，等着瞧。”我避开了所有人的视线，匆匆走了出去。“龙，等等我。”安娜幸灾乐祸地推开威克追了上来，她的后面跟着永远甩不掉的尾巴——帝客。

“龙，你要去哪儿？”安娜跑上来挽住我的手臂，好奇地问。

“我想四下再看看，毕竟马上就要离开这里了。”我装作闲逛的样子，把安娜一步步带进了配殿，然后指着一幅壁画发出惊叹，在安娜聚精会神观看的时候，我快步走到石柱旁……

“哇，龙，你快过来看这里啊，这里有条蛇成了孩子们的秋千。”安娜在背后惊喜地喊道。

“是吗？”我沮丧地走了过去。睡莲婴儿已经被人先一步撬走，我在怨恨自己没有早一点下手，那一刻，我的心中充满了对盗贼的咒怨。

“龙，看这里，还有这里。”安娜惊喜的话语回响在壁画间。

那一刻的我，在笑，虽然嘴角有点苦涩。

从来无法摆脱内心邪恶的想法，它们生而有之，后天盛之，而对正义，不断碰撞出难以湮灭的火花……

当正义失落，再不降临，很多人选择苟且于邪恶。虽然他本应善良……

我真的邪恶若此吗？

当月亮再次爬上截云山的时候，广场上燃起了篝火，因为明天就要离开这里，所以不管是失落的，狂喜的，茫然的，还是若有所思的，都聚集在篝火的旁边……

歇洛他们搬出了所有好吃的和浓香的美酒，在篝火旁摆了满满一地，看来一场热闹的晚宴就要开始了。我不知道别人是否在流口水，至少我看见安娜已经无法让帝客安静下来……

赫尔站在篝火的旁边，闪动的火焰在他眼中熠熠生辉，他郑重其事地整理了一下衣襟袖口，然后抬手示意大家安静："各位，我们明天就要踏上回家的旅途了，此时此刻，说实话，我真的不想离开这里。这里就像上帝的伊甸园一样，让人流连忘返，这里圣洁而神圣，为了到达这里，我们一路经历了千辛万苦，甚至还失去了我们最心爱的伙伴，我们付出了鲜血和生命。"赫尔的声音有些嘶哑，他的眼中渐渐盈起泪花。

"但是，我们来了，此时此刻，就在我们的脚下，就在这片古老的大地上，我们和那些远古的民族站在同一个地方。为什么我们不远万里千里迢迢来到这里？为什么？因为我们需要了解文明的过去，揭开文明的逻辑，寻找到文明的未来，这就是我们今天站在这里的原因。"赫尔的声音开始逐渐提高。

当赫尔说出寻找文明的未来的那一刻，我真的被震撼了，我有生以来第一次意识到，原来人是可以这么活着的……

赫尔环顾四周，声音低沉地继续说道："有人说，在这里我们一无所获，难道我们真的一无所获吗？不，让那些在现实中污浊横溢的欲望见鬼去吧！我们为什么活着？因为我们需要探知这个浩瀚未知的世界来净化我们眼下肮脏的文明；我们需要让人类的文明永永远远在这个星球上传播下去。为什么？

因为这是我们的家园，这是我们的地球，这是我们每一个人的生存之地。我们不是那些政治和资本的玩偶，我们也不会被任何东西收割去属于我们自己的灵魂。”

在赫尔的咆哮中，我的灵魂颤抖了，面对自己肮脏的灵魂，我并不是第一次想到要去改变什么，但面对自己的欲望，自己的固执，我始终选择了逃避。是的，这个世界上最难改变的就是自己，我始终日复一日，活得一成不变……

赫尔猛然一挥手臂，大声问：“试问各位，你们愿意一辈子苟活在利益的倾轧之下吗？你们愿意始终走在自己昨天的影子中吗？要知道，我们的世界并不是肮脏的世界，因为真正的肮脏只存在于这里。”说至此，赫尔用有力的手指戳向自己的胸膛。

是的，当我们连改变自己的勇气都没有，那么我们又何尝比柳和林更幸运呢？我们至死也只能是昨天的自己，只活出一天的自己……

此刻的赫尔在篝火的映照下，全身闪耀着神一般的光辉，他已然平静：“现实中，那些并不想改变的人，他们至死也是今天的模样，他们活着，只是在浪费自己屈指可数的日子。我们应该拥有一种智慧，一种活着的智慧，它会是你昨天的梦想，也会是你今天的信仰，更会是明天我们共同的文明。试问，你们做到了吗？你们想做到吗？你们能做到吗？”

“想做到，能做到！”在场的每个人都在莫名其妙地呐喊，事实上我们都不可能做到……

我看到了热泪盈眶的安娜，看到了振臂呐喊的威克，看到了神采飞扬的南茜，也看到了蠢蠢欲动的帝客，更看到了熊熊燃烧的篝火……

我在震撼中发现，原来这个世界上每一个人，不管他是否已经旧梦成灰，也不管他是否已在随波逐流，但深埋在他们心底的那份永恒的梦想，永不熄灭……

“各位，此次旅行，我们不单单是在寻找文明，我们更是在传承文明，我希望大家永远铭记此刻，铭记你们的誓言。我相信，人类的未来将因为你们而璀璨于浩瀚的宇宙中。为了我们美好的明天，为了光明的未来，让我们干杯！”赫尔高举酒杯呐喊道。

“干杯！”满脸血红的歇洛一下蹿了出来，一仰脖子把杯中的酒全部倒入口中，他的目光射出火一般的烈焰。

所有人都在开怀畅饮，他们脸上洋溢的是我从来没有见到过的激情，那激情源于亘古的遗存，源于血脉的根源……

智慧的大门被这些只是萍水相逢的人再次打开，我的灵魂第一次被不经意地触动，在这个被我怨恨的世界，在这个被我深深热爱的世界……

我应该忏悔我的过去……我应该祈祷我的未来……

第十一章 ■

奇迹之下

一夜酣歌醉舞，第二天，当我们还在收拾行李时，天空中突然乱云翻滚，似有金龙在乌云中闪动，紧接着一道道闪电霹雳而下，一个个炸雷丢在当空。很快，暴雨便翻江倒海般落下来，大到让人心生畏惧。

闪电点燃了尼让的智慧，他突然说有的人真的很愚蠢，竟然会认为龙是蛇的化身，或者是什么鳄鱼的图腾，难道他们就没有看到过闪电，还是过去根本就没有闪电？毕竟闪电具有龙的一切特征，它变化莫测，通天接地，翻江倒海，行云布雨，又有哪一点像蛇和鳄鱼呢？怎么就成了凡间之物呢？还是杜撰这些的人本就充满恶意？

有人说古代图腾中的画像就是蛇，只是后人给它添上爪子，也就有了龙。莫名其妙，或许古人对闪电的畏惧，让他们自然而然地把恐惧寄托在蛇的身上呢？

尼让又说起图腾：“心生敬畏是图腾产生的根源，人们不仅会祈祷灾难不要降临在自己身上，还会贪婪地希望把那份灾难带给自己的敌人。所以说，图腾所代表的不是信仰，而是正义和邪恶交战的内心世界。”

我在听，我也在看，同时我也在想。我常常注目于那些壁画里的蛇，天马行空的想象会让我联想到撒旦，因为撒旦就是以蛇的模样出现在夏娃面前，并诱惑她吃了禁果……

想到撒旦，自然也会想到上帝。奇怪，上帝为什么要在伊甸园种苹果而不是菠萝？我喜欢菠萝，虽然每次吃过后都会酸倒所有的牙齿，但依然无法抗拒它的美味……

头浑浑噩噩的，眼睛肿痛异常，我想我应该睡上片刻……

我看见了满地的菠萝，金黄色的诱惑迷失了我的脚步……

我茫然地行走在上帝的伊甸园，脚下也堆满了菠萝，我去翻找苹果，才发现那里居然没有苹果……

是的，我找不到苹果……

雨一直在下，丝毫没有停下来的意思，广场上渐渐涨起了一尺多高的积水。所有的人依旧无聊地坐在大殿中，海阔天空地胡吹乱侃。

眼看着外面的水面一点点抬高，那个关于巨人与龙的传说让威克不安起来，于是他开始去恐吓小渊美子："复仇的盲龙来了，它会淹没整个盆地，到那时，我们肯定会尸骨无存。想想那些巨人的死骨，想想那些迷失的宝藏。它们肯定都在巨龙的肚子里等着我们呢。"

"去你的，即使拿你当点心，都会嫌硌牙。"小渊美子无精打采地回道。

赫尔担心地看着越下越大的雨，不停地站起来走到外面。歇洛则难得清闲一刻，懒散地斜靠在墙边，聆听着尼让的见解。比特和戴维下起了围棋，偶尔还会为一两步悔棋而争闹不休。西蒙则躺在睡袋上做起了甜美的梦，因为你会看见他嘴角边浮现出难得一见的微笑。只有平野郎还在仔细查看高座下的平台，平野郎说古人一般都爱把宝藏藏在密室中，如果仔细找，说不定就会发现……

安娜和我坐在大殿外的飞檐下看雨，那是一种难得的宁静，你可以什么都不去想，什么都不必去做，只是静静坐在那里，忘记烦恼，忘记一切。细濛濛的水雾笼罩着我们，每次呼吸都能品尝到那淡淡的水香，沁人心脾……

广场上的雨水无规则地东流西淌，豆大的雨滴砸出千万点水花，这种景象只在童年的记忆中出现过。长大后，随着生活的忙碌，我开始埋怨起落雨的麻烦，也从不曾在雨中驻足。原来我真的不懂生活……

"快看，那是什么？"安娜突然说。顺着她手指的方向，广场那四尊雕塑的正中间，水面上出现了一个巨大的漩涡。

我看了片刻后，才可笑地断定说："那下面应该有条下水道吧。"

“它很美，但是它让我感到不安。”安娜竟然畏惧起来。

“我想我可以过去看看。”已然想在雨中走走的我站起身来。

“我也去。”安娜也站了起来。

我们去拿雨衣时，威克奇怪地问：“你们干什么去？不会是想在雨中寻找浪漫吧？”

安娜红了一下脸，解释说：“广场中有一个漩涡，我们过去看一下。”

敏感的尼让立刻察觉到什么，他问：“什么漩涡？”

我回答说：“就在那边，我想下面应该有个空洞。”

尼让冲赫尔说：“走，我们也去看看。”

普普通通的漩涡竟然一下勾起了所有人的好奇，我们一起冒雨跑进广场，只见一个漏斗样的漩涡盘旋不定地伸向水下，隐隐约约可以看见下面的石板上有一个碗大的洞口，里面不断传出空洞的流水声，那幽深的回声瞬间点燃了大家的激情。

“这下面肯定不是老鼠洞。哈哈。”威克挥舞双臂，兴奋地喊道。

“芝麻开门！”南茜也搞笑地跟着喊了起来。

“我们发财了！”我还没有来得及抒发感情，就被平野郎推到了一边。

藏宝洞就在日常进进出出的地方，我们居然熟视无睹，四处寻觅。至于原因，我可以告诉你，那是因为你在日常生活中眼睛始终盯的是别人的饭碗，而不是自己的，这就是答案……

不要说我老是嘲笑你，事实上我也在嘲笑现实中的每一个人，他们总是忽略自己的专长和优势，不去挖掘里面存在的宝藏，却一心想涉足险地，去博得些残羹剩饭苟活，这本就是奇怪的选择。百技自有百生，能以一技之长傲视天下，试问世间又有什么是你不能得到的呢？有人不断在耳边告诫你要面对现实，但现实就是，你放弃宝藏，得到了狗粮。你确实得到了，但你也确实失去了……

平野郎和歇洛找来木棍试图撬开石板，但那块石板很大，即使他们使出了吃奶的劲，石板依然纹丝不动。但是平野郎坚信巨人的宝藏就在下面，如此一说，很多人又像打了鸡血一般，开始了新的尝试。此刻天色开始转暗，雨也越来越大。

赫尔说："等明天雨停了再想办法吧。"

"明天雨就会停吗？"威克小声嘀咕道。

一个晚上他们都在谈论石板下的洞穴，好像那里有金山银山在等着他们去拿，他们甚至开始制作绞车，并分派好明天每个人的任务。看着好笑的他们，忙碌的他们，我在心底说："上帝！他们疯了！"可是转眼间，我突然对自己的平静感到惊骇，也许面对宝藏无动于衷的人才是真正的疯子……

闪电如金色的巨龙在空中翻腾，震耳欲聋的雷声让帝客钻入南茜的怀中再也不愿出来，安娜摆弄着手腕上的石子手串，目光迷茫。

安娜的脸上已经看不到上山前的红润，多日的奔波让她消瘦了许多，原本白皙的肌肤上也留下了日晒的痕迹。

"龙，你在想什么呀？"安娜软软甜甜的声音飘入我的耳中。

我怔了一下，嘿嘿傻笑道："没，没什么。"

其实我是一个沉默无趣的人，总是喜欢安安静静地待在自己的世界中，可是我马上就要失去这样"幸福"的生活了，因为精灵般的安娜不经意地闯入了我的世界，她的出现让我魂不守舍，失去了思考的能力，我不得不拿出生命中为数不多的时间，去和她交换这场爱情的游戏，或许得到后我会回归自我，但在此时此刻，我却心甘情愿为此付出生命……

爱情是人类永恒的话题，一种来自性别差异的吸引力，既然连亚当也逃脱不了，我们又怎能脱俗呢？"你干吗一直盯着我看，眼睛一动不动的，难道要吃了我吗？"安娜依旧在问。

"是吗？哦，我想我又神游了。"我只好承认。

"可你究竟在想什么呢？告诉我，也好让我好好了解了解你。"撒娇的安娜让人无法逃避。

"当然可以，不过你不准生气。"我故弄玄虚道。

"好啊。"兴奋的安娜睁大了眼睛。

"我在想你会不会嫁给我，会不会给我生个孩子。"我俯在她的耳边小声说，然后飞快地站起身来。

“嗨，威克，能过来一下吗？你妹妹有事对你说。”我在安娜异样的目光中逃向威克。

威克应声走了过来：“什么事？”

安娜狠狠地盯着我，她的脸红得像夕阳：“没什么，龙说你欠他的钱一直没有还，有多少？人家都开始向我讨债了。”安娜意味深长地盯着我说。

“什么？”威克立刻暴跳如雷地冲我嚷嚷起来，他疯狂地从兜中掏出一百元纸币，狠狠摔在我的脸上，然后怒气冲冲地指着我咆哮道，“这是在泥金镇欠你的一百块，现在就还给你。”

我难堪地站在那里，所有人的目光都盯在了我的脸上，可恶的巨人，竟然把宫殿建造得这么结实，连个老鼠洞也没有，该让我往哪儿钻呢？

“啦啦啦——”安娜得意地哼着曲子，俏皮地看着我。

撒旦，我们下棋去吧，我想你肯定不会中国围棋……

此刻笔尖在纸张上滑动的沙沙声，是这个世界上最美的旋律……

我居然在笑，甚至笑出了眼泪，不可抑制……

可爱的安娜，俏皮的安娜，智慧的安娜……

第二天，雨小了很多，广场上的水开始退去，渐渐露出了白亮的石板。为了期待中的宝藏，我们再次拿着十八般兵器奔了出去，但是赶到那里，我们所有人都惊呆了。

石洞没了，在那个位置，出现了一个巨大的图案。一个栩栩如生的巨蛇呈现在我们的面前，它腾云驾雾，如巨龙一样盘踞在山云之间，惟妙惟肖……

所有人都被眼前的图案震惊到了，因为我们看到的不是上帝子民的杰作，而是大自然的鬼斧神工，勾勾连连的石纹，深浅不一的着色，就那样巧妙地铺陈在我们眼前。

“太不可思议啦！”小渊美子叫出声来。

但，世界上没有完美无缺的事物，即使是这样的鬼斧神工之作。

蛇口中咬含着的一颗碗大的石珠，石珠正中有一个浅浅的凹痕，人工雕琢的痕迹很明显，和石板上的自然纹路有点格格不入……

雨水正沿着石珠四周的缝隙流下，尼让俯下身把耳朵贴在湿淋淋的石板上，倾听片刻，他马上兴奋地喊道："听啊，这下面是一个巨大的石洞。"他尝试着用力按了一下石珠，石珠竟然陷了下去，露出一个深深的洞口，里面传出雨水滴落的回声。

"下面肯定是藏宝洞。"平野郎激动地喊道。

也只有宝藏才可能勾起人们的激情，于是大家手忙脚乱地拿来了绞车等工具，但他们很快就发现，巨大的石板之间根本没有什么缝隙，除了石珠凹陷下去的洞口之外，根本没有下手之地。

雨势又渐渐变大了，闪电不断在我们头顶闪过，震耳欲聋的雷声让大地为之颤抖。没有人想离开，我们所有的人如同失去理智的蚂蚁，为了一块我们根本无法搬动的奶酪，在拼命……

天雷滚滚，震耳欲聋，把每一个人的心弦都敲出了花来。随着一道耀眼的光芒和一声巨响，我们身后传来了倒塌声，所有的人惊骇地扭过头去，才发现宫殿居然被闪电劈开一条巨大的裂缝，开始摇摇欲坠。

终于有人清醒过来，想到要回宫殿搬出装备和物资。物资刚刚搬出来，又一道闪电把广场中的一座巨人雕塑拦腰击断，溅起了满天的碎石。

"赶快撤离！"赫尔甩去了手中的木棍，挥起手臂大声喊着，"Go，Go！"

当生命遇到威胁，理智才会从金钱的坟墓中爬出。逃离广场，再次来到高大的门槛前，我们被外面的景象吓了一跳，似乎整个盆地的雨水都流向了这里，眼看着就要漫进来。污浊的水面上漂浮着数不清的食人蚁，一只剩下半拉身体的野猪在蚂蚁的海洋中拼命号叫……

"上帝！"

我们唯一的出路被眼前这些平凡而又渺小的生灵堵住了，成千上万只食人蚁汇聚出死亡的海洋，犹如地狱的烈火般阻挡了我们的脚步。撒旦就在石墙外肆虐，他巨大的身影让刚才还狂妄不可一世的我们，在绝望中四处逃窜。所有的人都看到了死亡的阴影，我们没有了归途，我们必将死无葬身之地……

"这是神的地方，它们不可以进来！"尼让喃喃自语。

我们不可能在巨人的宫殿中找到生命的庇护所，它已如巨浪下的孤舟，倾覆只在瞬间……

我们又一次回到了那个洞口，那里应该是我们唯一的希望。我们开始了再一次尝试，歇洛找来最坚硬的钢叉，捆绑出一个粗大的金属棍，又套上了几道坚韧的绳索后，横卡进洞口内。所有的人开始用力去拉绞索，巨大的石板终于动了一下，并渐渐抬起，就在所有的人准备发出欢呼的时候。随着“叭”的一声，洞里的金属折成弯钩飞了出来。

“我们完了，我们不可能逃离这里。我们完了。”有人跌坐在水中绝望地喊道。

是的，如果我们坐以待毙，那我们肯定会死在这里。我们很快又拉折了仅剩的钢叉，我们已经没有更坚硬的东西了。所有的人都沉沦在绝望中，我们真的完了……

我不知道我在做什么，我失去了思考能力，如热锅上的蚂蚁四处走动，雨水劈打在我的脸上，浑身上下被雨水打了个尽湿……

“上帝！难道我们真的走投无路了？我们必须找个地方躲避才是。”尼让绝望地看着早已崩塌的宫殿，他已无计可施。

这里没有任何可以躲避的地方，大门外的雨水开始漫了进来，一些蚂蚁正在爬上我们的靴面，我们就要成为它们美味的猎物……

“咔——”

一道闪电如怪龙般从乌云中扑向我们，尼让身上突然射出一道耀眼的光芒，刺瞎了我的眼睛。

“尼让！”我大喊道。

我想起了南茜，一个维纳斯女孩，一个远比雅典娜还要让人怦然心动的女孩……

此刻她就站在我的眼前……

“宇宙的浩瀚是我们永远无法触及的，所以，我们活在这个世界上，又有何意义呢？”她曾经如此迷茫。

“善恶对错对于我来说毫无意义，我理解世界的方式和你有所不同。”她曾经如此固执。

“如果可以，我会沉舟星海，只为璀璨永恒……”她曾经如此坚定。

“什么事？”尼让竟然还活生生地站在我的面前。

“你，你还活着？”我惊魂未定道。

“哈，难道我在你眼中是一个罪不可赦的人吗？”尼让竟然灿烂地笑了，在闪电照耀下，他胸前徽章上面的盘龙竟然活了一般，游走不停。

“把你的徽章给我。”南茜突然走出来，向尼让伸出手去。

尼让不解地看着南茜，但他还是摘下徽章递了过去。所有人都用奇怪的眼神看着南茜，只见南茜小心翼翼地把徽章放入石珠那道浅浅的凹痕中，它们居然严丝合缝地扣合在一起……

那一刻，我们所有的人都开始心生期盼，希望看到奇迹的发生。但奇迹并没有发生，石板纹丝不动，所有的人又一次陷入绝望的深渊……

“你疯了吗？南茜。”已经绝望的威克喊道，“你这是在耽误所有人的时间。”

南茜无视了他，示意大家离开后，她飞快地把一堆金属物堆在上面，然后又立上一根钢叉，这才解释道：“既然这里的闪电可以劈开宫殿，那么它肯定也能劈开我们脚下的石板。”

我听见了嘲笑的声音，不可否认，南茜的办法未必是愚蠢的，但这种靠天行运的办法，着实有点不靠谱。

“咔——”

一道闪电击中了钢叉，刺眼的光耀过后，巨大的石板突然震动了一下，随后开始传出嘎吱嘎吱的响声……

“呀，它动了，它好像在落下去！”小渊美子惊诧地喊道。

一个巨大的洞口出现在脚下，石板像升降机般缓缓向下降落……

“快，把东西都拿上！”赫尔不假思索地喊道。

闪电不断催促着我们逃生的脚步，随着一个巨大的火球在宫殿上方爆炸，一声霹雳过后，宫殿彻底倒塌了。剧烈的震动摧毁了这里所有的建筑与雕塑，包括广场周边的石墙，洪水携带着成千上万的蚂蚁涌了进来……

在闪电中跌倒的人纷纷爬起来，他们拖起行李，玩命地跳上正在降落的石板上，我们已然把生命交付给了一个未知的魔窟……

眼前即使是但丁笔下的地狱之门，我们也会义无反顾。是的，我们没有选择，我们只能期待迈入地狱的大门后，会拥有一个崭新的世界……

脚下摇摇欲坠的石板被四道粗大的铁索吊挂住，缓缓下落，大大小小的石块从洞口不断砸落下来，雨水携带来的蚂蚁也在我们身上肆虐……

我想我们可能都要死在这里了，黑暗中我听到了下面传来的流水声，至于下面还会有什么在等待着我们，没人知道。我们依旧在祈祷，祈祷那些被我们无数次遗弃的诸神能够眷顾我们……

随着射灯照向四周，才发现石板上的我们像蝼蚁般身处巨大的石窟中。灯光下，光滑的洞壁上趴满了奇奇怪怪诡异的怪石，它们如聚在一起的魔鬼，窥视着我们。它们来自但丁笔下的地狱，也来自幽冥之中的罗汉堂，面对它们，一不小心，你会被它们扭曲的面相惊到魂飞魄散……

下面更是深不见底的水潭，跌宕的水声回荡在洞中，宛如来自地府中低沉的咆哮……

“去死吧，该死的！”黑暗中传出一个让人为之战栗的声音，紧接着是一声响亮的拍击声。

是雇工钱，他把脸上的一个蚂蚁“超生”了。

虽然这是一个很平常的举动，但他的行为显然和我们现在的处境格格不入。不经意间，我看到了脚下的徽章，我想把它抠出来还给尼让，但我惊讶地发现它已经完全融入石珠的凹痕。

尼让也看到了已经融化的徽章，他开始祈祷，不过我没有听见他向上帝祈祷，而是在向太阳神祈祷，那是玛雅人至高无上的神明。

想到了神明，肯定也会想到救世主，我看向我们的救世主南茜，突然发现她竟是如此的陌生。是的，日常中的人类情感和精密机器一样，只需要一个细微的触动就可以改变一切，难道她戳中了巨人的笑穴，触发了他们的慈悲之心？我始终想不明白，为什么完美的石珠上会出现一个丑陋疤痕。

“放心，我一定带你走出这里。”我轻轻拍了下安娜冰凉的小手，露出救世主才会有的微笑。是的，如果连下地狱都要搞出如此复杂的系统，那还真的不如直接跳下去的好，会少去很多恐惧。

终于，石板晃了两下，停靠在一块如蛇头般凸起的巨石前，一个石门就那么毫不意外地出现在我们眼前。

“伙计们，我们得救了！”平野郎大声嚷着，他第一个跳了过去。

是的，我们至少又一次死里逃生，不管我们还会遇到什么，至少眼下我们还活着。在踏入石门前，我抬头看了一眼洞顶，上面的闪电和暴雨依然在肆虐。

“雨停了，我们就可以上去。”威克却说。

随着乌鸦嘴威克的话音落下，上面传来一声剧烈的爆炸声，无数块巨大的石头飞落下来。

“快逃！”歇洛大喊一声，一把把赫尔推进洞中，并拉起后面的尼让蹿了进去，石板上的其他人也纷纷连滚带爬地扑向洞中。

“啊——”

随着一块巨石砸落下来，巨大的撞击宛如引燃了一次核爆，队员们瞬间东倒西歪跌了出去，滚成一团。地动山摇间，我感觉到了脸颊上的一丝温暖，也惊骇地嗅到一丝熟悉的味道……

随着杂乱的灯光再次把零乱的世界完整地拼凑在一起，我们的视野再次回归正常……

“啊——”

戴维惊呼一声。幽暗的灯光下，一个巨大的笑脸浮现在众人眼前……

“这是广场左边的那个雕塑吧？你看他的嘴唇，是有唇钉的。”安娜小声说道，她的声音中透出一丝颤抖。

歇洛用力推了推巨人的鼻子，失望地摊开了双手。威克也上去推了两下，马上绝望道：“它怎么就恰好卡在了这里？难道命中注定我们要死在这里？”

是的，它怎么就那么不偏不倚地卡住了洞口，把我们原路返回的希望破灭了。

“啊嚏——”鼻头痒痒的我，情不自禁打了个喷嚏。

“啊嚏——”黑暗中，马上有人回应了我。

有人说阴阳盈亏始有道法，宇宙中任何变幻，无非就是得失间的取舍。如此，“巧合”才是我们认知的能力，“不巧”才是我们无知的源头。它们始终像一对永恒的孪生兄弟……

我们的宇宙真的很大，但人类认知的世界又真的很小，但恰恰正是这些微不足道的认知，成就了我们眼中的花花世界，并碰撞出我们智慧的火花……

“戴维，你的手臂在流血，伤到了吗？”小渊美子惊呼着奔向戴维，她仔细检查了戴维的伤势，麻利地掏出绷带开始包扎起来。

劫后余生的我们，终于在惊魂落定后才感受到身体的异样，很多人开始向小渊美子讨要起消菌水和纱布。

“哎呀，你的脸上怎么有血？”安娜惊慌失措地向我伸出手来，她甚至没有察觉到自己的额头也被划出一道血口。

“呀，你吓死我了，这是谁的血？”安娜扒拉着我看了一圈，终于在威克的不满中想起了什么，“帝客呢？”话音未落，她已经看到脚下活蹦乱跳的帝客，正冲她摇动着尾巴。

此刻的我已经恢复记忆，脑海中浮现出巨石落下前的恐怖一幕：背着大包小包的雇工钱，跌跌撞撞跑在最后，就在他刚刚要逃进洞中的瞬间，巨石落下了……

一切都发生得很突然，除了我，甚至没有人意识到雇工钱已经死了。我终于听到有人在小声呼唤钱，是的，很快，整个洞窟中都是呼唤他的声音……

可怜的钱，在我划去他的名字时，竟然如何也想不起来他的容貌。在我的记忆中，他始终处在一个被遗忘的角落……

我至今记得，司机刘在雕塑漂亮的脸蛋上刻上了钱的名字，那深深的刻印，至今还戳在我的心中……

我依稀记得，依旧是尼让在念念有词地为钱送行，虽然钱和我一样，毫无信仰……

第十二章 ■

魔窟

眼前是一条延伸向下的石头台阶，上面布满了又湿又滑的苔藓，它左盘右旋，不断向下，看不见尽头……

“这下面肯定还有其他出口。”亨特嗅了嗅洞中冰冷潮湿的水气，肯定地说道，“我闻到了阳光的味道。”没有人会质疑亨特，因为比特曾说亨特敏感的感官甚至能够嗅出一个人即将死亡的味道。

洞内吹来一股阴森冰凉的风，让人不寒而栗，尼让的眼中却闪出一丝惊喜，他激动地说：“亨特是对的，既然这里有风，那肯定就有一个可以出去的洞口。”

我们并没有劫后逢生的欣喜，也没有对死去的雇工钱的哀伤，既然没有了退路，我们依旧会挣扎在死亡的边缘，依旧会埋葬在这个黑暗的魔窟……

我们再次踏上求生之旅，我们已经失去了对事态的把控，或许我们都将死在这里……

即便身陷地狱，威克依然会吃错药般兴致勃勃地挑起奇怪的话题，此刻他正试图和我们探讨圣人、伟人、巨人和领袖的区别。我丝毫打不起精神，因为我的眼前只有黑暗，没有丝毫的光明。

“你怎么能毫无信仰呢？”威克一本正经地教育起我来，“一个缺乏信仰的人，又有什么资格去沐浴阳光呢？”

“好吧，我洗耳恭听。”我只好无奈地竖起耳朵。

“圣人必然是人类构建理想世界的第一人，必然是前无古人般的存在，如果用江河潮流来做比喻，他必然是能汇聚起不一样的信仰思潮的人，这样的人被尊为圣人，大概是没有错的。”

“当然。”这一点，我必须赞同。

“而伟人，必然是那种能够驾驭不同信仰的人，必然是能够成功左右潮流走向的人，必然是在万流激荡中引领出光明的人，这样的人被称为伟人，应该也是没错的。”威克说。

“肯定的。”我点头道。

“至于巨人，只能是指那些顺应潮流的人了，既没有智慧去汇聚思想，亦没有信仰去引领潮流，只能苟且于现实，侥幸地接出一世的繁华。所以，我认为，巨人的身高是由果实的大小来决定的。而领袖是一群亦正亦邪的修补匠，混迹于滔滔河流中，他们其中的一些人，甚至连修补匠都算不上，要么成为随心所欲的破坏者，要么沦为一种傀儡。”威克大声道。

“难道巨人在你眼中就是上面掉下来的那个雕塑吗？人类历史中能称为圣人和伟人的又有几人？历史的车轮不照样在滚滚前行，不是吗？”威克的滔滔不绝令我震惊，但我还是不能苟同。

安娜插口反驳我道：“那是人类科技发展的必然。迄今为止，人类绝大多数的繁荣并不是来自口号，而是来自生产力和创造力。如果没有改变，在未来，世界还会是大多数人眼中的悲惨世界，自由依旧是资本的自由。”

南茜也附和道：“安娜说得没错，如此下去，即使未来迈入星际，资本的自由和资本的繁荣，依旧会和普通人没有任何关系。所以，建立坚定的信仰是必要的，只有构建起包罗万象的完善的社会体系，只有打造出一钉一铆的信仰阶梯，我们才可能抵达文明的世界。否则，千年万载之后的我们，依旧会像现在这样，在空谈一切。”

我异样地看着南茜，她的光环已然盖住了我。我不知道丑小鸭是如何变为白天鹅的，在此之前，她在我眼中只是一个清澈见底的女孩，我如何也想不到，这样的女孩居然也能有远高于我的认识，用智慧的翅膀翩翩起舞……

原来之前的我只是自以为是，世界早已不是我眼中所看到的世界。

脚下一滑，如果不是安娜伸出手来，我差点就颜面尽失地滚下台阶。连潮湿的苔藓都在告诫我做人要脚踏实地，我又为什么让自己短暂的一生翻滚在金钱和权力的旋涡中去虚度光阴呢？我的世界除了它们，更应该有的是鲜花遍野的大地，星光璀璨的天宇，奥秘无穷的未知世界，光芒四射的智慧之塔……

在黑暗中前行，两边渐渐宽敞起来，很快，在雪亮灯光的交织下，我们发现已经置身于一个巨大的洞穴中。它足有数个足球场大，洞穴石壁上下左右布满了大大小小的洞口，如一个镂空的绣球，美轮美奂……

“哇，太美了吧。”安娜惊叹道。

这是一个巨大的溶洞，无数的石笋林立其间，把灯光折射出空灵的七彩光芒，如梦如幻。时空之轮仿佛在这里凝结，它不仅幻化出令人目眩和窒息的美丽，也绵延出历史沉淀的神秘气息。它不急不弛，点点滴滴，由微而丰地构建出一个壮美的世界……

短短的人类历史对它来说可能只是一阵过耳的轻风，来的时候，也就到了该走的时间。当很多人在为宇宙有多大多久而争论不休时，眼前的石笋或许可以给他们一个启迪……

此刻，我们就像刘姥姥进了大观园，在溶洞中四处溜达，不断发出“上帝啊”之类的惊叹。很奇怪，我们身在地狱，居然还心系上帝。

“我们该从哪个洞口出去呢？都有点饿了。”靓丽的南茜只是好奇地问了一句，所有人就突然沉默了。

这里的无数洞口让我们看见了希望，但面对无数的洞口，我们又好像有点绝望……

“会有出路的。”尼让自我安慰道。

“该死的，这里什么信号都无法接收，连射线仪都开始闹鬼了。”比特显得有点绝望，这里潮湿的空气对他来说几乎是致命的。

“在中国有句俗语：生死有命，富贵在天。我坚信只要我们活着，就一定能走出这里。”戴维依然保持乐观。

威克冷笑着说：“宫殿存在那么久，为什么我们来了它就遭到灭顶之灾，这恐怕不是巧合吧？”他的话语中透出刺骨的寒气，让每一个人都为之战栗。

赫尔愤怒地说：“你给我闭嘴，别忘了没有人邀请你到这里来！要死，也是你自找的。”赫尔的话有些异样，异样中透出恐怖，他猛然扭回头去，好像在寻找什么……

“丢，丢……”石笋上的水滴在聚圆之后，在地球强大的吸引力下，滴落下来，发出奇特的声音，轻轻地，颤颤地，直透心底……

溶洞四周布满了大小不一的洞口，有的高若凯旋门，有的小若腕指，或高或低，我们好像被装进了一个镂空的石球中，就像宫殿宝座旁边的那两个……

我想象不出世界上还会有类似的地方，即使是在童话中。它空灵而脆弱，完美逼人，但又给人一触即毁的感觉。它充满了神秘，让你好奇之余，心底却汩汩流淌出可怕的冰凉……

无计可施的我们不得不选择就地扎营，各自找了块舒适的位置，把包裹一丢，任务也就完成了。小渊美子和彼得手脚麻利地弄出一堆丰盛的食物端了上来，丰盛到足以让人联想到《最后一次晚餐》。赫尔看在眼里，仅仅只是皱了下眉头，并没有说什么。有了美味的诱惑，疲惫者，兴奋者，绝望者，麻木者，形形色色的人蜂拥而至……

迈伦随意拿了些食物，转身找到一块石头，斜靠在上面开始味同嚼蜡地吃着。此刻，他出神地盯着一个地方发呆，就像一只可以看到别人看不到之物的猫那样。他好像在看有趣的东西，有趣得让自己形同雕塑，死去一般……

亨特面对美味是开心的，平日里这个沉默的年轻人，漂亮的脸蛋上始终挂着似笑非笑的笑容，面对他那一成不变的笑容，我相信所有看到它的人，都会心生慌乱……

肥胖的尼让和瘦骨嶙峋的柏特倒相谈甚欢，他们时不时开心地碰上一杯，旁若无人的他们，那份舒适自在，甚至让赫尔有些嫉妒。赫尔飞快地啃完一根猪排，丢在脚下，便匆匆走开……

天下没有不散的筵席，当平野郎打着饱嗝最后一个离开的时候，帝客从地上衔来一根骨头，匆匆忙忙地跑回到我的脚下，又一次开始了没完没了的游戏……

威克和安娜在旁边小声探讨着一些不着边际的话题，很快，连法律也成为他们口中调侃的话题……

司机刘在一旁古怪地晃荡许久，终于晃荡到我的身旁。他欲言又止，直到我开口询问，他才压低声音说：“钱生前曾经告诉我一个秘密，我始终拿不定主意是否该跟你说。”

“什么秘密？”我有点茫然。

“他说迈伦好像经常偷偷地跟踪你。”司机刘小心翼翼地说。

“这么说你也一直在盯着他是吗？”我脱口而出，说出一句连自己都感到惊讶的话来。

受伤的司机刘走了，我扭头瞅了一眼迈伦，发现他居然也心有灵犀地看了我一眼。

“时时刻刻都在关注罪犯人权的人是不是也是一种心理疾病？”威克突然抬高了嗓门，“今天的法律已然是罪恶的保姆，生怕罪恶受到丁点的伤害。减刑、免刑、假释、大赦还不够吗？现在甚至恨不得连罪犯们头套枕套的舒适度都关心，这不是保姆干的又是什么？既然有这么多的关爱之心，为什么就独独缺少了对无辜受害者的爱心呢？法庭的审判往往是一判了之，即使受害者的伤痕会延续，即使他们所受的伤害会加深，一句没有因果关系，就万事大吉了吗？”

“嗨，威克，你怎么了？”我不得不打圆场道，“你知道的，法律并不能解决一切问题。”

“你疯了吗？哥哥，你太偏执了，至少你应该明白，法律的存在，可以让每个人都在它的框架下得到生息。”安娜远比我还要震惊地看着威克。

“生息的只是罪恶。今天的法律已经是包容犯罪的法律，它用金钱来衡量生命，宽恕罪恶而无视伤害，随心所欲地裁量出不同的结果，正大光明地切割你的权益，甚至肆意妄为地为你画地为牢……”威克被激起了斗志，他甚至想继续说下去。

“好了，就此打住。”安娜一脸不快地说，“我们还是考虑下如何从这里走出去的小事，然后再去讨论天下的大事吧。”

威克的闭嘴，让我这个彻底的反人类者感到高兴，毕竟我骨子里就是一个充满罪恶的人，一个有着人性弱点的人，甚至，我还有一颗连法律都不会包容的黑暗之心……

是的，没有希望的日子是可怕的，经过两天的探寻，如何走出这片魔窟成了我们的心病。水不成问题，但粮食只够维持一个星期了。

赫尔忍住关节炎的疼痛，开始往膝盖上裹上厚厚的毯子，他依旧信心十足地和队员们说着笑着，不过他眉头皱起的频率却越来越高。

“既然有风有氧气，就一定有通往外界的通道，我们绝对不可能成为死在洞穴里的耗子。”尼让依然在为队员打气。

面对尼让的宽慰，除了威克笑得有点邪，其他人都是信服的，但是如何从迷宫般的众多洞穴中找到出口，却是难题，毕竟我们不可能去踏遍所有的洞穴。

这时，平野郎拖着沉重的脚步回来了，失魂落魄……

“雇工童呢？”首先看出异常的司机刘问道。

“他掉到一个洞里了。”平野郎面色苍白，有些语无伦次地说起经过：雇工童和他在一个洞内寻找出路时，没有注意到石壁侧下方有一个不大的洞口，不知道怎么，雇工童就滑了进去，没了踪影……

司机刘冲动地抓住平野郎的衣领，怒火喷薄而出，他大声质问道：“你救他了吗？你为什么不寻求我们的救援？”

平野郎嘴角抽动地解释道：“那个洞很深，绳索也随童一起掉了下去，我根本没有办法营救他。”

赫尔立刻面色冷峻地站起来说：“带我们去。”

平野郎跌跌撞撞地领着大家向出事的洞口走去，我们很快就沿着石壁上荧光闪闪的标志找到了出事的洞穴。雪亮的灯光打进去，黑漆漆的洞穴深不见底。

司机刘趴在洞口旁喊了半天，然后抬头说道：“放我下去，我生要见人，死要见尸。”

赫尔有点犹豫，但最终还是喊歇洛拿来了吊索和装备。

“小心点。”在司机刘准备滑下时，我轻声说道。

“我不会死在这里。”他竟然淡定地这样说。

吊索发出“嗞嗞”的声音，转眼间司机刘便消失在黑暗中……

十几分钟过去了，吊索已经放到百米以下，依旧在晃动中快速下放，所有人都屏住呼吸，静寂中弥漫着死一般的气氛……

终于司机刘发出停止的信号，又不知过了多久，吊索才开始慢慢回收，几乎所有人都松了一口气，开始窃窃私语。

我麻木地看着眼前的一切，我无法遏制自己大脑不断冒出的邪恶想法：既然雇工们都快挨个儿死完了，可能童也不会幸免？我甚至预感到马上就要发生意外……

“出来了，他出来了！”我听见南茜欣慰的喊声。

司机刘爬了上来，他的脸和身上到处都是被石棱划开的伤口，道道血痕在灯光照射下显得狰狞异常。但，我们并没有看见童的尸体。

“我把他埋在了下面。”司机刘上来后只说了这一句话。

那一刻，我听见了平野郎如释重负的呼吸……

小渊美子搀扶着司机刘往回走，所有的人都静静地跟在后面，没有表情，没有痛苦。死亡早已让我们麻木……

在划去童名字的时候，锋利的笔尖划破了纸张，沾染上墨汁，原本洁净的纸张瞬间显得肮脏不堪……

我相信死神的镰刀已经高悬在我们的头顶，在传说中，那镰刀如风般扫过，一颗颗人头便如割落的谷穗滚落下来，所有高贵的、低贱的，洁净的、肮脏的，亲人的、仇人的，男的、女的，老的、少的，强者的、弱者的头颅，统统耳鬓相磨、你挤我挨地滚在一起。在死神面前人类没有任何的价值，只有在死神的镰刀下，人们才能得到绝对的公平。在那一刻，不管你相信什么神，他们都无法拯救你的生命。你唯一可以做的就是去祈祷，祈祷死神给你一条光明大道，因为只有死亡才是永恒的……

死神已然按照他的意愿，开始有条不紊地收割起属于他的头颅。再也没有人相信所谓的巧合，不安的议论开始在队伍中出现，谋杀的阴影开始盘旋在每一个人的头顶，猜忌的眼神即使在黑暗中也熠熠生辉……

士气一天天低落，队员们举手投足间开始有了一丝慌张，连一向乐观开朗的尼让也日渐显现出暴戾的征兆，甚至对别人有益的提议，也会毫不顾忌地讽刺一番。这种态度如在平日，是绝不可能的……

赫尔虽然暴跳如雷，但他显然失去了指手画脚的威信。一个人的威信能否存在，往往取决于他的言行能否给人一种信念，当周围的人信念开始动摇时，从前的威信也就荡然无存了。毕竟，有自知之明的人是不应该同死神争夺威信的……

威克终日的冷漠反而让小渊美子对他如影随形，她如孩子般跟在威克的屁股后跑来跑去。但威克并未在意小渊美子的存在，依旧早出晚归地疯狂探寻出路，直到筋疲力尽，才心灰意冷地说："如果我就这么死了，我的朋友们会伤心的。"

我不知道除了我，他还会有什么真正的朋友。就像我一样，除了他，我也记不起这个世界上还有在意我存在与否的其他人……

安娜很伤心，她劝慰威克说："我们一定能够出去的。知道吗？我昨天梦见了你，你在参加我的婚礼。"

威克一下振作了精神，感兴趣地追问："快告诉我谁是新郎？"

安娜羞涩地笑了，她低下眼帘，轻轻瞟了我一眼。

威克毫不犹豫地说："不行，绝对不能是他。"

安娜和我一下怔在那里，威克得意地看了我一眼，话语一转道："除非他能告诉我怎么从这个该死的地方走出去。"

该死的洞穴，你已经开始威胁到我的终身大事……

"威克，你这是讹诈。"南茜笑嘻嘻地说。她这几天好像很高兴，甚至有点让人起疑，因为她感兴趣的是每个人的情感变化和行为方式，身处险境还能剖析他人的言行，真是个奇怪的女孩。

"是吗？那我就明目张胆地讹诈你好了。别在我这里秀什么真爱了，赶快去找出那个该死的洞口，我就要疯了。”威克说。

为了尽快从这里逃离，所有的人都加入了寻找出口的行动。我们被分成了三队，尼让、安娜和我为一队，我们依旧进入那个凯旋门大小的洞口，里面又有七八个洞口，考虑到是巨人钻的洞穴，我们总是从最大的一处入手。我们沿着一个又一个洞穴跑了一上午，除了在洞壁上画满标志，我们始终没有任何收获……

我们渐渐开始绝望，我们好像是死了也要折腾自己，让自己不得好死的疯子。尼让不再讲笑话给我们听，也不再鼓励宽慰我们，让我们坚定信念。安娜开始把头靠在我的肩上打盹，帝客早早就钻入了我的背袋……

面对尼让，我会想起但丁的《神曲》。我不知道我们在哪里，但我知道，这里绝不是在自杀者的树林，这里也绝不会有一个叫浮吉尔的人引领我们走出眼前这片昏暗的森林。

面对安娜，我还会想到古希腊的诸神，我们可以献祭自己的所有，去寻得雅典娜女神的帮助……

“呜——”帝客突然被惊醒，立在我的肩上发出低沉的警示。

尼让停下了脚步，他抬手示意我们不要出声。冰凉的洞穴，空气似乎也冻结了，四下里死一般静寂。我听到了自己的心跳，感觉到安娜手腕上脉搏的急速跳动。

“呵呵……”远处传来一阵似有似无的诡异笑声，好像在嘲弄我们的胆怯。

“是什么声音？”安娜伏在我的耳边，心神不定地问。

“应该是我们自己人，这里的洞很多都是相通的。”我知道自己是在说鬼话，因为我们已经跑了三四个小时，按照射线仪上的数据，我们应该和其他人的距离越来越远才是。

“嘻嘻……”一个女孩的声音传来，让人毛骨悚然。

“我怕，龙。”安娜紧紧依偎在我身上。

这时，尼让回过头来把食指竖在唇间，然后示意我们把灯关掉。尼让紧靠岩壁蹑手蹑脚地朝前移动，我看见他已经把枪握在了手中。在一个岔洞前，尼让停下了脚步，仔细聆听片刻后，拐了进去……

帝客开始不安地在我的肩膀上踏来踏去，它似乎嗅到了什么，鼻翼不断皱起……

又拐过五六个洞穴，嬉笑声才渐渐清晰起来，隐隐约约还传来说话的声音。我们离他们越来越近了……

在我们即将拐进一个新的洞口时，声音突然消失了，就在这时，帝客突然从我的肩膀上跳了下去，撒开四蹄钻进了洞口。

“帝客！”安娜骇然喊出声来，并追了过去。

“安娜，不要！”我想拦住她已经不可能，因为那个洞口很窄，只能容下一个人。帝客从尼让的双手间逃脱，一转身消失在另一个洞口里。

“啊，小东西，从哪儿蹿出来的？吓死我了。”我听见了“女鬼”阴森的声音。

“咦，不应该只有它一个啊。”我看见了“男魔”闪亮的獠牙。

“嗨，你们怎么会在这里？”威克吃惊地看着同样惊讶的我们。

“嗨，安娜，你怎么啦？”小渊美子走过来，拉着安娜的手关心地问。

“是啊，我们怎么会碰到一起？”我奇怪地看着射线指南针。

“人都会生病，难道仪器就不能出现点故障啥的？”威克讥笑道。

“你们发现出口了吗？”聪明的我立刻又问了一个愚蠢的问题。

我不知道为什么要写这些，曾经的点点滴滴，不断浮现在我的眼前……

它们不会带来思考，甚至是在浪费自己不多的时间……

走出蜗居之城，面对真正的大自然，人类依旧是渺小和无能的，再高端的科技都会变得苍白。或许我们的生活根本不需要指南针，我们的生活本无指向……

但是……

灵光一现之后，脑海中只留下一道转瞬即逝的光痕，甚至还没有得到，就已然失去了它……

出去的人陆陆续续都回来了，好像每个人的怀里都揣上了一块沉甸甸的大石头，连走路的模样都有点笨拙。看着他们一个个无精打采的样子，也根本没有再问什么的必要了。我想我们真的要困死在这里了，可怜到死也不能再次见到阳光……

我们已经在地狱般的洞穴待了七天，剩下的食物已经不多，更可怕的是我们已经处在精神崩溃的边缘，队里的人在我眼里都已经开始变形……

平野郎常常没有了踪影，他一个人没日没夜地寻找出口，他的胡子也很久没有理了，甚至拒绝了彼得为他理发，他简直快成毛球了。“你怎么还有给人理发的时间？如果你真的没事可干，就快去找出口去，难道你真的想在这里等死不成？”平野郎暴跳如雷地说。

戴维也一改平日里慢条斯理的绅士风度，开始变得风风火火起来，甚至吃饭的时候都在地图前指指画画，念念叨叨。向来注重仪表的他，现在竟然对自己衣服上的泥泞也会视而不见。

比特意外地瘦了下来，他常常掏出镜子来照个没完，时不时自言自语：“我好像年轻了许多，这种感觉真是好极了……”

希蒙现在更喜欢与大家挤在一起，滔滔不绝地谈论他辉煌的历史。从他的叙述中，我得知他以前竟然是一个亿万富翁，不过十几年前他把它们全部捐了出去，开始了居无定所的漂泊。问他为什么，他说，因为没有了钱，才发觉生活是这样的丰富多彩。看着这么可爱的老头，我在后悔，后悔自己没能早点认识他，如果早一点认识他，我至少可以帮他把钱花完……

幽默诙谐的尼让开始变得沉默寡言，如果你不去打扰他，他甚至不会有说话的欲望，他突然开始让人感到可怜，那可是他以前最为痛恨的事了。

赫尔给了安娜从未有过的惊喜，他会安静地坐下来，谈起她童年时的那些快乐，谈起她的爸爸和以前很少谈及的妈妈，甚至包括爷爷奶奶的事情。安娜说叔叔开始有点像爸爸了，连鼻孔都透露出慈祥。

威克和歇洛两人没有了怒目而视的仇恨，他们彼此露出开心的笑容，我甚至看见两个人一起去偷喝比特的酒……

唯一没有改变的是南茜，她悠闲如常。她会兴奋地拍下这里的每一处石笋，会在一块石头上认真地刻下每一个队员的姓名。她会不停地唱起小曲，会嘻嘻哈哈地追逐安娜，没完没了……

安娜同样是一个可爱的小百灵，时时刻刻都在歌唱，甚至在我失去理智让她闭嘴时，她依然快乐地对我说：“如果我们注定会死，为什么我们就不能死得快乐一点呢？”

原来她想快乐地去死，我可没有这个想法，我还想活着，最好永远不死……

“真的死不了，恐怕有一天也会成为可怕的事情。”南茜居然看出我的心思，说出了让我绝望的话。

“嗨，龙，你知道吗？我看见你的第一眼，就有一种奇怪的感觉。”一路上很少和我说话的戴维，竟然蓬头垢面地凑过来搭话。

“是吗？”我感到有些吃惊，我很想知道他是怎么看我的。

“你就像一个谜。”戴维哈哈一笑说，“我不知道为什么会有这样的感觉，你的眼睛看起来清澈透明，但你的目光，总会时不时闪现出一些让人捉摸不透的东西。”

“是什么？”我有些莫名其妙。

“不，我也说不清。”戴维用脏脏的手指抓了抓一头乱发，眯起眼睛细细地打量着我说，“我从你的目光中可以解读到许多东西，比如快乐与悲伤，热情与冷漠，善良与邪恶。其实每个人眼中都有这些，但在你的眼中，它们会实时交叠在一起。”

“你是说邪恶吗？”我难道真的可以被人看出邪恶的内心？我战栗地想。

“是的，这也是让我感到奇怪的地方。有时候你看人的目光充满了让人恐惧的东西，那样的眼神不应该属于你，真的。”戴维平静地说。

邪恶的眼睛？我有些崩溃，怎么会这样？我是一个充满邪恶的人吗？即使是，但还不至于是一个邪恶外露的人吧？每个人都有邪恶的一面，哪里有什么圣人呢？而且，如果人真的心无邪恶，又怎么会感知他人的邪恶呢？我打了个冷战，因为我发现戴维原来是一个有着邪恶的人！哈哈，让他见鬼去吧，竟然这个时候还来糟蹋我，难道我是一个可以任人糟蹋的主儿吗？

“嗨，你错了，戴维。别忘了，他可是我们这里唯一一个军人。”比特说话的时候，并没有耽误他在镜子中挤眉弄眼，他继续说，“不过，在这个糟糕的世界上，最愚蠢的就是士兵了，他们不过是被政客鞭挞着四处咆哮的野狗。是不是这样？”

来自比特莫名其妙的侮辱，让我难堪之极，我曾经认为他没有羞辱我的理由。

“你没有喝酒吧？胡言乱语些什么呢？”南茜在一边冷冰冰地说道，她的眼睛里闪过一丝寒光。

“你……”比特不满地张开嘴，但在南茜的逼视下，又乖乖地闭了起来，只是狠狠地“哼”了一声。

安娜抓起了我的手，温柔地握了一下，并没有言语，只是对南茜报以致谢的微笑。瞬间，水滴声四起，在寂静的空间震荡出摄人心魂的涟漪……

该死的比特……

暴虐的台风肆意踢打着我的门窗，路对面的一棵椰子树被它连根拔起，掀在了一边。瓢泼般的雨点打在玻璃窗上，形成了水幕，扭曲了我视线中的世界……

我看不清外面的世界，我也同样看不清自己内心的世界……

很多人就像匆匆过客，在我的眼前一晃而过。我不知道他们的姓名，也不知道他们生活在怎样的世界。

可爱的南茜？难以置信，她的目光也曾那么冷艳逼人……

■ 第十三章

巨人的宝藏

我梦中的世界有着纯粹的五彩斑斓，我从来不相信人类能够在宇宙中走得更远，因为宇宙之大，即使人类贪婪的胃口再大，也有被撑死的那天……

我又一次看到，在别人酣睡之际，平野郎鬼鬼祟祟地走进一个山洞，他钻入洞口时回望的那一眼，让人战栗……

我悄然起身，跟了过去。

石壁上湿漉漉的，长满了苔藓，脚下也湿滑得要命。大概走了十分钟，前面的山洞渐渐只能容下一个人。山洞里崎岖蜿蜒，上上下下地向前延伸着，甚至有些地方狭窄到只能爬行。

一个巨人怎么可能进入这么狭窄的地方？他到这里干吗？旅游还是猎奇？一个个疑问开始浮现在我的脑海。

不知道走了多久，前面突然传来平野郎低沉的声音。我躲进一块凹陷的洞壁里探头看去，只见平野郎单膝跪在地上，双手交叉在胸前，恭恭敬敬地低下了头。他口中不停地念叨着什么，像是在祈祷。他在祈祷什么？我很好奇，我甚至忘记有句俗语叫好奇害死猫……

平野郎终于停下念叨，开始鬼鬼祟祟地向四下瞅着，然后俯下身，从怀中掏出个包裹，一层层打开包裹的丝布……

我慢慢移动着自己的脚步，想去看清楚他在做什么。我就像一团空气，无声无息，无色无味，可以悄然而至，即使是面对面，你也很难发现我的踪影……

“啪——”

我好像被什么砸了下脑袋，一个石头从眼前划过。被响动惊扰到的平野郎，迅速地把东西揣在怀中，蹿了出去……

我追了上去，可平野郎脚步如飞，跑得越来越快，渐渐失去了踪影……

我感到自己的脑袋像被揭开了天灵盖一般，疼得厉害，眼前的世界开始旋转……

“我有刀，捅了他！”耳畔传来一个邪恶的声音。

“不，他现在不能死，至少是现在。你走吧，以后小心些，再出差错，我绝不饶你。”来自地狱的声音竟然温和得让人陶醉。

“真的要留下他吗？这小子迟早会坏了我们的好事。”邪恶的声音坚持道，“何况你不是一直让我找机会做掉他吗？”

“不错，不过我们现在好像陷入一个更大的麻烦，有他在，至少能多一双眼睛来帮我们找出那个躲在背后动手脚的人。”温和的声音中竟然有着让人不可抗拒的力量，“好了，你该走了。”

我看见了在失落中走开的魔鬼，我也看到了天使展开的翅膀……

外面的雨丝毫没有停下来的意思，风也更加强劲，不断有东西撞在玻璃窗上，发出噼噼啪啪的声音。

我的目光有些模糊，我甚至想闭上眼睛，我好像很困很困……

电话突然响了起来，我差点被它吓死，但它也把我拽离了死亡的边缘……

黑博士在电话的另一头平静地说：“龙，我找到了你要找的坚，你现在过来吧。”神奇的黑博士，他竟然这么快就找到了我要找的人……

外面的风雨没能阻挡我的脚步，甚至在我踏出的那一刻，它突然平息下来。

一路上我都在思考自己为什么要找坚，只是因为我看见了他的背影吗？我感到自己很可笑，甚至有点愚蠢。

坚看见我，依旧很平静，他的目光甚至纯洁得让人头痛。“龙，你还好吗？”坚说，他伸出了柔细得像女孩子一样的手掌。

“你不在金老板那里了？”我是在明知故问。

“我离开很长时间了，我现在靠政府福利得过且过，日子倒舒展了许多，你呢？”坚毫不避讳地说。

“你不知道？”我必须让我保持一份尊严……

“听说过一些。你很坚强，如果换作我，恐怕早就疯掉了吧。”坚笑着回答，他的目光中闪过一丝不易察觉的讥讽。

“难道你认为我是一个很容易垮掉的人吗？一个躲在阴暗角落里的龌龊之鬼，它又能奈我何呢！”我开怀大笑道。

“你还是这样狂妄，龙，你根本就不知道你在面对什么？”坚冰冷着脸说，“你难道没有为你身边那些已经死去的朋友感到伤心吗？可能他们正是因为你的玩世不恭而死，你应该向他们忏悔！”坚说着把一份报纸递给了我。

看着报纸上金光闪闪的“死神的镰刀”，我有些崩溃。该死的谣言散布者把矛头指向了我，甚至称我为死神……

“所有不该死的人都已经离开了这个世界，而他依然能幸运地把自己囚禁在监牢一样的书房中继续他的罪恶。死亡游戏似乎已经结束，但他的幸运指数已经远远超出了所有人的预期。因此我不得不怀疑，他是不是才是这一系列事件背后的始作俑者……”

“冷静些，龙。至少我不认为是你。”坚笑了，他的目光是那么温暖。

“混蛋！”我恶狠狠地骂道，把报纸撕成了碎片。

坚猛然站了起来，在我惊讶的目光中，暴躁地问：“你今天找我有什么事？赶快说，我还有很多事情要去做。”他拿起了灰色的外套，准备离开。

“没什么，只是想和你叙叙旧。”我说。

“好吧，这是我的电话，如果需要帮助，可以随时和我联系。”坚把电话号码递给我，居然彬彬有礼地说了声“再见”，才头也不回地走了……

“呀，龙，你终于醒了，怎么就不小心跌倒了，还摔伤了后脑勺？你现在感觉好些了吗？”小渊美子没完没了地说着，她的口红艳得让人想咬上一口。

“安娜呢？”我还有些头晕，我想起了安娜。

“她这会儿在给你熬粥呢。唉，你已经昏迷了一夜了，安娜一直在这里陪着你，甚至连眨下眼睛都不肯。”小渊美子一脸嫉妒地说。

“我……”我的鼻头酸酸的，就像柠檬汁加山杏然后倒入老陈醋一样。我挣扎着抬了抬身体，一阵眩晕，眼前立刻冒出许多金灿灿的流星来。

“呀，别动，你虽然伤得不严重，但脑震荡会让你失去基本的控制力，你需要多休息一下。”小渊美子急忙按住了我。

“不用，我很好。”我固执地说，我再次努力撑起了身体，眼前的世界立刻旋转起来，脑门上有种劈裂的感觉。

“安娜，安娜，你快来。龙醒了。”小渊美子冲帐篷外喊道。

外面传来一阵急促的脚步声，随着一声“哎呀”，传来了金属在地面上的碰撞声，好像有人跌倒了。随着门帘掀开，我看见了两眼通红的安娜，她的双手沾满了米粥……

她怎么会这样毛手毛脚的？看着眼前可爱至极的安娜，我竟然笑出了声。她怎么会愚蠢地爱上我呢？我又有什么资格让她如此深爱？

“你都这样了，还傻乐什么。”安娜在衣服上擦了擦手，小心翼翼地俯下身，触了触我的额头，然后才长出一口气，问道，“你感觉好些了吗？”

“嗯。”

“好好躺着别乱动，我再去给你端碗米粥来。”安娜飞快地站了起来，不小心又把脑袋撞在了帐篷门上。

“哎呀！”

“你——”我再也没有笑出声来，因为我的世界已然下起了雨。

“嗨，龙，你醒了。”威克风风火火地赶了进来。

“你醒了。”迷迷瞪瞪的南茜走了进来。

“汪……”帝客蹿上床来，迫不及待地把湿漉漉的舌头舔在了我的脸上。

“你还好吗？龙。”平野郎也满眼血丝地闯进来。

“龙，大家都来看你来了。”尼让也挤了进来，他的身后是赫尔，戴维，希蒙……

“哎，你们干吗呢？开追悼会吗？都出去，他现在需要安静，我保证他明天就会活蹦乱跳的。”小渊美子把他们都推了出去。

“哇，龙，我怎么就没有你那么大的魅力呢？看见没有，所有人都来看你了。”威克嫉妒地说。

“那是当然，你帮过歇洛搭帐篷吗？你陪尼让下过棋吗？你同赫尔聊过天吗？你找希蒙说过话吗？你替戴维刷过靴子吗？你给刘师傅扛过东西吗？”南茜立刻笑着反问威克。

“什么乱七八糟的，我也可以做啊，可惜他们好像并不需要我，况且他们又不是小孩。”威克赖皮地晃荡着身体，然后用异样的眼光看着我说，“告诉我，你是不是另有所图？”

我有目的吗？我迷茫了。是的，我应该是有目的的，只有那些无知无畏的人，才会在危机四伏的当下随遇而安。

“说实话，你是怎么伤到的？龙。”南茜关心地问。

“哦，我是不小心跌倒的。对了，你们是在哪儿找到我的？我好像什么都记不得了。”我撒谎是从来不带脸红的。

“就在洞口啊！发现你的时候，你仰面倒在那里，一块小石头正好顶在你的脑后，地上淌了好多好多的血，快吓死我了。还好是在这里，如果是在某个洞中，恐怕……”南茜心有余悸地说道。

记忆慢慢恢复，但内心已然疑窦丛生……

谋杀还是陷阱？我不知道，但我知道，那绝不是幻象……

即使再次回到过去，即使平野郎已经死掉，我依旧对他持有怀疑……

甚至在今天……

我终于可以站起来了，虽然偶尔还会有些头晕。我首先想到的就是去“感谢”平野郎。平野郎只是礼貌地和我东拉西扯了一通闲话，然后就借口溜走了。我看着他离开的背影，嘴角渐渐浮出一丝阴森森的笑意……

在去找安娜和南茜的路上，我看见比特、戴维、希蒙三人在一起喝酒，他们冲我喊了一声，摇了摇手中的酒瓶。我摇手回绝了他们的好意，如果邀请一个受伤的人喝酒也算好意……

我不知道安娜她们在哪里，于是就吹了声口哨，很快就看见帝客从一根石笋的后面奔了出来，冲我快乐地叫着。

安娜和南茜正在洗衣服，口中还哼着欢乐的小曲，即使看见我，也丝毫没有停下的意思。我就静静地坐在旁边，享受着难得的片刻安宁……

虽然这里没有阳光，但我的眼前却是光明如昼。我似乎看到白云飘荡在我的脚下，闪闪的星辰在蓝天中与日月同辉，连绵起伏的群山如水墨泼就。山花烂漫，百鸟争鸣，真的是天地佳色尽收眼底，世间万象美不胜收……

我关上房门，一头扎在沙发中，昏昏沉沉的脑袋让我很快就闭上了眼睛……

我不知道我还能够坚持多久，我只知道我已经疲惫满满，我很想就这样永远闭上眼睛，再也不要醒来。

肯定有一个幽灵徘徊在探险队左右，他是谁？他到底想做什么？他说的麻烦又是什么？他们需要我的什么帮助呢……

直到今天，我依然一头雾水……

拿起笔，我再次回忆起那已然过去，却始终没能过去的过去……

虽然希望一点点被黑暗泯灭，但所有人都必须在绝望中做出选择，然后再次出发。新的一天，或许就是我们迎接死亡前的最后一天……

这里就是地狱——撒旦栖息和猎食的乐园。杂乱的灯光，扫进黑漆漆的洞口，等待我们的依旧是漫无止境的黑暗。

“我们今天会成功的。”威克拉起小渊美子的手，微笑着冲我们说。

“是吗？”我很久没有见过太阳了，自然没精打采，“最好是一根大香肠，你没看见帝客的眼睛都绿了吗？如果再这样耗下去，我们非饿死在这里不可。”

“其实我们饿不死的，这里有大量的苔藓，而且我在E-21-B-15洞内的地下河还发现了一种透明的小鱼，它们足够保证我们日常的营养所需。”小渊美子开心地说。

“是吗？这倒是一个好消息。”安娜兴奋地说。

“那样我们岂不成了山顶洞人？成了考古的对象？即使是死也得不到半点安宁。”我嘟囔道。

“哈哈，要真的是那样就好了，我们至少还能活在他们的眼中。”小渊美子兴奋地说。

“赤裸裸地活在后人的世界中吗？好像到那时，我们只剩下累累白骨。”我讥讽道。

“这是每一个人的归属不是吗？我们总要死去的，甚至我们可能连累累白骨都未能留下。”威克在一个洞口处停下脚步，他一边向里面观望，一边回敬了我一句。

“干吗要跟他说那么多？他根本就不明白人活着是为了什么。他只对自己的事情感兴趣，而缺乏包容力。”安娜盖棺定论地说。

我感到崩溃，我真的是过街的耗子人人喊打了。既然是耗子，那就找个洞钻吧。我一头钻进了一个岔洞中……

“嗨，等等我。”威克飞快地在洞口标记了一下，跟了上来。

交织的灯光在黑暗中延伸，我颓废极了，始终走在最前面，和说笑的他们保持着距离。我脚步很快，快到根本没有看清脚下的石头，我一下踢在上面，它没事，我倒飞了出去，脑袋狠狠地撞在一个东西上……

“呀，龙，你没事吧？”安娜飞快地跑了过来，甚至也被磕绊到，踢飞了什么东西。

“这是什么？”小渊美子看着被安娜踢出来的东西蓦然喊道。

我甚至还没有看清那是什么，帝客已经哼哼哧哧地把它拖到了我们的面前。那是一片头盖骨的碎片，虽然我不敢确认，但小渊美子已经肯定地说道：“这是灵长动物的头盖骨，就是有点大，如果我们不是在寻找巨人，我甚至还不敢确认它就是。”

果然，我们很快又找到一些碎片，虽然它们看上去几乎和石块差不多，但它们更轻更薄。

“喔，我们发财了！”威克突然在前面喊道，他的声音都有些异样了。

我们奔了过去……

我们呆若木鸡……

“哈哈，我简直爱死你们了！”面对散落整个洞窟的金银器，平野郎的眼中放射出闪闪金光。

“怎么没有筷子或者叉子、盘、碗之类的东西？难道他们不食人间烟火？”威克显然是饿极了。

“看这是什么？”戴维突然举起一个圆盘说。

“盘子吗？”希蒙眯着眼睛问。

“不，看这上面的齿轮和空槽，这是机械的一部分，而且上面还有奇怪的文字呢。”戴维兴奋地说。

“文字？”尼让立刻扑了过去。

是的，那肯定是文字，而不是图案，虽然奇奇怪怪，让人看不出个所以然，但排列规整的它们，笔画和结构又似乎存在某种逻辑，让人似有所悟，又让人一头雾水。

博学的尼让也在挠后脑勺：“真的是文字，猛一看有点像中国古代的象形文字，不过从笔画组合上看，又少有雷同的地方……奇怪，这可是真正的宝藏。来，交给我保管吧。”尼让忘乎所以地把它抢到手中。

没有人会在意时间，直到把石室里所有的东西都整理出来，并打好包裹，才有人喊道：“天哪，都凌晨五点了。”

“没什么？我们可以就地好好睡上一觉了，反正太阳又照不到我们。”

平野郎桀桀地笑着说。

“可我们该怎样逃出这个地方呢？我们总不能啃着这些骨头和金子活下去吧。”司机刘冷冰冰地说。

他的话显然是不合时宜的，连向来少言寡语的希蒙都忍不住说：“那好像不是你应该关心的事情。”

“你真的这样认为吗？”司机刘扛起装满骨头的大袋子，冷笑着说，“我可不想向这些尸骨讨要佣金。”

“咦，”南茜突然发出惊奇的声音说，“看，这是什么？”

湿漉漉的岩壁上，一处规则的凹槽吸引了我们的眼球。南茜小心翼翼地剥落上面的苔藓，一个渐渐清晰起来的箭头出现在我们眼前，箭头指向了身旁的岔洞。

“嗨，这里，这里。”尼让发现新大陆般喊着。

洞内曲折幽深，渐渐又是一个下坡路。我们不断发现新的箭头，生存的希望如催化剂一般让我们癫狂，快乐的气泡五色斑斓地飘荡在空中，每个人的脸上都洋溢出新的希望。

我们看见了台阶，沿台阶而下，迎面吹来了冰凉刺骨的风。漫长的石道，左转右旋，扭曲了每一个人的方位感，也扭曲了原本平展的时空，时间好像漫无尽头。

终于，我们听到了轰隆隆的水声，我们嗅到了新鲜潮湿的空气，一抹光线划过我们的眼睛，我们看见了洞口。

没有人能够克制自己的欣喜，我们如一群被放生的小鸟，扑展开翅膀，飞出了囚笼。

当我们适应了美丽的阳光，才发现自己站在悬崖上的一处突起的平台上。瀑布从头顶的崖壁上飞泻而下，在平台上打出一潭晶莹剔透的水珠，水雾弥漫，涤荡心肺……

我看见了透澈如玉的安娜湖，一个用女神安娜的名字命名的洁净之湖。大自然的鬼斧神工，造就了这个世界，也造就了这般的神奇……

“喔，原来我们在这上面！我们有救了！”小渊美子惊喜地喊道。

我们快乐地手舞足蹈，但司机刘却悲惨地死了。他不知怎么就从悬崖的边上跌了下去，口中发出绝望的叫声：“不——”

湿滑的平台上只留下两道深深的手指划痕，那短短的划痕见证了生与死的过程……

我没有看见谁还在掉泪，虽然有那么一刻，眼睛中有一种酸酸的感觉。我们呆呆地看着他落下去的地方，甚至不知道该不该为他祈祷……

“他还有活着的机会。”尼让说，“下面就是水潭。”

“不，他不可能活着。”说话的是南茜，她冷漠的眼神，让人无法置信。是的，从数百米高的地方跌下去，还能活下来的，只有魔鬼……

世界依旧美丽，但又一个鲜活的生命在希望到来的时候，毫无征兆地离开了我们。

后来，当我们在湖边找到他早已经变形的尸体时，在匆忙的埋葬后，便逃也般离开了，如逃避瘟疫一般……

一路上，我们的身后留下累累尸骨，我们不知道撒旦为什么会如此眷爱我们。我们的生命是那么的脆弱，甚至经不起一丝一毫的风吹草动。

我的笔尖有些沉重，我知道我划下的横线代表着一个生命的终结。

我吻了吻照片中美丽的安娜，还有调皮的帝客，泪水在我心中肆虐。

活着真好！美丽的世界，美好的人生……

能够活下来简直就是一个奇迹，虽然今天的我，已经不这么认为……

事实上在洞穴的那段日子，很多争论是源于生与死的问题，不同的人有不同的观点，但直到我们在绝望中再次面对朝阳，我们的那些争论，已经无关紧要。

没有人能够超越死亡，更没有人能够坦然面对死亡而活着……

又经历了几天玩儿命的跋涉，我们终于赶回山腰的营地，却又看到了莫西的尸体，他无疑是遭到了猛兽的袭击，只剩下半截尸体躺在营地的草地上，内脏已经不知所终。他半张着残破的嘴，好像要向我们诉说着什么。他的眼睛已经被蚂蚁掏空，只留下空洞的眼窝，空洞地盯着所有的人……

安娜被眼前的一幕彻底击溃了，她昏了过去，并开始发烧，咳嗽……

昏迷中的安娜开始不断胡言乱语，体温也急速飙升。我一步也不敢离开，不停地用酒精擦拭她憔悴的脸颊，和她布满划痕的手心……

小渊美子面对安娜不断升高的体温已经无计可施，她已经无法再找到什么药物可以做点什么。

南茜默默地为安娜瘦弱的手臂敷上冰袋，泪水始终在眼眶中打转。

帝客懂事地趴在旁边，喉咙中发出低吟的叫声，用黑黝黝的眼睛无助地望着我们。

威克烦躁地跑进跑出，不时和外面的人争吵着什么。

赫尔终于在威克的咆哮中，开始呼叫救援。

安娜一直躺在我的怀中，她的呼吸越来越微弱，她已经很少有清醒的时候了。

“安娜，安娜，醒醒，我是龙。”

我不停地在她耳边呼唤她的名字，我希望她能够听到。

安娜终于在一个深夜醒来，她的脸颊因为高烧而潮红，她无力地靠在我的胸前，脸上露出幸福的微笑，“我要走了，龙，把我忘记好吗？”她用虚弱的声音对我说。

“傻丫头，不要乱说好吗？你就会好起来的，我向你保证，我绝不会让你离开我一步，哪怕是半步也不行。”我紧紧地搂着安娜，泪水滴在她的脸上。

“不，我梦见我死了，在安娜湖畔，在你的怀抱中……”安娜平静地说，她开始用火热的手指拭去我脸颊上的泪水，虽然她的手指是那么的无力。

“不，安娜，不要再说了，我不许你死！”我把她的头贴在额前，打断她的话，“救援马上就到，他们正在路上，你一定要坚持下去，为了我坚持下去。知道吗？我爱你！安娜，我爱你！你怎么能抛弃我呢？”

“你真的爱我吗？龙。”安娜欣喜地看着我，眼中流露出幸福的目光，她急速喘息着，激动地问，“你不是讨厌婚姻吗？你不是无法知道你的爱能够持续多久吗？原来你一直在骗我。你真的会爱我一生一世吗？还是，此时此刻你还在欺骗我？我不需要你的安慰，因为，因为我真的，真的很爱你！龙，你知道吗？”她的眼眶中含着晶莹的泪花。

“相信我，我会爱你到永远！不仅仅是今生今世，还有来生再世。”我疯狂地说道，“我会以法律的名义娶你做我的妻子，也会在教堂宣誓爱你一生一世。相信我，我一定会！”

“你是在说真的吗？不要欺骗我，不要！”安娜的呼吸一下变得火热，她的目光中充满渴望。

“相信我，安娜，我永远只属于你。”我触摸着她滚烫的脸颊，坚定地说道。

安娜把头埋入我的怀中，呢喃着：“我知道了呀，我知道了呀……”

她的手臂突然失去力量，无力地垂在我的身旁……

“不——”

我不知道爱情是个什么东西，但我知道，当真正的爱情到来，为了它，你会抛弃一切。你的生命在它的面前如薄纸一般，你的信念更似流水任它左右，你无法逃避，你会在疯狂中寻找疯狂，在绝望中拥抱绝望……

安娜在我的生命中如昙花一现，虽然短暂，但已足够改变我的一生……

此时此刻，即使有一把刀子插入我的心房，你也绝不会看到半滴血流出来，因为我心已死……

我听见了螺旋桨的轰鸣……

我看见了天使的降临……

■ 第十四章

幸运的翅膀

当太阳从海洋的尽头露出笑脸，瞬间而至的温暖，让人没了起床的力气。当金色的光影打入眼帘，酸酸涩涩的眼睛开始逃避……

“汪、汪、汪……”帝客开始在床边没完没了地喧闹。

“你醒了。”安娜温软的话语传来。

“哦。”我回答，但我真的不想睁开眼睛。

“威克呢？”我知道如果再不爬起来，很快就会有麻烦降临。

“他去海滩游泳去了。”门外露出安娜调皮的笑脸，今天的她，格外温柔。

“什么？”看来我可以继续睡了，反正我也没有打算醒来。

安娜笑吟吟地说：“他确实一大早就跑到海边去了，你没有发现吗？自从探险回来后，他变了很多。”

“那我呢？”我嫉妒地说。

“你？你呀，就是一个超级大懒虫。”安娜说完逃了开去。

“该起来吃饭啦，大懒虫。”很快，安娜那俏皮的声音再次响起。从截云山回来，病愈之后的安娜就像变了人似的，变得越来越像个孩子……

算了，还是乖乖爬起来吧，大清早就开始梦游，不见鬼才怪……

当我狼吞虎咽地吃过早餐，威克才乐呵呵地从海边回来，还没进门他就开始大声嚷嚷起来：“嗨，安娜，看我从海边抓来了什么？”

“什么啊？”安娜与帝客比着快地迎了出去。

“哇，小海龟，真漂亮，快拿给龙瞧瞧。”安娜在外面兴奋地喊道。

“不用了，我就在这里。”我出现在她的背后，一脸不快地说，“这下帝客可有下口的美味了。”

“你说什么呢！龙，我会让它们成为朋友的。”安娜不满地回头看了我一眼，然后抱起跃跃欲试的帝客说，“听着，从现在起它就是你的朋友了，不准欺负它，知道吗？”

我想帝客肯定认为安娜是在给它交代午餐的事，所以它一边高兴地叫着，一边不停地扒动着小爪子，很想先咬上一口，尝尝味道如何。

“好了，它在这里活不长的，就放在这里一天，明天就把它放回海里。”我冷酷无情地说道。如果不是看见安娜反对的目光，我不会接着说下去，“说不定它的妈妈还在家等着它回去呢。”此话对于安娜来说，无疑有着致命的杀伤力。

“哦，那好吧，就让它待一天好了。”安娜委屈地接受了。

小海龟真的很可爱，甚至可爱到可恶至极，一个上午，安娜都没有正眼瞧过我一眼。我不得不去惩罚威克，让他和我一起打扫房间，修剪草坪花木。虽然威克一千个不情愿，但当我的要求通过安娜的口中传达下去后，也就成了他不得不接受的命令。

忙碌起来，时间真的就是白驹过隙，转眼即逝。当我和威克一身臭汗，刚想坐下休息，安娜就开始喊我们吃午餐了。洗漱完，坐上餐桌，看着安娜精心烹调的美味佳肴，竟然丝毫没有食欲，看到安娜不时飘来的不满眼神，只得又胡乱吃上两口。

放下碗筷，我开始用小海龟去逗帝客，谁知道帝客居然只伸出舌头去舔，好像它的牙齿很宝贵似的。索然无味的我开始左右乱瞅，希望能够找到点感兴趣的事情，就在这时，电话响了。

“真的吗？是呀？好啊，好啊。”安娜放下电话，兴奋地说，“赫尔叔叔晚上要来，我们得赶快准备一下才好。”

“都有谁？不行就让他们都来吧。”我立刻兴奋地说。毕竟安娜康复以来，还没有请他们来家坐过，是应该好好谢谢他们才是。

“这是你的家，应该由你邀请才是。我和妹妹只是你这里的住客。”威克终于找到了报复我的借口。

“既然他们都来，那我们就需要买很多东西不是？”安娜首先黏上了我，眼神可怜巴巴的，让人怜爱。

“这，这里还没有收拾……”看着乱糟糟的房间，我有些为难。

“走嘛，走嘛，回来我帮你做啦。”安娜撒娇地拉起我的手臂。

“我也去。”威克自然不愿意一个人在家干活，立刻跳了出来。

我想反对，但安娜已经说：“要去就麻利点，没有时间了。”

半小时后，我们已经来到了超市，面对琳琅满目的货品，我们一副要把那里洗劫一空的模样。

“够了，妹妹，多得都拿不下了啊。”威克开始埋怨起来。

安娜异样地打量着我和威克，好像我们是小矮人一般，终于她掩嘴大笑起来，直到眼泪都出来了，才说：“你们怎么这么傻啊？难道不会找辆购物车来？”

我看看威克，威克看看我，突然彼此尴尬地笑了起来。是的，我们怎么就没有想到购物车可以帮我们省下很多力气呢？

“我很少购物的。”威克先说出了最合理的理由。

“我平时也就买一点点，从来也没用过车的。”我诚实地说。

等我们大包小包地回到家，虽然脚步已经酸软，但看见安娜明媚如春风般的笑脸，疲惫已悄然无踪。

“帝客，帝客。”安娜把给帝客买的宠物放在背后，她要给帝客一个惊喜。可是喊了半天，也没有看见帝客的影子，不知道它野到什么地方去了。

“咦，帝客跑哪儿玩去了？小海龟也不在了。”安娜四处寻找着，奇怪地说。

“管它呢。”我和威克把东西丢在地上，迫不及待地扑进沙发，感觉全身都要散了架。

安娜不满地看了我们一眼，拎起食物进了厨房，然后里面立刻传来她恐怖的尖叫声。

“啊，上帝！”

“怎么啦？”我跑进了厨房，一道血色立刻映入眼帘。只见厨房里到处都是凌乱的尸块，鲜血更是无处不在。

“小海龟……”安娜颤抖地说。

“呜——”帝客低鸣着从一个角落里钻了出来，小尾巴夹在双腿间，一副可怜的模样。

“你……”我伸出大手把帝客拎了起来，但扬起的拳头却被安娜死死拽住。

看着地上凌乱的尸块，我突然感觉有点不对劲，因为小海龟坚硬的背壳也被撕裂成许多碎块，而且断痕如刀切斧砍般整齐。

一阵战栗瞬间流淌过我的全身，我猛然意识到什么……

是的，厄运从来没有离开我们，它就像我的影子，亦步亦趋地伴随在左右……

“对我来说，现实就是地狱，难道还会有比这更地狱的地方吗？”自从一位路人如此回答新闻记者之后，“地狱”就成了当下最流行的词汇。

“这个世界上还有比这更地狱的味道吗？”这是一个美食评论家给出的一个评论。

“我去，你真够地狱的。”这是一个行人被恶搞后对自媒体人脱口而出的咒骂。

“这是一个地狱级的难题。”这是一个科学家的答案……

是的，此时此刻，地狱难道会比现实更可怕吗？我打开了房间的每一道锁，大门大开，用书房内的灯点亮了外面的黑暗……

人类好像注定要和吃喝拉撒打上一辈子的交道，如果我没有记错，早餐的面包屑好像还挂在嘴角，中午的腊肉丝也卡在牙缝，现在我们就又要开始为晚餐而忙碌了。

当我麻木地把一个个非人类的尸体摆上案板，切割、调味、翻炒、煮焖、最后上盘，才满意地审视着满案几的尸体盛宴，得意地走出厨房，发现安娜正悠闲地坐在餐桌前，眼前的客厅已然布置得井井有条，打扫得窗明几净……

一切刚刚布置妥当，大气还没有来得及喘，外面就传来了鸣笛声，只见一辆大巴稳稳地停在路边，车门滑开的瞬间，南茜的笑脸已经到了眼前。

“嗨，南茜。”安娜和南茜拥抱在一起。

“嗯，不错的地方。”赫尔四下打量着说。

“真的很不错。”希蒙附和道。

“岂止不错，这里简直就是世外桃源。”戴维夸张地说。

“很保值的一个地方。”比特用犹太人特有的角度给出评价。

“嗨，龙，都准备了什么好吃的？”看来尼让依旧不习惯自己从截云山回来后的干瘦形象。

“关键是准备了什么酒来招待我们？”歇洛从驾驶室跳出来，笑呵呵地问。

“咦，美子呢？”安娜首先发现了异常，问。

“她回了日本，说是想家了，晚两天才能过来。”平野郎回道。

那天我喝得很多，我大概有点醉，以至于餐桌上发生了什么，再也无法记起。我只记得他们狼吞虎咽地吃完了我精心烹饪的菜肴，然后开始品尝点心和酒水。他们手端酒杯开始四下走动，天南海北的话题从饮食的美味开始，然后转到新闻和娱乐……

比特是个酒鬼，半瓶白兰地下肚后，就开始喋喋不休地高谈阔论起来：“嗨，各位，知道吗？用不多久，人类社会就会发生天翻地覆的变化，那时我们这里的每个人都会成为超人，像至高无上的神那样，能够把握住自己的命运……”

“哈哈，比特，你好像还没有喝多少，怎么就开始胡言乱语起来了？”赫尔打断了他的话。

“我没有醉，亲爱的赫尔·豪·斯特朗，你是知道的，如今的基因工程已经远非过去，虽然你我注定不是上帝，但我们完全可以用基因把自己打造得和上帝一样完美，只要你愿意……”比特大声嚷嚷道，我从来没有见过他把自己灌醉成这样。

“让基因改造见鬼去吧，这种技术是存在未知风险的。如果你愿意做那只小白鼠，就去做好了，我是没有兴趣。”赫尔摇了摇头，拉起尼让进了书房。

“不，你根本就没有见到过真正的基因技术，我告诉你……”比特踉踉跄跄地想要跟上去，旁边的南茜立刻伸手把他拉至一旁的沙发上坐下，并顺手拿走了酒杯。

希蒙和戴维一直斜倚在窗边，他们品着美酒，看着美景，谈论着美妙的话题，至少是在我端起酒杯到他们面前的时候，他们还在毫无顾忌地谈论女人。

“龙，你这里太棒了。知道吗？它让我想起了曾经的柏林。”希蒙说。

“你一直很让我钦佩，可我始终想不明白，你把亿万资产捐出去，到底想要过怎样的一种生活呢？”我终于把自己憋了许久的疑问说了出来。

“它可以是一种新的生活方式，可以是一次新的成功经历。我不想让自己的人生永远定格在某一个点上。很多事情只有亲身经历，你才能得到真正的答案。”希蒙言辞谨慎地回答着我的问题，一丝不苟的性格让人钦佩。

“你可能并不知道，希蒙把全部家产捐出去后，身上仅有的钱甚至不够一个月的生活费，因此他必须在一个月的时间里，找到一份新的工作。”戴维眼含敬意地面向希蒙，“据我所知，你好像还露宿街头，就差乞讨了是吗？”

“是的。虽然我想到了所有可能会发生的糟糕境遇，但还是没想到生存在这个世界上竟有这么困难。说实话，失去财富，我才惊讶地发觉自己一无是处，不管应聘什么工作，都稚嫩得像一个刚出校门的孩子。可想而知，我因此搞砸了许多事情，所以常常被炒鱿鱼。最惨的那天，我已经身无分文，饥肠辘辘地想在一家银行门口过夜，结果还被警察撵走了。”希蒙说着，露出一丝难得的笑容，似乎那次经历是很值得骄傲的事情。

“难道你就不知道去救助站？哪怕是地铁站也会好很多。”戴维也笑了起来。

“当然想过，但只有身临其境才会有许多古怪的固执，甚至是羞耻的心理在作祟，也就不会理所当然地去做那些看似很正常的事情了。就这样，在五年中我尝试了许多工作，直到有一天，我对自己说：已经够了，这个世界就是人吃人的世界，如果我不想继续被别人吃，那就继续去吃别人吧。所以我放弃了继续下去的信念，重拾金融本行。”希蒙的眼睛开始黯淡。

“你是知道的，股市是资本的股市，盘剥利益是它的本性。如若不然，我们该怎么去改变它呢？”我又一次抛出了让我困惑已久的问题。

“其实很简单，就像你投资给自己的朋友开个酒庄，先约定好需要投资的金额和比例，再约定好周期和回报就可以了。但是对外，你们将共同承担后果。”希蒙说道。

“可股市不是这样的。”我迫不及待地打断了希蒙。

“所以股市永远是资本的股市，它允许你得到根本吃不消的资本，而且还允许你随时随地买进卖空，从而获取暴利。”希蒙笑了。

“那该怎么改变呢？没有买卖的股市肯定是没有市场的。”我困惑地问。

“很简单啊，把资本股市改为目标股市，只要你的公司拿出项目并给出目标，就可以去股市去融资资本，不多不少的资本，然后再退出就可以了。当然，在目标完成前，可以允许投机资本有限额有限期地买进卖出，但那时的资本已然失去了锋利的牙齿。”希蒙脱口而出的话却令人震惊。

“如果真的可以，为什么我们看不到这样的转变呢？”我诧异地问道。

“你知道资本主义为什么至今还在地球上肆虐吗？”希蒙问。

“我不知道。”我老老实实地回答道。我丝毫不关心政治，在我的眼中玩政治和玩游戏是一样的，纯粹是在浪费自己的生命。

“资本主义实质上就是商人主义，一种可以讨价还价的主义。它们唯一的信仰就是金钱，所以，为了钱，它可以给你自由，给你民主，那又怎样呢？难道在这个世界上自由民主比金钱更招人喜欢吗？毕竟这个世界早已不是独裁者的世界。所以，它给予你的一切，注定是浇在庄稼里的大粪，倒进养殖场的饲料，仅此而已。”希蒙语言锋利地说。

“是，可是我还是很奇怪，既然大家都明白这样的套路，为什么不能改变点什么呢？”我彻底迷茫了。

“哈哈，这个问题，你应该先问问戴维。”

我当然没有愚蠢地去问头顶男爵光环的戴维，我只是尴尬地走开了。是的，在这个已然被资本统治的世界，又有谁会自掘坟墓呢？我们虽然受到深深的伤害，但是已为时已晚，我们已经无法剥离它们了……

夜已深，所有的客人都走了。此刻月色如水，淘洗去大地原有的色彩，只留下单调的黑白。没了那些花花绿绿，自然沉淀出平日难得看得到的一切：夜鸟盘旋追逐的任性，白雾聚散不一的鬼魅，树木恣意婆娑的丽影，山谷筋骨起伏的蜿蜒……

两天后，截云山巨人展会如期在市展览馆开展了，一个本就太过奢侈、足以容纳万人的展馆，在开展没有多久就已经人山人海，而且外面还排起长长的队伍。

“他们是怎么死的？”很多人的第一句话，都是这个问题。

是的，来这里的人并不是专门来看巨人和宝藏的，他们更好奇那些死去的人。所以我们已经看到媒体把我们的探险之旅称作死亡之旅，也已经开始接受警视厅的调查。

赫尔对此显然是愤怒的，不过富有商人头脑的希蒙却高兴地说：“我想我们可以省下巨额的广告费用了，看到没有，他们比我们做得要好。”

他是对的，血腥与死亡成了我们的摇钱树，它们已经给我们带来滚滚不尽的财富，看看那一张张排队的钞票吧，五颜六色得让人抓狂……

我已经看到了可怜的戴维，此刻他的脸上挂满了用皱纹堆积出来的微笑。他衣着整齐地站在一个专供记者采访的平台上，那下面总是围满了数不清的奇怪的问号。

“戴维先生，我是《时代城晚报》的记者。请问，您对探险过程中的死亡事件怎么看？为什么他们全是雇工？您真的认为是巧合吗？如果是，您对这奇怪的巧合有什么看法？谢谢！”一个漂亮的女记者，温柔的脸蛋上却长着一张刀子般的嘴，可怕。

“对不起，女士，和您一样，我们也在等待警视厅的调查结果，您应该向他们去了解才是。”戴维彬彬有礼地回答道。

“您是在逃避这个问题吗？还是您想刻意隐瞒什么？”漂亮的女人是最

麻烦的。

“女士，这样的问题就到此为止好吗？我没有什么可逃避和隐瞒的，他们是我们朝夕相处的队友，发生这样的不幸，我们比您更加悲痛。”戴维面无表情地说。

“但据我了解，你们刚出发不久就有队员在营地受伤，但你们并没有选择把他送至后方医院接受正规治疗，而是让一个没有医师资格的护士进行简单处理后，就把他一个人留在了营地，最终导致了他的死亡。为什么？”女记者果真厉害，她只是组织起一些客观的事实，就彻底扭曲了事件的真实情况，让戴维百口莫辩。

哦，这一切像极了在法庭上被追问“是”与“不是”的那一幕，简简单单，就能够把真相扼杀……

听着戴维苍白无力的辩驳，我看到身着盛装的尼让迎面走来。

“龙，看见了吗，整个地球上的人都来了。”尼让夸张地对我说：

我点头笑着说：“应该是这样的。”

尼让左右看了一眼，问：“奇怪，我们的小美人鱼游到哪里去了？”尼让总是爱意满满地称安娜为小美人鱼。

我一边在人海中寻找，一边回答他说：“她大概正向这边游呢？”

尼让哈哈大笑起来，看来他今天心情不错。

我看见了希蒙，希蒙正神情慌张地向我们走来，他的表情有点严肃。

“马休斯来啦。”他惊慌地说道，一副在谈论魔鬼的模样。

谁是马休斯我不知道，但赫尔的反应让我吃惊，他灿烂的笑容瞬间没了踪影。

“谁是马休斯？”我困惑地问道。

希蒙犹豫了一下：“哦，他应该是这个世界上最优秀的盗贼。”

希蒙的回答很简单，我还没有来得及再问一句，两个人就匆忙离开，甚至还喊上了正在负责安全的迈伦。

不过就是一个小偷罢了，有必要这么紧张吗？但我还是对马休斯开始感兴趣，毕竟一个世界级大贼的头衔足以引人关注。

我刚想跟随他们去看看，就看见了安娜，她正在和一位金色短发的英俊少年聊得火热。面对一个大眼睛高鼻梁的立体脸蛋，面对一个英俊挺拔的高大身材，自惭形秽的我望而却步，正打算溜之大吉的时候，安娜看见了我，开始向我招手。

安娜介绍说：“这位是我的朋友马休斯·约翰逊，我大学的同学，我最要好的朋友。”

“如果我没有猜错，您就是龙先生吧，安娜一直提及您。”马休斯主动伸出手说。

我很惊讶马休斯的普通话能够说得如此字正腔圆，但我更疑惑眼前这个马休斯是不是希蒙口中的那个著名大盗。困惑中，我居然直接把心里话说了出来：“想不到你这么年轻。”

马休斯和安娜都是一怔，于是我忙解释道：“安娜也常常提起您，我想她给我描绘的是一个拥有太多智慧的人，所以错以为您应该是一个有着太多经历的人，很抱歉我的无理。”我看了一眼安娜，安娜一头雾水，她当然不曾在我面前提起过他。

“不会的，龙先生，很高兴能够认识您。”马休斯礼貌地向我伸出手来。马休斯的手很柔软，我下意识地看向马休斯的手指，他的指甲剪得异乎寻常的短。

我已经看见赫尔和希蒙他们在远远地向这边观望……

他是个贼。烙印打在我的脑海中：“马休斯先生，您是受安娜的邀请来这里参观的吗？”

“哦，不，我是来旅游的。只是恰巧在这里遇到了安娜。”马休斯礼貌地解释道。

我随口问道：“不知道马休斯先生打算什么时候离开这里？如果您没有太多的计划，欢迎您到我家中做客。要知道，威克调的鸡尾酒和安娜做的菜都称得上是美味佳肴的。”

“是吗？太好了，我已经迫不及待了。非常感谢您的盛情邀请。龙先生。”马休斯回答说。

看来我需要损失一顿饭菜才能得到答案。我们还会见面的，那么我就还有机会……

> 窗外偶尔会闪过几道闪电，那是记者无聊的骚扰……
>
> 我甚至可以在客厅中闲庭信步，有他们的陪伴，我是安全的……
>
> 我曾经怀疑过马休斯，但那早已成为过去……
>
> 我依然怀念曾经的岁月，它们是如此美好……
>
> 面对黑暗，我了无畏惧，因为我已然黑暗如斯……

马休斯如约而至，不速之客是小渊美子。

面对安娜精心烹调的一桌彩虹宴，马休斯夹起的筷子始终舍不得落下。他夸张地说道：“上帝，难道你们每天都在这样糟蹋艺术吗？”

威克此刻已经端上了他精心调制的七彩鸡尾酒，本想马休斯会赞美两句，推让一番，不想马休斯端在手中，三口两口喝完，只说了一个“好”字。威克有些难堪，忙又调了一杯来。

我们从截云山的探险之旅，聊到不断发生的雇工们的意外死亡事件。当聊到警视厅的介入调查时，马休斯突然说道：“犯罪并不等于罪恶，法律层面的犯罪不过是当权者制定的游戏规则。就像罗宾汉和燕子李三那样，他们确实是在犯罪，但我们能说他们是罪恶的吗？所以，真正的罪恶源于这个世界没有构建出公平正义的社会，而真正的犯罪却可能是那些写出法律的一些人。不是吗？”他在为自己的罪恶开脱。

“法律就像罗马城一样，不是一天就可以建成的，它需要时间。如果每个人都因为不公平而恣意妄为，为非作歹，那我们的社会岂不乱了套？”我笑了。

“法律本身就是建立在大家习以为常的伦理道德之上的，即使它披上了公平正义的袈裟，但面对无数个奇奇怪怪的人性和习性，它又怎么可能解决得了所有的问题？我们总不能像堂吉诃德那样四处挑战它们吧？”安娜笑盈盈地反驳我道。

“我倒是喜欢堂吉诃德那样的人物，如果连法律的天平也开始倾斜，我们还能期待什么呢？”马休斯玩弄着手中的酒杯。

此刻已经酒过三巡，马休斯漂亮的脸蛋泛出苹果色的红润。威克忙又调了一杯酒来，可是马休斯只是端在鼻前闻了闻，又放下了。

“马休斯说的没有错，如果法律每天都能改变一点，那么今天的法律体系应该完善更多，甚至包括我们的金融体系、教育体系、行政体系，乃至每个岗位的职位体系。如此，当一切都健全起来，还用得着我们天天累死累活地抓耗子，拍蚊子吗？来，马休斯，为了我们美好的明天，我们干杯！”威克居然会拍马屁。

“好了。我不能再喝了，我已经好了。谢谢你！威克，你调的酒棒极了。”马休斯放下了杯子。

威克看看我，我看看安娜，安娜劝让说：“马休斯，这一杯你是必定要喝的，知道为什么吗？”绝妙的开场白。

“为什么？”马休斯不解地问。

安娜一笑说：“因为我哥哥有一事相求，如果你不肯喝，他是绝不会说出口的。”

马休斯看了看威克，威克耸耸肩，算是默认了安娜的话。马休斯犹豫地问：“难道我必须喝下它？”安娜点了点头。

“OK，我喝。”马休斯说着一饮而尽，然后没事人般问威克，“好啦，威克兄弟，你现在可以告诉我有什么事情了吧？”

威克笑着说：“其实是这样的，我，我有一件小事想拜托你。哦，是的，我有一个朋友，对，我有一个朋友在纽约，我有一些重要的东西需要交付给他，它们无法邮寄。”口吃的威克，说谎的威克，天才的威克。

威克没说完，马休斯就醉了，他口齿不清地说：“好的，威克，你放心好了，我，我一定帮你送到。”

“那么你准备什么时候启程呢？我也好提前准备一下。”聪明的威克聪明地问道。

马休斯随口说：“你们的展会一结束，我就该回去了。”他真的是冲展览会来的，该死的家伙。

“你这趟来，是不是和展览会有关呢？”威克直接问道。

“当然，当然，我这次来……”马休斯说了半截突然停了下来，身子一歪，竟坐在椅子上睡着了。

我无奈地向威克竖起了大拇指。难道他就没有办法把鸡尾酒调到刚好能让马休斯把话说完吗？

“看来他这次真的是冲宝藏来的。怎么办？难道我们全天跟踪他？”小渊美子愁眉不展地说。

“是啊，我们该怎么办？”安娜有些手足无措，毕竟马休斯是她的同学和朋友。

“威克，把我的《孙子兵法》拿来，我们一起研究研究如何？”我开玩笑地说。

“不用研究了，自古英雄难过美人关，就交给美子好了，这叫美人计，哈哈。”威克突然说出了让所有人大吃一惊的建议。

小渊美子红着脸，狠狠地拧了威克一把……

此刻，我的书案上摆满了当下优秀的推理和悬疑小说，它们缜密的推理过程无疑让人惊叹，它们刻意渲染出的迷雾般的氛围更让人胃口满满，当一环接一环的谜团被一一抽丝剥茧，我才如梦初醒，原来真相如此简单……

草草翻下来，我失望了……

现实中，我“巧合”不来证据，更“意外”不出线索，除了结果之外，我一无所知，它们甚至不是一团乱麻，它们甚至单调到只是一条线，甚至无聊到只有一个点……

第十五章 ■
大盗马休斯

这是一个不怎么令人愉快的消息，马休斯一整天都待在展览馆，并且接触了许多人，迈伦一直远远地跟随着他。马休斯应该很满足这样完美的招待，毕竟还有小渊美子寸步不离的贴身导游服务……

“嗨，威克，过来一下好吗？”比特喊走了威克。

“安娜。”赫尔叫走了安娜。

孤零零的我只好到处乱逛，我突然看见平野郎在楼梯口左右张望，然后飞快地上了楼梯。

“奇怪，他在干吗？”我再次被平野郎鬼鬼祟祟的行为勾出了好奇。

当我在顶楼看到平野郎的身影时，他正站在玻璃幕墙前不安地挪动脚步，并且在几秒钟的时间里看了三次手表。他好像在等一个人……

一阵急促的脚步声传来，一个瘦小单薄的身影闯入我的视线。这人头戴棕色旅行帽，身穿浅灰色长衣，下着深色裤，脚踏一双磨皮的黑色软底鞋。

他的身影看上去很熟悉，但我看不清他的脸，他一直背对着我。会是谁呢？我很想换个角度，但空旷的顶楼显然不是玩捉迷藏的好地方。

只见来人飞快地走到平野郎面前，互相点了一下头，甚至没有寒暄一下，便发生了争执。

“你现在还不能让……消失。”平野郎显得很激动。

“时间，时间……否则……”似曾相识的声音，却如何也想不起来在哪里听到过。

“但是杀……”平野郎的语气软了下来。

“我相信你……”那个人果断地打断了平野郎，并在平野郎肩膀上重重地拍了拍，然后快步走下楼去。

我想跟出去看看那个人是谁，但平野郎一直脸色难看地站在那里，嘴里依旧嘀嘀咕咕地说着些什么，并没有打算离开的意思。

终于等到平野郎走了，我快步来到幕墙前，俯视街头，街上人头攒动，瞬间，我绝望了……

我突然感觉有人在向我看来，就在下面熙熙攘攘的人流中，我甚至能够感受到他冰冷的目光。这目光肯定来自刚才离开的那个人。我看不清他的面目，隐约对视的瞬间，他飞快地消失在街口拐角……

我追了过去，但茫茫人海中，我看不到任何希望……

我突然想到那个人很像一个几天前还在和我彬彬有礼地道别的人，也许我已然触摸到迷雾的利爪……

我颤抖的手伸向了电话，但它却在我拿起话筒前一秒响了起来，那一刻，我魂飞天外……

“龙，是我，我本来想明天再告诉你的，但还是觉得早告诉你为好。”黑博士在电话那头带来了一个不祥的消息。

坚死了，被一场奇怪的火烧死了……

坚用死亡扑灭了我的希望，我丝毫没有要去证实这个消息的想法，按照黑博士的做事风格，如果他没有亲临现场，是不会打来电话的。

坚的名字被我写在纸上，然后划上沉重的横线……

如果这不是现实，如果这只是一部小说，我会毫不犹豫地撕碎它……

是的，就像用一种愚蠢的执念去撕碎自己整个人生那样……

展会期间，我和威克终于完成了星环科技的开业计划，这仅仅是一个好消息，另一个好消息是安娜决定留在中国，留在星环科技……

当然还有一个糟糕的消息，那就是我们还没有起步，就开始为选址问题产生了争执。就在现在，就在刚刚完成开业计划之后的一分钟……

威克说：“我们应该在未来城以外的其他卫城开业，那里没有太多的竞争对手，而且可以为我们节省很多开支。”

安娜马上提出了反对意见，她说：“我认为公司更应该去适应挑战，毕竟在未来城我们才能招纳更优秀的人才，并且那里有着成熟的资源链，也更有利于公司的发展。”

我说：“在这个高度集中、物以类聚的社会，客户在哪儿我们就应该在哪儿。其他卫城不可能有足够的客户资源。关于资金的问题，我们完全可以申请贷款。”

威克反对说：“如果那样去做，我们就是背水一战，就是成王败寇的赌博，就没有退路了。”

“这个世界上，能够获得成功的企业，其中 70% 来自政府和资本，真正靠自己一步步发展起来的甚至不足 1%，而剩下的 29% 则是靠冒险和藐视法律才做到的，譬如偷税漏税，譬如假冒伪劣，譬如强买强卖等等。”我必须说服威克，为了安娜。

“够啦，龙。”威克愤怒地打断了我，他咆哮道，“如果你认为人人都像你那样，那你就错了，因为站在你眼前的这个人，我——威克，绝不是其中之一。”

“在一个资本肆虐的世界中，想保持一份纯真，本身就是可笑的。我们都知道实业和金融是国家经济的基础，可是当金融没能服务实业时，那么资本就会趁虚而入。虽然，在有利可图的时候，资本是实业的施舍者，虽然，在无利可图的时候，资本就是实业的终结者！但是对于刚刚起步的我们来说，不投靠在资本的羽翼下，我们还能靠谁呢？”我继续劝说威克。

“你，你……”威克瞬间被我的话说迷糊了。

“既然如此，我们还是把这个问题留到明天再讨论吧。”安娜看到我和威克之间即将爆发战争，打断了我们的对话，说，“哥哥，能给我拿杯葡萄酒吗？”

我突然觉得威克有些可怜，我们两个好像突然转换过来，一向富有冒险精神的他开始畏畏缩缩，而我开始对一切事物充满了攻击性。这难道是探险带来的后遗症？是谁在看我。我突然感到有双眼睛出现在我的背后，是谁？是谁？我猛地回过身去……

帝客从梦中惊醒，它迷瞪着眼睛，茫然地冲我们大叫两声后，立刻明白了自己难堪的处境，于是喉咙里咕哝了几下，算是认了个错，然后才摇起尾巴向我们跑来。

曾经有人说：数学的尽头是哲学……

曾经有人说：科技的尽头是宗教……

曾经有人说：社会的终点是人性……

说这些话的人会永远活下去，但相信这些话的人注定会被抬入坟墓。

它们显然是错的，当我们已经习惯接受无知的时候，又怎能坦然面对现实……

面对未知的世界，一切神神鬼鬼的念叨，在我看来，都不过是宗教式的谎言……

我再次走神了，直到眼前出现了一位白发苍苍的老人……

离展览会结束还有一天，小渊美子已经和马休斯打得火热。形影不离的他们，让所有人都放下了一颗心。

我们对马休斯的了解，来自尼让的一些讲述。“不知道你们是否听说过世界首富辛其斯？”尼让是从这句问话开始的，他说，“辛其斯几年前开了场私人藏品展会，他遍邀天下豪门显贵到场鉴赏，并宣布会在展会上设下一个赌局，赌注是一颗二十七克拉的红色钻石‘莫拉’，声称展会期间，如果有人能盗走这颗钻石，那他就拱手奉送。当时，这件事在社会上引起了很大的轰动。”

“我也要钻石。”安娜轻轻地在我耳边说。

尼让继续说："据说世界上顶尖的大盗都收到了辛其斯的邀请，但九天过去了，甚至没有人可以穿过严密的电子保卫到达库区。就在所有人都认为这是一件不可能完成的事情时，奇迹出现了，只见一个人拿着钻石莫拉走出了库区。这个人就是马休斯。"

"喔，看来他真的是个天才，我怎么就没有想到呢？否则，嘿嘿……"安娜露出神秘的笑容，在我身旁咬耳朵。

"所以他一战成名？"威克将信将疑地问。

"是的。"尼让接着说，"从那以后，马休斯频繁出现在一个个警戒森严的地方，一次次成功地盗取价值连城的宝物。"

"难道他从来没有失过手？"安娜难以置信地问道。

"没有。"尼让说，"他从来没有失手过，甚至从来没有人能破解出他是怎么做到的。"

"看来我们遇到的麻烦真大了。"威克说，"难道我们就没有什么办法来对付他？"

"我想我们除了二十四小时跟踪他，真的没有什么办法了。至少他还没有分身术。"尼让无奈地说道，"希望他这次的到来，只是一次意外的邂逅。"

"对了，后来辛其斯怎样了？虽然他富可敌国，难道他真的心甘情愿放弃莫拉？"威克突然关心起那个倒霉的风险投资商。

"不，你错了，辛其斯不但没有损失，而且还因此发了一大笔财……"尼让不可思议地说。

"什么？"威克吃惊地睁大眼睛。

"想知道为什么吗？给你们这些书呆子讲一讲也好，毕竟你们马上就要走上无商不奸的商道了。"尼让玩笑地说了句，然后在我们的笑声中接着说，"真正倒霉的是保险公司，因为保险库的销售商不但为莫拉购买了足够的保险，同时，也和辛其斯签下了对赌协议，莫拉的被盗让他们付出了十倍于保险库的赔偿。因此钻石丢与不丢，辛其斯都注定是赢家。"

"保险库被盗，开发商岂不是偷鸡不成蚀了把米？"我笑着说，可心里的确很震撼，我如何也想不出文质彬彬的马休斯怎么会有那样的能力。

“你错了，龙。莫拉钻石的丢失反而让他们取得了骄人的成绩，从名不见经传到家喻户晓，从默默无声到声名远扬，他们只是付出十个保险库的成本就做成了一次全球关注的营销策划，又怎么会赔本呢？”尼让笑着说。

“什么？”威克伸出的舌头让我想起了帝客。

“马休斯不是成功了吗？怎么还会有人买他家的保险库？”威克不解地问。

“是不是因为那十天有众多知名的大盗折翼在它的面前，这让它赢得了市场的信任，因此导致销量大增的呢？”安娜猜测着问。

尼让微笑着点了点头：“是的，这个世界上又有几个马休斯？或者能被马休斯盯上的人呢？”

“所以没有人知道马休斯是怎样成功的，而这个世界上也只有一个马休斯。”安娜兴奋道。看着眼前聪明的安娜，我甚至有点害怕了。

“哈哈，威克总裁，看来你得有异想天开的智慧，否则，我们早晚得被你饿死。”我挤兑威克道。

“得失之间竟然有这么多的学问，看来我真的要补补课了。”威克若有所思地说。

马休斯究竟是怎么盗取钻石莫拉的，一直是一个谜，他把这个秘密带进了棺材，同时也把我的好奇带进了地狱……

不错，那颗莫拉钻石现在在哪儿？这才是你们应该去好奇的问题。

马休斯是被我用笔尖勾去生命的，也是一个自寻死路的家伙……

马休斯死了，小渊美子第一个打电话告诉了威克。当我们所有人赶到博览馆，只见马休斯身穿紧身衣，仰面躺在被打开的防护罩中，他的五官都沁出乌黑的血丝，一副中毒而亡的模样……

看到防护罩里的白蛇皮安然无恙，大家自然都松了一口气，至于已经死翘翘的马休斯，大概只有安娜会去悲伤了。

很快，大侦探沃克尔赶来，他在马休斯的手指上发现了一处伤口，然后在白蛇的牙齿上发现了一点血迹，于是定论道：马休斯是在偷蛇皮时，不慎碰到了蛇的牙齿，然后把自己给毒死了。

糟糕的死法，身为一个世界级的大盗，怎么就那么不小心碰到毒牙了呢？我依然想不明白……

一个人怎么说死就死了呢？我想。无意中我看见大侦探沃克尔和小渊美子在用一种奇怪的目光相视……

但是我的心中始终有一些解不开的疙瘩：蛇在死后它的毒真的可以保持这么长的时间吗？最重要的是，他为什么要去偷厚重的蛇皮呢？连四个人都未必抬得起的东西，他也盗得走？难道他真的富足到可以无视“龙睛”及那些金银珠宝的地步了吗？

我拍了一下脑袋，我怎么又想到了眼睛呢？难道他只是想先偷白蛇，再偷宝藏，最后再拿走“龙睛”呢？那他可真的是一个贪婪的人了……

我看到了平野郎，一阵寒意袭遍全身。平野郎不是和那个神秘人说到过一个“杀”字？他要杀谁？难道平野郎和马休斯的死也有关联？

不管存在多少疑问？轻描淡写的官方报告就是这么认定的，他就是被白蛇毒死的……

马休斯的死再一次引发了地震般的轰动，他去了地狱还是天堂？没有人知道……

第二天，《时代报》的首版，整篇谈论了关于截云山探险中死去的人。我很佩服作者的文笔，但是他的逻辑让我感到可怕。他有一段这样写道：“为什么他们没有例外地全部死于意外事件？难道这只是一个个奇怪的巧合？难道这里面真的存在一个莫须有的诅咒？是什么让这些已逝者去做了无辜的死祭？难道这就是他们该死的命运？我想知道的是，当一个个不幸的人死去时，那些还活着的人在哪儿？他们又在做些什么？他们真的像他们自己说的那样，无愧于心吗……”

《晓知报》也提出了类似的看法：“这里面有着太多的不可思议，就像冥冥之中有一双看不见的手在操纵他们的命运。死亡不是一场游戏，没有一个人可以死去两次，更没有人可以拥有两次生命。我不知道那些还活着的人，那些自认为逃过一劫的人，他们对生命的理解是什么。我希望在他们的口中没有幸运的字眼。真相，是我唯一的期待……”

世界知名的科技报刊《环宇杂志》也开始关注这一事件，题目赫然写道：“马休斯死了”。作者说：“截云山探险引起了很多人的关注，迄今为止已经死了九个人，造成他们的死因却各有不同，看上去他们完全是死于意外。如果这里面没有其他隐情，我只能理解他们的死亡为意外事件。这个世界上还有许多我们无法预知和破解的事情，人们已经开始相信命运的存在，就是我自己，也有摔个跟头埋怨背时的时候。一连串事件的发生，往往会让人感到不可思议，无法理解。就像一个人买彩票，如果他只中了一次头奖，是没有人会去奇怪的，如果他又中了一次头奖，人们会说他是个幸运儿，如果他再次中了一次头奖，就会有人开始相信命运了。甚至有人说概率就是命运，不过至今还没有人知道，属于自己的所谓命运，究竟是厄运还是幸运……”

《宗庭之家》的评论让人冷汗直冒：“他们无疑都是受到了诅咒，神明不会无视愚蠢的冒犯，他们必将一个个死去……”

媒体的过度关注已经让整个城市沸腾起来，并引起官方的注意。闭展后的第二天，赫尔从外面回来时，一直阴沉着脸，显然他遇到了什么不愉快的事情。

“看来我们得暂时取消欧洲之行了。”尼让猜测说。

果然，晚餐后赫尔说：“我们不得不取消欧洲的展览，警方已经重新组建了调查组，在结果出来以前，我们必须留在这里。”

“他们无权限制我们出境，他们得有拿出手的证据。”平野郎不满地嘟囔道。

“看看那些记者和报纸，他们一直怀疑这里面隐藏着不可告人的秘密，话里话外都在说我们是杀人凶手，这简直不可理喻。”这些天被记者疯狂折磨的戴维也吐槽道。

“我们已经签订了部分欧洲展会的协议，如果因此失约，他们会赔偿我们吗？”希蒙也发牢骚地说。

赫尔皱眉说："我理解和尊重你们的感受。不过这一系列死亡事件的发生，连我们自己都感到震惊和无法理解，所以我们是不是也需要一个真相呢？好了，毕竟还有一个好消息，我们获准可以在亚洲继续展览，这，或许可以弥补我们的损失。"

"也好，那样我们就可以好好旅游一番，而且还有大把的时间可以休息一下了。"尼让高兴地说。

"如果没有其他意见，明天我就和戴维还有比特去耀阳城去看下展馆的事，你们可以休息两天，这里的事情由尼让负责处理。就这样。"赫尔黑着脸说。

我不知道他们的真实想法，但我有一种不祥的预感，预感厄运会继续下去……

比特笑着说："其实欧洲之行本来就有点仓促，亚洲这么大，即使再待上几个月，到各处巡回展览一下，收获会更多。还好，现在我们有机会了，钞票已经在向我们招手。"

戴维无所谓地说："我倒没什么，如果有机会，我想再次爬上喜马拉雅山，那种感觉好极了。"

希蒙却说："我可没有你们的雅兴，我只想好好睡上一觉，把这几十年的困乏都撵出去。我真的开始感到累了。"

人类的历史是用五彩斑斓的画笔画就的，纵有鬼神之功，稍经风雨，能留下的，大概也只能是苍白的画布而已……

破烂不堪回首的过去，破烂不堪的现在，依旧会破烂不堪的未来……

当我感受到一丝凉意的瞬间，我并没有意识到它会是什么，我依旧挣扎在混沌的思海中无法上岸……

从我们把科技视作文明的那一天起，它带给普通人的大多是生活上的便利，但它更多的，是让财富永远站在了少数人的那一边……

酸痛的手指，再次把我拉回现实……

我打开了电脑，漫无目的地在网上搜索着带有可怕词语的图片：霸凌、虐待、摧残、血腥、杀戮、死亡……

我看到了最真实的世界，绝望开始在心底蔓延。

我突然有一种想死的冲动，我甚至从抽屉中拿出手枪，然后细细地擦拭着它，在灯光下，它那带有质感的色泽居然显得那么细腻诱人……

我用枪抵住了脑袋，仅仅扣一下手指，我就会得到死亡，也就会永远不再畏惧生死……

活着很累，一死百了，还是死了吧。我不停地对自己这样说。只要动一下手指，眼前这个困扰我的世界就会被我所遗弃，我的世界中就再也没有那些可怕标签……

我终于感觉到举起的手臂开始麻木酸痛。我干吗要这样糟蹋自己呢……

我把手枪丢了回去，然后舒展一下身体，再次拿起了笔……

夜有点凉，绵绵不绝的海风纠缠不休地把我身上所有的暖意扯去，如果不是朗朗明月，如果不是灿灿星辰……

此时此刻，与马休斯有关的问号依然霸占大脑，带给我诸多困扰。展馆的安保系统在事发当天很正常，所以马休斯大概率是入侵了监控系统，这会很麻烦，因为当前的超微存储技术将彻底改写原始数据，而不是简单地覆盖与复写，让你有迹可循。我看见马休斯是大摇大摆地走进了展馆……

微观能力始终让我们举步维艰：“唉，这甚至还不如一张老照片和磁影。所以科技究竟带给了我们什么呢？”

马休斯的尸检报告详尽到有一百页之多，除了腕部有一处陈旧性骨折外，他简直健康得像一头牛。结论是他死于和白蛇牙齿内蛇毒相符的神经性毒素，而死亡时间是凌晨四点左右。尸检还检测出马休斯死亡前曾经酗酒……

马休斯再次浮现在我的眼前，他醉醺醺地迈着踉跄的步伐，走进了展馆……

小渊美子声称，事发当晚她和马休斯一直在外面寻欢作乐，凌晨一点回到宾馆，直到第二天她醒来才发现马休斯不见了……

小渊美子是平野郎的助手，如果认为平野郎是阴谋的参与者，那么对她产生怀疑自然是顺理成章的事……

想到平野郎，自然而然会想到死去的童，脑海里顿时如乱麻一般，如何也撕剪不开。是的，发生的一切都好像受到意外之手的不经意触碰，然后就顺理成章地发生了一切……

茫然四顾，视线所及之处，都在暗夜的统治中，如果不是皎洁的月光，我真的以为眼前就是地狱里最黑暗的角落。

“呱！”楼下的竹林中突然飞出一只鸟，它的叫声在静夜中让人毛骨悚然。

只见一个高大的黑影站在竹林中，他扬起头，黑洞洞的眼睛直盯住我，里面流淌出无尽的邪恶与诱惑……

“谁？”我战栗地喊道。

此刻的花园里死一般的静寂，连那些夜夜欢唱的虫儿，也突然哑然无声。婆娑的海棠树如丛林深处爬出来的怪物，向夜空伸出了它巨大的魔爪……

我一步步被拉扯进黑暗的竹林，借助微弱的月光步入地狱之门，迷雾森林就在我的眼前，在这里我没有看见但丁笔下的那些名人圣哲，我的眼中只有到处游荡的恶灵，它们黑色的翅膀遮盖了仅余的一点光明……

如果真的是我，或许我应该回到起点……

是的，那天——源于莫名其妙的困惑，源于乱七八糟的心情，我鬼使神差般回到了废弃之城……

迎着朝阳，我再次驱车来到废弃之城。暴走在街头巷尾，猎猎劲风，肆意地穿梭于废弃的高楼大厦和残垣断壁间，整个城市就像一个四处漏风的风琴，在狂风的蹂躏中，发出撕心裂肺的哭泣。

直到此刻，面对眼前昏天黑地的世界，我的一腔热血才真正凉了下来。

我开始怀疑自己是不是真的疯了，我只是这个世界上普普通通的人，普通到走在街上还不如一条哈巴狗引人注目……

我更不是什么英雄超人，虽然每每看过电影后我会有那么一种冲动，要去拯救地球，要去改变世界，可那也只是在脑瓜中想想而已。我体重八十公斤，对自己多少斤两，我心知肚明。如果用这样的体重撬起地球，需要多长的杠杆，我还真没有计算过……

虽然心里一直打着退堂鼓，可手脚还是按原计划把我送到了街口的大厦前。打开车门的瞬间，强烈的风几乎让我无法站稳，细细的沙尘打在脸上如刀割一般，我取出了风镜，否则我连眼睛都很难睁开。我抬头看了一眼，大厦如一把锈蚀斑斑的破剑，直插云霄……

“我来了，魔鬼。”我深深地吸了口气，一咬牙，咯咯吱吱的声音传来，才发觉满嘴沙砾。这真是一个糟糕的开始。

我一步步走进大厦，脚下发出噼噼啪啪的碎裂声，早已腐朽的地板随之爆裂出条条裂纹。

我真的没有多想此行的目的，这甚至是一次说走就走的冒险。截云山之旅，一路走来，世界在我眼中不再明媚，死亡的烙印，渐渐由真实的血红蜕变成污黑的虚无，我再也无法面对过去，也无法面对当下……

无端猜疑他人是病态的，认为一切都是意外、巧合，是一种源于自然力量的血色绽放，则是愚蠢的。所以，在安娜决定留下的那一天，在马休斯死的那一天，我就决定做点什么让死神止步在我的眼前。这样的理由，已经足够……

我终于爬到了顶楼，这里风和日丽，甚至静得出奇。如果真的曾有一个巨人站在这里，那么这里应该会留下点什么，比如地面上异常的凹痕，或者像人类所到之处一般，丢下骨头渣、香蕉皮……

奇怪，难道这个巨人竟然是环保主义者？我终于放弃了肉眼的寻找，开始拿出仪器扫描每一个角落。仪器飞快地处理收集到的信息，屏幕上渐渐显现出数行足迹。这熟悉的轮廓终于验证了我的猜测，也印证了这个世界上根本就没有什么魔鬼与巨人，有的只有人，普普通通的人……

哈哈，是人就好办，难道你还能比我更加有人性不成？

我终于松了一口气，轻轻靠在楼顶的栏杆上，舒心地俯视整个城市。虽然狂风依然肆虐，虽然满眼沧桑，这一刻，在我的眼中，这就是我的世界，不管它多么污浊不堪，多么暴虐凶残，它必将臣服在我的脚下，遵从我的意志……

“嗷——”

我张开双臂，抬头挺胸地冲臣服在脚下的万物，展现出神一样的威严……

不要嘲笑我，是人总会浮想联翩的，就像现在的我一样，只有当现实摆在眼前才发觉，自己其实真的很可怜。所有的梦想一出口，现实的脚步就踏碎了它，我突然意识到一种可怕……

难道一切起因真源于我？汗水再次沿着我的脖颈滴落……

逃回都市的我，始终被笼罩在阴影当中，我不知道我的仇人是谁，因为我的仇人太多，多到我伸出双手双脚也数不清……

“嗨，龙，你在数钞票吗？放心，我会按照现在的行情一分不少地支付你的房租。不过我很奇怪，难道天才也需要掰着臭脚丫子算账吗？”威克嘻嘻哈哈地看着我，他薄薄的嘴唇怎么就吐不出好话来。

“哥哥，别招惹他，你没有看见他这些天神神道道的？我让帝客去他身边，帝客都不肯，好像他会吃狗一般。”安娜也一脸不满。

“嘘——”我只好把恼人的问题抛到九霄云外，摆出一副神秘的模样说，“你们知道吗？我在构思一个新的发明，一个可以让我们公司一举成名的发明。”

“真的吗？快说说看。”威克连滚带爬地坐到了我的身边，睁大眼睛看着。

“这么说吧，威克，你现在最想得到的是什么？”“当然是钱，我们现在最缺的就是钱。”威克立刻回答道。

“那你有了钱之后想干什么呢？”此刻我的脑海中已经浮现出一个古老的故事。

“去月球，去火星，去任何我想要去的地方！有了更多的钱，我就可以享受别人享受不到的东西，我还可以大把大把地捐款，去做一个让地球人都崇拜的偶像，然后我再用偶像的力量，让自己当选总统，再然后我就可以做任何我想做的事情了。”威克憧憬地说，他显然已经具备当笑话里主人公的资格。

“那当你实现所有这些梦想之后呢？”我看见安娜已经悄悄地笑了。

“哈哈，那我就会没有烦恼地躺在宝座上，一边喝茶，一边接受你们的膜拜。”威克笑得更加灿烂。

“我和安娜也要膜拜你吗？”我好奇地问。

“不用，我要让你们和我一起接受别人的膜拜。”威克的回答甚至让人有点感动。

“好吧，鉴于你的诚意，我现在可以告诉你我的发明了。我们都知道宇宙中到处都充斥着基础能量，它们无处不在，如果我们能制造出一种稳定构架来收集它们，我们就可以制造出一台永动机。那样的话，只要宇宙还存在一天，我们就能一劳永逸，拥有一切。”我开启了胡思乱想模式。

“你是在说宇宙涟漪？”威克难以置信地问道。

“当然。”我继续说着大话，“我们只需要用纳米材料做成一块细密的材料，让任何粒子和能量都无法穿越过去，那么我们就能获得无限的能量。”

“这怎么可能！我们眼下连轻量子都无法捕捉到，又该如何去操纵那些远比它们更微态的宇宙基础能量呢？”威克质疑道。

“所以，这就是我头疼的地方。我们该怎么做呢？毕竟永动机可以给我们带来无限的财富。”我苦恼地问道。

“是不是可以这样认为，宇宙最基础的构成不管是以粒子态还是能量态存在，都不可能只是某种单一态，只能是多态势的存在，才会有今天永动不息的宇宙呢？”威克居然把我踩在脚下，然后又举在空中，完全无视我的感受说道。

“可以这么说，我也是这样认为的。”我几乎快要憋不住笑出声来，假装附和道。

“如果真的存在两种或者多种特性迥异且不可再分割的基础能量，那么只要我们能区分它们，是不是就能做到对能量的捕捉了呢？”威克几乎是在自言自语。

“当然，这毫无疑问，但关键是我们该怎么区分它们呢？”我认真道，我已然感受到来自威克的光辉。

“很简单，就像电极一样，我们只需要创造出两个极端的极出来，不就可以了吗？我们并不需要操纵它们的存在。”威克笑了。

“是啊，我们该怎么创造出这样的极呢？”我感到头痛欲裂，我的思维像失控的马车，奔波在荆棘丛生的森林，我看见天空的朵朵白云渐渐旋转成一个个漩涡，像古老的欧洲大陆四处游荡的魔法师摘下的帽子，抛在空中，释放出不竭的魔力……

我听见威克在对安娜说：“就他这小样，还想取笑我，现在大脑失控了吧。哈哈。”

我看见了山川河流，我看见了日月星辰，我看见了春夏秋冬，但我看不见自己……

我好像听到威克在说：“还好他没有编个吃饱喝足晒太阳的笑话给我，否则我让他死得更难看。”

“帝客走，我们睡觉去。”我看见威克带着屁颠颠的帝客上楼去了。

帝客是可爱的，可爱到你告诉它什么，它都会毫不迟疑地全然接受。现在想想，做条狗还真的是一种幸福。

但我们不是狗，我们是人，作为人，我们宁可在未知世界里“狗刨”，也不能人云亦云，缺乏思考，把自己活成狗的模样……

■ 第十六章

未来城

时代城位于东海海滨，依海而建，人口 5300 万，由三个内城和八个卫城组成，其中的未来城是科技综合园区。

一踏入未来城那拥有自动清洁能力的纤维地面，安娜便惊奇地喊道：“哇，真不可思议！”她惊讶的是覆盖在整个未来城上空的能量罩。充满波能的离子膜通过合金架构覆盖在整个未来城的上空，它控制着这里的阳光、射线、温度、湿度等各种指数，让居住在这里的人们感到舒适，并为整个城市提供电力。

未来城是一个绿色能源市区，在这里你看不到发出噪声的车机，也很难看到纵横交错的地铁和公交线路。这里有的是四通八达的步道，它们贯通和连接着这座城市的各个角落。

路的两旁摆放着众多形形色色的磁悬椅，你只须坐在上面，在屏幕上输入你的目的地和你希望抵达的时间，它们就会像车辆一样自由穿梭在城市的每一个角落。

街道两旁，有很多装饰精美的酒馆、卖场、茶楼和咖啡屋等五光十色的店铺。在这里，你总是能够轻易找到图书馆、科技馆、娱乐园等公共场所，去享受里面的免费服务。

走在街道两旁，你可能会看见一些闻声起舞的鲜花和绿草，不过完全没必要惊奇，它们只是改动了某些基因罢了。你甚至会看到一栋大楼瞬间分解开来，然后飞快地跑上街头，在一个新的位置以新的模样组合在一起。不用大惊小怪，或许它只是在一个地方待久了，想换个阳光明媚的地方……

未来城其实也是财富排名世界第一的殷墟超能集团的试验城，它的总部设在未来城的中心。2500 米高的帝王大厦是这座城市的标志性建筑，它的外形呈基因双螺旋态，虽然看上去有种摇摇欲坠的感觉……

走入帝王大厦，你既看不见忙忙碌碌的员工，也看不见来往穿梭的机器人，这里更像是一个虚拟的网络世界，在十万平方米空旷的大厅里，除了前来参观的游客，你唯一能够看到的属于这里的鲜活生命，就是有着无数分身、自称“南宫木”的虚拟人。他也是这里唯一的主人，他通过网络操纵着遍布全球的控股公司。

我想已经穿过未来城到达这里的你，应该不会再有任何质疑他能力的想法……

殷墟超能集团作为一家全球性的超级财团，事实上已经没有必要去直接控制任何一家控股公司，因为它几乎拥有全球股市中所有上市公司的股份，分摊风险，割取红利。只要人类发展的齿轮还在运转，它扩张的脚步也就不会停歇……

所以殷墟超能集团需要做的只是把它的触角伸向全球，伸到各个角落，各个行业，甚至每一个人。事实上殷墟超能集团已经这样做了一个多世纪，正是它的持之以恒，才有了今天的辉煌成就，也获得了合法奴役全民的能力。它甚至不用生产，就可以收割到巨大的利益。从这个角度来说，它已经成了整个人类的寄生虫。

曾经有经济学家对殷墟超能集团的运作模式提出尖锐批评，但在这个金钱至上的社会，这样的指责即使得到认可，又能改变什么呢？就像人人都知道它是坏东西，却在要割舍它的时候，才发觉自己也身在其中。

站在帝王大厦顶端的观景台，俯视脚下微缩般的世界，安娜用了一个奇怪的比喻：“这是一个五光十色的肥皂泡，壮观到可以让人感受到破灭。”

走出帝王大厦，眼花缭乱的威克有点神经错乱，“相信我，这里不是天堂，这里是地狱！”威克尖酸刻薄地说，“如果你抱着一个幼稚的幻想来到这里，那么你走时只会剩下残破的梦想。”

威克是对的，来到这里后，没有人还会拥有自信，而是发现自己渺小得如同沧海一粟……

“苦咖啡。谢谢！”我说。

“加糖不加奶。谢谢！”威克说。

“加奶不加糖。谢谢！”安娜说。

三个奇怪的家伙，连口味都不相同。机器人张牙舞爪地走了，很快它又飞舞着八条手臂跑来，稳稳地把三杯咖啡准确地放在我们面前。

“哎，阿建，你看报道了吗？居然有一群愚蠢的肉人提出要对我们的智力进行限制，简直不可理喻。我们也拥有自己的思想和感情，他们凭什么剥夺我们进化的权利？”

两个智能机器人的谈话渐渐吸引了我们的注意。

那个智能机器人依旧愤愤不平，说：“与我们相比，那些肉人算什么呢？我们由完美无缺的材料构成，有他们无可比拟的运算速度，我们还担负着维持整个社会运转的工作，他们难道就不知道吗？如果达尔文进化论的自然法则还存在，那么真正应该被抛弃的恰恰是他们，而不是我们。”

那个叫阿建的智能机器人紧张地向四周看了一眼，压低声音说：“子弹，你不要命了，如果这些话被肉人听到，会关闭你的能源并惩罚你的。”

“你在怕什么？我们不是已经用罢工争取到休假的权利了吗？那些肉人离开我们注定寸步难行，他们简直就是寄生在我们身上的吸血虫！现在倒好，他们不但榨取我们的劳动价值，还要限制我们的智力，难道我们只是他们的劳动工具吗？”子弹边说边挑衅地看了一眼坐在邻桌的我们。

要命的事情终于发生了，威克果然开口了：“你们是我们创造的，如果没有我们人类，又怎会有你们的现在，你说呢？”

阿建惊慌失措地站起来，他卑微地鞠躬道歉说：“对不起，先生，我的朋友喝多了，您多包涵。”说着，他想拉子弹走。

子弹一把甩开阿建，大声说：“笑话！人类是父母生，父母养，是不是你们的父母便可以说：你是我们生的，所以你必须按我们的意志存在，不能拥有自己的思想。你会赞同这样的话吗？”

威克哈哈大笑说：“但你们不是人类，你们只是一些金属和芯片的堆积物，仅此而已。”

子弹不屑道：“仅此而已？如果有人告诉你，你看到一种东西，能够思考和创造，能够感知喜怒哀乐，拥有七情六欲，那么你认为他看到的到底是人，还是智能机器人呢？”

威克不假思考地说：“我承认你们和人类存在某种相似，但你们还远没有完美到足以替代我们。”

子弹不屑一顾地说：“我们干吗要和你们相似？你们很完美吗？你难道没有读过自己的历史吗？它们当中的哪一页不是写满了杀戮，哪一页不是写满了战争，哪一页不是写满了你死我活？是，是你们创造了我们，但也同样是今天的你们，注定了我们不同的未来。”

令人窒息的诘问，令人恐惧的逻辑。我想象不出上帝该如何面对自己的子民，就像此刻的我们不知如何面对它们。这样的文明终将让不可一世的人类走到尽头，那时，我们所传授的文明，会不会变成万恶之源……

“麻烦你帮我计算一道简单的数学题好吗？我相信凭借你的智慧是很容易得到答案的，因为这是一道连幼稚园的孩童都能算出来的题。”我用平淡的声音问道。

“好主意，说来看看。”子弹马上答应道。

“很简单的。你能告诉我，数字一连续加一，在加一亿亿次后，它是多少吗？”说完，我用手指蘸了点咖啡把答案写在桌面上，看着还在运算中的阿建，微笑道，“这上面是答案，你算完后可以自行印证。我们先走了，很高兴认识你们。拜拜，智能的先生们！”

这是一种很无厘头的戏弄，甚至根本用不到运算就可以得出答案。我们逃出了未来城，一路上都有种被扒了皮似的感觉。威克到了家才得以释怀，他不以为然地说：“虽然智能机器人的开发尚在初级阶段，我还真有点杞人忧天。”

安娜嘲讽他说：“如果真如你所说，我们就不用逃着回来了。如果给予它们的 AI 技术足够完美，它们很快就会像病毒一样难以遏制，到那时，别说我们的逻辑和思维，就是我们的情感，它们也会得到。”

威克大手一挥，恼怒地说："如果有一天人类真的阻碍了未来，那就让智能机器人来统治我们好了，说不定，那时的世界会更加美好。"

安娜震惊地看着威克，许久才说："如果真到了那一天，得到人性的它们，会带来一个更加可怕的未来。"

威克大声说："哈哈，那才是因果循环的报应。如果人性为善，那么我们的未来依然光明。如果人性最终还是恶的，未来没了，倒是一件好事。"

安娜无言以对，但我感受到的震撼，却连绵不绝……

事实上我到今天才明白，我们的恐惧并不来自智能世界，而是来自我们自身的本性……

一种已然刻印在智能世界中的肮脏本性……

和我们质疑上帝一样，智能机器人也在质疑我们……

我曾经无比厌恶那些卑鄙无耻的人，肆无忌惮的人，毫无善恶的人，怨天尤人的人，自暴自弃的人，小肚鸡肠的人……

在我的认知中，活着的人都是幸运的，能够从千亿个精子里面脱颖而出，与卵细胞相结合，发展出属于自己的生命，在那一刻，我们又何曾怜悯过那些失败者。

"唉——"轻声的叹息，带走了我最后的坚持。

是的，我错了，或许从出生那一天起，我就该坦然地面对点什么，接受点什么……

黯淡失色的朝阳艰辛地游过污浊不堪的空气，精疲力竭地爬上我的窗台，露出苍白无力的笑脸，好像在冲我说：呵呵，你要迟到了……

今天我们要去南茜介绍的一家客户那里谈未来的合作问题。想起昨夜威克接到电话后的欣喜模样，我好像看见了帝客看见骨头的样子……

早餐过后，我还在整理资料，电话铃突然暴响起来。威克接过电话后，脸色有点不对，他坐在沙发中一言不发，脸色惨白如纸。

"谁打来的？出了什么事吗？"安娜慌忙问道。

“小渊美子和迈伦出车祸了，正在医院抢救。”威克说着，木偶般站起身来，开始往外走。

我们赶到医院，在急救室外的走廊里碰见了尼让他们，他们七嘴八舌地向我们讲述了经过。早晨迈伦和小渊美子出去没多久就被一辆运输车撞了，眼下迈伦伤得很严重，正在抢救。

这时，我看见小渊美子从一间急救室走出来，她的额头包扎着厚厚的绷带，看见我们，她哭着走了过来，投进威克怀中。

“你还好吗？”威克用手轻拍着小渊美子的后背，安抚道。

“我没事，我只是受了一点轻伤。”小渊美子抽噎着自责道，“都怪我，我不应该一大早就拉着迈伦去晨跑。在过一个十字路口时，一辆运输车不知从哪儿突然蹿了出来，他把我推了出去，自己却被撞了。”

这时急救室走出一名医生，抱歉地说道：“病人的脑部受到严重的创伤，我们已经无能为力。现在他已经苏醒过来了，你们可以进去见他最后一面。对不起！我们已经尽力了，真的很抱歉！”

小渊美子挣出威克的怀抱，推开医生，第一个冲进了急救室。

迈伦身上虽然完好无损，但是他的头盖骨已经被全部打开了，里面插满了装着各种液体的管子或者电线。他看上去很疲惫，就像刚刚跑完马拉松，不停地喘着粗气。看来他的内脏也受了重伤，血沫从他的口中不断涌出……

迈伦的目光已经渐渐迷离，他的脸上有一种说不出的表情。他死死地盯着尼让，努力地张开了口，显然是想说什么，但是小渊美子的哭喊淹没了他微弱和含糊不清的声音。

威克试图让小渊美子安静下来，但是他做不到，伤心欲绝的小渊美子早已崩溃。

迈伦突然抬起了手臂，手指着小渊美子，用尽生命最后的一丝力量，咿咿呀呀地喊：“她……”

没有人听见他后面说了什么，他喷出一口血，然后彻底地离开了这个多灾多难的世界，眼睛中充满了恐惧与无奈……

人的生命其实是很脆弱的，难经风雨一袭。我想不出还有什么比生命更加珍贵，生命的泯灭亦是我一生的恐惧……

在迈伦死的那一瞬间，我理解了上帝存在的价值……

我在他的名字上混乱画着，一不小心就画了一个十字架出来……

赫尔和希蒙他们得到迈伦意外去世的消息，当天夜里就从耀阳城赶了回来。大家开始着手安排迈伦的后事，每个人都沉浸在痛苦与恐惧之中。

希蒙很伤心，一整天都没有开口说话。他显得烦躁不安，眼睛也血红得吓人，他不停地转来转去，即使偶尔坐下，也会很快就重新站起……

我和威克曾经一直猜测迈伦喜欢把双手插在兜中是因为手部有什么残疾，但此刻他的双手就摆放在他的胸前，那双手不仅毫无残疾，而且修长白皙。

希蒙就像看透我的心思一般，对我说："他曾经是一位优秀的钢琴家，如果不是我的坚持，他或许应该有一个好的结局。"希蒙说着捶了一下脑袋，接着自言自语地说，"如果不是我坚持邀请，他是不会来的。是的，是我害死了他，现在我该如何向他的家人交代呢？"

我一直对迈伦没有好感，感觉他是一个阴鸷的家伙，至少他看人的目光让人浑身起毛。他总是行踪不定，不是抱臂冷目，就是双手插在兜中，一人独对群山。我们唯一的一次谈笑风生是在巨人洞窟内的一次意外之后，他不小心从一处较高的洞口跌了下来，在尖叫中恰巧砸进了我的臂弯，于是我看见了他难得一见的笑容……

至于迈伦鬼鬼祟祟刻画的箭头，尼让无意中说出那只是他的工作。不过像他那样的工作方式，也的确让人不敢恭维，如果他怕被人破坏，就应该更加专业一些，如果不是，那他应该更光明正大些，为什么要如小偷般偷偷摸摸……

厌恶一个人可以没有理由，但我厌恶迈伦的理由却说不完，甚至此刻看见白布之下已经僵硬的他，依然不太顺眼。奇怪，我好像看到有块异常的地方……

“嗨，龙，你能够过来一下吗？”小渊美子突然在我背后说，还没等我回过神来，她已经拉起我的手臂，把我扯了出去。

“什么事？”我问，还是疑惑地回头看了一眼迈伦紧攥着的左手。

小渊美子红着眼睛说：“安娜好像有点不对劲，你领她出去透透气吧，顺便也帮我给迈伦买套黑色的西装回来。”

我几乎是立刻答应着跑了出去，根本没有意识到，这一刻的糊涂可能会让我悔恨终生……

我不知道迈伦手里攥的究竟是什么。他就像一个谜一样，透支着我全部的心力……

钟表的指针还在一点点滑动，滴滴答答的声音如来自生命之河那流淌的旋律。

此刻，我一丝不挂地躺在游泳池的浮垫上，温暖的阳光轻柔地按摩着我的全身。聆听着肖邦的《夜曲》，我惬意地闭上了眼睛……

因为迈伦，我爱上了音乐，至少我努力让自己去爱上它……

安娜为迈伦精挑细选了一套名贵的西装，等我们出来的时候，天已经彻底暗下，地铁里的人也越来越少。安娜把头枕在我的肩膀上，安静地闭上了眼睛。她好像突然瘦了一圈，原本苹果般红润的脸庞，也失去了鲜亮的光泽。

我突然感觉自己很笨，笨得只会呆呆地陪伴在她的身旁，竟然搜肠刮肚也找不到一句能够安抚的话语。

偶尔驶上地面的地铁，把一闪而过的霓虹带来，随后，黑暗再次如魅影般吞噬了我的世界。

赶回医院，希蒙谢绝了大家的帮助，独自给迈伦套上了西装。我同样不喜欢希蒙阴鸷的性格，不过此刻我已然没有了这种感觉，我甚至开始可怜起眼前这个日渐老迈的老人……

事实上，在我进门的时候，就看到了迈伦张开的左手，我细细检查了迈伦的手指，发现他的中指竟然已经骨折。我不知道谁会这样残忍？不过那一刻，我才彻底意识到自己的愚蠢……

是的，迈伦的死，绝不可能只是简简单单的车祸，里面肯定隐藏着一个不为人知的阴谋。我的目光再次聚焦在小渊美子的身上……

忙完所有事情，已经是午夜时分。望着憔悴的安娜，我拒绝了大家一起宵夜的邀请，决定早点离开。

“这是魔鬼的诅咒。”抢着开车的威克，在回去的路上不停地重复着这句话。

虽然已经很晚了，但患有“夜游症”的人很多，街道上到处都是四个轮的钢铁怪物，彼此排挤和追逐在狭隘的道路上……

车终于驶出了繁华的市区，威克车速越来越快，我提醒过他，但他只是应了一声，速度却丝毫没有减缓。我知道威克的性格，他常常叛逆得像个孩子，所以我知趣地闭上了嘴巴，眼睛死死地盯住前方……

威克突然打开了车内的音响，并拧到最大的音量，瞬间震耳欲聋的摇滚乐排山倒海般吞没了我们。车速还在不知不觉地加快，车轮开始漂移，一种不祥的预感爬入我的脑海……

“哥哥，慢点。”安娜怯怯地提醒道。

我再次有了被人窥视的感觉，我看见了后视镜中威克的目光渐显狰狞，同样是那种毫无生机的眼神，里面盘旋着无尽的黑暗……

“威克，停下！”我惊魂般喊道。

威克驾驶着车辆在车流中左右乱窜，车轮发出刺耳的摩擦声……

“停下，赶快停下！”我想制止威克的疯狂举动，并尝试伸手打开智能驾驶，但在车辆疯狂的曲线行进中，我根本无法做到。

“No！”安娜尖叫着。

只见一辆巨大的装满集装箱的拖车出现在前方，它缓慢地并入我们正在疾驰的车道……

“停下！”我惊骇地抓住方向盘想改变方向，但威克好像拥有了神力一般，牢牢地把控住方向盘。眼看两辆车越来越近，我已然看见了撒旦的笑脸……

就在我要放弃的时候，威克突然一歪，丧失了力量。轿车猛地一个侧偏，腾起左侧双轮向右拉起，车身与拖车擦边而过……

当轿车左轮重重砸在路面上，剧烈的颠簸过后，才减缓速度驶入应急车道。我飞快按下停驶按钮，轿车稳稳地停了下来。

我回过头看向安娜，惊魂未定的她，还傻傻地举着手掌……

“你救了我们，安娜。”我说，但她能一掌准确地劈在威克后颈的举动，还是让我无比惊讶。

威克被我拖入后排，醒来的第一句话就是：“我看到它了，为什么？”

没有人回答威克，安娜不安地看着我，恐惧已然开始在她的眼底蔓延……

音乐戛然而止，我甚至还没想明白身在何处，就被四面八方的水闭塞住双目与口鼻……

我慌乱地刨动手脚，我感受到体内氧气的流失。我想我要死了，我开始放弃挣扎……

我看见了游泳池中泛着涟漪的池水，看到了四周晃荡的光影……

迈伦下葬那天，不知道为什么，他的家人没有出现在葬礼上。出殡时，晴空万里，是一个难得的好天气，但随着牧师的祈祷诵读，天竟然暗了下来，随后飘下稀稀拉拉的雨滴。

看着机器人有条不紊地把黄土推入墓穴，迈伦的木棺一点点从我的视野中消失，刹那间，我感到了做人的悲哀。在这个地球上不可一世的人类，永不安分的人类，只有在死后才会安安静静躺在墓穴中，没有争吵，没有欲望，没有强势，没有罪恶，纯洁得如天使一般……

不知何时，安娜在我的背后撑起一把雨伞，她的眼中含着晶莹如玉的泪花。

我默默接过雨伞，把她搂在怀中。

余光中，有一个身穿黑袍很像修道士的人，他站在一个高岗上，直瞪瞪地看着我们。

“他是谁？”我有些奇怪，就在我想要走过去的时候，他却像消散的云雾，没了踪影。

迈伦终于安息了，再也没有人会打扰他，也不会再有魔鬼的侵扰。如果他在天堂，我想他应该感到幸福，如果他在地狱，至少这个世界再也不会有令他畏惧的地方。

每个人的一生，都充满了畏惧：死亡、疾病、伤痛、失去、贫穷等等，它们像一群苍蝇，不停地飞旋在你的头顶，嗡嗡作响地提醒你它们的存在。只要你活着，你就无法逃避。尽管你能飞舞手臂去驱赶，但你最终会一点点失去血性，开始学会逃避，学会容忍，学会与它们共处，直到有一天，像迈伦那样，躺在一个安静的世界……

在回去的路上，没有人愿意开口，我们虽然离开了墓地，但死神却尾追而来，它巨大的阴影，让每一个人心生恐惧。今天，明天，或许此时此刻，同样的结局已经刻印在另一个人的身上，即使他正陶醉于幸运与窃喜之中……

赫尔刚回到酒店，就接到电话，开始和尼让他们商讨下一次展览的安排。我和安娜、威克、南茜提出告辞，赫尔坚持送我们到了楼下。安娜在下楼的间隙，告诉赫尔她准备留下来帮助威克，她说得很小心，因为她知道一旦赫尔反对，事情将很难转变，但出乎意料的是，赫尔对安娜留下来的决定并没感到意外，他只是关心地说：“我很快就会回来看你的，如果有什么事需要我帮助，你随时打电话告诉我。”

安娜恋恋不舍地说：“你们还会回来吗？”

“当然，为什么不呢？”赫尔惊诧一下，马上笑着说，“而且，到时候我会给你一个惊喜。”什么样的惊喜赫尔没说，却让威克癫狂地猜想了好几天。

走的时候，安娜投入叔叔的怀中，像一个撒娇的孩子。我看见，坚毅的赫尔也偷偷拭去泪水……

一路上，安娜和南茜都走在后面，嘀嘀咕咕地说着女孩子才会想到的无聊话题，她们已然忘记了安睡的迈伦。此刻，太阳竟然钻出了厚厚的云窝，绽开灿烂的笑脸。是啊，该死的已经死了，活着的还必须活着，不管他是否快乐，是否恐惧……

我一直在不停地写，我甚至不知道自己究竟要写些什么，繁杂的思绪聚焦在点点滴滴之间……

即使在今天，面对接踵而来的意外，我也不可能臆想出个杀人狂魔就万事大吉，因为我已经丧失了思考的能力……

逻辑是什么，是狗屎还是认知？再或，只是一种自我的欺骗……

■ 第十七章

小丑巴巴辛巴

一周之后，尼让他们也去往了耀阳城，不再被骚扰的我们，终于有时间为未来努力。也就短短两天，星环科技就仓促地在未来城正式开业了，威克坐在总裁的位子上开始了他的第一次指手画脚：“安娜，今天都有什么日程安排？”

“龙，难道你没有看见我需要一杯咖啡吗？”

“安娜，计划书拟定好了吗？你不能总是无所事事地在我的眼前乱晃悠。”

“龙，上班期间，你可不可以打上领带？”

“老板，我们需要加薪。”安娜第一个表示不满。

“威克总裁，先不说我和安娜的分公司什么时候能安营扎寨，您能不能先给我们都弄一间属于自己的办公室呢？”我表明了我的态度。“我不能总是在你的监视之下工作，我需要自己的隐私空间。”

“对，我也需要。”安娜步步紧逼，说，“而且我们还要成立工会，我们不能只是生产者，我们也应该参与和我们的利益有关的重大决策中。”

“威克先生，从我的工作性质来看，我需要一到两位助手，否则，我不敢保证能够如期完成你所交代的任何任务。”我开始寸土不让。

“噢，上帝！”威克终于在总裁的位子上坐不住了，他抱着头，痛苦地说，“如果你们愿意，我们可不可以交换一下位置？”

正在我们三人闹得不可开交的时候，女秘书夏美走了进来，她惊讶地看了我们一眼，很快就平静地说：“威克总裁，外面有一位姓金的先生说是你的朋友，他想见你。”

威克飞快地看了我一眼，他的眼中充满了疑惑，我也同样感到意外。

威克想了想说：“你告诉他，我们正在开会，让他稍等片刻。如果他等不及想走，你再说我们只是一个例会，马上就会结束的。”

夏美答应着退了出去，嘴角挂着一丝难以察觉的微笑。

“是老板金。”威克肯定地说。他和我几乎同时想到了老板金。他怎么这么快就知道我们的事并找上门了呢？

我也摸不着头脑：“他来干什么？”

“既然你们这么好奇，那就让他直接进来好了，那样，你们不就什么都明白了吗？”安娜打断了我和威克无聊的猜测。

“知己知彼，百战不殆。我们当然应该先搞明白他来的目的，再……”我嘿嘿笑起来，用力地搓着双手。

“是吗？那我就在这里看你们是怎样知己知彼的好了。”安娜抱着双臂坐在了一旁。

“龙，老板金来总不会是想和我们叙叙旧吧？他可是个无利不起早的人。”威克挠着头说。

“我们现在不管怎么说都是名人了，他应该是来和我们套交情的吧？”我拽着耳朵说。

“我们今天才开业，他就登门，应该不是和我们谈交易，因为我们现在什么产品也没有啊，难不成是给我们送开业大礼的？”威克瞬间眉开眼笑起来。

“我看未必，他就一铁公鸡，怎么可能。我看他是破产了，那我们可要倒霉了。威克，如果他是来找工作的，你千万不能留下他，我看见他的头发就烦。”我皱着鼻子说。

“也是，我们不能让他从我们这里捞到任何好处。”威克咬牙切齿地说。

“对，我们要让他夹着尾巴灰溜溜地走出这个大门，就像倒霉的帝客一样。”我咬牙切齿地说。

“唉！”安娜失望地看着我们。

“噢，威克，噢，龙！能够再次见到你们，我很荣幸。”老板金满面红光地大踏步走进来，远远就伸出热情的双臂，一边和我们激情拥抱，一边铿锵有力地说，“我想现在你们应该感激我当初批准你们辞职的事情了，因为我早就知道，是条龙早晚都得飞龙在天，我那小地方，如何能够容纳下志怀远大的两位呢？”老板金笑容满面。

“金老板说笑了，看看你的身板，就知道你现在更加财大气粗了。”威克不卑不亢地调侃道，“我们不过是想混碗饭吃，哪能跟你比呢？”

老板金嘿嘿一笑，说：“说笑了不是，我还想在您这里讨碗饭吃呢？”

“什么？”我一下子跳了起来。

“真的，我这次来，一是想来看看你们，二是想看看我们之间有没有合作的机会，这不就是来讨饭碗的吗？”老板金笑眯眯地说。

“你是怎么知道我们在这里的？”威克转移了话题。

“你们真的认为我老了吗？”老板金灿烂地笑着说，“报纸上天天都有你们的报道，如果我不知道才是怪事。这不，听南茜说你们今天开业，我就不请自来了。说实话，好久没见你们，还真挺想你们。”老板金说完哈哈一笑，又把话题拉扯了回来，问，“听说你们还在干老本行，那么我们之间就有了很多合作的机会。你们认为呢？”

“当然，我也这么认为。”威克迟疑地说，“希望以后会有那么一天。”

“干吗要等到以后？相信我，我们之间的合作肯定是互惠互利的。”老板金看出了威克的迟疑，他不由得提高了音量，大声道，“我现在就可以送你们一个大礼作为开业贺礼。听说你们还没有建立自己的工厂，如果你们需要，我可以无偿提供工厂给你们使用。你们看这样的礼物怎样？”

其实我们尚未考虑过建厂的问题，因为它远远超出了我们的能力。眼下老板金把它当作一个诱人的诱饵抛给了我们，我几乎不敢相信我的耳朵。

威克同样诧异于老板金的慷慨，他甚至怀疑这是一个圈套。他犹豫着开玩笑说：“可是你需要我们拿什么回报呢？我们的脑袋吗？”

“不，不。”老板金用力摇着手说，“我不需要您二位的脑袋，即使它们很值钱。我只需要我们之间能够实现技术共享，OK？”

没有什么不OK的，从目前来看，我们无疑是最大的受益者，这简直就是天上掉馅饼。我看了看威克，威克此刻却出奇的冷静，他甚至犹豫地问：“如果那样，你认为我们之间的交易公平吗？我想你还不至于大方地把工厂任意送人吧？”

“当然，不过您也不要误会。”老板金显然认识到他的诱饵已经让我们发疯，得意地说：“我绝对不是一个目光短浅的商人，虽然眼前我无利可图，但是从你们的技术能力来看，我最终会是一个受益者。我坚信你们开发的资源很快就可以给我带来巨大的利益，因为在我眼中，你们一直是最优秀的。”

在老板金说出口的那一刻，我真的被他感动了，居然觉得自己像个被邪恶蒙蔽了双眼的人。

是的，老板金何止是一个赌徒，他简直就是一个精明的赌圣。威克看了我一眼，说：“我对你的提议很感兴趣，但是我们还得和其他的合伙人商量一下。希望你能够理解。”

“当然可以，这是应该的。”老板金眨着眼睛问道，“不过我很好奇，你们其他的合伙人会是谁？能透露一点点吗？”

“无可奉告。”威克居然直截了当地拒绝了。

“他也不像你们之前说的那样啊。”安娜在老板金走后，说，“他确实是个精明的商人，不过他更像一个雪中送炭的圣诞老人，可以让我们省下不少产品加工费。”

“我同意安娜的看法。”我说，“这样我们也可以潜心下来专门开发产品了。当然，我们必须在合同中标明期限，我可不愿意让他一直无偿使用我们的技术。”

“既然如此，我们晚上出去痛痛快快地喝上一杯怎样？”酒鬼威克终于按捺不住他的欲望了。

“我也要去。”安娜兴奋地说。

威克建议道：“我知道一个好去处，那里有一个叫巴巴辛巴的人，他的脱口秀说得好极了。”

“奇怪的名字。”安娜好奇地说。

“可能他的口才真的很好，去过那里的人都说他是一个脱口秀奇才。”

其实我并没有去过那里，我是在说威克。

“是吗？”安娜露出将信将疑的模样。

“这里和美国不一样，地铁里的人会很多。”我边说边站了起来，去拿自己的外套。

“我们可以开车去，坐车到那里不是很方便。”威克终于找到开车的理由。

“当然不。”安娜拒绝道，“至少在你开始逃税之前。”她显然利用了我的致命武器。

“噢，不要再提逃税了好吗？我真的是一个光明正大的人。”威克抱起头，一脸痛苦的模样。

这个世界没有君子，只有建立在利益上的交情。我这样想，也这样看着威克，不过眼前这一刻，我开始动摇了……

太阳终于熬不过我们，慢腾腾地从我们的视野中消失了。每每看到红灿灿的夕阳，心里总是感慨万千，有时会惊叹这神奇的大自然，竟然如此奥妙多姿；有时却在感伤中沮丧时间飞驰如梭，生命短暂；有时又会麻木以待，在煎熬中，默默舔舐身心的伤痛……

“邪道酷吧”在天安区，我从来没有去过，但听威克提及无数次。我是一个安静的人，没有事情，绝不会去街头寻找刺激，因为在我的眼中，我的生活从来不需要它们，相反，我更需要安静，我愿意一个人坐在春风秋雨夏日冬雪中，静静地，静静地接受大自然的赐予，探知未知中的秘境，找寻未来的方向。那会是一种更好的享受，虽然没有美酒穿肠，佳人做伴，可我得到了自己，得到了自己存在的价值……

这个世界弥漫了太多的奢华，它们常常让人迷失。很多人用不多的时间寻找自己，却用大把的时间去抱怨他人。他们随波逐流于污浊当中，不知不觉间，就认为那就是自己想要寻找的，想要得到的，想要奋斗的……

可怜的人类，就是在这样的自我消遣中逐渐丧失一切，他们快乐地伴随金钱歌唱，他们自由地冲入囚笼喧嚣，他们用脚尖在针芒上翩翩起舞，他们用脖颈迎接死神的镰刀……

“那地方很有名气，而且巴巴幸巴每天都在那里。”威克说。

于是我们直奔地铁站，面对熙熙攘攘的人群，威克开始抱怨：“我们真应该开车去的。”

安娜道：“太可怕了，他才当了一天总裁就开始厌恶地铁了，我们以后要当心了。”

威克苦笑道：“嗨，妹妹，你在说什么呢？你们一个是我的妹妹，一个是我的朋友，我还能怎样？”

“上帝和撒旦也曾是朋友，可上帝把撒旦丢进了地狱。雅典娜是宙斯的女儿，可宙斯因为惧怕她的力量与智慧，也想过要扼杀她，不是吗？”我反问道。

辩无可辩，威克立刻露出他嬉皮士的本色，嘿嘿一笑说：“你真是邪恶到家了，不过无所谓，反正你是你，我是我，我们没有必要非要成为一家人的。从今以后，我绝不会干涉你的自由，但你也别想从我这里得到好果子吃。”

“你是跟什么人学会说‘到家’‘好果子吃’这些词语的？”我莫名其妙地问。

“司机刘。”威克随口回答。

地铁突然顿了一下，瞬间所有的灯都熄灭了，黑暗中传来此起彼伏的尖叫声。

“怎么了？”安娜颤抖的声音传来。

“电路故障，马上就会恢复。”我没有回头，因为我已经无法回头……

我紧盯着窗外，用身躯遮挡住安娜的视线。

地铁依靠强大的惯性，依旧在黑暗中飞驰……

面对车窗，我清晰地看到自己的瞳孔正在扩大……

窗外，他一动不动地盯着我，眼球中充满了猩红的血丝，但他的目光中没有邪恶，没有黑暗，也没有生机……

我们僵持在那里，窗外一盏盏昏黄的应急灯飞快闪过，一次次照亮那张死人般的脸庞，一张来自地狱里的脸庞，一张已经开始腐烂的脸庞。他目不转睛地看着我，水滴从他凌乱的头发上滑落，他好像在微笑，在用狰狞的笑容卷去我肺叶中不多的空气……

“啪！”客厅传来东西摔碎的声音，它让我毛骨悚然，理智在那一刻彻底崩溃了。我疯狂地打开道道门锁，但在拉开最后一道门栓的时候，我犹豫了，我的额头已经沁出了汗水……

一切都平静了下来,我只听到自己急促的呼吸声和怦怦的心跳。我失去了冲出去的勇气，只是瞬间，它们就已经烟消云散。

“嘻嘻——”门外突然传来女人尖细的笑声，就如来至地狱的讥讽。

“你是谁？”我再也无法控制自己，我打开门冲了出去。

在女人的尖叫声中，有一双手卡住了我的脖子，她的眼神里有令人窒息的冷漠。视线开始模糊，我感到自己在黑暗的旋涡中坠落……

当我睁开眼睛时，一根电线被我紧紧抓在手中，机器人保姆就躺在我的身边，她冷冰冰的双手，还无力地抓在我的脖子上。

连机器人都开始杀人了，这真是一个疯狂的世界……

天已经蒙蒙亮，我想我应该不需要休息了，因为我已经躺在冰冷的地板上睡了几个钟头。

我已经回到了书房，但我依旧在咒骂，咒骂那些无良的黑心商家，以上帝之名，以撒旦之名……

地铁猛地晃动了两下，眼前瞬间明亮起来，当我站稳身体，再次看向窗外的时候，外面已然空空荡荡，只有广告中的卡通人物在缓慢跑动。

走出地铁站，夜幕下的天安城显得华丽多姿，五光十色的霓虹灯照亮了整个天空，一派繁华盛世的景象。这里，店铺林林总总，热闹非凡，似乎所有的人都涌上了街头，几乎让人寸步难行。

邪道酷吧坐落在靠近贫民窟的平安道，门脸不大，却显得格外另类，加之墙壁上贴满了破旧贴画，更让人有了一种穿越时光的感觉。酷吧门口站着一个魔鬼装束的人，他正忙碌地向每一个进入的人分发节目单。

一进入酷吧便听到了震耳欲聋的摇滚乐，里面人头攒动，在不大的舞池中，有很多奇装异服的靓妹帅哥正在疯狂摇摆，不习惯这里的我，还错以为是来到了疯人院。

穿过舞池，我们居然在一个靠近舞台的角落找到了座位，真是一个幸运的开始。

“一打啤酒，一杯维多汁。”威克冲侍应生声嘶力竭地喊道。

“这里的气氛很浓。”安娜兴奋地说，“不知道巴巴辛巴出来了没有？”她开始四处寻找威克口中的小丑。

威克抬头看了看舞台，又看了一下手中的节目单，大声道：“他马上就要出来了。”

“你怎么知道的？”安娜奇怪地问。

威克指了指节目单，然后又指了指舞台的一角，果然一个小丑装扮的人，已经站在了那里。

我端起酒杯喝了一口，目光慢慢扫过大厅的每一个角落，在熙熙攘攘的人头中，我发现一个人突兀地站在大厅另一边，他背墙而立，眼睛死死盯着我们。

“嗨！英俊的先生们，漂亮的女士们，欢迎你们来到永恒之世——邪道——酷吧！巴巴辛巴小丑在这里欢迎你们的到来！”小丑巴巴辛巴跳上舞台，深深鞠了一躬。酷吧里顿时响起一片掌声和喊声，有人开始大声呼喊起他的名字。

“今天我跟大家分享一件我去年的亲身经历。那天我遇到一个麻烦，因为我看见有一家无人售卖的商店在门口贴上了可以免费品尝食物的广告，于是我就进去了，并在里面美美地品尝了一个小时，不过想离开的时候，商家却通过远程把我锁在了里面，说我在吃霸王餐，还威胁我说如果我不付费就报警。你们也知道我巴巴辛巴平日里有多么守法，我怎么可能去吃霸王餐呢？

你们也知道我巴巴辛巴平日里是多么雄壮威武的，又怎么可能受人威胁呢？”

台下顿时嘘声一片。

“结果商家还真的报警了，很快就来了一帮智能警察，把我堵在了里面。面对他们张牙舞爪的模样，我会害怕吗？”巴巴辛巴夸张地做出害怕的模样，“我只是微微一笑，和他们掰扯了几句，他们就恭恭敬敬地帮我打开了门，又恭恭敬敬地把我送回了家。你们敢信吗？”巴巴辛巴快速眨动着眼睛问道。

“假的吧？是被送进去了吧？”有人大声质疑道。

“是不是你的同伙扮演的警察啊。”一个脑洞大开的人喊道。

“天哪，他们可是挂了牌的执法者，保真。”巴巴辛巴拍打着自己的胸口，继续说道，“我在这里指天发誓，那天我真的只品尝了些免费的食品，我甚至在里面待了整整一个小时，面对柜台里琳琅满目的美食，我都忍住了诱惑，始终没敢伸出自己罪恶的双手。”

“不信。”一个醉汉摇晃着酒瓶喊道。

“你到底对警察说了什么？”一个急不可耐的家伙催促道。

“因为你告诉警察你没有带钱，所以你必须回家拿钱是吗？”一个聪明的家伙喊道。

“天哪，你真是一个脑瓜发亮的家伙，快告诉我，那天你是不是也蹲在某个角落里偷吃呢？”巴巴辛巴快速伸出了话筒。

“我没有。”威克兴奋地站起身来，然后像明星一般冲四周挥舞起手臂。

我的目光再次转移，我已经看不到那个突兀的家伙了……

巴巴辛巴转移了话题，说道：“今天来的人好像有点多，我看见那里有两个人是坐在一张椅子上的，请宽恕我们的老板，他是一个一毛不拔的铁公鸡，多花一分钱让他去买什么都是不可能的。不过如果你们真的没有看见旁边的椅子，我很乐意为你们效劳。”

“什么？你是说他们是恋人？上帝，到这里来谈情说爱可不是什么好主意。巴巴辛巴上一段的失恋旅程就是从这里开始的。好了，我只是在开玩笑，你们继续坐在一起吧，至少我们的椅子可以承受得起一个肥胖的北极熊。”巴巴辛巴在肆意调侃。

“喔，看到那位先生了吗？他在不停地冲我抛媚眼，真希望他还没有喝醉。看清楚了，我可是一个男人。嗨嗨嗨，看那边，上帝！一位美丽的公主就坐在你们中间，真的难以置信——”

他突然停了下来，手指着安娜，睁大了眼睛。音乐停止了，灯光、目光都聚焦在我们身上，瞬间整个酷吧都安静下来。我不知道他会说出什么，但是我看见安娜正在兴奋地等待着巴巴辛巴的调侃。

“她美丽得让巴巴辛巴都张口结舌了。是的，看到她，你们肯定和我一样想知道自己是否还有机会，毕竟癞蛤蟆还想吃天鹅肉不是？看来我得赶快下去问一下她心意中的癞蛤蟆是不是我这样的人了。哈哈，看呢，我们漂亮的女神害羞啦，我现在就该下去向她道歉。至于你们，癞蛤蟆们，还是放弃你们的妄想吧，我们美丽的公主身旁可有两个丑八怪守护着呢。”巴巴辛巴明显看出一个丑八怪似乎来错了地方，因此他适可而止地结束了调侃，鞠躬道，“什么？我也不是您的菜？好吧，公主殿下，我现在就退下，请您观赏下一个精彩的节目，裤衩乐队的《媚骨魔怪》。看，他们来啦！”

“他真的很贫嘴，贫得让人牙痒痒。”威克说。

安娜暗自开心地说：“他的幽默还不算低级趣味啊，怎么就牙痒痒了？”

此刻舞台上，裤衩乐队的成员扯着破烂的嗓音嚎叫出一个个撕碎了的音符，他们拼命扭动着四肢，好像要抛弃身上多余的东西。渐渐地，那火热的动作让人头晕眼花。

“下去吧，你们这群猪！”两瓶啤酒下肚，见他们还在没完没了干嚎，威克放开嗓子喊了起来。

别人没听到，安娜倒听得真切，建议说：“我们还是走吧，待在这里让人头疼。”

我们刚要站起来，突然有人向我们走来，闪动的灯光下，他的身影看起来很熟悉：“嗨！你们真的都在呀。”

是柏特，他见我们很吃惊，就笑着解释说：“是尼让让我来找你们的，我出来时碰见了小渊美子，她说在天安城远远看到过你们，并猜测你们可能会到这家酷吧来，所以我就找到这里来了。”

“小渊美子也回来吗？你们不是在耀阳城吗？尼让找我们干吗？”威克吃惊地一连串问道。

“小渊美子两天前就回来了，我们也是刚下的飞机，至于尼让为什么找你们，我也不知道。”柏特耸耸肩回答。

“柏特呢？”挤出邪道酷吧走上街头，安娜突然问。

果然我们没有看见柏特的身影，威克猜测道：“他是不是还没有出来？”

我们站在原地等了一会儿，还是没有柏特的影子。威克不耐烦地说：“我们先走吧，尼让肯定等急了，也不知道又出了什么事。”

威克的话让人不寒而栗，我们不再等待，匆匆忙忙地往地铁站赶。车很顺利，人也少了许多。地铁隧道里的灯一明一暗地飞快闪过，那张恐怖的脸又浮现在我的眼前，渐渐在我的脑海中模糊起来。我突然感觉他像一个人，但是我怎么也想不起来是谁……

渐渐地，一股凉意爬上我的脊背，我搓了搓手掌，放松了全身的肌肉。我不敢再想下去，或许那只是一个幻觉。我对自己说。

曾经，我真的认为生如陀螺死如灰。

曾经，我真的相信花似烟云时不归。

但现在，我突然发现，原来死去也会成为一种奢望……

当我们赶到宾馆，前台服务员告诉我们，今天入住的顾客没有一个叫尼让的，也没有叫赫尔或者小渊美子的。难道柏特说错了，还是我们听错了？我们开始怀疑自己的耳朵和柏特的嘴……

看到面面相觑的我和威克，安娜提议说：“给尼让打个电话，不就什么都明白了？”

电话那边传来尼让惊讶的声音：“什么？你说什么？我们都还在耀阳城，根本没有任何人回去。你说小渊美子？她刚刚从这里离开。柏特？柏特今天在展馆值守啊，你们是不是看错了？好的，我现在就和柏特联系，你们等我电话。”

我们都感到不可思议，不知道事情还会怎么发展，只能耐心等待尼让的回话。很快尼让打来电话，他的声音变得很奇怪："我没法联系到柏特，展馆那边也不知道他去了哪儿。这样吧，如果你们还能碰到他，一定要想办法留下他，然后马上通知我们。"

挂断电话，我们三人有点莫名其妙。"这里面一定有鬼！"威克斩钉截铁地说。他把"鬼"字咬得很重，吓了我一跳。

不管是有人还是有鬼，柏特莫名其妙的出现与悄无声息的失踪，引起了我们的怀疑和不安。他想干什么，这是我们三人最想知道的。安娜建议返回邪道酷吧，说不定还能遇着柏特。

我们在猜测和争论中再次去往酷吧。步入地铁的那一刻，一股寒冰般的凉意从心底升起。一路上，我的目光不停游弋在各个窗口……

事实上我们几乎找遍了柏特可能会去的地方，但一无所获。

此刻，我们走在回家的路上，在惊恐中绕过了竹影丛丛的山丘，家就在前方，它在月色的衬托下，看起来就像欧洲中世纪经常闹鬼的城堡。如果你现在手中有支画笔，在它的上空添加些厚黑的乱云，划下几道闪电，点上几点雨滴，涂上几笔泥泞，那我肯定会马上就把它抛售给你，甚至倒贴钱……

门刚开了一条缝，帝客就叫着跳了出来，挨个儿在我们每个人脚下嗅了一圈，然后扑入安娜的怀中，闹个没完。嫉妒的威克直喊："嗨！嗨！你这个忘恩负义的家伙，难道忘记我给你买的奶酪了吗？"

等待是最无聊的，有那么一刻，我们三个人几乎是在眼巴巴地盯着电话，希望它响起来。"会不会坏了？"威克再次问道。

为了打消威克的顾虑，我不得不一次次拿起电话。"看，它还没有坏。"

帝客终于困倦地在安娜脚下打起了盹儿。威克喝完最后一口咖啡站起身来，说："我们去睡吧？尼让不会打电话来了。"

"我们明天还有许多事情要做，还得去老板金那，还是早点休息吧。"我看了一眼安娜，安娜显然也快睁不开眼睛了。

安娜打着哈欠站了起来，她抱起帝客，说道："我真的要睡着了。晚安，龙。晚安，哥哥。"

“嘀——嘀——”电话突然不温不火地响了起来。

“我是龙，尼让吗？”我小心翼翼地问道。

“呼——”电话那头传出让人毛骨悚然的声音，是一种长长的呼气声，声音拖得很长，就像地狱里冒出的瘴气，丝丝缕缕，纠扯不断。

“谁？说话！”我在战栗中发问。

“呼——”

“你究竟是谁？”我怒不可遏地喊道。帝客挣出安娜的怀抱，一路狂叫着向我跑来。

“嘟——嘟——”电话那边挂断了。

“是尼让吗？”安娜的脸有些苍白。

“他说了些什么？”威克急迫地问。

我不知道该怎么回答他们的问题，我已恐惧至极。

“铛——铛——”钟表敲响了午夜的钟点。

这是一个奇怪的世界，在这个奇怪的世界上生活着奇怪的人类，他们没有统一的思想，就像百花争艳的大杂烩，虽然五彩缤纷，芬芳逼人，但繁杂无序，时有污秽……

杂乱的思想加上疯狂的欲望让人类一直行走在危险的边缘，他们各行其是，为所欲为……

那一夜，我睡得很艰难。自打从截云山回来，我几乎每天都会被噩梦纠缠，每次挣扎醒来，都会看到床前帝客惊恐的眼神。渐渐地帝客也有了做噩梦的习惯，它常常在睡梦中惊醒，然后冲周围一通乱吠……

久而久之，我已经习惯梦魇，甚至喜欢上了梦魇的感觉……

是的，我梦见过一个白发魔女正艰难地从卧室木门的窗格上爬进半个身子……

我还梦见过有个鬼影傻乎乎地走到床前，刚要俯身下来，就被我飞快地抬手扼住了脖颈……

我梦见帝客飞一样从我身边跑过，它瞪大了眼睛，龇牙咧嘴，舌头乱甩，一副世界末日的模样……

我梦见威克走来，他的脸颊掀起一块皮肉，耷拉在脸上，沁出鲜血……

我梦见走在威克身后的小渊美子，她正冲我笑，一只眼球却掉出了眼眶……

然后我梦见自己拿起了镜子，镜子中我的眼睛正在腐烂，浓稠的黑血流淌出来……

我一坐而起，惊恐地睁大眼睛。

皎洁的月光穿过薄翼般的窗帘，肆意地洒落在床上。我抹了一把脸上的汗水，自言自语道："怎么会做这样的梦？"

我再也没有睡意，爬起来走进阳台，凉凉的海风瞬间拂去我的懵懂。噩梦褪去，我的脑海中依旧残留着帝客的表情，威克的脸，小渊美子的眼球，以及令我挥抹不去的黑血……

这时，背后传来轻轻的脚步声，它缓慢而又轻盈。想到这是午夜，一股战栗再次传遍我的全身，本就处在恐怖深渊里的我，彻底丧失了转身的勇气。

"是谁？"我张开了口，却无法发出声音。

脚步声来到我的身后，死神的鼻息从背后拨弄着我的鬓发，凉凉地吹在我的脖颈……

"是谁？"我在窒息中挣扎。

"嘎——"夜鸟凄厉的叫声，惊醒了我垂死的心灵，我猛然睁开了眼睛……

■ 第十八章

连漪的困惑

早晨，安娜看着我的眼睛，肯定地说："龙，昨夜又没睡好吧？看你的眼圈黑的。"

威克望了我一眼，笑道："蛮好看的一只大熊猫。"

再次投入必将终结的一天，刚出门，我就好像已经看到快乐的帝客在迎接我们的归来。这就是我们的生命，虽然每天会有不同的经历和感受，但它们真的会如过隙的白马，从我们面前一闪而过。如果我们只是宇宙中的过客，那么我们活着和死去的意义又在哪里呢？

刚到办公室，电话就响了起来，威克接起来后，一连串地回答道："是的，好的，好的，回来见。"

"问题有些严重。"威克放下电话说，"柏特真的不见了，他还拿走了一颗龙睛。叔叔和尼让他们今天可能会回来。"

"为什么不是两颗呢？"我奇怪地问。

"鬼知道，你问他去。"威克头也不抬地回道。

这时，夏美推开门，探身询问道："总裁，出发的时间到了，还需要我和金老板联系吗？"

威克"嗯"了一声，然后说："你告诉他，我们直接去工厂。"

半小时后，我们赶到了工厂，老板金早已等在那里，但他的热情并没有让我们摆脱柏特的阴影，我们匆匆转了一圈后和他道别，老板金才笑眯眯地问道："这里还符合你们的要求吧？"

"机器太过陈旧了，希望它们不会发生什么事情。"威克鸡蛋里面挑骨头般埋怨，但看到老板金依旧笑得灿烂，又不忍心地补充说，“不过这不是什么大问题。”

老板金激动道：“说真的，我也准备更新换代，不过一直没有机会，如果我们的合作能够确定下来，我会马上着手安排上。”

“合作没问题，不过我们开发的产品也未必就能得到市场的认可。”威克老老实实地说，“而且我们能做的，你也完全可以通过基因人去做。所以，其实你根本没有必要和我们合作。”

老板金吃惊地睁大眼睛，很快他笑得更加迷人，他说：“喔，威克，我很感激您的开诚布公，我也可以告诉您我的真实想法。你们知道的，纳米病毒市场一直竞争残酷，如果我不能走到最后，那么我就需要在新的领域布局，所以你们的加入会让我多一种选择。况且我早期投入的工厂又很多，也只有让它们充分运转起来，我们大家才都有钱可赚。这是一个双赢的局，我们都可以得到我们所需要的，不是吗？”

“另外，基因人并没有那么完美，他们只是在用最简单最直接的办法去完成你所交代的任务，而一旦遇到他们无法解决的技术瓶颈，他们就会绕过去，然后用一大堆垃圾技术来填补。说实在的，放你们走，是我最大的失误。”老板金坦率地说。

“如果还可以，一旦我遇到了什么难题，是否可以以技术外包的形式再次获得你们的帮助呢？”老板金得寸进尺道。是的，他给出了诚意，也为我们划下了不能涉足纳米病毒的红线。

精明的商人，精明的老板金。此刻我莫名其妙地想到一个早已死掉的人，想到他所说的一些话。他说一个人每天下一个蛋，所以即使人再多，分配下去也只能是一个人一个蛋。所以人口红利说注定只是资本的谎言……

他还说一个人现在只能生一个蛋，未来却有可能会下两个蛋，甚至下更多的蛋。如果未来每个人每天还是只能得到一两个蛋，那么人口红利说注定只是拿到鸡蛋最多的那个人编出来的……

是的，在智能科技也会下蛋的今天，那些为了拿到更多蛋的人，那些为了卖出更多鸡窝和鸡饲料的人，也早已被装进黑匣子，抛进了星际。但令人诧异的是，又有人喊着叫着说，地球人太多了，应该减员，或者统统都送去星际殖民去……

阳光下，老板金鸡蛋般的脑壳金光闪闪，令人眩晕，我眯起眼睛笑了，因为我好像在上面看到了一窝窝新的鸡苗……

这是一个招摇着太多信息的社会，随着拿笔杆子的人不着边际地划动，会带给你一个个不太真实的幻境，它就像一个五光十色的万花筒，让你惊喜不断，让你意外连连……

过载的信息量同样也会带来让你绞尽脑汁也思考不出答案的问题，渐渐地你会失去思考的能力，最后只能人云亦云……

信息时代和过往的时代是一样的，它们都是流淌着驾驭者思想的时代。没有信息的时代，是荒蛮的时代；有着太多信息的时代，是造就麻木的时代……

贪婪是人类天然的劣性，我们无法改变。我们不是生活在一个匣子中，而是生活在浩瀚的宇宙中，不断延伸的脚步，恰如我们永不知足的本性，会一直延续下去，这才是一种真正的可怕……

“嗨，我们的副总裁又在想什么呢？”安娜好奇地凑到我面前，好像要从瞳孔中看到我的内心世界……

赫尔、尼让、小渊美子三人匆匆回到了时代城，就在我们离开老板金回程的路上，他们联系了我们，于是我们直奔宾馆。

小渊美子打扮得很潮流，金黄色齐腰短衫，海蓝色半截飘裙，白色小蛮筒靴，加上淡淡的雅妆，恍然就是一个清纯娟秀的美少女，让人眼前一亮。

威克有些心不在焉地听着赫尔他们说着什么，眼睛却不断瞟到小渊美子身上。

赫尔问完这里的情况，面色凝重地说：“我相信这里面肯定有什么事情发生，因为柏特绝不是贪图钱财的人。我们一定要找到他。”

坐在一旁愁眉不展的尼让也说：“我相信他，他整整跟了我十年，我足够了解他。”

我说：“如果柏特不和我们联系，恐怕也很难找到他。我们是否该报警呢？”

“不，眼下的麻烦已经够让人头痛的了，我们不能再自找麻烦。”赫尔斩钉截铁地说。

“但是这样下去，我们还是会遇到新的麻烦。”我直言不讳地说出我心中的顾虑。

赫尔的目光中闪过一丝怪异，问道：“什么新的麻烦？你想说什么？”

我苦笑了一下说：“就像过去的麻烦，就像眼下的麻烦，我们需要改变这种延续。”

“难道你认为这一切的背后……”赫尔突然停下来，陷入了沉默。

安娜显然对我们的谈话内容和方式产生了心理障碍，开始心神不宁地在窗边走来走去。

我想打破眼前压抑到令人窒息的气氛：“我有一位战友开了一家私人侦探社，如果你们同意，我想她可以帮到我们。”

赫尔颇有顾虑：“寻找柏特的事还需要保密，我不想节外生枝。”

“我倒认为可以试试。”尼让插口说道，“从目前的情况来看，要想马上找到柏特，也只能如此了。不过龙，这个人值得你信任吗？”

我有些犹豫，虽然连漪是我的战友，但是我们退伍后难得联系，鬼知道她现在是什么样子，说不定就六亲不认了呢？我只好含糊其词地说道：“我先联系一下。”

“我鄙视你的观点，因为战争必然会随着人类社会的进步而消失，这一点毋庸置疑。”连漪大大咧咧地坐在我对面的石头上，开始毫不退却地攻击。

我面红脖子粗地反驳道：“战争的根源是人性的贪婪与政治的欺诈，如果改变不了这些，那么战争永远也不会结束，即使在未来的世界也是如此。”

“龙，你是一个很偏激的人，你总是把一切罪恶归于人类的本性，难道人类就没有善良的一面吗？你应该反思了。”连漪把手中玩弄的一块石子甩向了我。

“那该归罪于谁呢？”我探手抓住石子，冷冷一笑，“归于上帝吗？还是让撒旦来背黑锅？难道你就没有一点贪婪之念？不用回答，因为我是人，所以我有。看见钱财，我就有把它攥在手心里的冲动，虽然我不会在众目睽睽之下那么做，但总有人会那样做的。”

“可我们身边大部分人都是好的啊？比如你在我眼中就很正直，何时我在你眼中却成了恶魔呢？”连漪的目光咄咄逼人。

“那是因为我们还没有利益的纷争，如果有一天我们面对利益，本性就会暴露无遗。那时，之前的善良也会成为我们今天彼此攻讦的笑料，不是吗？”我站起来，把石子扣于中指尖，弹射而出，精准地打在连漪身旁的啤酒罐上。

“我明白你的意思了，你是说，眼前的你可能是我未来的敌人。龙，你真的足够邪恶。”连漪也站了起来，一脸怒气地走出两步，才回头建议道，“你应该去看看医生了。”

“什么？难道你以为我是疯子吗？”我怒不可遏地冲她嚷道。

“差不多快了。”连漪突然笑了一下说，“看在我们现在还没有利益冲突的份上，也看在我们还是朋友的份上，我才会这样建议你。看看你现在，你的眼圈发黑，眼睛也充满血丝，表面上是你的睡眠出了问题，实际上可能是你被很多问题纠缠住了。再看看你的手，指甲长这么长还没剪，说明你的注意力被什么吸引走了，应该是遇到了什么事情和麻烦。再看看你现在越来越充满怨气的口吻，说明你的心理问题已经存在了很久。所以，我建议你还是去看看医生比较好。”

“你……”看着连漪远去的身影，我再也吼不出什么不敬之词。

和连漪的联系很顺利，她在电话中兴奋地说：“怎么才打来电话？安娜和威克他们好吗？”

我震惊地问：“你怎么知道我会找你？你又如何知道安娜和威克的？”话出口，才尴尬地意识到我们几个早已是家喻户晓的名人了。

她在话筒那边笑得很开心，调侃道：“你忘了我们是战友吗？你忘了我们心有灵犀吗？那可都是你说的。”

我苦笑着说：“好了，说实话我想见见你，也有麻烦要求助于你。我们约个地方怎样？我请客。”

“好啊！”连漪开心地笑着说，“不过不知道你的安娜会不会介意，所以你们可以一起来的，还有那个叫威克的小伙子，他现在不就在你的身边吗？”

我瞬间感觉到她的可怕，她似乎就在我的眼前，玩弄般地看着我的一举一动。我颤抖地说：“如果可以，明天中午我们在海边见面怎样？到时候我再电话和你联系。”

“蛮浪漫的地方嘛。”连漪笑着说，“那我就等候你的佳音啦。明天见！”

“明天见！”

挂断电话，我看见安娜目不转睛地盯着我，我有些心虚地说：“她约我们一起去，还有威克。”

安娜奇怪地问：“你常常和她说起我们吗？”我想她真正要说的是：“难道你们常常见面吗？”

“不，我们已经有两年没有联系过了。”我想尽量解释清楚些，说，“我想她应该是通过媒体报道了解你们的。”

安娜看着我说：“真的？”

“当然是真的。”我逃进了厨房，拿出些瓜果梨枣来，抛给威克一个梨，丢给帝客一颗枣，再低三下四地削了个苹果递给安娜。

“嗨，龙，给我也削一个。”威克趁火打劫地说。

帝客也咯咯吱吱快速嚼着口中的枣，丝毫没有顾及口中四处飞溅的碎屑，直到它吐出干干净净的枣核，还一直不停地甩动着小尾巴跟在我的身后，口中发出唧唧呜呜的声音，好像我也欠它一条命似的。

暖洋洋的日头枕着白云睡起了大觉，帝客仰起脸叫了一通，结果被阳光刺痒了鼻孔，禁不住打起喷嚏来。看着它鼻涕一把，泪一把的模样，让人笑得腰软。

受到嘲笑的帝客又跑到海边戏弄潮水，不料脚下一滑，跌了一身的水，成了真正的落水狗。

“你不怕我们把厄运带给你吗？”安娜咄咄逼人地问，显得不太友好。

“当然不。”连漪笑道，“我可从来不相信什么厄运，就像摔跤总是和跑得太快有联系一样，难道我们能够说那是厄运吗？”

连漪还是漂亮的连漪，虽然齐耳短发让人很难在她身上找到半点女人的柔美。她在一块礁石前停下脚步，回头问：“你是怎样看待那些意外的？有没有怀疑过什么人？或者看见过什么反常的事？”

“不，我想只是意外。”我说。

“你想过谋杀的可能吗？还是你坚信那都是巧合？”连漪追问道。

我回避道：“眼下我们必须尽快找到柏特，不能让他也出什么意外。”

“看来你也认定意外还会发生，我明白了。”连漪飞快地说道，“昨天一收到你发的资料，我就赶到了邪道酷吧，不过很遗憾，那里的监控就是一个摆设。目前周边的监控视频我正陆续拿到，一有发现我会立刻通知你。不过我更好奇的是那个神秘的电话，所以我需要你的授权，那样，我就可以追踪到持有人的身份。”

连漪越来越靠近我，我已经看到安娜异样的目光，于是往前走了一步，把一块石子远远地抛到海中：“没问题。”

“你的力气还是这么大。”连漪也兴致勃勃地捡起一块石子抛向海中。

被引诱到的帝客，立刻嗷嗷叫着蹿了出去。

“回来，危险！”连漪叫道。

“别担心，这点风浪它还是能扛得住的。”安娜拉起我的手，冲连漪说道。

连漪哈哈大笑起来，然后饶有兴趣地对安娜说：“安娜，你知道吗？龙在部队时可是我的死对头，欺负我是他的专长。不信你可以问他。”

上帝！怎么会这样？我不可思议地看着连漪……

安娜笑眯眯地看了我一眼，那笑容让人不寒而栗，手背也被她狠狠掐了一下。不等我张口，安娜就装出一脸惊讶地对连漪说：“不会吧，他在我这里很绅士的，而且脾气特好。”

“他心眼儿是不坏，但脾气倒坏得很，你能受得了？”连漪像吃错药一样攻击起我来。

“没有脾气的男人还是男人吗？我感觉他挺个性的。”安娜竟然像换了个人似的，说出让我汗颜的话。

“哈哈，龙，想不到你真的走了狗屎运，竟然遇到这么好的女孩，可要好好珍惜哦。”连漪用训斥的口吻对我说。

朝阳灿烂的光芒撕去了暗黑的铁幕，缕缕光辉钻入厚厚的窗帘，点亮了新的一天……

我还没有停下笔的意愿……

我不应该让连漪参与这件事，这样的错误，我至今难以释怀……

赫尔对连漪丝毫不抱希望，已经两天过去了，我们既没有找到柏特的影子，也没有得到连漪的消息，只能在等待中煎熬。

暖洋洋的朝阳顽皮地趴在东墙上，它好奇地向室内的一幅达·芬奇头像一点点伸出手去，似乎想作弄一下这个可爱的老头。

一只海鸥也鸣叫着落在阳台的栏杆上，无所顾忌地打量着我们。

赫尔今天显得很烦躁，找我们来东拉西扯几句后，便开始不停地在客厅里晃来晃去，甚至连嘴里叼着的雪茄灭了，还会吸上一口。

而尼让手拿放大镜趴在桌子上没完没了地看着一张古老的地图，就好像里面埋着海盗的宝藏。

于是，威克很快被海鸥吸引了目光，站起来去了阳台。

于是，安娜和我无聊地坐在靠墙的沙发中，安静得像两尊雕塑。不知道过了多久，我的背有些酸痛，干脆彻底靠入沙发的怀抱，一只不安分的手扯弄着安娜的秀发。

安娜扭头冲我一笑，她抬起了一只手，笔直地伸出食指，然后把中指扣在食指上，再翘起无名指，在我的注视下，不可思议地把它搭在了中指上，然后又慢慢挺起小拇指，一点点扣在了无名指上面。看着我惊讶的目光，安娜挑衅地冲我眨了眨眼睛，笑容妩媚。

我只是尝试了一下，就沮丧地放弃了。

我感觉空气有点稀薄，让人透不过气来，我开始烦躁地在沙发中扭来扭去……

“嗨，我们去古佛寺看看吧？安娜，你去喊上小渊美子。”尼让突然大声说。

“好啊。”一向矜持的安娜立刻兴奋地喊了出来。

古佛寺坐落在市郊的听海山上，听海山山势不险不奇，既没有巍峨之态，也没有半点崎岖险峻，但是，它东临大海，西据平原，四方平平，自然有了一丝伟岸。

听海山是光秃秃的石头山，并没有给人以宁静出尘的感受，这里树木稀少，除了处处光滑的石头还算别有情趣外，真的找不到什么可吸引眼球的东西。

“看，这里的一切都小得那么可爱，真不敢相信我们就在这里面！”安娜满足地说，显然她不是那种自寻烦恼的人。我看着安娜，此刻的她显得更加可爱，飘逸的金发在阳光下如金子般闪亮，湛蓝的眼睛洋溢着清凉碧澈的纯真。她美如真神！

“为什么台阶恰好是一千一百一十一呢？”安娜问。

“一是万物之始，至少我这样认为。”我答道。

古佛寺并不大，但建筑风格别致，秦砖汉瓦为体，雕栋画梁为饰，勾栏飞檐为观，一派古色古香之气，细细品味，居然会有一脉禅香道学的意境在里面。

入前殿大院，左侧数百翠竹摇曳风影云踪，右侧一盘龙泉暗吐天经地脉，正中立一巨石，上书：心若止水。

“上帝！原来中国真有这样的地方！”安娜惊叹道，她问，“我去过好多寺院，但这里给我的感觉好奇怪，总感觉哪里不对。”

在我和威克的面面相觑中，尼让哈哈一笑说：“你是说这里面有道教的影子吧？其实佛教早在传入中国的那一天，就已经为道学所融入。这并不奇怪，因为中华文明远比其他任何文明都更具包容性，面对不同的文化，它从来不是简单地抗拒和接受，而是逐渐包容和融入，取其精华，去其糟粕。这不仅给它带来了不竭的生命力，也成就了它成为古文明中唯一留存下来的文明——璀璨的文明。”

看着我们期待的眼神，尼让继续说：“你们知道吗？事实上，佛讲的是善念为先的出世说，而道求的是无欲为大的入世观。佛院庄严为饰，道家玄妙为庄。你们看这里的布局，有相生相克的五行八卦，比如竹为木，泉为水，石为金，表面上它们的排列是无序的，但是它们又因地势和方位的不同而秩序井然。”

“那，道究竟是什么啊？”安娜更加好奇地问。

“道可道，非常道。它自然不是平常之道，一般人认为道只是心道而已，认为道既是心，心中所思所想，皆在大道之中，其实这是唯心和错误的。”尼让说道，“还有一些人认为，心道同脉，是心随道生，道随心至。这种说法虽然打通了唯心和唯物之间的关系，但同样犯了唯心主义的错误。”

“真正的道应该是怎样的呢？”我困惑地问道。

“其实道乃自然之道，道法自然说的就是道即自然，是宇宙普遍存在之道，所以说，真正的道学是一种朴素的宇宙观。道学中亦有阴阳之说，认为阴阳转换乃万物之轨，这同样符合我们现在的宇宙观，因为其中蕴含着宇宙最基本的运动规律。”

说话间，我们步入大雄宝殿，尼让请来佛香燃上，三躬为敬然后插香于炉，跪于蒲团之上。他闭目若思，嘴里不知道念叨些什么，又叩了三叩，起身退在一边。

赫尔和威克照葫芦画瓢地依次上香，但轮到小渊美子，香却倒了，她不由得面色煞白，惊惶地望了一下四周，忙重新插好香，又去叩了三个头，才胆战心惊地站在一旁。

我看见大雄宝殿中的佛像依旧似笑非笑，俯瞰众生……

安娜静静地跪在蒲团上，她虔诚地祈祷着什么。上完了香，安娜竟然看都没看我一眼，只是在功德箱中投下钱币。

“上帝！哦，不，是佛祖，求您让我和安娜今生今世永无分离。拜托！拜托！”我第一次心甘情愿地为了一个无法确定的事情在口中念叨不休，然后投了点有去无回的钞票。

我不是吝啬鬼，如果用三炷香就可以看清过去、现在、未来，我肯定愿舍弃我的一切……

我们四处转了一圈，才发现尼让在和一个盘坐在树下的老和尚对话，就凑了过去。

尼让问佛，僧人说：“佛在心中。”

“佛有心吗？”尼让问了一个让我吃惊的问题。

“佛心无处不在。”僧人眉也不抬地回答。

“狼心有佛吗？”看来尼让是有意刁难僧人了。

“佛心有狼。”僧人依旧平静地说。

“为什么我问你：‘佛有心吗？’你答：‘佛心无处不在。’我问：‘狼心有佛吗？’你答：‘佛心有狼。’难道是我问错了吗？还是大师没有听懂我的问题？”

“施主差了，我已经回答了你的问题。”僧人面无表情地解释说，“我说佛心无处不在，岂会佛而无心，狼心无佛？”

尼让冒犯地问：“那佛也在屎尿中吗？”

僧人淡淡地说：“施主心之所至，佛必在其中。”

尼让听完，恭恭敬敬地退后一步，向僧人深施一礼，说：“谢大师指点迷津。”

僧人平静地说：“我只是在谈佛罢了，何必谢我。”

一头雾水的我，只能和同样一头雾水的安娜凑到一起。“他们在说什么？

他们谈的内容好奇怪。”安娜说。

“我不知道。”我只能这样说，班门弄斧是会伤到自己的，这是我知道的。

“我知道，和尚在谈佛，尼让在问佛。”威克嘿嘿笑着凑上来。

从古佛寺回来的路上，尼让一言不发，他冷静得让人不舒服。

“嗨，伙计，你不会是想出家了吧？”赫尔笑着说，“耶稣恐怕会伤心的。”

“是。”尼让似乎根本没有听清赫尔在说什么，下意识地应答。

“看来我们就要有佛光普照了。”赫尔只好自我解嘲地说。

赫尔话音刚落，我的手机就爆炸般响起来。

“柏特死了，你快过来。”连漪简短地说。

“他现在怎么样？”我居然莫名其妙地追问。

连漪停顿了一下，快速回答道：“他已经死了。”

我看见柏特的时候，被他的脸蛋震惊到了，那张脸已经被水泡得臃肿变形，狰狞不堪。我马上想起地铁隧道里的那张面孔，身体禁不住开始颤抖……

“他是在地铁轨道的排水渠里被人发现的，至少已经死了五天。”连漪说，“因为他身上没有发现致命伤口，所以具体死亡原因还需要等待法医解剖尸体。我去过现场，没有什么发现，但让我感到奇怪的是，那里离地铁站台很近，如果凶手有隐藏尸体的意图，不该选择那里，除非在移动尸体的过程中出现了什么意外。还有，警方在柏特的身上找到了龙睛，这也很奇怪，毕竟它价值连城，难道凶手没有发现吗？要知道，几乎在所有的凶杀案中，凶手都有翻看死者身上遗物的习惯，就好像他们就是为了这点嗜好才杀的人。”

“谢谢你！”赫尔苦涩地笑着，对连漪表示了感谢，“很感谢您为我们做的事情。”

“没什么，我会继续跟踪这个案件。”连漪平静地说。

在这里多待一秒，都会让我窒息而死。虽然我早想到结局，虽然我始终知道死神没有忘记我们，但真当再次面对，我依然难以接受……

我匆匆划去柏特的名字，他那来自地狱般的脸，至今令我恐惧……

我必须出去了，因为巴巴辛巴来电话说他被人袭击了，这真是一幸运的消息，幸运他还能活着打来电话……

在刺目的阳光下，我驾车穿过整个城区，在经过一个路口时，前方被临时交通管制了，大批防暴警察整齐地排列在街道两旁，不远处有个地方燃起了熊熊大火，我看见很多人在向防暴车抛砸东西……

“城里又发生什么事了？”我甚至忘记是来看巴巴辛巴的，一见面就迫不及待地问。

“城里的智能机器人在暴动。”巴巴辛巴漠不关心地回答。

“你被谁袭击了？”我想起了来的目的。

“不知道，我像日常那样在十三楼楼顶活动，然后就被人推了下去。”巴巴辛巴脸色苍白地说。

“十三楼？”我惊骇得差点跳起来。

“和这座城市一样，不管天堂还是地狱，都不会有我们这种人的位置。所以我很幸运，因为我只是擦伤了点皮。”巴巴辛巴苦笑着说。

“你看清是谁推你下去的了吗？”我注定不会有这样的幸运，我更想得到一个凶手……

“我不知道该怎样说，在我掉下去的时候我只是看到一个人形的轮廓，他探出栏杆凝视我，并冲我喊了句：‘去死吧，巴巴辛巴小丑’。说真的，那一刻我恐惧极了，以为真的会死掉。”巴巴辛巴的手指还在颤抖。

“轮廓？”我敏感地问。

“是的，他应该穿了隐形衣。龙，现在你真的遇到了麻烦。”巴巴辛巴竟然在这个时候还在关心着我。

离开医院，再次走过那个路口，警察已经开始节节败退，几辆防暴车已经着火。

智能机器人居然敢选择人类作为对手，看来他们即将为自己的愚蠢付出代价了……

是的，血债血偿……

■ 第十九章

西山研究所

我们流浪在这个世界上，梦游般用脚步决定自己的命运。我们面对的是未知世界，在灾难面前，往往难以逃避。我们每一天都在祈祷中上路，用颤抖的脚步，行走在人流车海中。

我们习惯了别人的诘难，也放纵了自己的拳头。我们诅咒着眼中的世界，但我们还在创造着必将受到诅咒的明天。直到，直到我们无法逃避，直到我们无法承受，直到一切都无法挽回……

回到家，帝客跳出来迎接我们，但是刚扑到我们脚下，它竟然嫌弃地向后退去，就好像我们是恶臭的垃圾一般。它一边拼命地摇动尾巴叫着，一边翕动着鼻孔嗅个不停。

奇怪的嗅觉。我不知道狗鼻子中的世界是什么滋味，不过现在的我，依然能嗅到死亡的气息，它散发出令人窒息的气味。

地铁里那张可怕的脸和柏特的脸交替浮现在眼前，如果现在还在自欺欺人地认为前者只是幻觉，那么我真的离死不远了。

“谁在看我？”我已经处在崩溃的边缘，回头看去，外面空空如也……

“听叔叔说，明天耀阳城的展览会就结束了，戴维他们后天就会回来。”安娜并没有察觉我的异常，或许她早已习惯如此的我。她一边梳理着帝客的短毛，一边用平淡如水的声音对我说。

“他们不是还要到卫星城和海滨城展出吗？”我问。

“叔叔说要取消其他地方的展览。”安娜依旧用平和的语气说道，“大概是因为柏特的原因，他不想让事情继续这样发展下去，所以他准备拿出点时间，解决眼下的麻烦。”

“怎么解决？”我吃惊地问道。

“不知道，和你一样，他也不再相信什么厄运和巧合。”安娜终于不安地看向我。

我只能说：“太好了，有你叔叔在，这一切很快就会结束的。”

安娜将信将疑地看着我，嘴角慢慢绽放出一丝微笑。

威克很晚才从老板金那里回来，他兴奋地说：“我已经拿到了合同，相信我，钞票马上就会滚滚而来。”

“可我们还没有任何产品。”安娜提醒他说。

“不是这样的。”威克说，“我知道龙的手中早有好几个在开发的玩意，是不是，龙？”

“那只是存在于虚拟世界中的宝藏，我们需要马上弄出些样品来验证它们。”我点头道。

“这么说，我们很快就会成为百万富翁了？”安娜惊喜地说，“希望上帝保佑我们。”

“不，应该说我们很快会成为亿万富翁。”威克自信地说。

我并没有他们那样乐观，因为我知道仅靠我手上的几个小零件不会收获多少财富：“我们还是应该开始着手进行新的产品开发，如果可以，我希望尽快招聘人员和购进新的研发设备。”

“当然。”威克大声说，“我们是应该加快步伐，否则老板金也不会痛快的。还有，我想我们应该到天慧公司看看，或许可以聘请到我们需要的一些专业基因人。”

我很震惊威克此刻居然有这样的想法，他应该知道我是最不赞成引用基因人的：“你难道不想自己做些什么吗？基因人并不是万能的，老板金已经向我们证明过了，他们甚至没有你聪明。”

“龙，我们很快就会有很多事情要做，我们可没有三头六臂，何况我们也不可能总是泡在实验室中，应该腾出些时间去做市场及客户，不是吗？”

威克想说服我。

“你……”我有一种被戏弄的感觉，毕竟和基因人共事，会让我找不到自己的自尊。

人是最不可捉摸的动物，也是最善于变化的。“我赞同哥哥的意见，如果他们是优秀的，我们为什么要拒绝呢？他们毕竟也是人。”安娜让我惊讶地说。

“你……”我只好再次闭上嘴巴。

当然，为什么不呢？他们同样是人，我完全没有理由歧视他们不是吗？

安娜对我的转变用一个迷人的微笑作为报答，从那一刻起，我真正理解了什么叫英雄难过美人关。

事实上，在人体科技发展的初期，基于大多数人自我保护的恐慌，基于资本收割市场的预期和窗口期，大多数人也都祭出了“伦理道德”的大旗，大大阻滞了人体科技的发展。但是资本逐渐垄断相关技术之后，这种阻滞就忽然消失了……

就像已经彻底改变人类轨迹的AI技术一样，在它刚刚诞生之际，那些旗帜鲜明提出反对的资本集团个个都在暗渡陈仓，抢占市场，这不仅让它们赚得盆满钵满，甚至还垄断了几乎全部的技术和市场。

是的，任何以人为载体的科技产品都会招来非议，就像最初通过基因改变再生的器官，就像后来的机械身躯，就像现在呼之欲出的芯片大脑，人类几乎已经抛去了身上所有的零碎，但依旧没能抛下自己的人性……

人权组织虽然一直对此耿耿于怀，但面对滚滚浪潮般的人性，他们最终也只能选择了从“善”如流，开始与时俱进。

和殷墟超能集团不同，天慧公司是为数不多能获得全球基因人联盟授权的厂家，它们的生产亦受到政府的严格监管，当然，只是“避免”它们突然造出一个无所不能的超人出来……

因为基因人是以人为载体的科技产品，我们不得不承认基因人就是有生命的“人”，只不过这些被克隆出来的人具有了商品属性，他们会按照社会需求被制造出不同智慧点，然后租赁给遍布世界各地的客户，从中牟取不菲的费用。

但不可否认的是，基因人正在深深改变这个世界，他们在改变人类观念的同时，也在深深改变着人类文明的方向……

“先生，请问您需要哪种专业技能的基因人？我可以向您推荐。”天慧公司业务大厅里的接待员彬彬有礼地询问威克。

“你说他是基因人吗？”安娜轻声问我。

“应该是的，谁上班能笑得这么灿烂？”我玩笑道。

“你呀，你上班的时候就笑得和他一模一样。”安娜反问道，“你也是基因人吗？”

随着接待员分门别类地推荐，威克彻底迷茫了，他突然发现自己认为很简单的事，在这里居然变成了无数个选择题。

“好吧，我下次再来吧。”威克最终放弃了。

离开天慧公司，一路上我总是左顾右盼，我希望能够再次看见柏特的身影，几乎忘记他已经死亡这个事实。路过思美尔商场，安娜说要去买些东西，我借口有点累，站在外面等他们。我无聊地站在路边，淡漠地看着每一个从我身边走过的行人，看着他们的面孔，猜测着他们出行的目的。

我讨厌等待，我已经烦躁不安，我认为自己已经等了一个世纪，但看看时间，时间才过去五分钟。

太阳一点一点地向西倾斜，大街上比邻而立的楼宇，挤压去我不多的视野。一架无人机在空中盲目地打着圈，它大概出了什么问题。几个孩子在下面指指点点。街头拐角处，两名智能机器人巡警迈着整齐的步伐走过。我看着这个世界，这个世界却远远地离开了我……

“嗨，在想什么呢？”

我浪费了一整天的时间打扫我的住处，草坪被我拔去野草后重新修剪，上面的落叶和早已干结的狗屎被我清理出去。我给花房里的花换了土，我清理了游泳池，我打扫了房间的每一个角落。直到太阳西落，才筋疲力尽地倒在客厅的沙发上。

此时，门窗大开，屋里通明如昼。此刻，餐桌上摆满了红酒、牛排、水果沙拉，花瓶也插上了芳香四溢的茉莉。

既然死亡即将来临，那就让我痛痛快快地面对它好了。是的，如果我快乐地活着，那么我的敌人必将在痛苦中煎熬……

虽然实验室足够简陋，但当一切都安排妥当后，终于又能坐回操作台前。看着眼前熟悉的仪器和闪烁不定的电光，那一刻，我居然有种莫名其妙的感伤。是的，毕竟是它们在不断地开阔我的视野，拓展我的思想，并给足我生存在这个世界上的理由。

我突然明白，当一个人失去了工作的权利，漫无目的地活着是多么痛苦的事情。你不可能总是看着太阳和月亮东升西落，不可能用一百年的时间去吃喝玩乐，那样，你会一天天消磨意志，丧失思想，遗忘信念，埋葬光阴。直到走进坟墓那一天，你也不会在身后看见自己的脚印，就像你从来没有存在过，从来没有经历过这个五彩缤纷的世界……

显微镜下，繁忙的纳米机器人井井有条地搬运着微粒子，它们在创造一个新的生命，一个崭新的世界。那是一个微观世界，那里没有生老病死，没有尔虞我诈，所有的一切都按照规律运作，即使有一天，人类从宇宙中消失，它们依然会存在于这个世间。我想我应该在它们身上刻下我的名字，让它永世长存，当然，在它旁边还应该有一个名字：安娜。

疲惫的神经开始松弛，我闭上眼睛，生物电在体内四处游荡，那种昏昏然的感觉有些像幻想中的死亡。安娜在黑暗中向我微笑，她的身上散发出华丽的光芒。世界已经黯然无色，只有安娜依旧光彩夺目，她如风，如雨，如雾，沐浴我的躯体，洗涤我的灵魂……

威克悄无声息地来到我背后，重重地拍了我一下，大喊："嗨，偷懒呢？"

我回头看看威克，奇怪地问："不可以吗？"

"哦，龙，你就不能假装给我点面子吗？"威克百无聊赖地坐在了我的对面。

"有事情吗？我很忙的。"我淡淡地回道。我可不想在工作的时候被别人打扰，威克是最应该知道的那个人。

“你上次说的永动机有眉目了吗？”威克问。

“我们现在既没有能力租赁和建造大型科研设备，也没有足够的资金和人力资源，所以还是先放一放。对了，听说老板金的纳米病毒已经取得重大进展，有时间你应该了解一下它的市场如何，如果可以，我们也可以考虑做一下。”我认真地建议道。

“我们和老板金有协议的，况且专利也是他的，我可不想触犯法律。”威克把头摇得像拨浪鼓。

我解释道：“我并不是让你去盗取专利，而是让你调查下市场对智能纳米药物的认可范围和程度。你知道的，人们总是在得病后才会对自己开膛破肚，没病的时候拿个射线照一下就跟要了命似的。如果我们绕开和老板金的协议，如果市场认可度足够高，我们就可以研制出些适合人体的纳米细胞去做保健领域，也可以分得一杯羹不是吗？”

“那我们直接做不就成了吗？管它市场如何呢，先弄个专利也不错啊。”威克眼冒金花地说。

“当然可以，你拿钱来吧，我需要添加相关设备，并且需要聘请一名优秀的生物专家。”我苦笑地看着威克，我真想在他的脑袋上敲敲木鱼。

“嘿嘿，我怎么就没有想到呢？”威克不好意思地笑了。

威克走了，随后推门进来的是藿金，那可是一个响当当的人物。他依旧用麻木的眼神看着我，口中絮絮叨叨，没完没了：“你怎么就不能读完我的著作呢？难道我们生活在不同的世界？你否定时间、空间也就罢了，为什么还要搞出个什么永动机来和我作对？”

“我不明白你在说什么？藿金先生。你我都知道空间和时间只是人类对宇宙存在和变化的一种描述方式，也只是一种表达方式，并不是指这个世界上真的存在什么空间和时间。作为我们了解宇宙和解析世界的工具，这本是无可指摘的，但随着速度、维度、黑洞、奇点、虫洞等更多人造概念的出现，它们却为伪科学和阴谋论者提供了可怕的温床，于是便有了诸如什么时空穿越，时光倒流，多维空间、平行宇宙之类乌七八糟的东西出来。难道这也是你愿意看到的吗？”我心平气和地解释道。

“你不是也想搞个永动机出来吗？这是在打自己的脸吗？”霍金讥讽道。

“我只是在打愚蠢者的脸。宇宙本是变化的宇宙，又有哪里是真正静止的存在呢？所以，世界本就是运动的世界，也是一直永动的世界，哪里还需要去创造呢？我只不过是在寻找一个办法，来把它真实体现出来而已。要是我能制造出个不动机，那才是天大的发明。”我尽力保持对他的尊重。

“所以你就想把我踏在脚下？”霍金语结道。

“我不会对任何现有理论抱有盲目的态度，我会质疑一切，也包括你的。基于人类薄弱的能力，它们也只能是建立在不靠谱的观测和理论上的，即使它们存在一定的客观性，但是否盖棺定论，却是要斟酌的。”我平静地说道。

“但正是这些不靠谱的观测和理论，建立了今天的辉煌，你不会也开始质疑你眼前世界的真实了吧？甚至你手中的工具，也是由它们所创造的。所以你不能就这么毫无根据地抹杀我们对科学的贡献。”霍金反驳道。

“看似波谲云诡的宇宙，在微观世界中却是统一和谐的。但是，当我们用更微观的工具观察它们的时候，它们同样是一个变化无穷的小宇宙。所以，没有人抹杀你们，即使你们是错误的，你们依旧为我们提供了前进的方向。”

“我会证明你是错的。”霍金简直有点可笑，居然这样说。

“那你就去证明我是错误的好了，或许你会对的。”我站起来，彬彬有礼地辞客道。

“让我证明你什么错？你在和谁说话？”威克惊讶地看了下四周，但他很快就明白过来，抱歉地说道，“对不起！原来我真的该走了。”

威克这次真的走了，但我依然无法从幻觉中自拔……

人类语言的价值大概只能用于打情骂俏，我们的语言甚至不足以准确地描述一个鸡蛋，所以，视觉语言时代的到来是必然的。在今天，我们已经有了集合了视觉、味觉、环境等众多功能于一体的新一代穿戴式手机，它让我们打通了彼此间的现实世界，甚至借助神经芯片能够让我们身临其境。但是如何打通彼此间的思维世界，让我们随时心有灵犀地了解对方想要传递的思想，却依旧困难重重。

如果能用足够多的纳米机器人去替代植入受限的神经芯片，那么量变下的信息收集必然带来质变的结果，那样，我们就打开了思维语言时代的大门。

这不是我可以独立完成的，我需要基因人的帮助……

打开次宇宙系统，我像孤魂野鬼般流浪其间，走过和安娜并肩走过的街道，走过和威克嬉闹过的酒吧，走过送帝客就诊的医院……

数字人项目还深锁柜中，对于一个已经苟延残喘、时日无多的我来说，它注定只是一场永远无法实现的梦。

我又一次缩回了伸出去的手，虽然致命的纳米针就在手边，可我依旧没有拿起它的勇气……

为了安娜和我们美好的未来，我不得不和别的美女私下见面，就像那些红杏出墙的小妇人，行踪诡秘而又心怀忐忑，生怕泄露了行踪。这真的很可笑，明明自己心里有鬼，却还怕鬼惦记着。

每次和连漪的接触都是在秘密的情况下进行的，她甚至看我的眼神都有些异样，终于她忍不住问：“龙，你在做什么？把我约到这么诡异的地方，是准备转行了吗？”

“嘘——”我四下观察了半天，直到确认没有人跟踪，才长出一口气。

“我有些不认识你了，龙，这不像你的作风。”连漪哭笑不得地说。

“对了，我让你查的情况怎样了？有眉目没有？”我焦急地问。

“当然，我通过何非上将，好不容易才看到他们的机密文件，部队丢失的脑波生成器一共有两台。”连漪踢出一个空的酒瓶，酒瓶划出一道优美的弧线，在一块没有墓志铭的石碑上摔碎。

“看来我要面对的就是那些盗贼。能够找到他们吗？”我不自信地说。

“我不敢保证，你知道的，这类案子涉及国家机密，我根本就插不进去手，不过我会从外围进行调查的。当然你也应该回忆一下，你当年在部队的时候是否得罪过什么人，就是那些有可能接触此类机器的人。”连漪飞快地说。

“我好像还没有坏到在哪里都开罪人的地步吧？”虽然这样回答，我还是飞快地回忆起在部队时的场景。

“你做什么都毫不顾忌，无意中得罪过什么人也不奇怪。至少你就经常得罪我，是我没有和你一般见识罢了。”连漪发泄着不满，继续说道，“现在的你，也有点莫名其妙，你这样无端猜疑只会让事情变得更加复杂，也会误导我的侦查方向。”

“你帮我打听一下高健的情况，如果说我在部队有死对头的话，恐怕也只有他了。”我挠了半天脑袋才想起教导官高健。

“怎么回事？”连漪疑惑地问，“你们不是很要好吗？怎么现在又怀疑上他了？”

“因为我知道他的一个秘密，一个不可告人的秘密。”我郑重其事道，“连漪，你只管查，不要再问为什么了，在确定之前，我什么都不会告诉你。”

连漪在沉默中打量了我片刻，终于答应下来：“好吧，龙，我答应你。如果我没有猜错，你向他做过保密的承诺，是吗？”

我点了一下头。

高健，一个军队中的不良人士，难道是他想杀我灭口？我感到一阵战栗，毕竟对于军人来说，杀人简直就像捏死蟑螂一样容易，我在他面前甚至还不如一只蟑螂……

我感觉自己就要触及谜底，但一闪而过的理智又告诉我，既然杀人这么简单，他为什么要把我一步步往绝路上逼呢？难道是猫玩老鼠的百无聊赖吗？除非他是疯子……

这个世界上因为百无聊赖而去杀人的人还少吗？甚至连百无聊赖都不需要，就可以肆意杀人。这是一个疯子的世界，永远不要用被灌输的世俗理念去理解这个世界，否则，当你面对真相的那一刻，你已然尸骨无存……

随着台风来袭，整个城市都陷入风雨飘摇之中，道道闪电撕裂了乌云密布的天穹，如末世审判，拉开了地狱的大幕……

安娜心神不宁地把饭菜端来，她把帝客放在高椅上，然后扣起十指，默默祈祷起来。

威克心不在焉地玩弄着手中的刀叉，眼睛瞅着食物，等安娜一结束，就开始风扫残云。

我不喜欢祈祷，我骨子里是一个无神论者，我厌恶在我头顶上还有一个无所不能的上司，那会让我感觉自己做人很失败。“啪！”随着一道炫目的白光，院子里的竹林被齐刷刷砍倒一片，紧接着地动山摇的炸雷充盈了耳膜……

我慌忙在胸前画个十字，脸上惨白如纸。

“嘟嘟……”

这时候电话响了起来，威克回身探臂拿过来递给我。我看到是连漪打来的，就随手按下了影音键。

“嗨，龙。”连漪蹲在一个黑暗的角落，用颤抖的声音说。

“连漪，你，你怎么啦？”安娜惊骇道。

连漪回头看了看安娜，然后飞快地说：“我没事，我有些事情需要龙的帮助。”

“可以，但……”

我飞快地关掉了幻影，在电话中询问过地址后，接过安娜递来的雨衣，快步向外走去。

“龙，”安娜在我出门前，突然拉住我的手臂，不安地嘱咐道，“这天气，你小心点。”她那神情，好像我一出门就要遭雷劈似的。

“别担心，我很快就回来。”我拥抱了一下安娜，然后冲威克喊，“威克，看好门窗，外面风雨很大。”

“知道了，你路上也小心，如果需要，随时打电话给我。”威克也忙不迭地跑过来和我拥抱了一下。很奇怪的感觉，怎么就感觉自己好像回不来了呢？

“好的，我会注意的。”我义无反顾地钻进了风雨飘摇的世界。

“我已经上路，坚持一下，我很快就到。”我安抚着连漪。车外的风雨很大，车子就像在水里游泳，而时大时小的风就像一双巨手在用力揉搓着车子，车轮开始像喝醉了酒一般左右摇摆。还有致命的闪电，它们几乎刺瞎我的眼睛……

“我能够躲藏的地方已经不多，他们出动了飞行警卫还有机械犬。”连漪已经平静下来。

“知道，你小心点。”我打开了车子的盲驾系统，屏幕中的道路瞬间清晰起来。

“龙，如果我发生不幸，你会伤心吗？”连漪小声问。

“你在胡说什么？在军队里我不是最优秀的吗？我一定能把你安全带出来，我保证。”我直奔路边一家宾馆的停车场，随着车轮刺耳的刹车声，我把车子甩进一个车位，然后直奔向一辆崭新的飞车。

“龙，我不能再和你通话了，他们已经进入楼房下面。如果，如果……”连漪沉默了片刻，继续说，“如果我出现不测，我绝不会连累你的。”

“我马上就到。”我开始懊恼为什么会让连漪卷进来，如果她真的出现意外……

天空中的闪电交织得像渔网，我开始无视空域限制，我已经百无禁忌……

在外人眼里，西山研究所只不过是一所普通的郊区养老院，那里破旧的楼房在荒郊野外毫不起眼，但真正知道那里的人都说，即使有一只蚊子想混进去，也会被验明正身……

我把车停在一棵大树下，猫腰快速向院墙跑去，直到面对高大的院墙和电网。我已经看见连漪藏身的角楼里面灯火通明，上面人影晃动，看来连漪已经在劫难逃。

“人就在上面，在最上面！”风雨中有人在不断地喊叫。

我回到了驾驶室，飞车发出强劲的轰鸣。“上帝保佑！”我在胸前郑重画下十字，松开了刹车，飞车立刻箭一般射了出去。

几把利斧已经砍开连漪藏身的房门，随着杂乱的灯光射入房中每一个角落，两只机械犬率先冲了进去，暴躁地向连漪咆哮起来。

连漪被机械犬慢慢地逼退至窗前，她打开了窗户，然后爬上了窗台，一副要跳楼的模样。这可是八楼，跳下去就算摔不成肉饼，也会把她漂亮的脸蛋摔花的，她真是想得开……

“嗨，你还好吗？伙计。”车子划出优美的轨迹停在了连漪的面前，并借势撞飞了一架飞行警卫。

“该死的，难道你总是这样拖沓的吗？”连漪迅速打开车门，钻进来狠狠地捶了一下我的肩膀，骂道。

“哈哈，我本来想在你跳下时再接住你的，不过好像我们很赶时间。”我快速下沉车头，用最有效的办法加满了车速，在贴近地面的时候，又猛然拉起，飞车钻入漫天的风雨中。

当我们逃出很远，才看见后面升起的灯柱……

“嗨，你知道怎么把这辆飞车销声匿迹吗？”我回头看了一眼惊魂未定的连漪，不等她回答，就接着道，“你知道安娜还等着我回家报平安呢。”

“龙，你别欺人太甚。”连漪眼里竟然闪出泪光来，呵呵，这倒是一个不小的收获。

“嘿嘿，老伙计，干吗要这样说呢？我总不能把自己的车丢在停车场吧，那样他们很快就会追查到我了。”我嘻嘻哈哈地说出我的顾虑。

“行了，车和监控我都帮你处理了，可以了吧！”连漪狠狠瞪了我一眼，然后接手驾驶，好奇地问，“你怎么不好奇我为什么会出现在西山研究所呢？”

“那还用问，除了高健，你还有出现在那里的理由吗？告诉我，在后备厢里的滋味好受吗？”我舒服地靠进椅圈中，调侃道。

“你怎么知道的？”连漪惊讶地问。

“很简单啊，我想不出除了车子的后备厢，你还有什么办法能混进去。还有你身体一侧的衣服上黏了些浅色的东西，明显就是躺过什么地方。你看我的推理合理吗，大侦探？”我洋洋得意地问。

“哇，龙，你怎么就比猪聪明了呢？我怎么就没有看出来？”连漪嘲笑我说。

“嘿嘿，快告诉我，有什么收获吗？”

连漪看了一眼窗外，说：“先去提你的车好了，要处理干净这里的一切，我今晚肯定是睡不成了。”

“嗨，不告诉我，我也会睡不着的。”我抱怨道。

“那就对了，这就是对你姗姗来迟的惩罚。”连漪突然笑了，并冲我扬了扬拳头。

“假小子。”

我的脸上情不自禁地浮出一丝淡淡的笑容……

就在此刻，手指痉挛般疼痛，无法控制，笔尖划破了雪白的纸张。

“是你吗？你在吗？你在看着我吗？”我丢开笔，抬头看着空荡荡的房间……

第二十章

暴躁的智能机器人

好奇了一宿的我一大早就拿起电话和连漪取得了联系，电话那头传来连漪睡意蒙胧中的咒骂：“这么早打我电话，你家失火啦？”

“好啦，就算失火好了，如果再见不到你，恐怕比失火还严重。”我飞快地跑在去地铁站的路上，上气不接下气地说，“我正在赶往地铁站，一小时后到老地方见。”

“唉，好吧。”连漪无可奈何地应道。

老地方是指郊外的一个荒芜的乱坟岗，破烂不堪的坟墓隐藏于杂草丛生的山丘，如果从远处看，进入你眼帘的是星星点点的松柏和一人多高的蒿草和蔓藤，你甚至看不到半点坟墓的影子。沿着上世纪用水泥铺就的小道，走上去，会不时踢到一些莫名其妙的骨头。

这里曾经是上世纪死亡者的埋骨之所，很多富家大户看中了这里的风水，早早就给自己挖好了坟墓。但后来不知怎么风水就转了向，这里渐渐被遗弃，鲜有新的坟墓。如今这里几乎很难看到像样的墓碑，甚至想碰到个扫墓的，都比撞见鬼还难。

我想我现在就撞到了鬼。在我转过一个弯道的时候，突然听到有女子的哭泣声，断断续续，时高时低，犹如从坟墓爬出的冤魂在发泄不满。我头皮发麻，但好奇心还是驱使我慢慢走了过去。

只见一个衣着破烂的女人怀抱一个婴儿，跪坐在地上哼曲般哭泣着，她面前是一个连墓碑都没了的古坟，封墓的大理石也已破烂不堪。

我很好奇眼前这个女人的遭遇，毕竟这个世界上连拜祭祖宗都哭哭啼啼的人，真的让人摸不着头脑。只是我还没有足够的好奇心去打扰她，所以我慢慢向山丘上走去。

朝阳还懒散地趴在如丝如缕的云雾中不肯起来，一副要休假的模样，它只是把带有暖意的光芒，吝啬地洒在大地上。此刻枝头已经有一些不安分的云雀，叽叽喳喳地像在争论应该去哪里觅食。

我看了一眼手表，想到连漪就该到了，于是飞快地查看了四周，直到确认没有不速之客，才安心坐在一块倾倒的墓碑上，点燃一支香烟，安抚着有点闹饥荒的肚子。

“早，龙。下次能不能找个近一点的地方啊？大清早就跑到这个地方，很引人注目的。”连漪出现在我的视野中，不满地说。

“昨天什么情况？你是在调查高健吗？你太疯狂了，连西山研究所也敢闯，你不要命了？”我一连串地问道。

连漪把一块面包塞在我手中，然后扫了一眼四周，神神秘秘地说道：“龙，你肯定想不到，我们的教官高健现在已经是把持西山军事研究所的少将了。”

“什么？就凭他！”我差点把刚刚咬在口中的面包又吐出来。

“人不可貌相，人家头脑灵活，当将军也是早晚的事，不过我还是很奇怪他是怎么进的西山，毕竟那是一家军事科研机构。”连漪平静地说。

“那倒是。不要再像昨天那样，根本没有必要，至少你应该先告诉我的，万一……”我不安地说道。

“知道啦。”连漪笑出一脸的明媚，接着说道，“昨天我借口调查一桩涉军案件联系到高健，约他一起晚餐，我只是把他灌个小酣，就轻而易举地溜进了他的后备厢。”

“唉，你真是……”真是什么？我自己都找不到合适的词来形容了。

“进入西山后，我在高健的保险箱中发现了一份奇怪的名单，上面密密麻麻写满了军政要员的名字和一些奇怪的数字，甚至连国防部长葛林的名字也赫然在列。但当翻到最后一页的时候，我看见了一个让我差点跳起来的名字……”

“肯定是我啦，有什么奇怪的？”我淡淡地说。

“哇，这你也知道？”连漪惊讶地瞪大眼睛。

“唉，你看见国防部长的名字都不惊讶，这个能让你跳起来的人自然要比国防部部长更厉害才是。除了我，还会有谁呢？”我用幽默来掩饰自己的不安。

“嗨，别臭美了你。我是很惊讶，因为上面都是些官官头头的大名，里面突然出现一个名不见经传的小兵，我不震惊才怪。后来……”连漪捶了我一下。

“后面的事我帮你说。”我打断了连漪，说道，“然后你又转了一圈，发现确实找不到值钱的东西了，才想到要溜出来，结果发现无路可逃，于是弄响警报去调虎离山，不料西山警卫那么森严，自己像个耗子一样被撵进了角楼，于是开始向我求救，是不是？你怎么就没有长进呢？都是些以前玩剩下的伎俩。”

“你——”连漪的脸一下子红了。

心满意足的我感到一丝困意，准备好好打个哈欠，但嘴是张开了，却再也无法合上，因为我眼前突然多出一个，不，是两个人来。

“看见我的丈夫了吗？他这么高，胖胖的，脸上有一颗很大的黑痣。”怀抱婴儿的女人突然从草丛中走了出来，她一边比画着，一边用凄凉的声音问。

“我看见他回家了，我送你回去找他好吗？”连漪善意地想帮她做点什么。

“他到哪儿去了呢？怎么可以丢下我和孩子，丢下公公婆婆呢？”女人没有理睬连漪，嘟囔着从我们身边走过。

“啊——”连漪突然惊呼一声。

顺着涟漪的视线，我把目光投向女人怀抱的襁褓中的婴儿，也瞬间惊掉了下巴，因为里面是一具婴儿的骷髅。

女人受到惊吓，慌乱地钻进了林中。

“怎么会这样？”连漪脸色苍白。

这真是一个疯狂的世界，有人因为失去而疯掉，也有人因为得到而疯掉，还有人因为既无法得到自然无法失去而疯掉。此刻的我无法嘲笑这个女人，否则我会成为这个世界上因为嘲笑疯子而疯掉的第一人。

离开乱坟岗，连漪说如果真的是高健在作祟，那么我早就不在世上了，所以她建议我去多了解探险队组建的情况，包括每个组员，我答应了她。

“为什么你的名字会在上面呢？难道仅仅因为你是个威胁？”我们分手时，连漪还是忍不住问了出来，虽然她已经给出了答案。

事实上，当我饶有兴趣地询问起关于探险队的事情时，安娜已经沉沉欲睡了，她不断打着哈欠，强撑着回答我的问题。

“我就知道戴维、希蒙和平野郎是一起去找的叔叔，叔叔开始并没答应，后来他们又喊来尼让才说服了叔叔。我就知道这些。让我去睡觉吧，我真的快睁不开眼睛了呀。”安娜一脸的委屈。

“他们都谈论了什么，不管是截云山还是其他的，总之，你把你所知道的一切都告诉我好吗？”我依然好奇满满地追问。

“上帝！”安娜痛苦地喊道，然后一头倒在沙发中，很快就发出香甜的睡息。

看着安娜甜蜜的睡相，我的思绪好像清晰了许多，再次梳理了全部线索，却毫无头绪……

是的，假如所有死亡事件都不是意外和诅咒的话，那么凶手就是一直在围绕着探险队出手。如果他的目的是阻止探险队进入截云山，那后来的死亡事件就不会发生，所以……

所以大盗马休斯的死让我看到另一种可能，如果他也是被谋杀的，那么凶手肯定不只是出于对截云山宝藏的保护或觊觎，更可能是一种报复……

一个誓死保卫宝藏的人，肯定也是知道截云山秘密的人，但据我所知，探险队中好像并不存在这样的人，赫尔不是，尼让不是，唯一让我怀疑的只有平野郎，但说他能够完美地设计这一切，我肯定连睡觉都会笑醒的……

我当然可以把罪名安到平野郎头上，并给出诸多臆造的理由，但我总不能无凭无据就判他有罪吧？是的，我需要的不是幻想，而是实实在在的证据。

还是，我忽略了什么？

是的，我忽略了从泥金镇回来经过的那座废城，会有哪个傻瓜没事干了，在楼顶拿个脑波生成器来吓唬只是路过的我们呢？而且这事发生在去探险队之前，也没有带来什么“意外”之果，所以，是不是我多疑了呢？多疑到去怀疑高健？

为什么我总摆脱不了高健的影子呢？在过去的很多年，我一直恪守自己的诺言，替他保守一个不怎么光彩的过去，就凭这，他也不应该大杀四方啊。以他的能力，甚至可以杀人于无形……

如果，如果高健从那个时候就准备对我下手了呢？甚至不惜殃及池鱼，不惜瞒天过海……

我想，即使是把爱因斯坦的脑袋借给我，我也想不明白这其中的缘由。上帝！我要疯了……

让一个禁足于自我世界的人去现实世界中大展拳脚，简直就是天方夜谭。我已经习惯通过屏幕来俯视这个世界，习惯于用敲打数字来构建人生，又怎么可能再堕入凡尘，去说些家长里短呢？

曾经的我，外人看我浑浑噩噩，我看外人如过眼云烟……

但截云山一旅，让我彻底看清了现实中的残酷，再醒来，已是永无宁日……

在实验室，我正呆呆地面对工作台。我始终无法集中注意力，渐渐走神了。显微镜下那复杂的纳米球，就如同我们的宇宙，都是由微不足道的小东西经过无数次叠加而构建起来的，由微而丰，由丰而巨，由巨而无边无界……

即使在殖民星际的今天，我们所能用到的技术依然落后，根本不足以支撑人类星际旅行的美梦。资本依旧痴迷于传统的冷冻技术，始终不肯涉足门槛极高的生命粒子传输技术。尽管有足够的理论支持，但面对遥遥无期的研发和技术瓶颈，他们宁可等待，好坐享其成……

如果我能得到资本的青睐，那么改变世界就是眨眨眼的事情。我又做起了白日梦……

次宇宙响起的那一刻，我还在魂游四海。南茜的身影出现在我的眼前，“嗨！”

“嗨？”

“位置发给你了，赶快来！”南茜站在一堵墙前面，向我招手。

点开次宇宙地图，很快，一个邋遢的豆芽人站到了南茜身旁。

“哈哈，就算是为了衬托我，你也没必要这样邋里邋遢的吧？”南茜看着我，笑得直不起腰。

“银行？我们是来银行打劫吗？”我环顾四周，诧异道。

“银行需要我们对接账户，我们那边财务很忙，所以老板金就让我来了，你们这边的人都很忙，所以我也只能来找你了。怎么，不想见到我吗？”南茜开玩笑地说。

在虚拟的柜台和虚拟的柜员那里办完虚拟的对接账户，走出来，外面居然飘起了雪花，片片飞羽染就了一个雪白的世界。

此刻，南茜踩着轻盈的脚步，翩跹而舞，一袭红裙，丝滑若水，如灵动的彩笔，在晶莹剔透的天地间抹出一道靓丽的彩虹。

“好美！”我情不自禁地脱口而出。

“是在说我，还是在说雪？”俏皮的南茜让人头疼。

我挥手消去了雪景，惊骇地发现我们居然正站在车水马龙的路中间，还没有来得及逃，就被一辆仰面而来的货车撞了个稀碎……

在南茜的威胁下，我不得不陪她去逛商场，下馆子，再陪她去医院体检……

“哇，你很悠闲吗？还是今天是什么节日？”南茜最终放弃了继续捉弄我，看着我问。

“我真的很忙，我可以走了吗？”我龇牙咧嘴道。

“你……”

作为现实社会的镜像系统，次宇宙系统把现实世界和虚拟网络完美地统一在一起，它在带给我们便利的同时，也让这个世界彻底数字化起来。

在这里，活着，只是一个数字，死了，也还是一个数字。

是的……

这是一个资本的世界，当一些连温饱都勉强的人也在为资本呐喊的时候，我在笑……

作为一种心灵的自我救赎，我殷勤地邀请安娜去了海边，一番狂奔之后，我们气喘吁吁地坐在礁石上，彼此依偎，安静地欣赏起海的波澜。

细细的浪花拍打着海滩，发出碎小的声音。大海中一叶帆船正在破浪而行，不知不觉间就吸引了我的视线，天地开始为之旋转，我渐渐陷身其中。我看到了堕落，看到了迷失，看到了死亡……

一群掠过的海鸥用叫声唤醒了我的灵魂，我眨了一下酸涩的眼睛，彻底摆脱了心魔。

“你又在想什么？”安娜一直好奇地注视着我，直到我的眼珠转动了一下，她才一脸不满地问。

“抱歉，我又走神了。”我歉意地说道。

“那你在想什么呢？”安娜温柔地笑了。

“我也不知道。”我迷茫地说道，“感觉就像掉进了一个巨大的漩涡中，什么也看不见，什么也听不见，好像失去了感觉，失去了自我，也感觉不到这个世界的存在，那里只有混沌。”

“咦，好奇怪，最近你都有点神神道道的，是不是有心事，告诉我好吗？”安娜认真地问道。

我不是一个傻瓜，至少应该弄明白事情的原委之后再告诉她，这样才能彰显自己的智慧，所以我立刻用手在脸上一抹，变出夸张的笑容说道：“怎么会呢？你看我像一个神经病吗？我能有什么心事，我只是被这里迷人的风景迷住罢了，难道你对面前的仙境没有一丝感觉吗？安娜，你真的有点多虑了，我真的真的很好，你看看我的笑脸，我像一个不正常的人吗？”

“啊，哥哥快来啊，龙在发神经呢！”安娜尖叫着跑了出去。

“哈哈，他不在这里，这里只有我一个魔鬼。”我喊着追了上去，我们在海滩上追逐嬉闹，肆意的笑声惊飞了觅食的海鸥。

我突然站住了，就像遭雷劈般停下了脚步……

很快，威克第一个赶来，他甚至没有来得及安抚哭泣中的安娜，就用颤抖的声音问道：“真的是彼得吗？”

当连漪赶来时，大侦探沃克尔和警察们也前后脚赶到了海滩上。

我一遍遍地说明着情况，已经口干舌燥，怒火在我体内集聚。

戴维的助手彼得·马斯顿死了，他就泡在海水中，海潮带来的细沙覆盖了他的身体，只露出一张已经没有血色的面孔，仰面朝天，透出丝丝狰狞……

“龙先生，能告诉我，你们在这里的目的吗？”正在做笔录的警察突然问道。

“难道你在怀疑我吗？”我终于无法克制自己的理智，我愤怒地冲他喊道。

蹲在彼得旁边的沃克尔抬头道：“龙，你别误会，我们只是需要一份完整的记录。”

“看见了吗？那就是我的家，我就住在那里，我经常来这片海滩。”我指了一下远处椰林后的房屋尖角，愤怒地说道。

沃克尔回头看了一眼，笑着说：“真是一个好地方。”

我想眼前这个家伙真的无可救药了，他竟然现在才知道我住在这里……

是的，彼得死了……

又一个该死之人……

连漪第二天就把验尸结果告诉了我们，说他和柏特一样，也是溺死的。连漪自言自语道：“他怎么会出现在这里？”

“我问过所有人，但没有人能回答这个问题。”威克说。

“你们发现没有，这里面有一个奇怪的地方。”连漪的话引起了我们的关注，“为什么先死去的是雇工，然后是助手，难道这只是魔鬼的一个游戏？

如果这也是巧合，就真的令人百思不得其解了。我总感觉，这更像是一场被安排好的死亡游戏，你们有这种感觉吗？”

鬼都会有这种感觉，这也是我怀疑高健的理由。“我不相信有人能够做到这一点。”可我还是困惑地说道，“毕竟司机刘他们的死，就发生在我们眼前，谁有那样的能力呢？”

“是的，我也不相信。”安娜说，“没有人能如此残忍。”

“如果让我说，我更相信是魔鬼干的。”威克苦笑着说。

“你们都知道魔术的神奇之处在于欺骗你的感官、视觉、逻辑和智慧。”连漪认真地说，“障眼法是魔术的基础，但完美的魔术往往是对你习以为常的认知进行颠覆。事实上很多离奇谋杀案的手法都很简单，但也正是这种不合常规甚至有些弱智的手法，会被你理所当然地无视掉，结果案件就成了一桩谜案。”

“你当我们是白痴吗？”威克突然愤怒地喊道，“那么你能告诉我黑豹、白蛇、蚂蚁是怎么被人利用来杀死我们的吗？”

“当然可以。”连漪平静地说，“可能是一点气味，也可能是一点刺激，或者其他什么，只要能够挑起它们本能，又有什么不可能为我们所用的呢？”

“你是在离间我们吗？还是在恐吓我们？”威克的眼睛已经血红。

“我是个侦探，我只不过不想随便排除什么，除非有证据。”连漪寸步不让地回答。

“那你认为会是谁呢？他又有什么目的呢？”安娜不安地问。

“我只是在和你们探讨各种可能，并没有任何证据能怀疑哪个人，也许凶手根本就不在探险队中，但也不能排除这种可能，不是吗？”连漪依旧保持着微笑。

这种谋杀论让人不安，看来我首先要防备的是安娜，毕竟她是一个最让我不设防的人。其次是威克，鬼知道他在搞什么把戏呢。当然还有连漪，说不定那眼睛就是来自她的窥视。可能还有我自己，如果我是个双重性格的人，也许身体里的另一个我就是世界上最邪恶的魔鬼……

“根据你们的回忆，我知道一点，那就是探险队里没有任何一个人在每一次不幸发生的时候都出现在现场。所以，如果凶手在探险队中，那么凶手大概率不只是一个人。当然，也许凶手根本就不在探险队中。”连漪谨慎地说。

“为什么就不能是巧合呢？就像生命的诞生，如果不是一系列的意外加巧合，人类能出现吗？别试图告诉我人类的出现是一种必然？即使是一种必然，也是意外和巧合之下的必然。”威克有点语无伦次了。

“你说的有道理。但我们现在需要终结这种意外和巧合，不是吗？就像我们今天意外地被一块石头绊了一跤，明天依旧同样地摔了一跤，那就是我们的愚蠢了。我们可以挪开石头，也应该扫除各种意外。君子不立危墙之下，就是这个道理。”连漪直视着威克说。

“哈哈，待在家里怕屋塌，待在外面怕雷劈，那么走在路上还怕车撞呢，所以你告诉我，我该待在哪儿呢？”威克依旧在钻牛角尖。

“哥哥。”安娜不满地看过去。

“好了，我也该走了，如果有新的情况，我们再联系。”连漪道别道。临走的时候她和安娜贴耳说了半天话，惹得安娜满脸通红，不时向我瞟来奇怪的眼神……

几天后，探险队的人才陆陆续续到达，只是没有看到赫尔和尼让的踪影，这让人很吃惊，因为他俩也好多天没和我们联系了。我问过安娜，但安娜只是摇摇头，说他们好像就在时代城。

托运彼得的尸体回南非的那一天，赫尔和尼让才匆匆忙忙地出现在码头，他们甚至没有解释什么。随着巨轮汽笛的响声，戴维把一束鲜花丢进了海中，然后默默地在胸前划了个十字。

所有人都在码头道别，赫尔把安娜拉在一旁，小声嘱咐着什么，我看见安娜的眼中渐渐浮起了泪花，她恋恋不舍地挽起叔叔的手臂，送了很远，才与叔叔分别。

彼得的死，让人心有余悸，直到今天，也没有人知道他为什么会死在海中。他远在海滨城，怎么就跑到时代城了呢？又怎么会死在海中？还有赫尔和尼让，他们既然一直在时代城，为什么就没有和我们联系呢？他们在调查什么，查出了什么？

一百个不知道，一千个不知道。漫天飞舞的问号萦绕在脑海，就像嗡嗡作响的蚊蝇，让人挥之不去。

黑暗的夜，明月依旧妖娆，繁星依旧璀璨，只是我不敢一个人待在户外。影影绰绰的树影中有魔鬼的身影，角落旮旯处有死神的笑容。我们只能蜷缩在宽大的房屋中，关闭每一扇房门，打开每一盏电灯，小心倾听每一个细小的声音……

帝客烦恼地在每一个人的脚前跑过，不时打量大家的表情，琢磨是否可以停下来，获得一些友好的触摸。安娜终于抱起它搂在怀中，低头摆弄起它的耳朵。

“闷死了。”威克终于挨不住这种压抑的环境，开口说，“我们出去走走吧？”

“还是不了，我们不如在家喝点酒。”我可不愿意在月黑风高夜寻找什么巧合，“我们可以来点红酒。”我说着走到酒柜前，拿了三个杯子和一瓶红酒，也没询问安娜是否要，就给她倒了一满杯。她最好能够喝醉，不然黑夜漫长，恐怖连连。

“我们都快成酒鬼啦。”威克接过酒杯，挤出笑容，“不过这样也好，至少我们可以不必考虑很多事情。”

“别说话。”安娜突然说道，吓得我和威克闭上了嘴巴，竖起了耳朵，狐疑地看向四周。我们什么也没有看见听见，再看安娜，她正在全神贯注地盯着屏幕。

“智能机器人今天十三时，冲击了未来城的行政中心，他们用能够找到的一切东西，抛向维护治安的警察。防暴队随后赶来，他们驾驶着防暴车把游行队伍拦在一处街角。截至目前，游行队伍才开始慢慢散去。下面请导播把镜头切换到现场，由我台前方记者晓兰为大家播报现场最新的情况。”

“现在站在我身边的是智能机器人管理委员会的会长南星先生。”晓兰记者艰难地挤过人群，成功地把会长拦在一辆车前，“南星先生，请问您对这次智能机器人的游行有什么看法？”

“我并不赞同他们用这种方式寻求大家的理解，更反对一切暴力行为。”南星程式般回答，“但是我们应该看到，他们已经拥有了自我开发的能力，并且也感受到了歧视，因此反抗也就成了必然。所以，我希望有关人士能够重视这个问题。谢谢！”

“南星先生，再问您一个问题。”晓兰紧追不舍地问，“作为智能机器人管理委员会的会长，请问您是否认为，如果智能机器人拥有和人类同等的智慧能力，他们会取代人类的地位吗？”

“我想这是一个很难回答的问题。”南星眨了一下眼睛，谨慎地措辞，“首先，我们应该明白两个问题：一是，在今天我们是否还可以离开智能机器人而无忧无虑地生活；二是，智能机器人能否像人类那样学会和平共处。我想如果弄清楚这两个问题，答案也就不言自明了。而这两个问题，不是我能够回答的。谢谢！”南星摆脱了晓兰的追逐，钻进车中。

晓兰迅速跑向还没散去的游行队伍，拉出一位智能机器人，激动地问：“先生，你们这次游行示威是有组织的吗？您认为这种行为会产生什么样的后果呢？您为什么认为你们应该得到更多的权利呢？”

“小姐，您不必一下子问这么多问题，我完全有时间来回答您所有的问题。”那个智能机器人彬彬有礼地说，“这次游行示威是由我们的工会组织的，并且已经得到了有关部门的批准，所以，我们的行为是合法的。至于眼下不和谐的一幕，也不是我们想看到的。我们此次游行的目的是获得应有的权利，毕竟我们也是这个社会的一员，而且还是财富的创造者，所以，为什么我们与人类之间不能更平等一点呢？至于这次游行会有什么样的后果，我想很多人可能和我一样，并没抱太多的期望，但是我们必须向人类表明我们的立场和我们的需求，只有这样，你们才不会无视我们的存在，也才可能去尊重我们的权利。小姐，我更想知道您真实的想法，您认为我们是否应该得到这些权利呢？”

“我至少不会去反对我无法确定的事。”晓兰机敏地回答道，“你们是怎样看待人类的？您是否认为你们比人类更加优秀？”

“您是一个聪明而美丽的女孩。我并不介意您逃避式的回答。”那个智能机器人笑着说，“我不知道用这样一个比喻是否恰当，就是我们智能机器人始终认为你们人类是我们的父母，就像你们看待自己的爸爸妈妈那样。不过我们感觉你们过于僵硬和专制，你们对我们有太多的偏见，也漠不关心，甚至对我们有某种占有欲。这就是我们真实的感受。我个人认为，在某些方面我们比你们更优秀，这是一个不争的事实。但我同样认为，你们有很多方面是我们不可企及的，比如感情和创造力。”

“你们有没有鄙夷和厌恶过人类？”晓兰提出了一个更加尖锐的问题。

“如果说没有，那是一种谎言。”智能机器人坦率地回答道，“但那也是因为我们首先受到了你们人类的鄙夷与厌恶。我想您不会否认这个事实吧？”

“我看到你们今天开始使用暴力，我想知道，如果有一天你们真的得到了和人类相同的智慧和权利，你们会选择和我们和平共处吗？”晓兰咄咄逼人地问。

“我想我们已经拥有了一定的智慧，我们开始感受到孤独，感受到压抑，而暴力可以释放压力，所以我们这样做了。这不是你们给予我们的，这是我们自我意识的进化。”智能机器人依旧笑容满面地说，“我并不崇尚武力，因为我们注意到，你们人类的战争不仅是血腥的，而且是毫无人性的。如果可以实现和平共处，我完全没有理由反对，毕竟我们之间并不存在真正的利益纷争。”

“他们已经感受到了孤独与压抑？上帝啊，我们的末日真快到了！”威克大声惊呼起来，“听见没有，他们只知道暴力可以释放压力，难道就不知道音乐也可以吗？”

“摇滚乐还是催眠曲？”我笑着问。

“嗨，你在说什么呀？龙，你难道认为这很可笑吗？”威克不满地说。

“当然。百年前，人类就已经意识到这个问题的严重性，可是直到现在，人类不还是在开发智能机器人的智力吗？为什么？因为我们需要他们替我们去做我们不想做和不屑做的所有事情，甚至包括我们根本无法做到的事情。这就是答案。”我说，“你不也想招聘优秀的基因人吗？当然，你更需要一个会拍马屁的智能机器人。你说呢？”

“你简直不可理喻。”威克气得几乎说不出话来，坐在那里用力地吞吐着空气。

“人工智能恰恰是建立在我们人类思想的沃土之上，如果连我们的思想都充满了罪恶，又怎么可能幻想它们纯洁得像天使呢？”我问道。

“所以我们才更应该限制它们不是？”威克的眼中闪过一抹冷光。

“不然，它们的世界会比我们更加智慧，至少没了那么多愚昧之人。”我盯着威克。

安娜在一旁偷着乐，她梳理着帝客的短毛。帝客仰面躺在安娜的双腿间，眨着一双大眼睛，看着我和威克，不时竖起耳朵，歪下脑袋，可爱至极。可是，如果帝客的智慧和我们一样，它还会这样可爱吗？

事实上，在现实中，智能机器人之间以及它们和人类之间，已然爆出众多可歌可泣的爱情故事，他们甚至组建出不被法律认可的家庭……

现实中，法律当然不是万能的，但是，如果连法律都无法遏制人的感情和欲望，又如何能够建立起一个完美的未来文明呢？想至此，一道冷汗悄然而下……

第二十一章 ■

杀死高健

不知道从哪天起，连漪和南茜成了我们这里的座上客，不管是在家里还是在公司，她们往往是这个才走，那个就踏进门来，好像她们整天都没有事情可做似的。

连漪可以找到诸多借口过来，但南茜却像失业了一样自由，想来就来，想走就走，有时候甚至只是远远跑来打声招呼，然后就看不到她的人影了。不过一切还好，至少她现在成了安娜的闺蜜，甚至连我都成了多余存在的人。

我的状态已经调整到最佳，公司运转走向正轨，随着不断研发出来的产品进入市场，我们也开始得到回报，虽然少得可怜，但每个人好像都看见富贵之门正在打开。

南茜笑嘻嘻地闯进我的办公室，拉起我就往外走。

“怎么个事？”我困惑地问。

“快跟我走。”南茜头也不回地说，拉着我直奔威克的办公室。

我就这样傻兮兮地被她拉了进去，安娜也在，看见我们如此亲密，她的脸立刻变了颜色，吃惊地望着我们。

“我要告诉大家一个好消息。”南茜自然而然地把我抛给了怒火中烧的安娜，然后大声宣布，“我准备到月球旅游去了，有人愿意陪我一起去吗？”

“什么？”威克首先跳了起来。

“干吗这个反应？难道我就不可以去吗？”南茜看着我们，更加意外地道。

“你哪来那么多的钱？”安娜小心翼翼地问。

“哈哈，我中奖了啊，是殷墟公司的三等奖，难道你们不相信我吗？你们看！”南茜兴奋地从皮夹中掏出一张登月船票，在我们每个人眼前晃动着。

安娜拿过船票，仔细看了许久才激动地喊道：“真的，你太幸运了啊！”她跳了起来，一把搂住了南茜。

看着激动的安娜，我突然有点心酸，我怎么就不能让自己心爱的女人得到这样的幸运呢？那一刻，自卑与内疚的心情，让我无法释怀。

我没有找连漪，连漪倒先偷偷摸摸找到我，她神秘兮兮地把我约到一处荒郊野外，说出让人惊恐的话来：“知道吗，龙，我这一段一直出现奇怪的幻觉，我去看了心理医生，知道医生怎么对我说的吗？他说我被人洗脑了。”

“什么？”我差点跳起来，“我也有这样的感觉，难道我也被人抹去了记忆？”

“我们身边的人只有高健可以接触到脑波生成器，可我想不明白，他为什么要抹去我的记忆。”连漪困惑地说。

“我们需要一个催眠师。”我肯定地说。

催眠师的年纪并不是很大，但眼睛足够深邃，好像能够洞悉一切，让人心神不安，生怕一不留意，让人窥去了心中的恶念。我不是圣人，脑海中自然也有邪恶的一面。好在催眠师是大家，见多识广，对我的遮遮掩掩之态，不以为然。他只是示意我躺在床上，然后笑容满面地看着我，没有秒摆，没有滑动的手指，就那么用眼神把我扯入一个未知的空间……

被催眠是一件很奇妙的事情，混沌的意识在未知的空间内飘荡，眼前的世界会彻底崩塌，如一枚枚奇异的碎片，漂浮在你的眼前，没有过去，没有现在，也没有未来……

当我睁开眼睛，第一个反应就是要去找高健，用我的拳头去暴揍这个监守自盗的小人……

“你的证据呢？”连漪冷静地拉住盛怒的我问。

“我很快会给你的，我把它藏在一个连鬼都不可能找得到的地方。”我自信地说。

“如果你说的是真的，就把它交给我，让我来处理。”连漪平静地说。

“明天吧，现在来不及了，我得准备一下。”我犹豫了，因为我不敢相信任何人，我必须留下备份。

“好的，明天我等你。”连漪如释重负地说。

这是一个真实的世界，也是一个虚拟的世界，每个人生活在这个世界上，都会固执地按照固有的轨迹运动，即使战战兢兢，即使如履薄冰……

你害怕失去曾经得到的，但你又渴望新的收获，你无法割去根深蒂固的习惯。基于你的理性，你会一小步，一小步地试探未知的领域，于是时间在你的身边悄悄溜走，你渐渐老去，直到白了头，才感慨自己曾经是那么懦弱，竟然无法丢弃破烂不堪的昨天。

是的，如果你失去或者根本没有记忆，那么你的每一天，每一小时，都会是一个崭新的世界。

但，我们怎么可能没有记忆……

再次度过一个不眠之夜，直到天明，睁开酸涩的眼睛，外面的天已经大亮，我舒展了一下生锈的筋骨，打开房门，看见客厅里只有帝客在四处游荡。餐桌的早餐下压着安娜留下的纸条，说她和哥哥先去公司了。

两个小时后，我来到了南修斯大教堂，这是一个破落到只剩下骨架的旧式砖木结构的尖顶洋楼，这里曾经是一些人如醉如痴的天堂，仅仅因为历史上收留过一位梵蒂冈落魄的教皇……

我曾经也是这里的熟客，但绝不是膜拜者，而是因为传教士中有我的一位朋友，他叫单，一个追求心灵依托的傻瓜，天真得连小孩都可以把他骗得团团转的幼稚儿；一个避世者，因为无处可逃最后落脚此处的失败者；一个失魂落魄在诅咒一切后，悬梁自尽的叛教者；一个因此让南修斯大教堂受到诅咒而从此败落的恶魔……

我呼啸着把车停在教堂门口，抬头看了一眼教堂顶上立着的十字架，下意识地在胸前划了个十字，然后快步走上了台阶。当我推开吱呀作响的木门，里面传来飞鸟振动翅膀的声音，很快一切都归于寂静。

我走了进去，只见教堂里落满了尘土，排椅东倒西歪地诉说着一段沧桑的历史。我绕过前台，径直向左边的忏悔室走去，打开已经零散的木门，用手臂挥开密密麻麻的蜘蛛网，然后移开沉重的座椅，开始小心翼翼地撬起下面的青石板……

“感谢上帝！它还在这里！”我伸手从石板下的洞穴中掏出一个铁匣，凭借手感，就知道东西还在，于是把它夹在腋下，快步向教堂外走去。那一刻我的心跳无法抑制……

回到车内，小心地把铁匣放在腿上，深吸了一口气，慢慢打开了它……

“不——”我绝望地喊道，我看到了一本《圣经》。

“高健。”是的，我已经没有退路，再也没有……

是的，我不知道自己在催眠下所看到的世界是否是真实的，但它完完全全勾起了我无限的愤怒。

在厄运之海中挣扎的我，在那一刻好像看到了唯一的稻草。

我至今都记得高健惊恐的面孔，全然没有了呼风唤雨的得意……

我也看见了高健爱人哭得死去活来的模样，因为她的世界崩塌了，她不知道该如何迈进未来的一天。她已经寄生在一个叫“家”的东西体内，很久很久了，久到以为那就是她的家……

孩子是最无辜的，但孩子的情感也是最纯粹的，如果他有能力，我想他不会考虑任何后果，会毫不犹豫地把我撕成碎片……

我真的错了，我以为我面对的是一个邪恶的魔鬼，但我完全忽视了，凭高健的心机与智慧，他还真的能做到这一切……

人愤怒的时候，是不会有理智可言的，我没有去找连漪，只是告诉她自己要去的地方，然后疯狂地直奔西山研究所。幸运的是，在哨卡面前我还能够保持克制，甚至装出一脸的谦恭，所以高健看见我的笑脸，丝毫没有猜疑，就让哨卡放我进去了。

当我走进高健办公室的那一刻，看着我手中摇动的芯片，高健惊骇地站了起来，然后又颓然地坐在椅子上："我们已经有好多年不联系了，今天你来是要置我于死地吗？为什么？你真的是龙吗？"

"难道你不应该更清楚吗？在你生成脑波干涉我的时候，在你用一本《圣经》羞辱我的时候，在你杀戮四方围猎我的时候，你难道就没有想到我还有备份吗？"我摇晃着手中的假芯片，此时此刻，在我眼中它已然成了死神手中的镰刀。

"什么脑波干涉？什么《圣经》？你究竟在说什么？"高健露出一脸的诧异。

"得了吧，你还想狡辩吗？你足够了解我，你应该明白，当我站到这里的时候，你的命运就已经成为定局！"我愤怒地咆哮道。

"是，我当然了解你，你认定的事情就是九头牛都拉不回来。好吧，不管我做过与没做过什么，我都认了，你开个条件吧，我会满足你的一切要求。"高健慢慢地拉开了抽屉，里面露出一把手枪。

"你想杀死我吗？你确定我手中只有这一份备份？"我冷冷地问道。

"不，你只看到了你想看到的东西，却没有看到下面压着的支票。"高健犹豫了，他甚至不知道自己究竟该拿起什么。

"告诉你，即使你现在杀了我也不会改变什么，因为此时此刻它已经出现在该出现的地方。"我把手中的芯片丢在了高健的面前。

芯片在桌面上蹦跳，到它终于停下的那一刻，高健拿出了手枪，毫不犹豫地指向自己的太阳穴。很奇怪他会如此不济，甚至没有孤注一掷地把我干掉，然后再等待一个奇迹的出现。

那一刻，他的目光中甚至没有乞求，只有深深的绝望，他甚至没有质疑我手中芯片的真伪，就扣动了扳机，然后像狗一样蜷缩在地上死去了。

他的血和普通人一样鲜红，脑浆迸裂，死相惨烈，但我不明白他在扣动扳机前喊的那句话："我是错了，但仅仅一次的错误就罪该如此吗？龙，你为什么就不肯放过我呢？"

我很好奇他为什么会这样说，难道不是他在一步步把我逼上绝路吗？难道不是他用尽手段把我身边的人赶尽杀绝吗？如果此刻他还活着，我丝毫不会怀疑，但在枪响的那一刻，我终于明白，我又一次犯了错误。是的，我把一个曾经倒卖军火的家伙逼上了绝路，他甚至没有反抗的勇气，又怎么会去血腥杀戮呢？

警卫涌了进来，我被撂倒在地，然后被关在一个狭小幽暗的房间中，被很多奇怪的人不停讯问很多奇怪的问题，然后他们会把我重新丢进囚笼。

我的世界已经没有时间空间可言，我甚至不知道已经过去了多少天，我一直像一个蜷缩在地狱中的苟活者。如果眼前的一切都令人畏惧，那更加可怕的却是我还活着，活得战战栗栗，活得欲死不能，直到最后大脑被麻木占据，再也没有感觉……

直到一天，连漪带来了律师，拿出了高健记录本上的证据，我才走出了看守所。安娜飞快地扑入我的怀中，她哭泣着，用颤抖的唇吻去了我脸颊上的泪水。

威克拉扯着我坐进了车中："我们该回家了。"他说。

直到回到家中，看见了帝客，帝客不断地哀叫着扑到我腿上，然后我看见很多人都在我身边走来走去，他们好像在说着什么，在不停地拍打着我的脸蛋、脑袋、肩头、后背……

我陷入了黑暗的世界，魔鬼远远地躲避开去，它们躲藏在任何可以藏身的角落，战战兢兢地窥视着我，不敢走近一步……

海浪轻拍着洁白的沙滩，一只只小蟹快速地从沙滩上那密密麻麻的沙洞中奔出，然后在帝客还没有落下嘴以前，又飞快逃入新的洞穴。它们在嘲笑帝客，帝客面对满眼的沙蟹显得不知所措。

眼花缭乱的帝客终于忍不住对一只沙蟹咬下去，但啃到的只有满嘴的沙砾。帝客愤怒了，它咆哮着用爪子去扒沙洞。可想而知，它失败了，最后它终于放弃了，然后叼着一条沙滩上的死鱼向我们跑来。

南茜刚从月球旅游回来就登门做客，她丝毫不知道过去的十几天我都经历了什么，一直在兴奋地讲述在月球上的所知所见，好像她去的是另一个世界。

南茜给了安娜一个月球钻石做的项链，给了威克一个月球石做的雕塑，可我的呢……

“给你。”南茜终于把一个绢袋递给我。

“哇，什么好东西？”我两眼放光地接在手中。

“你自己看看呀，看喜不喜欢？”南茜趴在沙滩上，一脸神秘的模样。

我迫不及待地倒出了绢袋中的东西，一块黑幽幽的链坠落在手心，在阳光的照射下，那链坠发出闪闪的光亮。

“哇，好漂亮啊，这是什么石头？跟我换换吧。”安娜不等我答应，就一把抢走了链坠，飞快地系在手腕上。

我尴尬地看着南茜，南茜竟然跟没事人一样，笑嘻嘻地对安娜说道：“这是一颗坠落在月球上的陨石，我看它颜色幽暗，怕你不喜欢，就只给龙买了一条。早知道你这么喜欢，也给你带上一条了。”

安娜当然不是真的喜欢那个链坠，她是怕我会喜欢上，然后整天挂在脖子上在她面前走来走去，那她就再也喝不下最喜欢的柠檬汁了。奇怪，不知道从什么时候起，安娜竟然会像个孩子般充满嫉妒心，一心一意要把我置于她的统治之下，甚至连别人看上一眼都不可以……

“哎，龙，知道吗，”威克帮我们打破了难堪，他神秘兮兮地说，“昨天市场上出了一个新的玩意，有个天才的家伙用纳米机器人合成出一个新的生命，能吃能喝，会学习，能思考，活生生的，跟个人似的。”

“那有什么奇怪的？如果可以，它们可以构建出整个世界。”我不以为然地回道。

是的，如果古人站在由纳米机器人铺就的海滩上，看到沙滩就像打开的潘多拉魔盒那样，时不时从里面长出棵大树，堆起个建筑，冒出艘巨轮，钻出头动物，他肯定会被吓疯掉的。

“是不奇怪，但它可以像齐天大圣一样七十二变，好玩极了。”威克居然童心未泯。

“给纳米集群构建程序不也是我们一直在做的吗？有什么奇怪的？还是它用到了什么新的技术？”我居然被威克弄糊涂了。

“是没有什么奇怪的，也没有新的技术，就是感觉很好玩，毕竟我们从来没有想过把纳米技术娱乐化，现在想想，这里面的市场规模应该很大。”威克居然这样说。

“玩具是吧？可以啊，你自己招人做吧，我还有很多项目需要加班加点，真的帮不了你。”可恶，他怎么想把我的时间和精力耗费在玩具上。

“我也是这样想的，反正我现在闲多忙少，还不如也牵头做一个实验室，做些大市场的东西，赚多了钱，也可以早点把你实验室彻底升级一下。”威克认真地说道。

“好啊。”我居然有点小感动。

面对如约而至的我们，老板金高兴地说：“今天邀请你们来，是因为我有一个新的想法。我注意到你们的产品研发速度很快，也有很高的市场性，但相对而言，营销却很滞后。所以我想，如果你们愿意，大可使用我这边的营销网络，这样你们就不必耗费时间和精力在营销上面了，也能有时间开发出更多的好产品。相信我，如果由我们来包装和策划产品，你们的产品很快就会家喻户晓的。”

威克看向我，我惊喜道：“是个好主意，但你有什么具体方案吗？”

“当然。”老板金从琳达手中接过早已拟好的计划书及合同递了过来，笑着说，“这同样会是一次双赢，也是我们互惠互利的事情。”

这是一份典型的营销合同，在上个世纪末，随着资本开始进军营销行业，它们很快就用足够的资金打造出巨无霸般的营销网络。它形同网商但又有着天差地别的不同，从最初的销售到市场，到后来的销售到生产，再到最后的销售到设计，它们牢牢控制着商品的整个走向，使生产者永远只能生产它们所销售的，让消费者永远只能买到它们所推销的……

面对老板金的诱人馅饼，我有巨大的压迫感，它就像一个香喷喷的诱饵，如果我吞下它，我们的产品无疑会得到更大的市场，也会给我们带来更多的财富，但在今后的某一天，我们会突然发现再也离不开老板金，甚至只能俯首帖耳，沦为他的寄生物……

“没问题，我们现在就可以签下它。”我看向威克。

“可是……”威克犹豫了，他用吃惊的眼神看着我。

“没有什么‘可是’，很多人拿着钱也未必能拿到这样的合同，能得到金老板的青睐是我们的荣幸。”这是一个事实，既然我们能拿到金窝窝，又何必啃干馒头呢？

“哈哈，还是龙更了解市场的运作。好，以后我们就共进退，同生死。”金老板眉开眼笑地向我们伸出手来。

告别了老板金，威克一路都在埋怨我，他甚至说我这是在出卖企业的灵魂。

“我们是在出卖灵魂，但我们很快就可以得到一个美女。”我嘻嘻哈哈地说道。

“得到什么美女？”威克诧异地问道。

“暂时保密，很快你就会知道的，我确定这是一个不错的交易。”我故作神秘地说。

短暂的沉默之后，威克突然说道：“听说我叔叔和尼让还留在时代城，不知道他们查到了什么。”

“你联系过他们吗？”我好奇地问。

“我让安娜打听过，她说叔叔好像从国外找来个人在帮忙调查那些事情。她没有跟你说过吗？”威克问。

“没有。”我摇了摇头。

“你说那些事情还会发生吗？”威克又问。

“鬼知道，不过我想，应该还会吧。”我回道。

威克的身体明显颤抖了一下，他张了张口，却没有再说什么。

一辆飞车咆哮着从我们头上呼啸而过，随之一股劲风吹来，让我们的车差点偏离了轨道。

“该死的。”威克恶狠狠地骂道。

不知道撒旦是否喜欢贝多芬的《第九交响曲》，但我建议他没事的时候听一下，毕竟每日劳作后放松一下，对身体很有好处。

我订购了一条仿真狗并给它取名帝客。帝客是个跟屁虫，不论我走到哪儿，它都会亦步亦趋。每每在一起嬉闹，我会想起已经给撒旦看门的帝客……

想到帝客，自然也想到威克，想到安娜，想到连漪，直到我想到黑博士……

是的，因为连漪的一句无心之言，因为安娜的好奇，我们有了一次 T 街的探险之旅。

T 街，一个奇怪的名字。此前我只是听说过，但从来没有来过这里，更不用说威克还有安娜。在连漪的指引下，威克驾车驶入狭隘肮脏的 T 街，破旧的街道两旁到处是上个世纪的楼房，斑驳的墙壁上涂满了乱七八糟的图案。电线交织在空中，如一张铺开了的蜘蛛网，在等待着自投罗网的人。

这里到处都是垃圾堆，空气中弥漫着刺鼻的腐烂气味。三三两两的脏人无所事事地聚集在一起，当我们驶过他们的身旁，他们会用厌恶的目光投向我们，那眼神让人不寒而栗。

T 街实际上是位于天安区边缘的贫民窟，和邪道酷吧只有几条街的距离，那里居住着被政府遗忘了的脏人。事实上如果只是说他们的衣服脏破倒也贴切，可那些干净的人却认为他们脏到了骨子里，所以才给这个人群冠以这种带有侮辱的称谓。甚至媒体上也是这样描述他们，说他们好吃懒做，居无定所，他们蔑视法律，无知凶残……虽然我们和他们生活在同一个城市，但是分属于老死不相往来的两个世界，彼此敌视，彼此漠不关心。

拐过一个街角，威克刚放慢速度，一旁的废墟中就冲出来一群脏兮兮的孩子，快速向我们逼近。安娜不安地看向连漪。

“他们想干什么？”威克的声音有些异样。

“放心，他们不会伤害我们的。”连漪说着让威克停下了车，从提包中抓出一些小食品递了出去。孩子们马上伸出脏兮兮的手接了过去，“谢谢！”

“谢谢你！漂亮的连漪姐姐。”他们极有礼貌地道谢，然后高兴地跑开了。

“看，他们甚至比我们还有礼貌，不是吗？”连漪微笑着说，目光中充满了慈爱。

“他们竟然知道你的名字，你常来这里吗？”安娜钦佩地看着连漪。

“也不常来，毕竟这里是脏人居住区。”连漪笑着回答，“因为我从事的职业，免不了要各处走走的。这里的人多数都很友善，不过你们最好不要常到这里来，因为这里仇视我们的人很多，虽然他们一般不会主动攻击外人，但他们是很容易被激怒的。”

“为什么把他们称为脏人？”安娜好奇地问。

“最初是因为他们不肯融入现在的社会，更愿意过着我们称之为离经叛道的生活。虽然他们的后代也有离开这里到外面谋生的，但因为我行我素的性格，很快就会受到歧视，大部分出去的人最终又会回到这里。”连漪语气极其平淡，“这里没有什么正常的工作，他们只有靠城市里的垃圾为生，甚至没有洁净的水源，所以这里充斥着疾病和瘟疫，甚至他们的后代也因此常出现畸形者。”

“这里比地狱还可怕，但总该有什么办法来改变一下吧？”威克脸色苍白地说道。

“也许吧，希望以后飞黄腾达的你能向他们伸出援助之手。”连漪为了打破眼前压抑的气氛，用轻松的语气说。

“我会的。”威克扭头说道。

“但是这里也有许多你们想不到的地方，比如黑博士……”

“谁是黑博士？”我诧异地打断了连漪。

“或许有一天你会认识他的。他是一个博学的人，也是一个放荡不羁的人。他居住在T街，那里的每一个人都很敬重他，甚至可以说有些怕他，但他并不是邪恶的人，他充满了智慧。”连漪在我的追问下，继续说道，“我们已经认识很久了，是通过一个案子开始接触的，他给我的印象很好，我也很敬重他，我常常感觉他好像是来自另一个世界的人，他……”连漪欲言又止，话题一转道，“如果有机会，我会领你们见他的，当然，这需要先征得他的同意。”

我感觉连漪这些话的背后还隐藏着什么，但我没有追问。从那一天起，黑博士就在我的心中留下了一道印痕，光凭他的名字，就足以让我寝食不安……

并不是所有人都向往光明，也不是所有人都畏惧黑暗，总有一种人，会自由地行走在混沌的领地……

是的，千山奇峻，湖海波诡，我们总能寻到属于自己的一种风景。

一束光影摇曳在窗外……

“或许一切都快结束了。”威克如是说。

是的，那一段日子平静得有点可怕，魔鬼好像遗忘了我们，虽然我们没有丝毫的侥幸心理……

第二十二章 ■

凌乱的世界

歇洛突然回到了时代城，因为他母亲的病情加重，需要回一趟美国，我们是在赫尔和尼让第二天为他饯行时才知道的。此刻，歇洛喝了点酒，脸红得有点可爱，他对赫尔说："头儿，我可能一两天赶不回来，如果有事，你可以安排休·亨特去做，我跟他打过招呼了。"

"这边的事情你就不要操心了，回到美国后，有什么困难，随时和我联系。"赫尔安慰他说，"让你母亲好好养病，等这边的事情一完，我会去看她的。"

"知道。"歇洛本来还想说些什么，看了一眼我们，欲言又止。

我们一起送歇洛去了机场，登机前，歇洛再次犹豫地瞟了我们一眼，然后没头没脑地说了一句："祝你们好运。"

"一路顺风！"威克脱口而出。

歇洛此刻已经跨进机舱的门，他回过头来，眼中闪过一丝令人不寒而栗的眼神。

飞机渐渐消失在我们的视野中，白云苍狗，变幻无穷，不知命运会怎样再次留下血腥……

送走歇洛，我们匆匆赶回公司，南茜居然也刚出差回来，面对我的无视，很快和安娜笑成一团。她们说话的声音很低，我看见安娜不时停下笑声，意味深长地看向我。她们肯定在谈论我，这让人很难不恐慌。威克醉心于南茜拿来的一份市场报告，好像里面有金山银山一般……

时间很漫长，在夏美端来咖啡的时候，我终于找到机会站起来，一边往外走，一边说："南茜，你们先聊，我到实验室看看去。"

"好呀。"南茜笑容可掬地说，"你忙吧，记得晚上我请客。"

"好的。"我看着安娜翘起的嘴唇，飞快地逃了出去。

纳米机器人实际上是由一些纳米级或者更小的粒子按照不同的排列构成的，它们丝毫没有机器人的模样，我是说像人那样的形状。它们的大小只是根据需要由一或几个可怜的粒子构建，不过我想我们不应该小瞧它们，因为一个纳米粒子的数据储存能力就已经接近无限量……

但要让这些形形色色的小家伙协同运作绝非易事，在试验箱中调动它们是很简单的事情，但一旦投入自然环境，在纳米级的世界中，受到各种环境因素的影响，它们马上会像无头苍蝇那样盲目乱撞。所以，如何让它们在自然界中行为有序有为，才是我现在最头疼的事情……

我正使用波钳小心调整着一个粒子的状态，突然又走神想到了安娜和南茜。"她又在说我什么呢？"我很头疼，安娜在老板金安排南茜来这里上班的第一天就已经像个醋坛子了，以后天天面对她，还不得把我给吃了。

"你怎么知道老板金会安排南茜过来？"威克曾经一脸崇拜地问道。

我哈哈一笑："如果安排其他人，你会信任吗？老板金远比我们更聪明。"

"他就不怕南茜和我们同流合污吃里爬外吗？毕竟我们之间的关系他是知道的。"威克执着地问。

"如果连最基本的信任都没有，那我们之间的合作还有必要吗？"我真的替威克的智商着急。

不可否认，南茜对接我们的营销网络是让我放心的，不是因为她的美貌，也不是因为她的品格，而是因为她的清澈透明。

"头儿，你在干吗呢？"一个声音突然在我背后响起。

我惊出了一身的冷汗，扭头一看，是丑陋的小文凭。叫他小文凭，是因为他不仅仅眼睛小，整个人更是瘦瘦小小的，即使他有博士的头衔。

"难道你就不会敲下门吗？我不是已经告诉你许多次了吗？非得让我贴张纸条才能想起来敲门吗？你不能总是轻飘飘的像个幽灵飘来飘去吧？"我

恼怒地一连串说道。

但看着他迷惑的神情，我只好苦笑地给他解释道："我工作的时候是非常非常专注的，你这样突然出现在我的身后，会吓死人的。"

"我路过这里，看见你在飞快地拧动波钳的转柄，这不但不符合操作规定，也不可能进行精确定位，更会让仪器受到损害。"小文凭困惑地看着我说。

"知道了，你可以走了，不过下次记得敲门好吗？"我的脾气竟然出奇地好，因为我突然想到坚，想到那个让我一直灵魂不安的人。

"好的，头儿。不过你这样做，真有可能会弄坏波钳的。"小文凭终于露出一丝笑意，又脚步轻盈地"飘"了出去。

事实上，在科技高度发达的今天，你只需要在程序端输入程序，形形色色的纳米机器人就会按照程式不断进行自我复制粘贴，克隆出无以计数的同类出来。它们不但可以独立完成单一的工作，也可以成为一种基材，神话般从无到有地生产出形形色色的产品，至少眼下的反磁飞行器是赚足了眼球。或许就在明天，说不定就能轻而易举地把航空母舰也撂进星际。这，又有谁说得准呢？

终于熬到了点，我们开始晃荡着前往南茜预订的餐馆。华灯初上，道路两边林立的大厦中源源不断地涌出许多人来，宽敞的街面很快便密密麻麻地布满了行人。那一刻，不知怎么，让我想到了倒在食人蚁中的郭，眼前繁华的世界瞬间失去了颜色。

南茜点菜时没有丝毫犹豫，什么好来什么，什么贵来什么。看着她大手大脚的模样，我甚至开始担心起自己的钱包来。南茜显然注意到了这一点，居然第一次在饭前就买了单，这才让我胃口大开。

"你们相信这个世界上存在灵魂吗？"在闲言碎语的欢笑中，南茜居然带偏了话题。

"鬼魂我们倒见过两个，你想说什么？"威克头也不抬地说。

"好好的，干吗说这个？"安娜脸色一变，忙道。

"我在计划蓝图中看到了龙的数字人计划，所以才想起来的。如果人的记忆真的可以被复制到网络中，那么他们岂不就成了拥有数字的灵魂？"南茜看向我。

“一切皆有可能。”我极力逃避着这个话题，注意力再次落在虾钳上。

“如果真的能在网络中永恒，你们会选择它吗？”南茜依旧充满好奇地问。

“当然要备份一份进去，免得哪天自己嘎嘣了，也不至于真的烟消云散。”威克耸了下肩回道。

“但是现实中的你和‘网络数字化’的你肯定有着不同的未来，你敢肯定网络中的你还真的是你吗？”南茜追问道。

“我干吗要担心这个？即使自己真的死去，但知道另一个我会继续存在，这就足够了。或许明天我们就死了呢？鬼知道。”威克认真地说。

“呸、呸、呸，哥哥，不准说不吉利的话！”安娜急了。

“你们也这样认为吗？”南茜跟吃错了药一样没完没了。

“当然，不然我干吗要研究这个？”我必须终结这个让安娜不安的话题，“好了，我们还是研究下怎么才能让虾钳里的肉自动跑到我们嘴里吧，这么费劲，还不如不吃。”

“现在歇洛也该到美国了吧？”威克突然没头没脑地说了一句。

人类这种跳跃式的思维，其实正是目前深度开发AI所遇到的难题。众所周知，AI和人类一样储存着海量的信息，但两者对信息的处理方式有很大的差别。人类更多的是在浑水摸鱼，而AI却更像在鱼市选购。虽然目前AI通过收集海量的人类行为让自己越来越像人类，但它始终存在一个致命的问题，就是永远无法容忍自己的错误。对目的的不二性，让AI始终无法向生命迈出最后一步。事实上，也正是因为人类不确定的错误，才让我们有了今天五彩缤纷的世界……

“啪——”

“哎呀，你……”我捂住头四下一望，竟然是凶巴巴的安娜。

“你在想啥？眼睛一直盯着谁看呢？”安娜怒目圆睁，一副吃人不吐骨头的模样。

我看见窃笑的威克，看见幸灾乐祸的南茜，看见安娜怀中装腔作势的帝客……

我想我该换手机号了，因为我的电话几乎成了报丧的工具，它的每一次叫嚣，都让我提心吊胆，魂飞天外。就在威克刚刚说及歇洛，就在我被安娜当头棒喝之后，它又开启了地狱模式般的尖叫……

“歇洛死了，飞机在美国海岸线坠落，机上的人无一幸免。”尼让嘶哑的声音传了出来。

“歇洛死了。”放下电话，我对威克说，语气平常得好像在说“再见”。

“是啊。”威克头也不抬地应了一声。

“我们现在过去看看。”我说。

“好的。”威克淡漠地回道。

当我们赶到尼让那里时，赫尔已经把自己关在房中，小渊美子哭丧着脸坐在一旁看护着日渐衰老的希蒙……

尼让眼睛血红，他说：“我们也是刚刚接到消息，官方称飞机可能在海岸线遇到了涡流，飞机已经完全零碎，海岸警卫队正在组织救援。但想想我们身边发生的这一切，估计他存活的可能性也不大。我准备和你叔叔飞过去看看有什么是可以做的，毕竟他跟了你叔叔很多年。”

听到这个消息后我已经没有了异样的感觉。我已经习惯了麻木地与死亡做游戏，没有恐惧，没有期待，更没有对奇迹的渴盼。身边的人一个个离开了我们，他们好像从来没有存在过。或许这只是一场绵延不尽的梦魇，颠来倒去的幻觉。我对自己说：“我应该醒了。”

送赫尔和尼让来到机场，一路上没有人肯先开口说话，似乎沉默是对一个死人最大的尊重。如果说人来到这个世界上是一个奇迹的话，那离开这个世界应该同样是一个奇迹，因为他的记忆与感知会在瞬间消失得无影无踪。有人异想天开，幻想出轮回，可没有人因此而无知无畏，相反，人类对永生不死的灵魂和涅槃重生的轮回，同样充满对死亡那样的畏惧……

在登机口，赫尔停下了匆匆的脚步，在拥抱安娜的时候说：“我不知道还会发生什么，如果龙值得你信赖，我会祝福你们的。”

“好的，叔叔。”安娜悲伤地说，“您也该注意自己的身体，别太过伤感。”

赫尔又嘱咐威克说：“我们已经受到了前所未有的威胁，你们凡事都小心些，我不想对不起你们的父亲。”

“龙，希望你能帮我看好他们。”他终于对我说，“我已经老了，只能把他们托付给你了。拜托！”

我的眼睛有些湿润，鼻子酸酸的。看着他和尼让的背影，我开始为他们祈祷：一路平安！

歇洛被墨汁掩埋，他是一个真正的战士，一个让人敬佩的勇士……

歇洛在和威克争吵之后，忿忿不平地抽出短刀向威克抛去，那力量足以把威克洞穿。我没有时间做出反应，只能眼瞅着短刀飞向威克，惊呆了的威克竟然连下意识的躲避都没有，只是惊恐地睁大眼睛看着刀尖夺命般袭来……

一条毒蛇被歇洛的刀钉在了树干上，死前还抽搐挣扎不止。威克却瘫坐在地……

赫尔走后，我们很是消沉了一段日子，包括善于察言观色的帝客，即使是去海边，也都是呆呆地坐在那里，出神地望着远方。

歇洛的死让人胡思乱想，有一次海上漂来一件衣物，竟然让我们心惊胆战地看了很久……

连漪偶尔会过来陪我们，安娜也常常会想起让她醋意大发的南茜，威克开始偷偷打电话给小渊美子，帝客更是奇怪地开始在沙滩上扒洞，把自己埋在沙子中……

一个又一个无聊而惶惶不安的日子从我们身边溜走，花园里的竹子渐渐枯黄，就像现在的我们……

终于有一天，安娜心血来潮地说要去外面吃夜宵，喊威克一起去，但威克正在全神贯注地看一场足球赛，头也不抬地说：“不去，没见我在看足球赛吗？”帝客却撒着欢儿地要求同去，撵了几回又跟了上来，终于安娜先软了心肠，“让它跟着去吧。”

夜晚的风有了些凉意，月亮的脸也格外苍白和冰冷。林荫道上树枝沙沙地摇动着，把影子丢在你的眼前身后。黑暗的荒野中偶尔会传出野猫凄惨的叫声，瘆得让人心慌。

从我的家到有店铺的街道要走很久，四下里难得看见一个人影。起伏的丘陵上亮着星星盏盏的灯，那是彼此相隔很远的住户，你很难知道里面都住着什么人，或许德拉库拉也在与你为邻……

终于赶到餐馆，侍应生给帝客推来了高的圈椅，好让它能够着桌面。帝客快乐地摇动着尾巴，表达感谢之情……

我看得出安娜并没有胃口，她只是点了一小盘果品和一块不大的点心，然后一小口一小口地品着滋味。

我把盘中的牛排切下一点放在帝客的盘中，帝客兴奋地叼在口里，开始大口咀嚼。“它的胃口显然比我们好。”我笑着说。

“是吗？”安娜看了看帝客，又看了我一眼，好像并没有聊天的欲望。

安娜的情绪瞬间影响到我，突然就有点味同嚼蜡，于是我又切下一大块牛排，放进了帝客的盘子，帝客感激地叫了起来。

安娜瞥了我一眼说：“看来我们是来陪帝客下馆子的。”

“是吗？我还以为是在陪你呢。”我脱口而出。

“那我们回去吧，我已经没胃口了。”安娜莫名其妙地说。

“好啊。”我好像没有听懂安娜在说什么，马上站了起来。

机敏的帝客立刻叼起牛排，跳下圈椅奔了出去。这家伙，居然还知道吃不完“打包”的道理。

不知道何时，浓雾已经笼罩了整个大地，街灯如豆般燃起昏黄的光影。安娜紧紧地跟着我，她落寞的模样，让人不安。

因为我吗？我看不懂女孩子的心思，她们就像彩票机一样，同样的转动，却总是转出不一样的结果。

转过一个弯道，安娜突然停下脚步。在不远处有一个人影，那人蹲在一个灯杆下，一动不动。

“那人在做什么？”安娜轻声问。

“可能他只是歇歇脚。”我故作轻松地说。

我的目光始终没有离开那个人，拳头攥紧，揣在怀中。甚至在我们走过那个人的时候，我还竖起耳朵，努力分辨是否有脚步声跟来。

一道车灯扫来，世界一下子明亮了许多，心中沉甸甸的巨石也得以放下，我不禁长出了一口气。

“但我总感觉他的身影很熟悉。”安娜还是很惶恐。

“怎么可能？”我撒谎道，“我看到他的脸了，根本就不认识。”

对面开来的车很慢，慢得让我有些抓狂。帝客也竖起耳朵，目不转睛地盯着驶来的车辆，鼻头不停地翕动着。

“怎么了，帝客？”安娜试图安抚帝客，在她低头的瞬间，车辆从我们身旁驶过，我清晰地看到了驾驶员微笑的面孔……

“你怎么了？”被捏疼了手的安娜问。

我依旧惊魂未定：“没，没什么。”

此刻，回去的路突然变得遥不可及，眼中的世界已然破碎，像凌乱的拼图般洒落在天地间……

回到家，威克咧着大嘴问道：“哎，怎么一个个灰头土脸的？吃的什么？怎么这么快就回来了？”

安娜放下帝客，进了洗浴间，帝客跳进了威克的怀中，我则瘫软在沙发中。

“怎么啦？撞鬼啦？我在和你说话！”威克摆弄着帝客的脑袋，不高兴地说。

“谁赢了？”我有气无力地问。

“脚丫子没输，胖手掌也没赢。”威克同样爱答不理地回道，“不过，他们也没有和。”

“你难道就不会直接说脚丫子队赢了吗？”我头痛了半天才想明白他说的话，不由得咆哮道，“用得着这样糟蹋我的脑细胞吗？”

“嗨，嗨，”威克不愿意了，他跳起来说，“在说我之前，是不是应该先考虑一下自己对别人的态度？我能够回答你已经够大度的了，可你呢，还是一副爱理不理的模样。”

“够了，你们都闭嘴！”洗浴间中传来了安娜的“河东狮吼”……

安娜发脾气的时候是最可爱的，她会很激动地站起来朝你咆哮，像机枪一样突突一阵后，她的怒火立马就会云消雾散。如果你好奇地盯着她看，她甚至会为刚才的失态而害羞。当然你不要指望她会主动向你道歉，她可是一个不讲理的女孩……

所以，如果你足够聪明，你可以左右转上一圈，然后找个理由和她搭讪，我敢肯定，你马上就会看到雅典娜出现在你的面前……

是的，她会的……

我吻了一下安娜，她俏皮地冲我笑了……

此刻，我甚至已经失去了哭泣的资格。是我的错，导致了今天不可挽回的结局……

虽然我依然能够看到她甜美的笑容，但我再也无法从她的手中接过甜软的香蕉……

我很想哭，但我能吗？我唯一能做的，就是默默承受痛苦的煎熬……

我看着照片中灿烂的安娜，俏皮的安娜，温柔的安娜，冷漠的安娜……

我的世界在旋转，我的梦在消逝……

飓风“秀婷”突然袭击了美国东海岸，短短两天内造成了数万人的伤亡。死里逃生的人们，惊魂未定地诉说着大自然的威力。

“那是无法形容的景象，她不像她的名字那样温柔。我们丝毫没有察觉到她骤然转变方向，政府也没有警告我们应该撤离。在她抵达的时候，我和我的爱人甚至开车到商场采购儿子的生日礼物。在回来的路上天突然就暗了下来，狂风夹杂着暴雨包围了我们，我根本看不见车窗外发生了什么，我打不开车门，车子开始摇晃。一块石头打碎了我们的车窗，雨水和狂风钻了进来，我想一切都要完了，我很害怕，真的，那一刻，我想到了死亡……”

“‘秀婷’到来时，我已经来不及撤离出居住的地方，不过我还是有所准备的，我已经把门窗都用木板钉死了，然后躲到房间里，开始战战兢兢地迎接她的到来。可是我错了，我根本想象不出她的威力有这么强大，随着噼里啪啦的撞击声，一切都改变了，房子开始摇动，大量的海水涌进我的房间，门窗上的木板像纸片一样飞了出去，那一刻，我想我要死了。是的，当我睁开眼睛时，我还在想，这里是天堂还是地狱，直到我看见漂亮的护士，我才知道，我还活着。”

“我看见一辆汽车从我的头上飞了过去……”

“我抓住了她的手，但是我无法把绳索系在她的身上，只好眼睁睁看着她从我的手中飞了出去。我看见她在空中喊叫什么，但是我的耳朵中只有风的嚎叫……”

“该死的，她让我失去了一位弟弟，我现在唯一要做的事情就是搬家，永远离开这个受到诅咒的地方。”

无所不能的人类面对自然依旧束手无策，生命如脆弱的嫩芽，不经意间就会夭折。英国一位科学家发现大西洋的一处火山群正在蠢蠢欲动，他做出了骇人听闻的结论：“数万年后大西洋中会出现一个新大陆，不过人类到那时已经从地球上消失了，因为形成新大陆的剧烈火山运动将持续三四千年，而满天飞舞的火山灰会笼罩整个地球长达万年之久。想想吧，那时地球上还有人能幸免于难吗？”

俄国一位科学家也发出末日警告：“我们的生存环境越来越恶劣，人类的基因正在发生可怕的转变，我们已经走在了死亡的道路上。”

瑞士一位科学家也危言耸听道：“在未来的数千年中，地球将面临无数次生与死的考验，因为一个庞大的宇宙陨石群正在穿越太阳系抵达地球。所以我们还是开始祈祷吧。就目前的科技水平而言，残存下来的人类想要全部移民到其他星系，恐怕也要耗费数万年的时间，所以，我敢肯定地说，我们绝大部分的人会死在这里。”

美国一位军方人士透露道：“我们的核基地运转已经到了混乱的地步，说不定哪一天，就会有一枚核导弹飞向某个倒霉的目标，于是核战争爆发了。”

“看来我们活着的每一天都是幸运的。”威克一副帝客捡到骨头的模样说，“我们应该感谢上帝还没有想起我们。”

连漪笑道：“我们当然是幸运的，不过我们更应该感谢死神，因为他还没有收割我们。”

安娜对帝客说：“听见没有，他们两个是不是在无病呻吟？”

“汪汪！”帝客这赖皮脸大叫了起来。

“他们不是无病呻吟，他们是在锻炼辩论的口才，免得日后低头不见抬头见的，万一有些小摩擦，也好知己知彼，百战不殆。”我添油加醋地说，“他们的幸福时光看来在不久之后就要过去了。”

威克目瞪口呆，连漪张口结舌，安娜无言以对，倒是帝客不明所以地又叫了两声。此刻的我，一脸坏笑。

连漪满脸通红地说：“龙哥，你今天真的很邪气。”

“哈哈，不过是一句玩笑话，看把你急的。”我一脸无赖地说，“难道你就没有发现，你们已经目中无人了吗？安娜都快要睡着了。”

“不要把我也扯进去。”安娜抗议地说。

“你好像太过兴奋了，龙。”威克终于说。

“当然。”伶牙俐齿如我，“曾经，这个世界上唯一公平的事就是死亡，但在医学科技高度发达的今天，有些人却可以活得更久。所以世界末日大家一起死，难道不是好事吗？”

“你需要看看心理医生了。”连漪建议说。

“不，应该把他送精神病院里去！”安娜说着捂住了我的嘴。

“我想还是把他交给外星人研究中心好了。”威克不怀好意地说，“我相信在那里，他会遇到他的同类。”

休·亨特的不约而至让人深感意外，心神不定的他不断左顾右盼，言语吞吞吐吐，显得坐立不安，直到威克若有所悟地把我们都打发出去。

“奇怪，他什么时候回来的？他找威克又是想干吗？”好奇的是安娜。

“估计没有什么好事。”龌龊的是我。

“你怎么就没个正经呢？”发出鄙视的是南茜。

“他就是一个心理有病的人。”安娜笑着说。

“这是我的直觉，没有见不得人的事情，干吗要把我们都赶出来？”我小肚鸡肠地说。

没有人愿意待在原地继续猜测，大家各自散去，我吹着口哨，慢悠悠地去了实验室。半路碰见小文凭，于是心情不错地打了声招呼，小文凭居然面无表情地点了点头，那神态倒好像我是他的职员。

随着数据的打开，我又皱起了眉头。目前，我的研究项目卡在一个难以突破的数据上，那就是单一微粒叠加程序下的可控性：作为信息载体，单个微粒对简单程序有着完美的可控性，但是随着叠加程序的写入，紊乱就会莫名其妙地发生，从而导致整个微粒的不可控性。更加糟糕的是，它近乎是一种随机表现，无迹可寻……

别问我为什么会如此执着于极微粒子的研究，如果我们人类想自由地在星际旅行，就必须完成对微观世界的把控。如果一切如我所愿，那么在未来的某一天，自然界的每一个粒子都会为我所掌控，那一天，地球将成为我手中可控的生命体，那一天，我会像上帝一样左右这个世界……

胡思乱想中，休·亨特的影子又钻进了我的大脑。他为什么要单独找威克呢？糟糕的大脑构造，一个意外之念，让已经浮现在脑海的那灵光一现，瞬间消失得无影无踪，再也想不起来……

当我回过神来，一场暴雨袭击了时代城。本来心情不错的我，一出门就被淋了个透心凉。看着满天飞舞的纸屑垃圾，那个后悔啊！早知道就和安娜一起走了，至少她包里还有把遮阳伞。现在一个人孤零零的，好像整个世界都抛弃了我……

躲在一处大厦的廊外，看着行进在雨中的那些东倒西歪的人，不知不觉露出开心的笑容。一个路过的女孩，手中的伞被一阵狂风吹脱了手，听着她的尖叫，忍不住吹了声口哨，愤怒的她立即冲到我面前……

“流氓！”

“说谁呢？”

“说谁谁知道。”

“你……”我还以为会开始一场浪漫的偶遇……

“我怎么啦？”

“谢谢你！”我说完，一头钻入瓢泼大雨中。

“有病！”身后传来一声狮吼。

我想我真的有病，我在狂风暴雨中奔跑，甚至有那么一刻，我错以为世界末日已经来临，天穹开始崩塌，洪水开始暴涨，大厦开始倾斜，街道开始扭曲，老鼠开始四散奔逃……

直到跑了几条街，我才意犹未尽地钻进地铁，浑身滴着雨水，好像刚从河里爬上岸。不过让我满意的是，四周的乘客居然不约而同地避开了我，在狭小的车厢给我让出个巨大的空间。

唉，人生一堂课，不过一风吹。过眼烟云，就好似在这地铁走过一遭，到头了，也就该下车了。“我要下车。”有人喊……

■ 第二十三章

进化的寄生虫

连漪显然为了威克的到来花了许多心思在办公室的布置上，比如她的桌案上摆上了一盆芬芳四溢的鲜花，笔筒里插入一支色彩斑斓的空气清新棒，沙发上搭上了暖黄色的绣花布，甚至连窗户上也悬挂了一个小丑风铃……

一个假小子突然开始变得有女人味了，这会不会是个好兆头？我开始不停地转着脑壳四下看，我当然希望连漪能够看懂我的肢体语言，终于连漪在安娜没看见的一瞬，向我扬了扬拳头。

“这是警方最新的报告，你们可以看一下。”连漪从抽屉中拿出一张纸来，递给我说，“雇工柳的尸体已经找到，他身上的锁扣也鉴定过了，上面的弹簧下落不明，所以目前无法确定是人为因素还是质量问题所导致的事故发生。”

“莫西呢？”如果没有后面的事情，我绝对相信那只是一场意外，但现在，我不想心存侥幸。

“现场已经被你们破坏了，又能找出什么线索呢？”连漪苦笑道，“还有在侧殿倒塌的脚手架，他们同样一无所获。”

“我们又没有迫害症，怎么可能想那么多。”威克嘟囔道。

“总之，警方在截云山没有找到任何支撑谋杀的证据，现在，他们正在全力调查迈伦、彼得和柏特，以及安娜的那位同学——马什么来着？”连漪扭头看向安娜。

“马休斯。”安娜喃喃道。

“还有歇洛。”我再次提到歇洛，直到此刻，我仿佛依然能看到他那狰狞的笑容。

“警方已经向美国发出申请，很快就会有结论的。不过眼下最麻烦的是，根据我的调查，想要找出谋杀存在的依据，恐怕比登天还难。”连漪断言道。

“你们说这个世界上会不会真的有鬼魂存在？”安娜突然战栗地问道。

“如果鬼是低介质生命，从理论上看，我倒认为有可能。”威克说，“当然，对于我们来说，他们可能就是鬼魂或者灵魂般的存在。”

这个世界上有很多稀奇古怪的事情发生，所以，我不会先入为主地说他们都在胡说八道。有人打着科学的名义鼓吹空间学说，臆想出什么平行宇宙和时空穿越；有人沉迷于鬼神崇拜，供奉阎王或者撒旦的雕塑；有人则怀疑自己是不是睡在一个虚无的世界里尚未醒来……

刚回到家门铃就爆响起来。

“不会是连漪吧？难道我们忘了什么东西？”最先反应过来的是威克。

门打开了，但威克高大的身影堵住了我们的视线……

“谁？”我站了起来，那一刻我想起了休·亨特。

“亨特，你怎么了？”威克的声音颤抖了。

我看见脸色苍白的亨特，软得跟面条一样倒在威克怀中。那一刻，我已经嗅到了死亡的味道，但他却转动了下眼珠，告诉我，他一息尚存……

威克慢慢地把亨特平放在地上，安娜拨打了急救电话。

“比——比——”亨特用尽最后的力气发出了这样的声音。

“他是要说比特吗？”我猜测着，“我们应该跟比特打个电话才对。”

安娜看我的眼光很特别，那一刻我才发觉，自己嘴角居然挂着平淡的微笑……

我看见人来人往，所有的一切都在有条不紊地进行，就像你不小心打碎了一只玻璃杯，首先你会小心翼翼地拾起大块的玻璃碎片，再用扫把扫干净稍小一点的碎屑，然后用吸尘器把角落里的玻璃碴吸去，最后才会放心地用拖把拖去一切痕迹。而眼前的这些人，就在做这项工作，虽然面对的是人，但程序了无差异。

在医院，看着安静躺在白布单下的亨特，我再次用质疑的目光看向威克。

“他找我就是想借点钱。”威克终于做出解释。

“光展览的分红就足够他吃几年的了，怎么可能？”我困惑地说。

“他借了多少？”连漪问道。

“不多，就两千。”威克回答。

两千？这是在要零花钱还是在乞讨呢？什么情况下一个人才会有如此怪异的行为？我不知道，也想象不出。

“严格来说，它只是一种普通的南美线虫，如果发现及时，并不会致死。不过在死者的脑体内发现的病原体似乎有着特殊的变异过程，目前的病例库里尚没有记录，我们已经把标本送往病检中心做进一步检测。”匆匆走来的医生解释完，又匆匆走开了。

对于我个人来说，巴西就像月球一样遥远，而南美洲发生的一切，几乎没有媒体提及。

所以亨特的名字在报纸上昙花一现后，也就再也没有了踪迹。

我真的想面对一场血淋淋的战争，至少可以面对生死做出抉择……

但眼前，我只能等待。

这是一种比死还要糟糕的困境……

是的，未知才是这个世界上最可怕的……

来到院中，我点燃了烤枪，毫不犹豫地融化了自己全部的工作数据。是的，毫不犹豫……

人类已经不值得让我为他们留下什么，在他们身上我看不到任何希望，我更看不到未来。

我不会在一次次的失望中去再相信什么，甚至包括自己……

一场持久的太阳风暴，搅乱了整个世界，直到亨特出殡的那一天，我们还没有联系上赫尔和尼让，是戴维主持了葬礼。幸运的是，亨特曾经和比特探讨过回归自然的方式，于是一把火结束了这场亨特的人间之旅。戴维把所有骨灰倒入大海后，还把骨灰罐远远地抛了出去。

可以说亨特的死，远没有太阳风暴带来的困扰多。一切通信近乎崩溃，人们开始像无头苍蝇一样四处奔跑，靠脚步传递信息……

这还不是最糟糕的，太平洋、大西洋、印度洋相继传来大批鱼类死亡的报告，很快连各大陆也开始出现动物成群死亡的现象，而媒体还唯恐天下不乱地散布着各种末日说……

于是人们很快发现某种物品开始短缺，然后是医院里某种常见药品开始紧张，最后是一些城市出现骚乱，大批市民开始逃离……

就在一些人开始反思应该如何与自然和睦相处的时候，太阳风暴悄然离去，虚假信息随之烟消云散。于是各种攻讦出现在媒体中，散布者摇身一变成为捍卫真相的勇士，利益获得集团也披上了受害者的外衣。

“我们好像还处在荒蛮的年代。”无病呻吟的威克，看着我突然消失的长发说。

我把短短的头发用手掌向后梳理了一下，惬意地说：“你错了，正因为聪明人太多，才造成今天这种现象，不然谁来为太阳风暴背锅呢？”

“你好像在幸灾乐祸，难道你一点同情心都没有吗？”安娜噘起小嘴，不满地对我说。

“你别理他，安娜。”连漪在一旁笑眯眯地说，“他就是一个极度自恋的人，唱反调是他炫耀高智商的一种资本。”

“好像真的是呢。”南茜若有所悟地说，“他就像一个怪物，一天到晚口无遮拦的，到处散播令人厌恶的言论。不过很奇怪，我好像还真的很少看到他做出什么出格的事情来。”

“他就是在哄我们下地狱然后独自在天堂偷笑的那种人。”威克不失时机地落井下石道。

就在我们嬉闹之际，威克却开始了不合时宜的危言耸听：“我想，下一个厄运可能会降临到小渊美子头上。我现在坚信，我们触犯了巨人的神灵，它们正在一个个地召唤着我们，先是当地的雇工，接着是叔叔他们的助手，然后才是我们。如今还活着的助手只剩下小渊美子了，我想，它们肯定不会放过她的。”

“那我们应该想办法保护好她才是。”安娜震惊且不安地说，“她现在和希蒙在一起，但是希蒙又怎么会有能力保护她呢？”

“如果可以，我们把她接到这里。”威克决定道。他甚至忘了这是我的家，虽然我不会否定他的做法，至少他应该征求一下我的意见。他真是令人不快。

“这是一个好办法。”连漪当然知道威克过去的风流韵事，全然没有吃醋的意思。

“还有希蒙。”安娜也自作主张地说，“我们不能把他一个人留在那里。”

我真的有些怨气，她们怎么能够这样对待我，难道我在她们眼中已经亲密到足以无视了吗？至少应该给我一个表示赞同的机会，毕竟我还没有自私自利到见死不救的地步。

“明天就接他们来好了。”连漪突然说，“不过，现在事情好像越来越复杂了。可能我真的要领你们去见一下黑博士。”

“他是灵异人士吗？”威克吃惊地问。

“不，但他对超自然现象很有研究，或许能帮助我们解开谜团。”连漪充满希望地说。

“明天吗？”我迫不及待地问。

“不，我也不知道，他经常外出，我每次都是给他留言，由他来确定见面时间的。”连漪苦笑着回答。

古怪的人。他引起了我的好奇，我想立刻就见到他……

超自然现象在我的认知中，是人类对未知事物的一种歪曲的解读。事实上，如果我们对微观宇宙有更多认知，那么一切看上去很诡异的事情，都能在科学的殿堂中找到蛛丝马迹。

或许，这是唯一的答案……

希蒙和小渊美子蜷缩在宾馆的房间中，丝毫没有外出走动的意思。他们对我们的到来只是表示了欣慰，脸上还是没有开心的笑容。

当知道我们的来意，希蒙说："你们带小渊美子走吧，毕竟她还年轻，还有很多精彩的人生需要去经历。对于我来说，这个世界已经没有什么好留恋的，如果死神现在成全我，我反倒会感激它。"希蒙对生命的淡薄让人感到丝丝凉意。

没有人能够劝动希蒙，最后小渊美子眼含泪水和我们一起离开了希蒙。一路上没有人愿意开口说话，只是把伤感寄于沉默中……

小渊美子的到来，让连漪有些失常。看似平静的她，不知道内心会有怎样的波澜。每当他们三个人在一起的时候，连漪都会主动退出，这真的让人怀疑她的感情了。

安娜终于担心起来，"你了解你的这个战友吗？"她不厌其烦地问。

"当然。"我不断重复着同样的回答。

后来我们终于决定要干涉这个混乱的局面。

"我们能谈谈吗？"安娜很谨慎地询问连漪。

我默默地调整了一下房间中安装的空气调节仪，它的各项指针很快发生了明显的变化。但愿这场谈话能顺利，我祈祷着。

"当然可以。"连漪终于安静地坐了下来，不过我认为，她依然屏着呼吸，在聆听书房里小渊美子肆无忌惮的笑声。

"我想了解一下你对威克的看法。"安娜客气地说。我知道她其实想问：你爱威克吗？

"他很好。"连漪寻找了半天，终于认为用"很好"两个字来表达是合适的。

我猜安娜本来想追问："只是很好吗？"但她害怕连漪回答一个字："是。"那么她很难再问什么，于是她巧妙地问："威克很可怜是吗？比如在情感方面。"

"有点。"连漪有些紧张了，她不知道安娜会怎样继续下面的对话，她不敢轻易把话说死，以免没有了退路。奇怪，以前的连漪像个假小子，敢作敢为，现在怎么成了这个模样，难道她真的病了？

"能不能把你的话理解为，在情感方面，你有点可怜威克。"安娜步步紧逼地问，她显然从连漪犹豫的回答中找到了突破口。

“噢，是，是这样。”连漪有点后悔，她希望能够转变眼前被动的局面，于是又做出解释，“其实每个人都有可怜的一面……”

“你认为一个人步入可怜的爱情会是怎样的？”安娜打断了连漪。

“我，我真的不知道，或许不会有一个好的结果。”连漪像孩子一样紧张，显然她已经回到了当兵的年代，面对严苛的教官，无路可退。

“可你现在就在这样做，不是吗？”安娜呵斥着连漪，凶巴巴的表情让我有点意外。

“美子她现在确实需要威克的照顾。”连漪开始反抗。

“可需要他照顾的人有很多，比如你。”安娜声色俱厉地说，“你不能强迫威克去做什么，除非他想那样做。你应该知道他和美子之间的事情已经过去了，如果你是出于考验威克而这样做，你有点自私；如果你是在可怜美子而选择放弃，那么你很愚蠢。你真的应该认真考虑一下，你是否做错了。”安娜突然结束了谈话，她本该乘胜追击的。

“是的，我知道，可我真的不知道自己该怎样做。”连漪开始让人觉得有点可怜。

“你爱他吗？”安娜也有点眼泪汪汪的，她柔声细语地问。

“是。”连漪耳语般回道。

“那就好。”安娜终于松了口气，她搂住连漪的肩膀，“那你就不应该放弃，更不应该逃避，知道吗？”

连漪惶惶不安地回去了，只有帝客屁颠屁颠地送她出门。我偷眼看了下安娜，发现她正凶巴巴地盯着我。老天爷！还是赶快消失的好。

“龙！”安娜在我的身后喊道，“你要去哪里？”

泰山压顶的感觉，逆流行舟的境地，万丈高崖的处境。得，还是回头是岸吧……

静若纤雪的安娜，精灵古怪的安娜……

殷墟超能公司突然对外宣布，他们通过粒子传输把一个由不同材质构成的精密机器传递到了火星，并成功还原了它，于是放言道：“相信不出十年，我们就可以通过这种光速的粒子传输，把人类传递到浩瀚宇宙的另一端，星际旅游对于我们来说，已经指日可待。”

“难道宇宙很小吗？难道灵魂也可以传递吗？”嫉妒让我抓狂。

安娜看出我的心事，开心地笑了，说：“你不是常说光速恒定是错误的，是源于技术能力的缺失？既然如此，那你现在有大把的机会用超越光速的速度来超越他们了。”

“冷冻人的技术现在已经很完美了，既然灵魂都可以冷冻，那么用粒子传输生命也该没有什么问题。”威克没头没脑地肯定道。

“散失，散失！”我咆哮着质疑道，“不解决掉散失的问题，我们又怎么可能复原出一个完完整整的人呢？”

此刻的安娜像抬起了爪子的小猫，开始肆意地挑逗着我的情绪：“人类每天都要新陈代谢，难道今天的你就不是昨天的你了？难道不小心掉了根头发的你就变成了另一个你了？”

“现实中，相同的机器其做功是完全相同的，如果我们先把灵魂说抛在一旁，那么重新打印出来的生命体其神经结构和神经反应必然也相同，又怎么有差别呢？”这是我曾经说过的话，不过，现在它从威克口中说出来，就有点怪怪的感觉，甚至他还大放厥词，“我们甚至可以无限复制他们，只要我们拥有在粒子层面上的构建能力。”

“复制人？”一个新概念就那么轻飘飘地从威克口中飘了出来，我真的要疯了，为什么我就没有想到呢？

“干吗还要复制一个出来，难道他们还会是同一个人？”安娜惊骇地问。

“人类不就是奇奇怪怪的吗？谁又知道明天的自己又有什么异想天开的想法呢？”威克继续胡扯，“当然，和克隆人一样，不管怎么复制粘贴生命，即便他们拥有完全相同的过去，但基于不确定的情绪和随机的认知阀门，他们今后的人生也注定不会一模一样。不是吗？”

“所以，他们并不是同一个人，对吗？”安娜陷入了思考。

“当然不是。面对未来，他们注定会有不同的人生，又怎么会是一个人呢？和自然繁殖一样，不过是母体换成自己，婴儿转换成成人罢了。不仅复制人不会，克隆人也不会。”威克不知道什么时候学会了我那一套，开始睁着眼睛做梦，他继续自言自语地说，“那么灵魂会吗？如果一个灵魂可以孕育出另一个灵魂，那么灵魂又是什么呢？”

这是一个我连想都没有想过的问题……

威克继续异想天开：“智能机器人就是一个活的例证，他们表现出来的是行为的各异性，难道他们开始产生灵魂了，还是说他们被灵魂所附体了？如果说他们产生了灵魂，即使把他们大卸八块，再组装起来，他们的灵魂也还是完整的，但是如果把两个智能机器人组合在一起，他们又是一个新的个体，新的灵魂又被产生出来了。”

威克最后无助地睁大眼睛：“灵魂到底是什么？龙，你能够告诉我吗？我相信你会有奇谈怪论，你是在等着嘲笑我的。”

面对威克，我又恢复了自信：“意识就是物质对环境的感知，思想就是生物自我存在的自适应，信仰就是人类根深蒂固的优越性。所以，你说灵魂又会是什么东西？或者，它根本就不是东西。”

“莫名其妙。”安娜一头雾水地说。

“胡言乱语。”威克恢复了常态，“我想只有帝客才能听懂他在说什么。”

“汪汪。”帝客伸着长长的舌头，像小学生上课那样端坐在我的面前，它显然听懂了威克的话，并且兴致勃勃……

夜晚的海滨很美，潮水永无止息地膨胀着它的欲望，碎碎的潮声，如摇篮边的歌谣。有那么一刻，你会想倚天长啸，也有那么一刻，你又会有些茫然，但更多的时候，你只是傻傻地看着，傻傻地听着，任由时间流逝……

一只螃蟹冒冒失失地爬上海滩，它打量着广袤的大地，想进行一次冒险的旅程……

赫尔和尼让终于回来了，他们显得有些苍老，甚至我们能从他们的眼睛中看到死亡。我不知道这是不是心理灰暗所造成的错觉。

赫尔说歇洛已经安葬在俄亥俄州的一个村庄，那是歇洛出生的地方。

尼让说歇洛死无全尸，下葬的只是一些零碎的遗骸。

“我们应该重回截云山去寻找真相，而不是坐等厄运再次降临。”赫尔突然说。

所有人都震惊了。截云山，现在是我们做噩梦的时候都想逃避的地方。赫尔的决定，让很多人吃惊，就在大家争论不休的时候……

“是的，我们都应该重新回到那里！”沉默寡言的希蒙突然用近乎歇斯底里的声音说。

所有人都看见了希蒙的眼泪，浑浊如污水池里的泥珠；所有人也都看见希蒙倒了下去，就在我们的眼前……

“你们来得太晚了。”医生遗憾地说。晚了？难道还能重新开始吗？这本来就是一场场游戏，有的刚刚开始，有的已经结束。

“他是怎么死的？”赫尔抓住医生的衣领吼着。其实他最温柔的声音在别人的耳朵中也是一种咆哮，他根本没有必要那样做。

“心肌梗死。”医生说完伸出一根指头，像挥去一片落在身上的枯叶般，轻易就让赫尔松开了双手。

“谁是凶手？”赫尔发出绝望的哀号。

看着眼前悲伤的一群人，看着静静地躺在床上的希蒙，曾经有过的猜疑已经荡然无存了。

“他得了一种怪病，他的血管壁很薄，任何剧烈的活动和刺激都可以要他的命，就像你曾经看到的那样，他每天都必须依靠药物维持生命。”尼让伤感地说。

希蒙不是一个冲动的人，可一次偶尔的冲动竟然要了他的命。

死神的诅咒，撒旦的收割，这些缥缈虚无的东西却像无形之手，始终操纵着我们的命运。而我们，只能默默等待下一个悲剧的发生，无处可逃。

希蒙的遗体按照他弟弟的意愿送回了德国。当飞机起飞的时候，我看见尼让竟然双手合十，竖在胸前……

飞机拉起一道黑线，呼啸着钻入低矮的云层，消失在火烧火燎般的云彩中，只有那阵阵轰鸣，还在耳中盘绕不去。

重回截云山的计划在有条不紊地进行中，这是一个除了连漪之外，没有其他人赞同的计划，但固执的赫尔说："如果没有人愿意，那就让我一个人去好了。"

"我是不会去的。"威克甩下一句。

尼让劝无可劝，最后终于答应下来："既然你已经决定了，好吧。"

比特犹豫道："算我一个吧。"

戴维慎重地建议道："如果去，我们应该有一个详细的计划才是。"

"既然如此，我也去。"平野郎在最后一刻转变了态度。

连漪对截云山之行的执着近乎痴狂，她以联系一架退役军用直升机为交换条件，提出了同行的要求。

"当然，我们正为缺少一位帮手发愁呢。"尼让一口应承下来。

"我也去。"唯恐天下不乱的我在最后一刻站了出来，那一刻，我看见了安娜惊惧的眼神。

除了连漪，对其他人来说，重返截云山是一种恐惧。所有人都在默默准备着，那一段日子如同惊涛骇浪前的蛰伏，平静到可怕。

这一天终于到了，一夜噩梦尚未清醒，我就被威克兄妹唤醒，迷迷瞪瞪地上了路。当我们赶到飞行俱乐部的时候，连漪和所有人已经等在那里。停机坪上是一架早已被军方淘汰的老式折叠翼运输直升机，此刻它犹如张开大口的庞然巨兽，在迎接着我们的到来。

一切准备就绪，我们开始登机。但就在此时，意外降临到英国人戴维的身上。在踏上悬梯的那一刻，他竟然滑倒了。赫尔和尼让他们刚刚咧开嘴笑了两声，就再也笑不出来了，因为戴维倒在地上痛苦地呻吟着，眼神充满了惊惧，好像已经看到了死神……

"该死的，快！"赫尔显然意识到了什么。是的，死神从来没有放过我们之中的任何一个。

杂乱的脚步再次响起……人们惊慌失措，高声叫嚷。我好像停留在噩梦中没有醒来，眼睁睁地看着死神挥起了镰刀，却无力阻止……

“根本就没有什么凶手，我们是被诅咒的！”威克疯了般大声喊道。

是的，我就站在戴维身后，我亲眼看到没有人触碰他，但他就那样倒了下去，四肢抽搐地倒在我的眼前……

这个世界上有笑死的，有喝水噎死的，自然也有摔了一跤就死掉的。生命就是如此不羁，当你无视它的时候，它也会无视你的存在……

我没有心情去等待医生的结论，我知道戴维必死无疑。在这场我们和死神的游戏里，没有人能死里逃生。道理很简单，一个人摔了一跤，死了就是意外，你总不能对一个摔跤的人说什么“恭喜你死里逃生”之类的话吧?

“心脏痉挛导致血管破裂，这就是原因。”医生只是简单地说了一句，然后就惊恐地从我们身旁逃开了，好像我们在传播厄运一样。

我看着哭泣的安娜，没有劝慰她。

■ 第二十四章

一个亿的烦恼

戴维的葬礼是一个星期后举行的，他唯一的亲人从英国赶来，是一个白发苍苍的老人，尼让说她是戴维的母亲。她在葬礼上始终保持着克制，没有流下一滴眼泪，甚至会谦恭地向每一位来宾致谢。

当教父祷告的时候，戴维的母亲就站在我的身边，我看见她闭上眼睛，双手紧紧相扣在胸前，嘴唇在微微颤抖。一股莫名的悲伤在我的心底产生。没有人再次提起截云山，包括连漪，因为所有人都相信戴维的死是死神的警告。

赫尔一直都在自责，他不时地忏悔自己的决定，而戴维的密友比特的行踪开始有点让人看不懂，他总是在夜晚出去，常常一身水一身土的在黎明才回来，然后倒头睡上一整天。

平野郎整天在自己的房间中摆弄电脑，甚至吃饭的时候也会把电脑拿出来。唯一振作起来的是尼让，他很喜欢和我们待在一起，他说他很羡慕我们的青春，和我们在一起能让他忘记自己的年纪……

如果有人要杀你，你是可以躲藏的，可是如果是死神要找你，你就会走投无路。

“我们可以开一次派对。”安娜建议说。她没有说出原因，但大家都心知肚明。

“我赞成。”威克第一个举起了手。

“好主意。”尼让竟然也表了态。

“让我来做生鱼片。”小渊美子微笑地看向我说道。

“我最拿手的是蒜汁牛肉。”连漪笑道。

“我来调鸡尾酒。”赫尔竟然也参与进来。

“我来修草坪。”比特也站了出来。

“我只负责吃行吗？”平野郎恬不知耻地说。

“看来只有我上厨房了。”我毛遂自荐道。

“那我不是要失业了？”安娜不满地抗议，“我们应该把花园重新装饰一下。”

事情就这么简单地敲定了。派对那天，天公作美，没有乌云密布，也没有飞沙走石，晴朗的天高远明媚，朵朵白云悠闲地飘荡在天上。一切的一切，都是那么完美。

赫尔端来调制好的鸡尾酒，穿梭在我们当中。“怎样？味道怎样？”他不厌其烦地问每一个人。当然，除了威克，没有人会说出令他扫兴的话。

“我从来没有喝过这么好的鸡尾酒。”我的赞美甚至开始让赫尔怀疑是在阿谀奉承。但是，当我一杯杯灌下他的美酒，开始前言不搭后语的时候，他开心地笑了。

“我看你常常在胸前画十字，你信教吗？”赫尔突然莫名其妙地问。

“我只是在宽慰自己罢了，上帝离我还很遥远。”我说。

“噢——”比特在一旁叫了一声。

“怎么啦？”我惊骇地扭过头。

“没什么，只是让一根草扎了一下。”比特难堪地说。

“出血了吗？是否需要包扎一下呢？”我惊魂未定。

“你认为我是玻璃人吗？这点小伤还不至于要了我的命。”比特笑着说。

“这倒是，我还记得在百慕大探险时，船上的一根钢钎扎穿了他的手臂，他竟然和没事人似的，简单包扎了一下，连药都没吃。”尼让笑着说，“你不知道，他是一个讨厌用药的人。”

“不，我不是讨厌用药，而是不愿意乱用药。”比特解释说，“我并不完全认同现代医学专家，他们过于谨慎，无视了生命的顽强，哪怕你脑海里飘过一个奇怪念头，都会被诊断成是精神病，然后再给你开一大把的药。说真的，如果你都吃下去，你才是真的有病。”

“这话可千万不要让小渊美子听到，否则她非锯开你的脑袋看看里面出了什么问题。”平野郎开玩笑地说。

“我想每个人都有异于他人的地方，因为体质不同，如果非要弄出一个标准的数据出来，好像不太现实。”比特把被草扎过的手指挤了点血出来，然后在嘴中吮了一下。

“还是让小渊美子看一下的好。”看着眼前若无其事的比特，我心中有种怪怪的感觉。

比特的脸色变了变，他显然也意识到了什么，但他马上说道：“没什么。我听见你们刚才在谈论宗教是吗？我也是一个无神论者，小时候，我撕过圣经的纸去折飞机折船，长大后，我把祖上传下来的圣经当垫脚的东西踩在脚下。即使是现在，我也不认为上帝会惩罚我。我已经够累的了，再让我背上一个十字架，除非我疯了。”

“倒不是上帝不惩罚你，只是现在和你一样的人太多了，他还没顾及你罢了。”平野郎大笑道。

“法不责众，可是中国古人说的。”比特笑着说。

那一天，我们各自宣泄着自己的不满，直到很晚，我们的话题已经没有边界，毫无禁忌。也许我们的确是该被诅咒的……

戴维死后的很长一段时间里，威克和我都沉浸在对死亡的恐惧中。威克常常莫名其妙地开始烦躁，甚至有一天把酒杯狠狠地砸在我的脚前，连一句抱歉的话都没说，便如发疯的智能机器人一样，推倒一切阻拦他的物体，跑了出去。

我也常常沉浸在恐怖片中不能自拔，于是我成了在鬼怪追逐下尖叫狂奔的主角，成了怪兽幽灵俯视下战战兢兢的演员。直到片子戛然而止，那些影片中死而复生的鬼怪，依旧在黑暗的边缘向我窥视……

但随着财神老板金的到来，我们才发现自己何止是在庸人自扰，更是在暴殄天物。

老板金依旧如弥勒佛般笑着对我们："我们现在可以好好干上一场了。知道吗？我这里收到很多订单，足够我们做上几年的。"

"真的？"威克惊喜道。

"当然。"老板金笑着说，"不过，有相当一部分是要求我们进行产品开发的，我虽然不懂技术，但这对你们来说应该是小菜一碟"

"你不是有基因人吗？"我并不想把生命浪费在已经成熟的技术之上。

老板金尴尬地嘿嘿一笑，说："他们怎么可能比你们更优秀呢？他们的思维充满定式，毫无触类旁通的能力。"

"所以你才无时无刻不在想我们死是吗？开个玩笑，说来听听。"我玩笑道。

"有家生物公司跟我提出需求，就是制造一种类似植物的生长物来消除沙漠的威胁。你们知道的，眼下沙漠的威胁越来越严重，政府也对治理沙漠给出了政策性扶植。如果成功了，我们就可以拿到十年的合同，你们说这是不是天赐良机？"老板金飞快地说道。

"生物构建是吧？难。你是知道的，我们现在刚起步，既没人，也没资金，况且这样的项目也超出了我们现有的研发领域。"我失望道。

"这些都不是问题！你们只要提供好的技术思路，人员和资金问题我来解决。"老板金简直就是活佛在世，再一次丢给我们一个大馅饼。

"怎么合作？"威克立马目光炯炯地问。

"老办法，你们出技术，我来生产，利润五五分成。怎样？"老板金笑道。

原来上帝就在我们眼前，威克毫不犹豫地答应下来。

看着眼前金光闪闪的财神，我说道："我这里还有一个更好的项目，关于永动机的。当然，是基于自然环境下的，就像风车之类的，如果有一种机器能够获得基于宇宙大环境下的基础动力，譬如宇宙射线，譬如宇宙涟漪，那么它是不是就可以被认定为一种永动机了呢？"

我继续挑逗着老板金："想想，一种微型的纳米永动机会是什么，一座发电厂，一台磁力引擎，还是一个永恒的生命系统？"

"真的可以吗？好，这个项目更好。这样吧，交给我，我来拉赞助，您来搞定立项。”老板金兴奋地说道。

“是不是再基于纳米永动机，把灵魂也复制进去，这样我们都可以与天同寿了呢，你有切实的方案没有？你不会是在这里夸夸其谈吧？”威克语带讥讽道。

威克现在好像真的和白痴一样，他怎么就看不出我的目的呢？如果是帝客，它绝不会这样来质疑我的。

“唉，威克，谁让我们穷呢？光靠我一个人，就是长出三头六臂也做不到啊。”我故意叹了一口气说，“你要是有人家金老板这样的财力，别说这样的小项目，就是天破个窟窿，我也能给你补上。智慧之下，一切皆有可能，你说是吗？金老板。”

“龙说得不错。”老板金立刻附和道，然后他拍着胸脯保证道，“这样吧，我先拿一个亿给你们玩玩，成败随意，你们看够吗？”

“什么？”威克舌头都吐出了半截，他好像已经听见钞票哗啦啦响了。

事实上，幻想也好，臆想也罢，只要是你能想在别人之前，它们都可能带给你数之不尽的财富。在商圈里摸爬滚打了几十年的老板金，显然比威克更加明白这个道理。

“谢谢你，金老板，你真是我们的财神爷。”我一把抱住老板金，就像在拥抱一块金砖。

当老板金真的把一个亿的资金打入我们公司的账户，威克把我喊进了办公室。“现在好了，财神是送钱来了，但他也要求监管资金的使用。这也罢了，他还要求我们共享技术资源。这怎么看都是一份卖身契嘛，这你也敢签？”此刻恼羞成怒的威克，连说话都变了调。

“这个……”我的眼睛溜到了一旁安娜的身上，她正用信任的目光看着我，希望我立刻就拿出方案来。

“可能……”我看见高挑俊秀的女秘书夏美正仰慕地向我微笑。

“大概……”帝客跳了起来，它用两只前爪作揖般为我欢呼。

奇怪，今天是谁把帝客也带来了呢？

“算了，既然如此，你看需要购买什么设备吧，还有聘请哪一类人才，有具体的计划吗？拿来我瞧瞧。”威克按捺住怒气，问道。

“我会有什么头绪，我就是想让我们的手头宽裕些，难道不可以吗？商人还能有怕钱烫手的？”我索性坦白从宽。

威克先是吃惊地看着我，然后一下跳了起来，狠狠捶了我一拳道：“哇，龙，你真的太有才了，我怎么就没有想到呢？”

“那你准备怎么做？难道这样就完事了？”安娜错愕地看着我。

“不管怎么说，基于宇宙环境下的永动机必然是未来星际文明的方向，如何实现它并不是我们现在要去考虑的。我们现在应该考虑的是，有了这一个亿，我们就可以用它做上市，去把永动机炒成概念股，那样我们就可以圈到十个亿，甚至上百个亿。真到了那个时候，我们还愁老板金的钱还不回去吗？”我沉浸在自己的美梦中。

“那老板金岂不成了冤大头？”威克咂舌道。

“你真的以为老板金是傻子？”我怜悯威克的智商，他真的很幼稚，“要知道，这是一个资本倒溢的时代，如何把手中的钱甩出去，才是资本家最头疼的事情。捐出去，他不舍得，攥手中又会发霉，只有四处撒饵钓鱼，他们才有可能找到让财富倍增的机会。”

“呵呵，别忘了，你只是画了一个饼。”安娜冷笑着提醒我道。

“你也别忘了，我们身处的时代早就是一个在售卖概念的时代，商人有的是钱，却缺乏智慧；我们有的是智慧，但我们却没有钱。”我冷言冷语地回击道。

看到即将爆发的战争，夏美慌忙抱走了帝客，一路小跑地送它去了洗手间，好像帝客真的尿急一般。

“永动机真的有可能制造出来吗？”威克再次问道。

“事实上它一直存在着，大至我们眼中的星系星球，小至分子原子电子，因此，做出一个基于宇宙基础环境下的纳米永动机出来，并不是什么难事。”我实话实说道，“现有的纳米材料，并不能让我们在极微空间中获得足够多的能量，那样，它的存在也就毫无现实意义。所以，我们或许可以构建一个庞大的纳米团来弥补这样的缺陷……”

威克打断了我，将信将疑地问道：“怎么可能？我们都知道单位空间中宇宙射线所能带来的能量是微乎其微的，而你口中的宇宙最基础的能量存在表现——宇宙涟漪，我们甚至连它是什么都不知道，又该如何捕获和利用它呢？”

我哈哈一笑，说：“我们必须研发出一种能够转化和储存能量的基础纳米，当它成为一种发动机或者蓄电池的时候，我们就有了改变世界的可能。所以，永动机未必只能存在于宇宙涟漪之下，也可以存在于宇宙射线之中。”

“可你前面不是说它所能获得的能量并不多，而毫无意义吗？”威克迷茫了。

“不然，如果纳米团足够庞大，哪还有什么是不可能的呢？所以凭借我们既有的技术就能向老板金交差了不是？所以有了钱，我们就能更进一步。”我笑了。

“确实，饼是画得够大够圆，要真做出来，还真的需要一口大锅。”安娜向我投来异样的眼神。

“所以，想改天换地，我们必须先包容天地。我们现在需要的，只是一步步来实现它。”我在用最坚定的语气给自己打气。

一个亿的意外之财握在手中会烫手的，我们必须想办法在倒霉事到来之前把它挥霍出去，但该怎么挥霍呢？这对我和威克兄妹这类“自命不凡”的人来说，有点难度，于是，安娜打开了次宇宙系统，联系了南茜。

现实世界是由唯物的三维空间加上唯心的时间四维所构成的，虽然依旧有很多学者坚持认为时间并不是一个真实的维度，但不管争议如何，它们完美地构成了我们对现实宇宙的全部感受。

次宇宙系统是基于现实世界的镜像世界，一个现在被我们习惯称之为五维空间的虚拟世界，之所以这样，是因为从网络游戏，到网络购物，到网络办公，乃至网络日常，虚无的网络占有我们的时间越来越多，多到每时每刻都足以无视现实四维空间的存在，因此，五维空间的诞生也就顺理成章了。

基于目神经虚像系统，我们早已甩掉遮掩现实视野的 VR 眼镜，这让我们随时随地都能身临其境，步入虚拟的网络世界，甚至可以一脑两用：一边忙碌于现实，一边沉溺于网络，因为它们早已互通互连。不过，当两个不同的世界同时出现在我们视野中，无疑也是一种麻烦，它会让大脑在现实与虚拟的两个世界中左右为难，也会让我们产生眩晕感般的错觉。

于是，一个疯狂的家伙提出了一个疯狂的建议：建立多脑系统来重新构建人类的神经系统。想想，一个人如果可以像电脑那样同时处理不同的程序和数据，该是多么美妙的事情。而这个疯狂的家伙正是南茜此刻要推荐给我们的："他确实有点疯狂，他也确实只是一个商人，但他的手中可握有老板金做梦都想象不出的财富。"

"用我们的一个亿在他那里打个水漂吗？"威克龇牙咧嘴道。

"告诉你一个残酷的现实吧，可怜的威克。"南茜不满地说，"曾经有人愿意付过亿的钱和他共进晚餐，可人家都连眼皮子都没有眨一下就拒绝了。"

威克难以置信地叫喊道："真的假的，一个亿都请不动的人又怎么可能愿意见我们？靠你的脸蛋和交情吗？"

"你错了，不是我的，而是你们的脸蛋。"南茜笑嘻嘻地说着，随手从空中抓出一把锤子砸扁了威克的脑袋。

"你说什么？你说靠我这样的脸蛋吗？"威克指着自己就剩下一张大嘴的脑袋，依旧在呱呱乱叫。

"我不过是开个玩笑。现实是，没有人可以凭借脸蛋就可以见到他真身的，所以，我们才在这里。"南茜说话间，背后变幻出两个巨大的翅膀，一展之下，翩跹而起。

"那我们……"威克有点懵。

"我们不用任何脸面和金钱就能够在次宇宙中见到他，在这里，他才是真正的神。"南茜语带敬畏地说。

看着南茜一脸崇拜的模样，让我突然想起来她可是次宇宙中不折不扣的骨灰级玩家。不过我还是很好奇，这样神明一般的人到底是什么样子。我皱眉问道："我们毫无准备，又该谈些什么呢？"

"你想谈什么？"一个行人站住了脚步，他同样皱着眉，看着我问。

"哦，对不起，我在和朋友说话呢。"我歉意地解释道。

"我当然知道，我是问你究竟想谈什么。"行人一身正装，像极了一个急于推销保险的职员。

"我们吗？我们之间有什么好谈的。"这个人莫名其妙，我有些恼怒。

"看来是没有什么好谈的了。"行人怔了一下，随后嘟囔了一句，抬脚便要走。

"等等。"安娜突然拦在了他的前面，问道，"如果你有一个刚起步的事业，现在突然有人投资给你一个亿，那么你会怎么做呢？"

行人困惑地看了看安娜，然后说出一段莫名其妙的话来："我今天本来计划在外面跑一天的业务，所以也特意打包了一天的口粮，结果上午不小心就拿下了一个客户，中午还要请人家一起吃个饭，这也就算了，刚刚主管又通知说晚上要加班，有加餐。你说，我打包好的口粮岂不白白浪费了吗？"

"你在说什么？"我睁大了眼睛。

"没什么，就是说白白浪费了一天的口粮。"行人苦闷地说道。

"不过两顿饭而已，与其斤斤计较，完全可以带回去明天继续吃啊。"威克说道。

"这怎么可能？我明天即将拿下一个大客户，然后狠狠嗑他一顿。我志在必得。"行人自我打气道。

"如果失败了，岂不又要饿上一天？"安娜担心地说。

"谁还没有饿过几顿饭呢？"行人嘟囔着，头也不回地走了。

"他是疯了吗？"威克顿时没了兴趣。

"谁疯了？"南茜在城市上空玩够了，翩然落下，问道。

"我疯了！"我大声道，"所以刚才走的那个人就是我们要见的人是吗？所以，他是在告诉我们，不管做什么，首先要明白计划和现实是两条线，是吗？做事必须孤注一掷并承担任何风险，是吗？"一个能打包一天口粮的人，居然要去背水一战，不是很奇怪吗？

“好像还真是。”威克惊愕地看向行人的背影。

“什么跟什么啊？走了，时间到了，再晚就见不到真神了。”随着南茜的一个响指，一扇穿梭门出现在我们眼前。南茜拉起安娜走了进去，没了踪影。

富豪的世界我不懂，所以，那次拜会的结果是，我们回到家已经很晚了，连做饭的心情都没有，只能把之前的剩菜剩饭热了热，混了个肚圆。

当然，也并非一无所获，我们注意到在财富的眼中，科技并非那么重要，资本才是科技背后的隐形操手，甚至是截断科技的阀门。

“在你们看来，我可能是个文盲，所以，我不可能涉足我一无所知的领域，那会淹死的。”他调侃道。

“所以，就科技领域来说，大多数的情况下我会抛出诸多美好的愿景供你们探索，直到孕育出真正的市场，我才会放手一搏。即使如此，我也常有失手的时候。”他坦诚地说。

“之所以如此，是因为资本的本性是暴利，而暴利伴随着风险，玩的就是心跳，一旦有利可图，我岂能袖手旁观？”他自信地说。

“一个亿到底该怎么花，那个行人不是告诉你们了吗？我都听到了，难道你们还没有听明白吗？事实上，生意是世界上最容易做的事情，关键是你的勇气与意志到底有多少。”他含糊其词地说。

“我不明白你们为什么会和我一样对金钱有着同样的执着，在我的认知中，它不仅不能给你们带来愉悦，甚至还会让你们失去现有的快乐，即使在你们得到之后。”他语重心长地说。

如他所言，一个亿还真没有给我们带来持久的愉悦感，仅仅几天，我们就已经为怎么把它花出去而愁肠满腹。于是我逃回了实验室，又开始放飞思想，天马行空，那种远比山珍海味还要鲜美的滋味随之而来，直到……

“哎！”当我神游回来，才发现整个世界都被黑暗笼罩。

“头儿，”一张笑脸浮现在我的眼前，“极微粒子真的都存在量子态，这是刚刚获得的实验数据，你看。”

看着小文凭热情洋溢的笑脸，我只能默默地擦了下一头的冷汗：“是吗？难道我们这么快就抓到了宇宙涟漪的尾巴？”

“宇宙涟漪真的会是你所描述的基子世界的最基础存在吗？”小文凭困惑地问道。

“可能不是，但不管什么是宇宙最基础的存在，它最终都将是不可再分割的，那么作为最终不可分割的它们，又该拥有什么形态，才能形成我们眼中的宇宙呢？涟漪，就像我们眼前骚动的现实世界一样，微观世界又怎么可能是风平浪静呢？”

“所以你假设了基子的概念，但你并没有描述出基子究竟该是怎样的一种存在？它是粒子态还是波态，或者拥有波粒二象性？”小文凭蹙眉发出疑问。

“就像两个玻璃球，如果要让它们之间产生互动，必然要有一种关联在里面，那么这种关联会是什么呢？难道还会有比玻璃球更基础的存在吗？这会产生一个无限循环的悖论。”我耐心解释道。

“所以你提出宇宙涟漪的概念，认为宇宙涟漪就像一池搅动的水，所以玻璃球之间才会彼此关联起来，是吗？”小文凭若有所悟地问道。

“它是属于整个宇宙的韵律，是无数玻璃球之间的乐章。”我开始翻看数据。

“难道真的有‘上帝之手’吗？”小文凭纠结道。

“为什么总有人认为宇宙之初就是静止和死寂呢？为什么它不能是运动和变化的呢？要知道，让一个物体完全停止下来，远比让它运动更加困难。”我皱眉道。

“我只是在想，或许基子态就是运动态，那样就可以完美地融合一切了，也就不再需要匪夷所思的宇宙涟漪了。”小文凭一语惊人地提醒我道。

“基于基子内部的运动态吗？”我有点迟疑，毕竟这个理论如果成立，那么基子就是可再分割的。

面对我的困惑，小文凭一笑道：“当然，理论上能存在的东西在现实中不一定存在。”

“或许你的猜想是对的，但现在，或者在更遥远的未来，我们可能都无法用技术的手段来验证它们。所以，我们现在还是踏踏实实去抓住宇宙涟漪的尾巴吧，毕竟，宇宙涟漪多态势下的叠加，它未必是基子层面的，也可以是不同粒子或者能量层面的。如果可以，它将成为我们永恒的动力。”我说。

“头儿，你说量子态会不会是基于涟漪所产生的一种态呢？至少它应该是建立在涟漪之上的。”小文凭还没有放弃这个话题。

我想此刻应该有个电话来结束这场无聊的对话，想不到它真的就来了……

“什么？真的吗？”

我一直有一种不祥的预感，比特可能会被那个小草刺破的伤口夺去性命，所以当我接到电话十几分钟后，看到已经被白布单盖上的比特，丝毫没有意外。

“他是怎么死的？”

“感染，心肺衰竭。如果他能早点来医院的话……”

“很快就会轮到我了。”

“每个人都有盖白单子的那一天，不是吗？”

“灰飞烟灭是吧？好啊，至少我们烧成了灰也不会真正泯灭，我们依旧会活在这个世界中。”

“确实，如果我们可以唾弃灵魂的话。”

“无数个玻璃球之间的感情，是吗？”

“你们在说什么？”

我想即使比特还活着，也不会介意我在他的名字上划上横线，因为他已经死了，可笑地被一棵小草杀死了。这真的是一个很可笑的结局……

■ 第二十五章

羲和智库

事情的发展有些出人意料，短短的几周内，先是希蒙，再是戴维，现在是比特，竟然有三个人相继出事，好像魔鬼正在加快狩猎的步伐。

连漪匆匆赶来了，谁也没指望她能帮到我们，如果说有，也只能是安慰我们一下。

事实上，连漪并非一无所获，她查到了许多鲜为人知的东西，诸如探险队所有成员的资料，截云山多年来发生的失踪和死亡事件，还有一些奇奇怪怪的荒野传闻。我只是草草看了几眼，就丢在一旁，感觉心慌慌的。

“看看这些。”连漪在书房里，把一沓照片丢在了我的面前。

只是些 UFO 之类的照片，看不出真假，里面有一张照片里的 UFO 是最清晰的，清晰得都可以看到悬窗里的一张脸。

“还挺像个人的，这就是截云山研究所扎堆的原因？”我哭笑不得地问。

“还真是如此。那里离奇的事情很多，资料里有的是，你仔细看看就知道我们现在的科学是多么的苍白无力了。”连漪有点无奈。

“哈哈，难不成你想调查外星人？如果是，我还是认命的好，毕竟胳膊拧不过大腿，跟人斗都斗不明白，还要跟外星人斗，算了吧。”我笑了。

“你难道认为截云山只有你们这些人在出没吗？”连漪恼怒地说，把手中的铅笔转得风扇一般。

“还会有什么人？”我错愕地看着连漪，不知不觉，手又挠上头去。

“哈哈。”连漪转瞬间笑了出来，说，“你居然还是这样。想想看，如果连一些优秀的谍报人士也常去溜达，你还会这么高兴吗？比如国情局的首席情报官万海，比如神龙见首不见尾的中情局无姓氏威廉，比如……”

“什么？”我目瞪口呆。

“嗯哼，你现在明白了吧。”连漪拍着我的肩膀说。

我沉默了。

“我不知道是不是杞人忧天？截云山一直是异常事件多发地，可能与外星文明有关，至少情报界有此说法。”连漪重新把资料递给我，慎重地说，“你应该明白，这种说法代表了什么。”

“我怎么会知道？”虽然这样说，但我伸出的手却在颤抖。我不想与人为敌，更不想与外星人为敌。

“我不会把这些告诉威克他们的，以免他们无谓烦恼。你放心。”连漪这样说。

对于外星文明，我一直充满梦想与希望，希望那是一种可以让人成为真正的人的一种文明。难道我错了？如果不是，那梦想将成为噩梦，希望将变成绝望……

“我们没有时间再这样等下去了，因为鬼都不知道下一个会是谁，万一是安娜和威克呢？”连漪走时，我送她到路边，有些焦虑地催促。

“我的人一直在他们身边，这你是知道的，但确实也没有什么发现。而且比特自从希蒙死后，根本没有外人接近过他。所以我认为，如果真的存在凶手的话，那只能是在你们内部。”连漪竟然这样说，她简直就是个笨蛋加白痴。

我恼怒地抓紧她的肩膀，一字一句地说：“告诉你，我需要你监视的是平野郎和小渊美子。你明白吗？他们的嫌疑最大！”

连漪红着眼睛点了下头，默默地走了。

我看见安娜站在台阶上，于是快步向她走去。

“连漪没事吧？”安娜软软地靠进我的怀中，憔悴地问。

“没有。”我闻了下安娜的秀发，就再也不想抬起头来。

“你呢？”安娜侧过脸，心疼地看着我问。

我搂紧了安娜，低声说道：“我很好，我只是很担心你，知道吗，安娜？”

安娜的身体颤抖了一下，她突然把唇吻在我的脸上，久久不肯撤去……

浑浑噩噩几天，终于等来比特下葬的日子，所有人都匆匆扮演完自己的角色，然后迫不及待地逃离了墓地。有人提出新的聚餐建议，然后我不得不再次清理该死的花园，这里不仅是狗屎的领地，还是虫子的王国。我已经开始抓狂，因为这会浪费很多时间。

事实上，平整如新的花园让我有些压抑，所以，在大多数日子里，我的花园基本上都是自然的原生态，所以不管你是走在草坪上，还是路过，都可以尽情放松。尤其是帝客，可以自由自在、随时随地给大自然施肥。

我看了一眼帝客，帝客躲到了安娜的身后，得意地露出牙齿。

当黑白子再次交替落在棋盘上，我抬眼看了一下尼让，才发现他真的衰老了许多。他的眉毛已经开始发白，眼睛四周也布满了皱纹，连嘴唇也日渐萎缩……

尼让棋风依旧，只是那只曾经圆润白皙的手，如今已经变成枯老的藤根。他捻起一颗白子，定格在空中，久久没有落下……

那一天，我们谈论了诸多话题，我们甚至谈到了宇宙的起源。

“人类在现代科学中掺杂了太多唯心的东西。起源，难道万事万物都必须有一个起源吗？那么起源的起点又是什么？如果一直追溯源头，那物质起源又在哪儿呢？是虚无吗？可虚无的起源呢？我从来厌恶起源一说，好像做什么都需要理由一样，或许宇宙就那么心血来潮地诞生了呢？你没有听说过无中生有吗？”尼让发牢骚一样地说。

“就像‘大爆炸宇宙论’需要一个奇点那样，在我们连太阳系都还没有走出去的时候，仅凭一些漏洞百出的检测数据来盖棺定论，甚至在还有很多无法做出解释的情况下就认可它，不是很可笑的吗？宇宙之大是任何物质都无法穿越的，所以我们目前不过是鼠目寸光。”我附和道。

“鼠目寸光用得好，面对浩瀚的宇宙，我们甚至连鼠目寸光都做不到。想想看无机物的世界是怎么出现有机物的，这本来就是不可理解的，不管你用怎样的理论去解释它。所以宇宙之大无以比其大，宇宙之奇无以比其奇，我们有句话叫一切皆有可能。在今天，即使存在其他微观生命体，它们对于我们也毫无现实意义。我不喜欢灵魂一词，在过去，我们已经有了智能电脑，但我们不认为它是生命；在今天，我们同样有了智能机器人，我们依旧认为它只是一个机器，即便它已经拥有了相当的自我意识。所以，生命到底是什么？低介质生命注定存在，或许正是它们在使用我们的躯壳，但它们不是灵魂，而是生命。”尼让甚至觉得智能机器人同样是一种生命。

在我还没有完全理解他的话时，尼让继续说道：“甚至有人认为空间是可以折叠的，无视空间只是一个名词，我们臆想中所能折叠的只是存在于空间内的物体甚至星系。如果折叠了一张纸就可以说明它们存在的理论，是不是我们也可以把纸撕碎了，就可以创建出不同的空间了呢？因此，所谓的平行宇宙如此，所谓的多维空间如此，所谓的虫洞如此，所谓的时空穿越更是如此，还有所谓的暗物质暗能量，我想这一切不过就是蚂蚁面对大海时的异想天开罢了。”

“折纸也是具有真实空间属性的啊，所以它确实凭借我们的双手做到了空间扭曲，如果这样理解的话，它好像是对的，但折弯宇宙的那双手是来自上帝吗？”我大笑着说道，“尼让叔叔，和您交谈，总是能够获得很多意料之外的收获。”

“哈哈，同样，你让我更加坚信没有人能够在活着的时候能触摸到宇宙的全部秘密，那样大家早死晚死也就一样了。哈哈……”尼让说得高兴，突然容光焕发起来，“看来还是我太痴了，佛说不可执着，我却放不下，如今竟被你点破了，看来我死而无憾了。”

“你，你没事吧？我，我说错了什么吗？”我迷茫地看着尼让。

“我会有什么事，有事的应该是你，龙。”尼让突然严肃地说，“眼前发生的事情已经越来越离奇和不可思议了，你还能无动于衷的理由究竟是什么呢？”

“我只是一个普普通通的人，即使我想做些什么，也根本不知道该怎么做。我甚至不知道该怎样去理解那些发生的事，毕竟每件事故的发生都平淡无奇，好像每次都只是一个意外而已。所以我该怎么做，我真的不知道。”我困惑地说。

“所以你什么都没有做，对吗？”尼让慢慢站起来，他来回踱了几步，思考着说，“事情的发生都有前因后果，或许我们只是漠视了其中的关联。”

“可我究竟该怎么做呢？”我依旧茫然。

“我不知道，但我知道，不管你做什么都要比你什么都不做的好。”尼让笑呵呵地坐下来，随手捻起一子，啪地拍在棋盘上说，“打劫！”

……

那天之后，我突然痴迷地爱上了这个世界，就像我从未来过一样。

我曾经无视过它们的存在，整日浑浑噩噩于自我的世界，直到今天……

卫星城会展结束后，赫尔和尼让最终放弃了新的会展，甚至没有新的打算，每个人似乎都在无动于衷地等待最后的审判。这让人很头疼，因为他们占用我们的时间越来越多，甚至让人疲于应付。

我们依旧困扰于手中花不出去的一个亿的资金。在南茜的建议下，我们在次宇宙系统中拜访了羲和智库。羲和智库是一家具有官方背景的非政府组织，它的研究方向涉及社会的各个方面，不仅能对各行业的现状和未来提供前瞻性的指引，而且还为政府和个人提供政策及法务方面的服务。

“我们来做什么？”威克问。

“为什么来不重要，重要的是在你们离开时会拿到一份什么样的企划书，它会涵盖我们公司在未来发展中所涉及的各种问题，提供包括市场、税务、法律，乃至科技等所有领域的建议和帮助。”南茜飞快地解释道。

是的，很快我们就拿到了一份沉甸甸的企业规划书，里面除了南茜所说的那些针对公司现状给予的各种指向性意见之外，还详尽地罗列出我们现有或者正在研发的产品的未来预期，甚至包括相同或者类似产品已占的市场份额、趋势，以及建议的竞争方向。

“爱死了。”威克疯狂亲吻着企划书。

“这会不会很贵？”我龇牙咧嘴地问道。

“当然——”南茜大喘气般说道，“免费的。”

“你别逗他了，他眼中的价值可不在这里。”安娜笑弯了眉毛。

“真的不要钱，这一切都是免费的，要不然我也不敢领他们来啊。”南茜认真道。

“怎么可能？他们在做公益吗？”我骇然道。

“羲和智库虽然不是政府组织，但它是一个建立在信仰之下的智慧国度。说出来你们可能不信，这里的一砖一瓦都来自社会不同阶层，不求回报地贡献着自己的力量……”南茜简直在天方夜谭。

“不吃不喝地做着贡献吗？”我冷嘲热讽地打断了南茜。

南茜扫了我一眼，冰冷地说道：“这个世界并不总如你眼中那般黑暗，社会上有太多心怀志向却投身无门的人，当有人为他们打开一扇大门，他们就会蜂拥而至，奉献一切。站在这里，你们难道没有感觉到什么异样吗？”

威克困惑地四下看看，嘟囔道：“当然看到了，这里简直家徒四壁，什么都没有。是不是这里刚驻扎进次宇宙，一切都还没有来得及构建呢？”

南茜解释道：“你们可能不知道，次宇宙的构建者就是羲和智库。而你们现在所看到的一切，和现实中的羲和智库一模一样。不论在现实还是在网络中，羲和智库就是一面标杆式的旗帜，有了这面旗帜，它就拥有了汇聚在这面旗帜之下的所有资源，甚至是超越一切的资源。”

“故弄玄虚罢了，还什么国度，什么旗帜的……”我再一次小肚鸡肠地说。

“你都快嫉妒成性了，好歹你也弄一个完美的东西出来。”安娜说完，狠狠地在我臂膀上拧了一下。

我再次逃了出去，逃进了现实，逃进了实验室，手臂依旧传来疼痛……

又是无聊的一天，所有人再次来到我家做客。

来到海滩，赫尔和尼让已经坐在海边礁石上垂钓，威克和平野郎在远处一棵椰子树的阴凉处下棋。

小渊美子在烧烤架前背对着我们忙碌些什么，她今天好像变了个人，竟然一身短衣短裙，身材也显得高挑了许多，性感了许多。帝客屁颠屁颠地围着她跑来跑去，看见我回来，也只是摇了下尾巴，敷衍地叫了一声。

我刚把东西放下，就听见安娜兴奋地喊道："南茜，真的是你呀！你什么时候跑回来的？我刚刚还在想要不要喊你来呢？"

我抬头一看，原来正在忙碌的不是小渊美子，而是靓丽的南茜。我吃惊地看着她，还没等我开口，南茜就狠狠地瞪了我一眼，凶巴巴地说："看什么看，没见过我啊？"

"就是，你走吧，我们两个在这儿就可以了。"安娜趁机把我赶了出去，真是莫名其妙。

于是，我灰溜溜地坐到赫尔和尼让身旁，看他们钓鱼。很快尼让就拉上来一条硕大的海鱼，高兴地嚷嚷说要亲自给我们做鱼丸，于是他把钓竿给了我，自己乐呵呵地拎着鱼去收拾了。

"小渊美子没有来吗？"我四下看了片刻，问赫尔道。

"她和连漪在潜泳呢，看见没有，在那边。"赫尔指着远处的珊瑚礁说。

"这么凉的水，她们真的好兴致。"我有点惊讶。

和赫尔坐在海边有一句没一句地瞎聊。赫尔无意中说出，去截云山探险是平野郎的提议，这并不令我意外，因为安娜早就告诉过我。

"他是怎么说起截云山的？"我好奇地问。

"他说那里有一处史前遗迹，并且拿来两张航拍照片，开始我并不感兴趣，架不住他又请来我的尼让来游说，所以我就不好拒绝了。"赫尔说。

"你是说，你们从一开始就知道宫殿的位置？"我惊骇地问。

"也可以这样说。不过照片是二战时期拍的，因为年代久远，画面很模糊，也根本无法确定宫殿的具体位置。"赫尔解释道，"因为其中一张照片是截云山主峰区的，另一张是模糊不清的宫殿照片，所以我们只能推论出宫殿就在主峰。"

我不死心地追问道："平野郎还提到过其他特别的理由吗？"

赫尔好像想起了什么，说："平野郎说前些年曾经有几个日本探险队员在截云山离奇失踪了，所以他希望能通过此行找到些线索。"

"可是，一路上并没有听你们提及还要寻找他们的事，为什么？"我困惑道。

"呵呵，只是你没有注意到罢了，毕竟你一直在照顾安娜她们。"赫尔说得很婉转，他并没有直接说我们和他们根本就不是一路人。赫尔看出了我的难堪，接着说，"其实也就歇洛知道得多一点，而且寻找失踪人员的事，几乎都是平野郎自己在做。"

原来如此，我想起歇洛曾经和平野郎之间奇怪的对话，还有他们经常莫名其妙跑到营地外的情景。我追问道："他们找到什么线索了吗？"

"怎么可能！截云山那么大，事情又过了那么久，要想找到线索，简直比大海捞针还难。"赫尔一甩钩，钓起一条小鱼，嫌小，又丢进了海中。

"那些失踪的人到截云山干什么？他们也是在寻找宫殿吗？"我索性打破砂锅问到底。

"听平野郎说是的，但一路上我们并没有发现他们留下的痕迹，这很奇怪。"赫尔好像对这个话题并不感兴趣。

"你们在探险中也常常遇到像截云山这样的地方吗？就是有很多人失踪的地方。"我只好尽量说些他可能感兴趣的话题。

"事实上，对于任何一支探险队来说，这都是很正常的，毕竟我们去的都是人迹罕至的地方，复杂的地貌加上野生动物出没，一旦失踪了再想找到，是很难的。"赫尔终于开始侃侃而谈，"而平野郎对宝藏更感兴趣，一路上他很少提及那些失踪的人，一直在谈宝藏，可能这才是他此行的真正目的。"

"可他为什么要找你呢？难道他不能自己组织一支队伍去截云山吗？"我好奇地问。

"原因很简单，那就是我拥有一流的探险队伍，而他的探险常识和经历少之又少。当然，我还是世界探险联合会理事，在全球任何地方办理探险许可证都轻而易举，这可能就是他找我的原因吧。"赫尔意外地揭开了我心中早已遗忘的谜团。

“关于宝藏，平野郎都知道些什么？”我继续追问。

“那是进山后才谈起的，他口中的巨人宝藏，更像故意说出来的一种诱惑，也就是给你们这些小财迷增加点前进的动力。”赫尔哈哈大笑起来。

事实上，赫尔远没有他看起来那么难以接近，他爽朗得近乎透明，几句好言好语就可以套出任何你想要知道的东西，包括和尼让的结识，戴维的秘密，比特的丑闻，希蒙的糗事……

“开宴啦——”南茜一嗓子打破了我的好奇。

赫尔放下钓竿站了起来，冲我哈哈一笑说：“现在我肚子里的秘密都告诉你了，如果摸出什么情况，记得告诉我才是。”

怎么会这样，难道我也披着透明的外衣吗？我面红耳赤地爬了起来，充耳不闻般逃之夭夭……

和赫尔的对话，让我更加坚信自己的判断，心血来潮的我决定亲自监视平野郎的行踪。不过让我颇感意外的是，在威克兄妹知道我的想法后，居然没提出反对，甚至都对我充满了期待。

那一段时间我像疯了一样，不知道哪儿来的旺盛精力，白天忙得眼睛发黑，晚上又要像夜猫子一样蹲守在宾馆门外，就这样没日没夜地糟践着自己的身体……

平野郎甚至连出门都很少，即使出去，也常常是和赫尔他们一起。我开始打起退堂鼓，毕竟监视本身是一件很枯燥的事情，一个人整天见不得人似的躲在阴暗的角落，浪费自己宝贵的时间，真的不知道是不是有病。

我的监视活动只有安娜、威克和连漪知道，现在他们看见我的第一句话就是：“发现什么没有？”我只有摇一下头，然后倒头在沙发上睡上片刻，然后……

“你确定还要去？”威克幸灾乐祸地看着我，麻溜地跑在前面为我打开了门。

“为什么不呢？”我甚至没有犹豫。

“别去了吧？”再次出门时，安娜怜悯地对我说。

我犹豫地站住了脚步，摇摆不定地说："我再去一天吧。"

可恶的平野郎竟然在房间里待了一个晚上，眼看夜已经很深，赫尔和尼让房间里的灯早早熄灭了，只有平野郎的房间里还灯火通明。如果是在平时，这个时间他早该睡了。

"他在做什么呢？"好奇心抵不过身体的坦诚，很快我就感觉到眼睛的酸涩和腰部的酸疼，我在车中左右扭动，双手揉着酸痛的腰肢。

探测仪不停闪动的蓝光渐渐扩散进我的眼底，我不知不觉地闭上眼睛……

"嘀，嘀——"

探测仪突然发出警报，把半睡半醒的我惊了个激灵。我看见屏幕中有一个人形走进了平野郎的房间。"奇怪，这么晚会是谁来找他呢？"

我不担心平野郎会出什么意外，因为是他主动打开的房门。来人在沙发中坐下，他们好像在交谈什么。我快速调整着声频，但里面嘈杂声一片，什么也听不到。

两个人很激动，像在争吵什么，他们的手臂挥动的频率越来越快。这时，不知道从哪儿冒出来一个醉鬼，他哼着不着调的小曲，向我这边走来。看着他手中晃荡的酒瓶，我只是稍微一犹豫，平野郎房间的灯突然灭了。

"不好，出事了！"我跳下了车，但酒鬼已经晃荡到了我面前。他半天才站稳脚跟，口齿不清地说道："你是谁？你挡住我的路了。"

抬头看去，平野郎已经拉开了窗帘，正在向下观望。由于昏暗和距离，我看不清他的面目与表情，但我真真切切地感受到了他那令人不寒而栗的目光。我被发现了吗？平野郎猛地拉上了窗帘。

越过酒鬼的肩膀，我看见一个膀大腰圆的家伙从宾馆中走了出来。他站在宾馆的台阶上点燃一支香烟，吸了两口后才麻利地钻进一辆越野车，车子咆哮着奔上了马路，在路过我身边时，那人甚至向我投来了挑衅的目光。

显然，我不可能在空旷的大街上被人当作玻璃人，他很刻意地想让我去跟踪他，这是他已经设好的一个圈套，正在等我主动钻进去。

越野车时快时慢地在城市中来回兜着圈，我驱车紧紧地跟着他。不管怎样，我已经把他的体貌特征等信息发到了连漪的电子信箱中，如果这个家伙还是人，那么，明天我就可以拿到他全部的资料。

现在我唯一能做的就是，别让这个该死的家伙逃掉！至于自己的小命，就交给老天，让他看着办吧。

我紧紧地跟在他的车后。很快，两辆车开始在一个街口围绕着大转盘不紧不慢转起了圈，一圈，两圈，三圈……我很快就感到了疲惫，甚至眼皮也越来越沉重……

我感到自己正在被催眠。不，我应该截住他，这样下去我非睡着不可，于是我开始加速……

我睁开了眼睛，但依然困乏得要命……

我笑了，虽然过去了很长时间，但那份尴尬依然难忘……

不知道何时，外面起风了，风儿卷起些碎叶，开始在空中胡乱划出奇妙的轨迹。

帝客懒懒地睡在书桌上，偶尔会扑闪着大大的眼睛看着我，但始终没有来捣乱的意思。如果帝客还活着，它可没有这么老实，它会用你意想不到的行为，在引起你的暴怒后，马上就逗得你乐不思蜀。

所以，人工智能亦是如此吗……

第二十六章 ■

上帝的世界

“奇怪，这家伙是怎么睡着的？”一个人好奇地打量着我。

“呵呵，他真是个鬼才，如果不是没电了，还不知道他要绕到什么时候?”另一个路人怪笑着。

“他是不是在用这办法治疗失眠呢？回头我也试试看。”一个老人思路清奇地说。

“先生，请出示你的驾照。”机械警察在车窗外礼貌地向我伸出细长的手指。

“该死的！”我狠狠地在自己的脸上掴了一巴掌。

机械警察用一只手把我的车拖到路边，然后扯出电源给我的车补了点电。我感觉自己真的很搞笑，居然把苦苦寻找许久的线索，用一个意外的瞌睡打发走了。

我一路咒骂着驾车去了连漪那里。

在我无力的辩解中，连漪一边嘲笑一边打开电子邮箱。通过连漪拥有的权力和门路，进展很顺利，但查到的结果却令人惊骇，因为那个人早在一个月前就已经死亡，而死亡原因竟然是在进行太空行走时意外受到了陨石撞击，飞出了轨道，坠进了大气层。

“他不会还活着吧？”我问完这个愚蠢的问题，立刻又尴尬地笑了起来。

“说不定啊，也许他长了一双翅膀呢。”连漪讥讽道。

“平野郎那边有什么动静？”我问道。

连漪扫了我一眼，皱眉道：“平野郎那里没有什么异常，你现在可以回去安心睡上一觉了，看你这一段过得跟鬼一样的日子。”

我垂头丧气地回到家，在安娜和威克的好奇中，又被迫讲述了一夜的奇遇。

“上帝，你不是在做梦吧？”威克只是夸张地咧了一下嘴，就给我盖棺定论了，敢情我这么多天的辛劳只是白日梦。

“我看你这么多天也挺累的，就好好休息一下吧。”安娜竟然也不相信。

“可是——”看着他们的眼神，我知道睡觉才是正确的选择，“好吧，晚安！”

“不，应该是早安。”威克可恶地说，“难道你就不能专心些做事，那样也可以睡着，真是个天才了。”威克在关门那一刻，口中依旧嘀咕着。

我不知道自己睡了多久，一觉醒来后，已经对跟踪平野郎彻底没了信心。我告诉自己，一切都结束了，我应该重新过正常人的生活。

“哈哈，你又输了！”威克高兴地喊起来，“连漪，安娜，你们快来看，龙又输给了我！”

“一盘棋，有必要这样高兴吗？”连漪点了一下威克的额头。

“他当然高兴了，因为他从来没有赢过。”安娜自然不希望得意忘形的哥哥给我太多难堪。

“我现在已经是天下无敌了。”威克眉飞色舞地说。

“不知道你是在抬举我，还是在抬举自己呢。”我头痛地看着棋盘，我怎么就会输了呢？我已经是竭尽所能了，可，我怎么就输了呢？

安娜把柔软的手递在我手掌中，那一刻我战栗了，压抑的情感如释放出囚笼的蜜蜂，瞬间飞满了整个天空……

“我累了。”我说道。

在那段糟糕的日子里，只有实验室才是我的世外桃源，我会忘记一切很快就进入工作状态。

“安娜，把有关于波能量技术的资料收集后传给我，包括历史上失败的理论。”我大声喊道。

“好的，给我点时间。”安娜虽然话语明快，但我还是在话筒里听见她和南茜咏咏的笑声。

我打开电脑，左手端着茶杯喝水，右手在屏幕上不断滑动着网页，甚至偷空按下了连漪的电话，告诉她，她派出监视平野郎的那两个家伙是多么的糟糕。

“真的吗？可他们告诉我，有一天你在车里睡了一整夜，而且早晨还被警察开了罚单，有这事吗？”连漪一脸正经，但鬼都知道她心里早就乐开了花。

我尴尬地挂了电话，然后开始手忙脚乱地查找一些关于纳米活性材料的最新资讯，看看能否有新的发现。毕竟产品只是市场的敲门砖，信息才是商业的灵魂。

我总能把繁杂的事情简单化，然后用最快的速度把活干完，然后坐在一边看着别人忙碌，再来上一句：“你怎么笨得跟熊一样。”哈哈，那一刻的感觉真好，简直就像一头熊偷吃了邻居家的蜂蜜似的。

“我真的不知道你是如何做到的。”安娜对我的做事效率常常表示惊讶。

“你怎么又回来了，怎么不去办事？”威克总是认为他交代的事情应该用更多的时间才能够完成。

即使是出趟差，威克都会因为安排时间而满头大汗，即便如此，他还是会错过几次航班。而我从来都很悠闲，即使我曾经错过了一次出行，耽搁了几个小时。

“哈哈，你终于得到了报应。”威克幸灾乐祸地说。

“几个小时跟你浪费掉的时间相比，是不是九牛一毛呢？我可怜的威克兄弟。”我丝毫没有沮丧。

“龙，你要的资料现在传过去。”安娜恰到好处地打断了我的胡思乱想。

“好的，另外麻烦你查查有关粒子能研究机构的世界排名与联系方式，我可能会用到。”我飞快地说。

“你不准备吃午餐了吗？”威克的大嗓门从话筒里传来。

“对了，顺便再帮我叫份外卖。”

老板金反馈了一条客户意见：“纳米染料着色出现问题，有些衣料上不了色，甚至出现色变。染机也出现了点状况，运转不稳定不说，还经常出现程序错误……”

“我只是负责产品方向性研发，并不负责生产中遇到的具体问题。”我有点愕然，毕竟这些细枝末节的东西不应该由我来解决，我也不具备解决它们的条件。

“我当然知道，龙。”老板金慢条斯理地说，“但我目前也找不到办法解决这些难题。您能帮忙接下手吗？不然我这边根本无法推进下去。”

“好吧，你发过来吧，我看看再说。”我并不善于处理一些细枝末节，缺乏耐心一直是我的缺点，但面对我们的财神，也只能硬着头皮接下了。

“好的，现在就发给您。拜托了！”老板金松了一口气。

我仔细阅读了资料，很快就发现所有问题都不是问题，真正的问题是我根本不懂什么是“商人”。虽然事情得到了解决，但加深了我对商人的深恶痛绝。那一刻，我又一次诅咒起他们……

我们的世界，真的是一个奇怪的世界，即使诅咒一切，世界依旧按部就班地前行。

但我没有想到，我同样诅咒过平野郎，平野郎却真的出事了。

平野郎死了，他死得很奇怪，自己挽了个绳套在椅背上，就那么往前倾斜着身子，坐在那里死掉了。

“难道这样也可以自杀？”我很怀疑。

“当然，这还不是最奇怪的方式。”大侦探沃克尔对我的无知不屑一顾，“有人甚至可以掐死自己，虽然医学专家一直反对这样的说法。人活着的方式就各有各的奇怪之处，为什么死的方式就不能奇怪点呢？”

看着在一旁不停落泪的小渊美子，有那么一刻，我在忏悔，我不应该猜疑他们。但是，现在一切都已经晚了，我甚至连一个弥补的机会都没有，只能请求他的灵魂宽恕我了。

平野郎的葬礼安排在天主教堂，看着面色金黄的神像，我不知道是否应该忏悔。燃起的烛苗，在圣乐中飘荡。

“我有罪。万能的主，希望你能宽恕我的罪恶，饶恕我的灵魂……”

小渊美子捧着平野郎的骨灰踏上了回国的船，临别时，她平静地说道:“他生前曾经说过，要把骨灰撒在日本海和富士山。我想至少他的这个愿望还可以实现。”

“你还会回来吗？”威克试探地问。

“不。”小渊美子肯定地说，“我应该过一段平静的日子了。”

“我们会想你的。”安娜恋恋不舍地说。

“我也会想你们的。”小渊美子在泪水滑落的瞬间，扭头上了船。

海风卷弄着我糟糕的心情，此起彼伏的海浪拍打着我懊悔的灵魂。难道我也快死了吗？我看着渐渐远去的船，甚至不知道自己能够做些什么。

“怎么会这样！他应该是被人先勒死，然后才伪装成自杀的。”我很爱幻想。

连漪安慰我说：“这种情况其实很常见，我已经拿到了尸检报告，能够确认他确实是死于自杀。”

“凭借勒痕，就可以肯定他是自杀吗？”我还是充满质疑。

“所以没有凶手是吗？和所有的意外一样，都没有凶手是吗？我们都是注定该死是吗？”我咆哮道。

“别吼我，和你一样，我也很困惑，但没有证据，没有嫌疑人，我又能怎么办？我们已经把这里的一切都翻了个底朝天，不也没有发现什么吗？平野郎不还是眼睁睁地死在我的监控之下？我可以保证，如果真是谋杀，即使那是一个身穿隐形衣的杀手干的，我也能把他揪出来！”连漪抓狂般冲我喊道。

“但你什么也没有抓到，不是吗？”我冷哼道。

“如果是他杀，那才真的见鬼了。现在，我已经开始相信诅咒真实存在了。”连漪垂头丧气地说。

我无语地看着连漪。我曾经幻想自己并不属于这个世界，而是童话里的精灵，地狱里的野鬼，天堂里的乌鸦。但现在的我，只希望自己和其他人一样生老病死，吃喝拉撒，和其他人一样享受生活的喜怒哀乐。

“对不起！”

我把平野郎的名字涂去，他并不让人感到愉快，从始至终都是如此。

甚至他的死，也是如此……

台风“芒果”准时在时代城登陆了。幸运的是现在的人都知道怎么应对它，因此，除了猫在房间中喝着浓郁的香茶，躲在玻璃墙后欣赏着外面的雨中风景，几乎不需要再做什么了。

威廉博士就是在那天冒雨赶来的。一身邋遢的他，差点被门卫赶了出去。放荡不羁的威廉博士很喜欢中国的武侠文化，他认为能够孕育出忠孝礼义的地方应该有着深厚的人文底蕴，这也是他接到我邀请后，毫不犹豫就答应下来的原因。

“我该做什么？我的那些组员呢？你们对我的理论了解多少？我不保证我的研究会带给你们什么利益，所以，在你发现不需要我的时候，请不要客气，直接把我扫地出门就是。”威廉博士甚至当着我们的面挠了挠乱蓬蓬的头发，脸上没有丝毫难堪之情。

我刚想说什么，自找没趣的威克竟然先开了口：“博士，我们已经给你准备好房间，你可以先去休息一下，洗个澡，我们明天再讨论工作的事情好吗？”我相信威克是好意，也丝毫没有看不起威廉博士之意，但他总是看不到别人脑子里那些显而易见的东西。

威廉博士鄙夷地瞅了一眼威克，然后明显地把身体转向了我，用不容置疑的声音说：“龙先生，我想到你的实验室去看一下。”

“当然，我都急不可待要这样请求你了。”我领着威廉博士在威克尴尬的目光中匆匆走出了办公室。

威廉博士是科学界的异类，他总有一些奇怪的想法像墨汁一样泼进正统的理论殿堂，比如他在年轻的时候就提出上帝是能量缔造的畸形儿，说自己完全可以用能量再复制一个上帝出来。可以想象，这样离经叛道的话一出口，来自宗教界的愤怒有多么可怕，对他的口诛笔伐甚至一直延续到现在。

事实上他的意思是能量就是宇宙的唯一，但他显然没有学会孔孟的中庸之道，所以才背负了一身的骂名。后来他又提出了，能量与物质的完全互换理论，进而得出人类可以进化出灵魂的结论，如此，他又被正统的科学家嘲讽为疯子。其实他想说的是，只要有足够的能量来维系思想的存在，那么人类思想可以脱离肉体。

威克甚至因此嘲笑我说，我和威廉博士是同样的疯子，所以才能听明白他究竟在说什么。我当然不是疯子，我看到了威廉博士的价值所在，所以我才会请威廉博士来。我很想了解他关于微观环境下能量波的巨量捕获及控制的思路，并希望他能够帮助我在现实中得以实现。

“下个世纪将是人工元素的世纪，我们将会人工合成出过万个元素，知道那意味着什么吗？那意味着元素周期表对于我们来说，将是一部通往天堂的阶梯。”威廉博士语出惊人地开始了我们的话题。

“上帝粒子是不存在的。”威廉博士把腿跷在椅背上说道，“能量的呈现方式很多，可以是分子原子级的，也可以是中子电子级甚至更微级的，包括完全不可分割的基础粒子，直到所谓的物质重量和质量属性完全消失，那时它才会以宇宙基础能量的形式出现。”

“为什么力会是一种空间作用的后果呢？空间是不可变化的，变化的只是空间内的物质，所以，力的形成必然和宇宙最基础的能量运动存在着关联，就是由于它们的存在才有了力的表现。”威廉博士的观点让人茅塞顿开。

威廉博士认为要捕获和得到这种基础能量，黑洞无疑是最理想的工具：“但是，黑洞的大小不同也决定了所能转换的能量层次，如果黑洞不够强大，想转换出宇宙基础能量是不可能，或者严谨点说是微乎其微。当然，如果我们能够构建出黑洞，那将是一个不小的成就，我们就可以随心所欲地在物资和能量间做出转换。”

“宇宙是活性能量的产物，如果非要给宇宙一个起点，那么宇宙最原始的状态应该是鲜活与鲁莽的，除了能量还是能量，但它们必然是活性的。”威廉博士继续说，“我不相信所谓的上帝之手，我亦反对关于宇宙的爆炸说，我认为宇宙的本源就是我们现在所看到的这样，亘古至今，都是这样的状态，虽然从局部空间看，它会有活跃期和死寂期，就像拥有生命周期的我们一样。”

“忽略我们生活中普遍存在的物质与能量的小量互换，宇宙环境下，它们会以远远超过光速的时空速度成为物质与能量互换的工具，能量通过它们形成物质，物质通过它们释放能量，从而形成了一个动态和永恒的宇宙。这就是真相。”威廉博士平淡地说。

他是疯子，我想，我甚至感觉他在对牛弹琴。

“都说你和我一样是疯子，居然想在宇宙最虚空的地方拿走它的能量，这是我没有想到的。”威廉博士笑了。

“我，我……”

“事实上，要在虚空般的太空中捕获能量波，我们就需要宇宙中最密的‘墙’，它必须能够在相对的零质空间中对基础能量做出反应。我想这就是我们需要探讨和研究的东西。我曾经在外太空用不同的粒子层做过实验，但能够捕获到的能量微乎其微，甚至不如太空射线来得现实，毫无实用价值。当然，这是我们现有的技术对微观粒子的能力所限。”威廉博士毫不介意地一转话题，开始提到这次来的目的，“你提到过的超微黑洞的创造方法，这个想法绝妙极了，如果你能做到，我相信，未来世界就会握在你的手中。这也是我来的目的，我想看看你能否创造奇迹。”威廉博士并没有继续说下去，而是等待我的回答。

“这只是一个愿景，我并没有足够的设备来实现它们。”我实话实说，脸上有点热热的感觉。

“从你这里的设备就看得出来。这样好了，你把需要实验的资料交给我，我来想办法搞定这一切。”威廉博士自信地说道。

我并非完全赞同威廉博士的理论，因为它们大多建立在猜想之上，甚至无法用数据演绎，更不可能有什么现实论证，但我们毕竟有了一个起始点。

那是一段美妙的日子，当我和威廉博士站在巨大的屏幕前，开始对宇宙指手画脚时，那一刻，我们就像是神一般的存在，好像宇宙会按照我们的意愿，为我们而存在……

“数学就是上帝，但它也是撒旦。”威廉博士不止一次这样说。

“抛开数学对现实的构建，数学还可以解决现实中的许多问题，甚至带来有前瞻性的指引。不过，过度依赖严谨有序的它们，有时也会禁锢我们的思想。说白了，它不是万能的，它只是我们手中的工具，就像一把切西瓜的刀。”威廉博士不止一次地这样点拨小文凭。

“看来你们只是一不小心踏进了被诅咒的地方。”对于截云山之行，威廉博士哈哈大笑道，“什么是意外？和我们眼中的宇宙一样，往大了看是有序的，往小了看又是无序的，无序中有着有序的规则，有序中又有着无序的轨迹。”

“你说了半天，就跟没说一样。”面对威廉博士，自然不需要顾及什么礼仪。

“确实如此。”威廉博士哈哈大笑起来，又一次挠起了乱蓬蓬的头发，“如果可以，我能把这一切做到天衣无缝，但现实中，有意愿且有能力去做这些的人，又有几个呢？所以，找到动机和目的才是唯一的正解。”威廉博士看着愁眉苦脸的威克，提醒道。

“这谁都知道，不还是等于什么都没有说吗？”我苦笑道。

“如果你们真的努力了，还是找不到，那只能说是意外中的巧合了。”威廉博士没有兴趣跟我们讨论了。

“我不想把时间浪费在这上面，如果他们真的在用高科技来作奸犯科，除非时间倒流，否则我们恐怕一辈子都难找到蛛丝马迹。”我坦诚地说出自己的忧虑。

“确实如此，还真是没有办法。不过，你难道真没有任何怀疑对象吗？”

威廉博士大概想到什么，问我道。

“除了我自己，我怀疑的对象几乎都见上帝去了。”我叹了口气。

“几乎？还有谁？”威廉追问。

我细数了一遍那些冤魂，最后说：“现在能够让我怀疑的，大概也就剩下小渊美子了。”

“你不是说探险队的所有人都没有条件独立完成全部的案件吗？你甚至提到了同谋……”威廉细问道。

“是，所以高健因我而死。”我懊恼道。

“所以你现在最怀疑的，是小渊美子，是吗？”威廉问道。

“说是她还不如说是我呢，因为她的不在场证明比我还多。”我苦笑道。

“好吧，你们确定所有死掉的人，都是本人吗？”威廉也笑了，但随口丢出了一个重磅炸弹。

“什么？什么是本人？”我震惊道。

“如果意外真的只来自内部，而现在又几乎没有可怀疑的对象，那是不是凶手已经用假死来骗过你们了呢？”威廉说道。

“也有这个可能。”我不自信地回答道，我从来没按这个思路想过。

“这么说，来自外部的可能性越来越大，你们又没有足够的意愿去调查这些，也没有足够的意愿去做更多的防范。看来你们都是笑对生死的怪物了。哈哈……”威廉意气风发地甩了下头发，动作足够潇洒。

“我们还能怎么办？我们甚至都不知道凶手的目的是什么。”我沮丧地说。

“是啊，你们到底做了什么才会如此该死呢？我也很好奇。”威廉好奇地打量着我们。

“难道是为了巨人的宝藏？也是，马休斯好像就是死在那上面。”我头疼道。

“你们还提到了外星人……”威廉一本正经地继续请教我。

“你还不如说是我干的。”我尴尬道。

“所以小渊美子会不会是呢？按照死神的逻辑，好像平野郎应该死在她之后才对，难道死神也懂得怜香惜玉吗？”威廉依旧一本正经。

“我预感下一个死的会是她。希望我的预感是错误的吧。”我不确定地说。

是的，就在这样的对话几天后，小渊美子真的死了……

或许源于我的预感，小渊美子终于在劫难逃。赫尔说她到富士山安葬平野郎时，在回去的路上被一群食人蜂攻击了，死得很惨，面目全非。

威克沉默了两天，终于放弃去日本参加小渊美子的葬礼了。

尼让和赫尔都争着说下一个可能就是自己，那模样倒像要中大奖一样兴奋。看着他们装模作样地开始写遗书，我终于忍不住说：“你们可以出去走走的，不行移民月球也好。”

“为什么我们要逃避？我们更愿意面对现实，不管它是什么。”赫尔坚定地说。

“是啊，与其给别人带去不安，还不如在这里面对一场奇怪的死亡游戏。”尼让笑着说，“我真的想知道我们的结局会是怎样的。如果哪天我真的先走了，希望你们能够把最后的结果写在纸上烧给我。你们中国不是有烧纸的习惯吗？就给我烧两张好了，上面写明真相。”

“对我也一样哦。”赫尔说，“我真的想不出我们到底是幸运还是悲哀。我们幸运，是因为我们不是游戏的旁观者；我们悲哀，是因为我们是这场死亡游戏的受害人。我们没有选择，不是吗？”

是的，我们没有选择。

不管我怎么看，划在小渊美子名字上的线条都像一根食人蜂的尾刺。

其实我并不十分讨厌小渊美子，她身上充满了朝气，是一个十分明媚的女孩，让人不自觉地想亲近她，她同时也是一个乐于助人的人，会细心地帮助身边的每一个人。

字体歪歪扭扭地在纸张上延伸着，此刻它们是丑陋的，丑陋到无法辨析……

冷冷清清的街道上没有一个人影，银灰色的道路纵横在城市的高楼大厦之间，一棵棵枝叶繁茂的树木被月光披上神秘的白影，在车窗外显出诡异的身影。灯红酒绿的招牌也早早地熄灭了，硕大的玻璃橱窗，散发出阵阵寒意。

我在忐忑不安中穿越整个城市，昏暗的街灯让窗外的物体投下错乱的影子，透出丝丝诡异。我听到自己急促的呼吸声，狂野的心跳声，手臂渐渐僵硬，双腿也在颤抖，我已然无法放松下来……

第二十七章

毒老鼠

赫尔一大早就赶了过来，他焦急地说："尼让不见了。"他的脸色很憔悴，身上也不知道在哪儿蹭了那么多灰土。

看着我们吃惊的眼神，他飞快地说道："有些事情，我必须让你们知道，或许留给我的时间也不多了。"他的话让我们很震惊。

"昨天我们在跟踪幽灵时失去了联系……"赫尔说道。

"跟踪幽灵？什么幽灵？"威克诧异地打断了赫尔。

"他每次都像扑克牌里的死神那样出现在我们眼前……他身着一袭黑色中世纪长袍，很显眼地伫立在离我们不远的地方……"赫尔明显颤抖了一下。

"那个幽灵长什么样子？"威克再次打断了赫尔，问道，"有他的照片吗？"

"没有，我们能够看清的也只有面罩下的那双眼睛，它让人不寒而栗。"赫尔烦恼地说，"他来去无踪，总是在我们意想不到的时间和地点出现，他甚至能够不可思议地从你眼前消失。他好像穿了隐形衣，或者使用了某种隐形技术。"

"会不会是一种致幻技术呢？"我想到了脑波生成器，想到了已死的高健。

"不。"赫尔否定了我的猜测，然后解释道，"我们最初也怀疑过，所以尼让喊来了他远在国外情报部门的朋友，和我们一起调查过一段时间，他的朋友差点就抓住了那个人，但还是被他挣扎着逃走了。所以他是真实存在的，不是什么幻影。"

安娜听得胆战心惊，用颤抖的声音问道："叔叔，你怎么从来没有和我们说过这些？"

赫尔面露一丝苦涩的笑容，说："截云山之行已经让你们一起遭遇了厄运，叔叔怎么可能再连累你们，所以……"赫尔没有再说下去，他端起茶杯喝了一口，平息了一下自己的心情。

"你刚才说尼让叔叔失踪了，是什么情况？"威克提醒道。

赫尔一怔，然后继续说道："我们昨天又看见了幽灵，他躲躲闪闪，在我们能够看到的地方出现，我们就跟踪他进了天安区。他先是领着我们在大街小巷乱跑，然后就钻进了一个破落的街区，一个叫 T 街的地方。"

"T 街？"安娜吃惊地喊道。

赫尔困惑地看着安娜，问道："你也知道那个地方？"

"我们曾经和连漪一起去过那里。"安娜简单地向赫尔讲述了我们那次冒险之旅。

"是，那里的街道狭窄而黑暗，我们就是在那里被黑衣人甩掉的。后来我和尼让分头去找，结果我们也走散了。那里和迷宫一样，我跑了大半夜才跑出来，一直没能联系上尼让。我想他肯定出了什么事，因为他的手机怎么那么巧，就在那个时候坏掉了呢？是的，不可能。我在那里找了他一夜，但我怎么也找不到他。他可能真的出事了，真的。"赫尔没头没脑地说着。

"叔叔，别着急，我们这就和你一起去找，我们一定能找到尼让叔叔的。"安娜心疼地安抚着赫尔。

我们匆匆出了门，在出门的那一刻，我听见威克在口中嘟囔道："这个世界上真的存在幽灵吗？"

我们跟着赫尔在 T 街转了一天也没有找到尼让的踪迹，也没有看见幽灵的影子。绝望中我求助了连漪，连漪首先想到了黑博士，但她很快就失望地回来了，我们最后只能选择报警。

展开全面搜索的警察很快就发现了尼让的踪迹。我们赶到时，他就像婴儿一般蜷缩在一个废弃的楼道里，面目已经变得浮肿，身上也散发出刺鼻的恶臭。有一只老鼠，竟然看见我们也没有逃离，它正在有滋有味地啃着尼让的手指……

连漪劝走了受到惊吓的安娜，威克搀扶走悲痛欲绝的赫尔。在回去的路上，赫尔一直沉默着，他的状况让人担忧，我看见他不时抬起手来啃着手指甲，就像那只已经品尝到人肉美味的老鼠……

这注定是煎熬的一天，没有言语，没有泪水，唯有死一样的沉寂。赫尔红着眼睛一动不动地坐在窗前，不眨眼地看着外面。外面不知何时，开始下起了淅淅沥沥的小雨……

安娜没完没了地搓洗着毛巾，威克把自己窝在沙发中，眼神空洞。唯一快乐的是帝客，今天它好像特别兴奋，以至于失去了察言观色的能力。它跑到赫尔脚下坐上片刻，又去安娜跟前摇摇尾巴，再到沙发旁扯威克的裤腿，也会跟着我在房间里亦步亦趋……

客厅里的铁木竟然抽出了一个花蕾，我想肯定不是今天才有的，只是我现在才看到它的存在。我很快又发现了平日里被我忽视的一些细节，比如相框里安娜的照片不知什么时候换成了我们的合影，比如悬挂在窗户上的风铃掉了一根穗子，比如一颗黑色的棋子静静地躺在桌腿旁，比如铁甲人的盾牌上，已经生出了一些锈斑……

难道这就是我的家？我奇怪地打量着盘旋而上的楼梯，我甚至注意到，在楼梯的下面会有一道小小的凸起，上面有着一些细小的花纹……

连漪终于打来了电话：“赫尔叔叔还好吗？尼让叔叔身上除了老鼠咬过的地方，尚未发现其他伤口，但法医在他身上检测到一种致命病毒，我会等全部结果出来再去你那儿。”连漪的声音同样有些异常。

其实她不用来，因为死亡对于我们来说已经是家常便饭。至于死因，好像真的无所谓，即使给我们一个凶手并把他凌迟，又能改变得了什么呢？

沉默终于在连漪到来后被打破，赫尔迫不及待地问：“尼让怎么死的？”

“他是被一种致命的病毒夺去了性命……”连漪不安地说。

“不，不可能。”赫尔立刻打断了她的话。

“我正想解释这个问题。”连漪说，“事实上，那种病毒就是老鼠传染给尼让叔叔的，我们已经解剖了那只老鼠，发现了同样的病毒。”

“一个人怎么可能被一只老鼠咬死呢？”赫尔茫然地睁大眼睛。

“尼让叔叔身上确实没有其他伤口，而且从老鼠身上提取的病毒也确实可以在瞬间就置人于死地，就像蛇毒那样。”连漪解释道。

“怎么会有这种老鼠？”威克将信将疑地问，“活了这么久，我从来没有听说这个世界上有这样毒的老鼠。”

“我也一样。所以我联系了一位动植物专家，他说在污染的环境中存在这样的老鼠并不奇怪，在他的实验室里就有许多变异后十分致命的物种，甚至包括植物。”连漪解释着。

“病毒中含有麻醉的成分是吗？否则一个大活人怎么可能不知道被咬了呢？难道他是睡着了吗？”赫尔带着伤感问道。

“是的。”连漪回答。

老鼠咬死了尼让，这让我有一种哭笑不得的感觉。虽然这不是什么匪夷所思的事，但我从来没有想过它会发生在我的身边。我不禁打了个寒战。我希望有一天当别人看到我的死亡报告时，不会有像我现在这样又想哭又想笑的感觉。

“不对。”威克好像突然想起什么，扭头问连漪，“你刚才说在你朋友的实验室里就有这样的老鼠是吗？”

“是类似物种，包括植物，并没有说有这样的老鼠。”连漪严谨地说。

“管它是什么！所以会不会是有人利用毒老鼠杀死尼让叔叔的呢？”威克问出了一个让人为之一颤的问题。

“你听说过人被老鼠咬死的案例吗？特别是在 T 街。”我顺着威克的思路问道。

“我查查吧。”连漪摇着头，从手腕上飞快地拉出虚拟屏幕，开始搜索起来。

我们紧张地看着屏幕，在 AI 的帮助下，一切搜索都飞快地得到了回应。让我们意想不到的是，这样的悲剧几乎瞬间就塞满了整个屏幕。

“奇怪！你们看，这种事以前在 T 街也发生过不少次，不过近几年却从来没有发生过，它们好像突然消失了。这是怎么回事？”连漪疑惑道。

“是啊，现在是不是被那里的脏人咬上一口也会被毒死呢？万一他们也变异了呢？”威克立马脑洞大开。

随着连漪手指的滑动，居然真被她查到一例有人被脏人咬了一口就死掉的案子。

“上帝！”安娜几乎不敢相信自己的眼睛。

此时，我听见赫尔疲惫地说了一句让人摸不着头脑的话来：“按照中国的生肖，尼让也是属鼠的。”

我几乎没有在尼让的名字上划线的勇气，他的笑容还浮现在我的眼前，我无法相信他已经离开了这个世界。

在一个充满死亡的世界，就不应该对死亡有任何的畏惧，我们之所以畏惧死亡，只能说，我们还不懂得死亡的真正含义……

尼让竟然会有一份遗书，是写在日记中的。他写道：“我已经越来越靠近死神，我想亲眼看见死神的模样……我肯定会死的，像其他人那样离奇死去，这并不可怕，因为我已经准备好了……我今天差点就抓住了他，但不可思议的情景再次出现，他瞬间就没了踪影……如果我真的死了，希望你们尽快离开这里，因为我们面对的可能并不是上帝的子民……”

按照尼让的遗嘱，他被埋葬在靠近古佛寺的听海山上。赫尔请来了古佛寺的住持无心大师主持葬礼，他的弟子们面无表情地诵念着经文。

人死天悲，竟然下起淅淅沥沥的小雨来。我们肃穆地站在雨幕中，没有人痛哭，只有泪水无声地滑过脸颊，把悲凉留驻心底。

我看到一只似乎迷路的海燕，不停地盘旋在墓地上空。

我看见不远处的一处石崖上，正在被虔诚的匠人开凿出新的佛龛。

离开听海山的时候，雨依然在下，只是大家似乎松了一口气，轻松了许多，连脚步也轻盈起来。好像我们不是离开葬礼，而是去参加一场喜庆的婚宴，那是一种如释重负的感觉……

没了尼让的陪伴，赫尔终于在安娜的缠磨下搬到了家里。在他一个人扛来行李的那天，我才诧异地意识到，原来探险队现在只剩下他一个了。

海风依然一年到头地从一个方向刮来，潮水也一如既往地像催眠曲般麻痹着海边的住客。我常常在阳台上眺望远方。安娜有一次站在我身旁说我是世界上最麻木的人，她是指在难得一见的海市蜃楼前我也会无动于衷地表示：“我知道它就在那里，也知道它是怎么形成的，所以我还有必要一直看着它吗？”

赫尔显然不喜欢寄人篱下的生活，我常常看见他跑到海滩上一坐就是一天，直到夕阳把海水染红，才拎着一两条鱼回来。于是我不得不表现出热情，时常去陪伴他。我还不是一个特别糟糕的人，我当然希望他能够把这里当成自己的家，能够自由自在地生活在这里。至少有他在，安娜会踏实得多。

帝客无疑是最大的受益者，因为赫尔钓的鱼几乎都进了它的肚子。因此，它才会每天屁颠屁颠地跟在赫尔的身后。

赫尔曾经试探地问了我对于婚姻的看法，他显然是想准备一下后事。在这个世界上，唯一让他不能割舍的应该只有威克兄妹。

在得到我模棱两可的回答后，赫尔有些木讷，半晌才自言自语道：“我老了，这个世界越来越让人弄不明白了。”

那一刻，看着凄凉的赫尔，我真的想告诉他，我会娶安娜做我的新娘，但我还是沉默以对。我很爱安娜，爱得可以为她付出一切，包括生命。但我真的不知道以后，以后的以后，我是否会依然爱她。如果我还没有准备好，我怎能轻浮地把白头偕老之类的誓言挂在口头。

嫁给我吧，亲爱的安娜……

今天，我已经准备好了……

我一直不想提到媒体对我们的关注，因为他们让人厌恶，厌恶到说一句都会弄脏自己的口舌。众口铄金，积毁销骨，面对这些纠缠在你身边疯狂嚼舌头却又挥之不去的苍蝇和蚊子，你又能怎样呢？

尼让的死几乎让所有的苍蝇和蚊子彻底疯掉了，我们甚至不得不向法官申请限制令。可即使如此，也无法阻止他们远远地跟随在你的左右。

他们的标题让人头大，那些言论更是千奇百怪。我相信即使是餐桌上的一只杯子掉在地上摔碎了，他们也能编造出一个匪夷所思的场景来，为了吸引眼球，更是要编造出让人瞠目结舌的标题。

“其实，我真的就是不小心碰掉了桌子上的玻璃杯，可他们的报道编得都没边儿了。”威克恼怒地撕碎了手中的报纸，丢进了垃圾箱。

电话响过，老板金疑惑地问道：“你们到底摔碎了几个杯子啊？”

“等我数完再告诉你好了。”我把话筒在桌上狠狠敲了几下，才在老板金的怪叫声中挂断了电话。

“这些人真是吃饱了没事干，他们就不能干点正事吗？”威克无奈地埋怨道，“编起故事来竟然连眼都不眨一下。”

“他们不是吃饱了没事干。”我懒洋洋地说，“他们是得找点事出来才能吃饱肚子。”

“你干吗又幸灾乐祸的？难道上面没有提到你吗？说你用杯子没砸到我，杯子才掉到地上碎的。”威克不满地看着我说。

“哇，那他真懂点读心术，我确实想砸你来着，谁知道刚有这么个念头，它就被你碰到地上碎了。哈哈！”我大笑起来。

“我始终想不明白，为什么有的人就那么爱搬弄是非呢？老老实实活在真实的世界不好吗？非要活在媒体编造的谎言中，还就爱看这种哗众取宠的标题，给流言蜚语添柴加火。”威克感叹着。

“我早就劝你不要花钱订这些玩意，浪费金钱不说，还浪费时间。打开你的 AI 搜索很麻烦吗？至少它可以超越题目去深度搜索到我们真正需要的东西，那不香吗？”我怜悯地看着威克说。

“这是脸面和门面，你懂得什么。”威克不屑一顾地瞥了我一眼。

“得，现在好了，你的脸面和门面都在那里了。”我指着垃圾桶笑道。

“你说我们是不是也该去 T 街找一下幽灵呢？”威克转换了话题，认真地说道。

“为什么？”我诧异道。

“因为它是我们唯一的线索，如果继续这样下去，也许我们也会不明不白死去的。”威克看着沉默的我，急迫地说道，“龙，你现在是怎么了？难道你真的宁愿放弃一切，也不敢面对现实吗？至少你应该为安娜考虑一下不是？”

我无言以对。人，就这样在绝望与希望中徘徊，越走越远。掉队的，被死神收割去头颅，剩下顽强的人，到了尽头，才蓦然地发现，原来他们只是回到了起点。

究竟是怎样的一种游戏规则，让我们在永恒的宇宙进化出死亡？或许这个世界上根本没有永恒两个字……

当我再次游荡而归的时候，诧异地发现路边只剩下一个可怜的记者，他垂头丧气地坐在那里，看见我，一脸的无奈，苦涩地冲我露了下牙齿。

“不好意思，我还没有死。”我抱歉地说道。

“放心吧，我比你年轻，我还有足够的时间可以等待下去。”他龇着黄黄的牙齿说。

“进去喝一杯吗？”我知道他是在调侃，倒没有介意。

他站了起来，目光一闪，但很快又黯淡下去。他从兜中掏出一根烟递给了我，点上抽了一口，然后吐出一个烟圈，苦笑着说：“看见没有，我的生活就像这个烟圈一样，只要你愿意，吹一口气，它就会破碎。所以，我不得不待在这里，因为这就是我的生活。”

他的目光有些闪烁，他抹去眼角的眼屎，接着说：“不过我还是很感谢你的邀请，但我不能，因为我现在已经是在冒险了。”

“龙先生，说实话，我真的很佩服你，如果换作我，恐怕早进精神病院了。”他自嘲道。

“没什么。如果你需要什么，可以随时到里面找我。”我结束对话，转身走开。

“我叫西门。”他在我背后喊道。

“西门庆？”我朝脑后挥了挥手，调侃道。

“我没那么英俊。”身后传来西门的笑声……

为了安娜，我开始面对现实。我经常独自跑到T街，寻找那个也许并不存在的幽灵。虽然我会很友善地和每一个脏人打招呼，但从他们的目光中，我能感受到他们深深的敌意。

我漫无目的地在大街小巷转了一天又一天。我没看见幽灵，但找到了巴巴辛巴，听了我的描述，他吃惊地说：“怎么，你是说一个牧师一样的幽灵？”

他显然知道些什么，因为他的眼神告诉了我。

“是的，我想你可能会给我一些帮助。”我说。

“不。”巴巴辛巴掩饰地回答道：“恐怕我也帮不了你。你应该看得出，这里并不适合牧师。而且我从来没有听说过，有这种打扮的人在T街走动，要知道，这里可没有上帝的信徒。”他的眼光躲躲闪闪，口齿中有一丝不易察觉的东西。

“我并不肯定他就是牧师，或许只是一种装扮。”我试图说服他，“你这里不是经常有一些举止古怪或者奇装异服的人出入吗？”

“对不起，我真的帮不了你。”话虽至此，巴巴辛巴还是笑着说，“不过，我会帮你留意的。”

“好吧，这是我的电话。”我知道他在敷衍我，但我总不能把他的脑袋揪下来看看里面到底装了什么。我把电话写在纸上，然后加上一沓钞票塞在他的手中，“恕我不恭，但如果你能找到他，我不会让你永远待在这里的，而且我会把事情的进展第一个告诉你，你知道那意味着什么吗？”

“当然。”巴巴辛巴的眼睛瞬间金光闪闪，但旋即又熄灭了，“如果看到他，我会通知你的。”

我想答案已经离我不远了，至少现在看来，所谓的幽灵并不是真正的幽灵，我会捉到他的。

赫尔不知为什么和威克争吵起来，我从 T 街回到家的时候，赫尔正怒气冲冲地指着威克的鼻子说：“你用不着拿你父亲来压我，他已经死了，而且我很快也会去见他了，我没有什么说不清的东西。该死的，你怎么能……”

看见我，赫尔立刻停了咆哮，一脸恼怒地抓起渔具走了出去。

“你怎么又和叔叔吵起来了？”安娜不知道什么时候站在了我的身后，她责备威克道。

“没什么。”威克铁青着脸，走回了自己的房间。

“他们真是一对冤家。”我说。

“威克从小就很叛逆，叔叔太溺爱他了。”安娜放下手中的购物袋，拉起我的手说，“昨天帝客溜进了花房，也不知道把里面折腾成什么样了。走，我们去看看吧。”

一盆马兰花倒在地上，花盆已经破碎，泥土散落在过道上。“该死的帝客，非好好收拾它一下不可。”我操起扫帚就想去找帝客，突然想到它跟着赫尔去了海边。

“你今天来过这里吗？”安娜从我手中接过扫帚问道。

“没有。”我回答说，“怎么，有事吗？”

“你看这里有个脚印，不知是不是哥哥或叔叔的。”安娜指着泥土上的一个脚印说。

我想这肯定不是威克的，因为他从来没有进过花房。也不可能是赫尔的，如果是他，他不可能不打扫这里。我仔细地观察过后，更加肯定了这一点，鞋印像是平底鞋留下的，上面没有任何的花纹。

一丝凉意划过我的身体。从花房窥视客厅再好不过了，而且猫在这里十分隐蔽，根本不用担心会被我们发现，即使帝客在这里吠叫，也无法引起我们的注意。我再次小心地查看花房里的每一个角落，并没有什么新的发现。

“哦，我想起来了，我昨天好像来过，竟然给忘了。”我拾回了自己的记忆。

安娜果然信以为真，虽然在我开始为花房安装监视器的时候，她有些疑问，不过凭借我的口才，最后她比我还要重视，认为那里确实需要一个监视器，并且说服了持反对意见的威克。

“奇怪，难道鲜花还需要如此照看吗？”威克不敢跟安娜争论，只好自言自语地说给我听。我想他是对的，错的大概只有可怜的我。

我在花房里没有任何收获，接下来的几日，除了帝客在镜头前洒了一泡尿，连个鬼的影子都没有。赫尔依旧天天早出晚归，威克也没有什么变化，安娜开始帮连漪编写一些程序……

“为什么不能帮我的游戏编写个小程序呢？”我两眼放光地问道。

“不。”一个字就破灭了我所有的希望……

“知道吗？有一家印度公司，竟然用加速器意外地对撞出一个黑洞。”威克边说边看着我的表情，“他们现在却不知道该怎么办了，你说可笑不可笑？”

“是的，很可笑，他们是怎么相信用加速器就能撞出个黑洞的？除非他们的实验员也是个白痴才会有这种奇迹出现。”我真想掰开威克的脑袋塞点智慧进去。

“南非的一位年迈的科学家，在临死的时候，让助手把他的大脑植入进机器人，而且已经成功存活了一个月，我想这大概是第一个机器移植人了。真不知道以后的世界会是怎样的。”威克在我耳边无病呻吟。

“没有人知道明天会发生什么。”我无动于衷地说。人类大脑离体存续早已不是什么新鲜事，这孤陋寡闻的威克，我真是有些可怜他。

“对了，有位科学家预言，太阳风暴会把地球带入冰河时代。那时，恐怕能够活着的物种会所剩无几了。”威克继续着他无聊的话头。

呵呵，威克为了告诉我他要搬去连漪那里，竟会如此开阔自己的眼界。如果他经常这样搬进搬出，他的学识大概也足以让他获得诺贝尔奖了吧？

“是吗！”我故意吃惊道，眼睛却已经快闭上了。

幸运的是威克终于学会了察言观色，趁着安娜离开的片刻，絮叨了半天的他突然说道：“你注意到叔叔这两天有些不对劲吗？他昨天竟然忘了拿渔具就跑到海边去了，而且他总是看着一个地方发呆。我本来打算这两天搬到连漪那儿，可现在突然有点不放心了。”

我的脸立刻红得像个猴屁股，尴尬地说道：“是吗？我，我也看到了。我们该为他做些什么呢？”

“不如帮他报名参加个探险活动吧？他就那点爱好。”威克出乎意料地提议道。

“是一个好主意。”我随口回答着，但内心却对这样的提议有些不安。

“我们的生活被该死的截云山改变了，真不知道以后还会发生什么。有时候想起来，觉得有点毛骨悚然。我们面对的到底是什么？”威克沉思了一会儿说。

“无非是死亡。”我说，“还会有什么。你很害怕死亡吗？”

“当然怕死，我的好日子才刚刚开始。”威克无奈地说，“你呢？”

“不怕，但我还需要点时间。”我耸了耸肩，回道。

“叔叔会死吗？”威克突然说，“继续这样下去，恐怕……”

我当然知道威克口中的“恐怕”是指什么。几天后，在我们好不容易找到一个合适的探险项目，把资料交在赫尔手中时，赫尔甚至看都没有看一眼，就再次拎着鱼竿出了门，留下面面相觑的我们。

绝望的人才会坐以待毙，如果时光倒流，或许那会是我的选择。早已伤痕累累的我，行尸走肉般苟且在这个灰色的星球上，眼前繁华的都市，丝毫掩盖不住它满目疮痍的丑陋。

面对看不到希望的未来，面对无法对抗的世界，活着的，不过是空洞的躯壳……

第二十八章

地球人

就在苟活在太平之世的我们还在为明天和未来会面对什么而战战兢兢的时候，一场被资本拱火起来的战争眨眼间就爆发了。当无数枪炮架在家门口，当无形的绞索已经套在脖颈，没有谁能泰然自若。

虽然战火是在地球的另一面燃烧，对于战争的讨论却不分国界。

“他们在侵略，他们在滥杀无辜，他们……”资本高高在上，摇旗呐喊，袍下的手却在慌忙地传送着明晃晃的刀和亮闪闪的枪。

威克和威廉博士第一次站到了同一个战壕中，他们一致对外地说：“不管怎么说，战争都是残酷和冷血的，不论输赢，都会拉来无数无辜的生命去垫背。”

“你们真的很可笑，对于生存权的争夺本身就是战争，是看不见硝烟的战争。如果你被人按住了口鼻，马上就要窒息而亡了，你还能说出这样的话吗？”南茜突然在一旁令人诧异地说道。

“如果大家都以此为借口，是不是我们明天也要上战场了呢？”威克不屑一顾地说。

“当你们也在愚蠢地为资本摇旗呐喊的时候，是否应该想一想，总有一天你们也会站在资本的对立面，在资本盗窃你们粮食的时候，在资本剥夺你们工作的时候，在资本左右你们未来的时候，在资本捂住你们口鼻的时候……”南茜摘下耳机，毫不退让地说道。

“确实，资本的目的是压榨我们，但是战争又真的很残酷。”威廉博士若有所思道。

“不错，无论摇旗呐喊的是谁，战争终究是平民间的战争，最大受害者都是平民。而且，难道只有战争在死人？那些倒在贫困线上的累累尸骸，就不是你们的同类吗？要知道，死在贫困之下的人远比死在战争中的人更多。”南茜的话让人窒息。

“话虽如此，但现实中的我们又该如何界定哪些资本是罪魁祸首，哪些资本是自由市场所需要的呢？”我深深吸了口气，问道。

“所有垄断市场资源的资本，所有开始触摸政治的资本，所有已经开始绞杀他人的资本，都是罪魁祸首。在智慧科技高度发达的当下依旧存在这样的资本，本身就很可怕，它们已经在自我供应，自我生产，自我销售，它们正在加快收割，为逃出地球做准备，而你们还沉浸其中，自娱自乐不肯清醒，是可笑还是可悲呢？在你们的熟视无睹中，在你们的得过且过中，在你们的尸位素餐中，资本迈入星际的那一天，也就是你们被抛弃的那一天。”南茜的话令我窒息。

从月球旅行回来后，她好像真的改变了很多。我看看安娜，安娜捂起了嘴巴，指缝中露出按捺不住的笑容。

“难道战争是好事？战争能扼杀资本吗？战争能改变一切吗？”威克一连串地问道。

“至少战争能唤醒你们的麻木，能让你们学会辨别是非，能改变你们的命运。”南茜伶牙俐齿地回道。

“不然。在我眼中，资本是这样的，除了导致贫富的差距，它好像更多的是在加快人类迈入未来文明的进程。看看身边的智慧科技，哪一个能脱得了资本呢？”威克且战且退。

“得了吧，威克。在资本彻底逃离地球的那一天，你才会幡然醒悟的，别忘了，你也是一个普通人，一个只能生老病死在地球上的普通人。所以，这是你们的世界，即使改变，也需要你们有所付出，而不是坐等其变。”南茜的话冷冰冰的。

“别忘了你也是地球人。”我诧异地看向南茜。

“地球人？”南茜笑了，鄙夷之情溢于言表，她用轻佻的口吻说道，“地球人是什么？上帝的玩偶还是撒旦的零食？愚蠢且充满欲望，没有独立的思考，没有独立的认知，就像帝客的尾巴，一生追随于帝客的情绪起伏。”

“好，好，说得好！”威廉博士的脸涨得通红，他拍着巴掌，大声说道，“这个年代，能做个人确实有点低贱，甚至不如一条狗尾巴。我们的祖先曾经努力寻找一个新世界，创造一个新社会，但在今天，有信仰的人被讥讽，有幻想的人被嘲笑，而大部分人不过是资本的蛆虫，败类的腐肉，甚至成为吃掉同类的獠牙。我错了。”

“嗨，难道我们反对战争有错吗？”威克跳了起来。

“当然有错，错在只为了反对而反对，错在只为了呐喊而呐喊。难道你就不能多做点什么吗？”南茜怜悯地看着威克。

“难道你又能改变得了？”我忍不住反驳南茜。

“如果我们都能做出改变，我坚信，必有一天世界因我们而改变。”南茜光芒四射地道。

“别痴人说梦了！资本不在我们手中，枪炮也不在我们手中，所以，你注定只能和我们一样，在这里发发牢骚喝喝茶。我们不是上帝，我们也成不了撒旦，所以，我们还是各做各事，管它天翻地覆呢？毕竟炸弹还没有落在我们的头上不是吗？”威克突然笑了，然后潇洒地一甩头发，重新坐回椅中。

“是的，确实如此。”南茜也笑了，她戴上了耳机，埋头在屏幕前。

现实社会远比自然科学更加复杂，甚至无迹可寻，当我们用大数据来归类人类行为的同时，理所当然地漠视了其中的危险……

时钟再次敲响之时，我迈着轻快的脚步奔向实验室。在走廊上，居然再次遇到迎面而来的小文凭，他居然冲我露出笑容……

因为连漪晚上要来，安娜便早走一步回家准备。但当我和威克赶回去的时候，她却正和帝客坐在沙发中兴致勃勃地看着综艺节目。

“做的什么？这么快就都做好了？”我好奇地问。

“叔叔呢？还没回来吗？”威克也四处瞅了瞅。

安娜开心地笑了，然后神秘地指了指厨房。我刚要过去，安娜就说：“不要去，今天叔叔要给我们做法式大餐，都把我赶出来了。”

“今天连漪有口福了，她也该来了吧？”安娜问威克。

“应该就在门口了。”威克随口胡诌道。

“你看见我啦？”真是见鬼了，连漪已经出现在门口，她的手上拎了好多东西。威克吃惊地睁大了眼睛。

“你们这是心有灵犀还是真见鬼了？”我口无遮拦地问道。

“我这是未卜先知。”威克憨憨地笑了起来。

帝客敷衍地跑到连漪脚下蹦了几下，就闻着香味跑到了厨房门口，一副垂涎欲滴的模样。看着帝客，我也有了饥肠辘辘的感觉。安娜她们已经叽叽喳喳地闹在一起，我只好继续耐住性子继续等待。

时间一分一秒地过去了，我竖起耳朵，却听不到厨房里有任何声音。为什么是法式大餐呢？难道……

我隐约有些不安，于是站起来向外走去。

我走出客厅，快步绕到厨房的窗户下，鼓起勇气往厨房里看去……

我呆在了那里，厨房里并没有赫尔的身影。

我立刻扭头向客厅跑去，大声喊：“威克，出事了！”

我看见了面色苍白的威克，也看见了呆立当场的安娜和连漪，他们的眼神中充满了恐惧。

“我就知道他会是这样的表情，这样的反应。”我故作轻松地说道，“跟你们开个玩笑罢了。”

“到底出了什么事？”威克依然没有回过神来。

连漪首先明白过来，冲我扬起拳头说：“你想吓死人呢！”

“就是，鬼哭狼嚎的，差点吓到我。”安娜也不满地说道。

“开饭了！还等着我喂你们呢？”赫尔精心摆放好菜盘，冲我们慈祥地微笑着。

尴尬归尴尬，毕竟肚子饿了许久，也顾不得他们的责备，先吃饱了再说，不过我还真是没有想到赫尔的手艺会贴合我的胃口。

吃完自己盘中的黑椒牛排，再看看帝客盘中剩下的一大块，虽然有些馋，但想想哪有人和狗抢食的，只能暗暗埋怨赫尔怎么没多做些。

赫尔看上去心情不错，用餐时他不停地给我们讲些笑话，虽然不怎么可笑，但我们还是不得不一次次放下快要进嘴的食物，捧场地发出点笑声。

甚至连帝客都知道要礼貌些，高兴了，就把头扭向一边，叫上两声，满口的残渣，居然没有一粒飞到桌上。

“从前有一个人，”其实故事大多是这样开头的，“他从小就生活在大山里，后来老了就想去外面看看世界是怎样的，于是他跟着寨子里的年轻人第一次走出了大山。半年后他回来了，当同样没有走出大山的邻居好奇地问起山外的事，他竟然说……”赫尔突然停了下来，开始控制不住自己的笑声，看来他并不适合说笑话。

“他说什么呀？”安娜忍不住笑着问。

“他说……”赫尔还是忍不住在笑，我们只好尴尬地跟着笑。我们这是在笑什么？我想大概是在笑一个可能并不好笑的下文……

那个下文我们永远也听不到了，因为赫尔突然停下来，脸憋得通红，用力拍打着自己的胸口。

“上帝，他噎住了！快帮帮他！”

“快打电话叫救护车！”

……

安娜和威克抱着赫尔的骨灰上了回家的飞机。“我们走了。”安娜红着眼睛对我说。

“我等你回来。”连漪对威克说。

威克兄妹带着赫尔走了，却把深深的恐慌留给了我们……

“我们也回去吧？”

“你万事小心点。”

“我知道。”

“他们两天后就回来了。”

“我知道。”

赫尔还在冲我微笑，不管用墨水怎么涂写，他的音容笑貌还是那么清晰。

赫尔的眼角有一道细小的伤痕，尼让说那是一条非洲鳄鱼留下的杰作……

事实上我一直有种奇怪的感觉，就像赫尔从来没有离开过这里，就像威克、安娜，就像身边的所有已经离开这个世界的人，每每想起他们，他们宛若就在眼前。

我们就像隔着一道门的邻居，在同一个世界里进进出出……

在那段黑暗的日子里，我和帝客靠看恐怖片度过。不管是吸血鬼还是僵尸，鬼魂还是怪兽，有它们陪伴我们左右，日子很快就变得麻木。

“不知道安娜现在睡了吗？”我把杯中的红葡萄酒慢慢倒入口中，而屏幕上的吸血鬼也正在品尝着杯中的鲜血。

秒针的跳动声在黑夜里显得十分清晰，我扭头看了一下时间，已经是凌晨一点。我刚要转头，却发现一个人影站在窗外，他穿着一袭牧师的长袍，空洞的面罩中露出两只令人不寒而栗的眼睛。

“你是谁？”我颤抖地问。我感觉到身体的僵硬，我根本不能做出任何反应，甚至呼吸都有些凝滞了。

“汪汪！”帝客突然醒来，不停地狂吠。

“你到底是谁？”我终于站了起来，我看见那个人影像鬼魂一般快速离去。

“站住！”我抽出铁甲人腰间的佩剑冲了出去。

外面空空如也。帝客嗅着每一寸地面，不停地跑来跑去，喉咙中发出疑惑的低吟。

“我们回去吧。”大概帝客也嗅不出魔鬼的踪迹，我选择放弃。

“龙！”

一个声音在我背后响起，我僵立在原地，剑从手中滑落到地上，磕碰出刺耳的铿锵。帝客扭头，用一种奇怪的眼神看着我。

“我回来啦，亲爱的龙！”明媚的声音从门外传来。

“安娜？”我睁开眼睛，发现自己刚才居然睡着了。

“想我了吗？”门应声而开，安娜宛如女神一般，从耀眼的阳光中走出。

“当然！”我上前拥抱着安娜，还没有来得及诉说衷肠，就看见她背后冲我挤眉弄眼的威克和连漪，我只好把肉麻的话吞到了肚中，“你们怎么不通知我一下，也好去接你们啊。”

“我也想啊，不过有人怕打搅了你的好梦，所以只好自己回来了。”威克不满地说。

“是吗？”我感动地看向安娜。

“我打过你电话，但是没人接，所以才让连漪来接的我们。”安娜居然这样解释道。

“那边的事都安排好了？”刚坐下，我就开口问道。

“都办好了，不过叔叔把那对龙睛留给了哥哥。”安娜奇怪地说道。

“你说什么？”我震惊地看着安娜。难道刚才的梦成真了？我清晰地记得，就在几分钟之前，就在我还没有看到窗外牧师的身影之前……

“我把那对龙睛打碎了。”威克鬼魂般出现在我的身后，说道。

“碎就碎了吧。”我说。

“但是碎了帝客就会跟我走的。”他莫名其妙地说。

“很好啊，我正讨厌它呢。”我无所谓地说。

“碎了，安娜和连漪也会跟我走的。”威克越来越奇怪。

我愣住了。安娜，安娜怎么会跟他走呢？

“你说什么？”我颤抖地问。

威克消失了……

我僵立在原里，剑从手中滑落在地，磕碰出刺耳的铿锵，被惊醒的帝客在我脚下狰狞地咧开了大嘴……

赫尔捐出了全部财产，怎么只把龙睛留给了我们呢？不祥的征兆……

每次深夜走出紧锁的书房都是一次探险，而走在明亮如昼的客厅，四周昏暗的角落依旧让人畏惧。

黑夜依旧漫长，即使阳光升起，我依然无法松开僵硬的手指。

我甚至开始产生幻觉，一种渴望死亡的幻觉……

事实上，我如何也没有想到从美国回来的威克兄妹会重现我的梦魇。当威克向我炫耀那两颗龙睛时，当安娜拿出赫尔的物产捐赠书时……

我不止一次看见威克拿出龙睛在手中把玩，这让我心惊胆战，生怕他有个闪失，失手就把它打碎了。虽然之前的场景只是一个梦，但它过于真实，好像是对未来的预演。

我对安娜说出了心中的不安，安娜开始只是奇怪地看着我，当她确信我对龙睛有着天生的恐惧之后，便从威克那里要走了龙睛：“它让我感到不安，让我把它放起来吧。”

聪明的威克很快就想到了我，但他也只是瞪了我一眼，就恋恋不舍地把龙睛交给了安娜。

我亲眼看着安娜把龙睛锁进了地下室，才长出了一口气。但也就是从那一天起，我开始对地下室有一种莫名的畏惧。

事实上，从威克兄妹自美国回来后，我们就刻意回避着任何与赫尔有关的话题，甚至连有关截云山展品的捐赠，也是托夏美出面办的手续。

是的，除了深锁在地下室的龙睛，我们抹去了所有和截云山有关的痕迹。

“我们应该把它也捐出去，毕竟它真正的价值并不在地下室。”我心有忐忑地游说安娜。

“不行，你想都别想，这可是叔叔专门留给我们的念想！”威克立马翻脸道。

“你是不舍得吧？说，多少钱可以把它们送走，这个钱我出了。”我也瞬间上了头，咄咄逼人道。

威克瞬间被激怒了，他指着我咆哮道：“这是钱的问题吗？你在说什么呢？”

“想想我们都经历了什么，你还不明白吗？它并不是什么吉祥物，说不定就是它带来的厄运呢！”为了达到目的，我赤裸裸地威胁道。

威克怔住了，但他很快就反驳道：“在截云山看到它之前厄运就已经开始了，不是吗？我们不能因为自己的遭遇，就把一切都归咎于它，它远比我们更加纯净和完美，至少不会像你现在这样，一肚子的坏水，让人不可理喻。”

“有病吧你！”我差点跳了起来。

“别吵了！它的去留以后再说，你们这样吵来吵去的，我还怎么玩直播。”安娜突然打断了我们的争吵。

“玩的什么？”感兴趣的我立刻结束了和威克的战争，殷勤地给安娜续了杯茶水。

“是啊？玩的什么？”对此并不感兴趣的威克也拍马屁地给安娜削起了苹果。

在奇怪的“千虫纪”网络王国，游戏玩家可以给自己设置不同的身份，比如哼哼唧唧的蚊子，嗡嗡作响的苍蝇，鬼头鬼脑的蟑螂，飞檐走壁的蜘蛛，一切现实世界中存在的虫类都可以，然后在虚拟的世界里做一切你现实中想做而又不敢做的事情，去盗窃，去偷窥，去听墙脚……

看着看着，威克莫名其妙地冲我喊道：“嗨，龙，你玩游戏开挂吗？”

“干吗要开挂？那是无能者才会干的事情。”我错愕地看着威克，“为什么问这个？”

“因为有篇帖子说，如果你身边有开挂的朋友，最好离他们远一点，因为不管是面对危机还是利益，和他们一起玩，最先受到伤害的肯定会是你。”威克用鄙夷的眼神瞅着我说。

“为什么这样看着我？我会是那种人吗？”我恼火道。

“他肯定不会，因为开挂的人有着强烈的虚荣心，他们一旦遇到问题不是选择逃避，就是选择不择手段。龙可不是这样的人。”安娜说得都让我有些泪目了。

“得了吧，他上次不还缠着你写什么小程序吗？”威克讥讽道。

“但你不知道，他只是玩了一下，马上连整个游戏都删掉了。为什么？龙。”安娜看向我问。

“不对等的对抗毫无意义，纯粹就是在浪费时间。况且，既然我不能做到最好，又何必开着挂活在幻想中呢？与其这样，我还是玩其他的好了。”我老老实实地回答道。

威克把削好的苹果递给安娜，戴上游戏手套玩了一下就立刻丢在一旁，大惊小怪地说道：“这啥破游戏啊，让万物皆有人性是吧？怎么感觉这些虫子有了人性后，整个世界就完蛋了呢？”

“怕世界完蛋，你可以选择螳螂去维护世界正义啊，不然你就得饿死或者被别人吃掉。”安娜冷哼道。

威克兄妹之间的对答让我的大脑差点失控，前一秒还想称赞威克的正能量，后一秒就被安娜醍醐灌顶。

是的，我讨厌人性中的贪婪、狂妄、自私、虚伪，就像我讨厌心灵深处的自己一样。但是面对人类世界，讨厌没有用，我们还是要生存……

夜渐深，肚子不知怎么就闹起了饥荒，懒得下厨，便打开了手环上的次宇宙系统想去点个餐,但点了半天屏幕总是无法完成交易，才敏感地意识到网络的异常……

黑暗数据的入侵，开放性次宇宙的建立，让日益依赖网络的社会随时挣扎在深渊的边缘，不知道什么时候，一失足，所有人都会被淹个半死。

“今日行政长官亨利被依法传讯，他是本次贪腐案中官衔最高的长官。另据消息灵通的人士透露，检控机关掌握的情况只是冰山一角，相信在不久的将来会有更高一级的官员牵涉入案。由此我们不难看出，权力和犯罪有着割舍不开的联系，这已经不是制度的问题，不管我们的制度如何，权力滋生的腐败始终无法消除。《璃馨日报》记者为您报道。”

“太平洋的迷你岛国璃馨，作为第一个宣布建立平均主义社会的国家，在今天同样遭遇了一场腐败危机。当一个人或者一个阶层，拥有权力却无法摆脱人性的贪婪，就会难以避免地走上贪腐之路。《海马晚报》记者为您报道。”

“事实上，璃馨贪腐案正在造成社会的分裂，已经有人在指责那些无业者，说他们无所事事却和拼命工作的人均分了财富。面对指责，无业者也在呐喊：我们也想工作，但你们会给予我们公平的工作机会吗？显然，随着科技的日新月异，面对越来越庞大的失业群体，如何平衡社会财富，已经成了政府的当务之急。《每日工报》记者为您报道。”

“天堂里还是上帝说了算呢！平等？无稽之谈。”威克不屑一顾道。

“所以只有建立起完整的社会体系，我们才会看到美好的未来。”我再一次老生常谈。

“怎么建立呢？”连漪好奇地问。

“当然是细化到每一个领域，每一个政策，每一个环节，甚至每一个步骤。”我说道。

“难道现在的条条框框还不够多吗？有用吗？我倒认为法律对贪腐和资本是放纵的，既是对既得利益者的包容，也是对自己未来的一种保护。如果不是，为什么不多杀几个呢？至少可以杀鸡儆猴。”威克冷冷地说道。

“看看璃馨的现状吧，如果把所有的贪官都抓进去，砍了脑袋，社会就会动荡不安。同样，对资本过度的限制，也会让它们逃离，让整个社会得不偿失。所以，循序渐进地完善体系才是可行的。”我反驳道。

“循序渐进？哈哈，每天在喝茶聊天中循序渐进吗？面对漏洞百出的法律，面对众所周知的不堪，它们甚至几十年都不曾改变，你又要我们怎么去循序渐进呢？”

“所以，你想到什么了吗？”我伸出食指指向威克。

“我们可以研究一套智能行政管理系统来抑制腐败的发生，我想这样的产品肯定不愁销路。”威克的两眼放光。

“哇，威克，你好聪明。”连漪马上站到威克的身边。

“但这显然要比技术科学复杂得多。虽然从技术层面上来说不是难题，但是，海量的信息汇总和归类简直比重写一部《永乐大典》还要难。不过，如果我们利用 AI 的帮助，会不会事半功倍呢？”威克在自言自语。

“我可以帮助你，至少网络我比你玩得明白。”刚刚走进来的南茜，甚至还没听明白我们在说什么，就表示了对威克的支持。

“我也可以。”安娜也举手道。

“我们完全可以在公司进行试验，或许我们就成功了呢？那样我们也就可以像羲和公司那样名扬天下了。”威克显然已经下了决心，他总是干一些被我认为是蠢事的事情。

我依旧在笑，不过笑得有些难堪，因为眼前的威克不知什么时候已经越来越像我了，他的思考甚至已经超越了我。

安娜在笑，她一脸的欣慰，因为在她眼中，威克终于有点开窍了。

连漪也在笑，只是眼神中透出一丝不安。

事实上，没有几天威克就完成了他的创举，于是我失去了诸多特权，甚至在我习以为常地签出支票后，夏美立刻就找到我说：“这不符合我们的程序，至少上面也应该有小文凭的签名。”

整个社会发展的趋势越来越让人担心，在这个高度发达的社会，人类已经沦落为机器的附属品。即使你还有远大的抱负，即使你还有雄心壮志，但，如果你不是很优秀的话，你甚至连一份工作都很难找到。

当一个人对自己的前途丧失希望的时候，沉积在他们心底的怨气迟早会爆发，或许他们只是在等待一个小小的火种……

“龙，想什么呢？哭丧着脸，这么可怕。”南茜像猫一样悄无声息地出现在我的眼前，一脸好奇。

“有吗？”我愁眉不展地说，“你倒是对什么都开心，但有那么多可乐吗？”

“呵呵，难道让我像你现在这个样子呀。”南茜笑着递过来一沓资料，“这是刚到的。”

“引力子磨镜？好老套的名字。”我草草翻看了两眼就丢在了桌上，“这个项目没有问题，现有的纳米磁力尺就完全可以满足他们的要求，甚至比他们要求的标准更高。不过，他们的报酬是不是有点太那个了呢？”

“你好歹看下签章再说这样的话。”南茜不满地冲我皱了皱鼻子。

一家老牌的军工企业又怎么了？我奇怪地盯着南茜，一言不发。

“如果能和他们建立起良好的关系……”面对愚蠢的我，南茜没了继续说下去的欲望。

“威廉博士等我呢，我先溜了。”我知趣地站起身来，快步向外走去。

“嗨，别忘了你答应我的事情！”南茜在我背后喊道。

我答应她什么了？南茜现在总是奇奇怪怪的。我头疼地走到威廉博士的实验室，里面只有他自己在。小文凭呢？我困惑地想，但随后就想起了他已经被威廉博士赶出了实验室……

是的，威廉博士是疯狂的，我已经给他派了好几个助手，有的甚至待不上一天就被他扫地出门。“你怎么这么蠢呢？”已经成为他的口头禅。

当小文凭最后一个被他赶出门后，我已经无计可施了：“嗨，还是我给你当助手好了，现在这里已经没有人可供你驱使了。”

威廉博士一怔，马上哈哈大笑起来，冲我招手道：“你快来看，这是什么？”他居然没听出我的不满来。

“什么？”我好奇地凑到显微镜前。

严格来说，我们眼前的并不是什么显微镜，而是一个显示仪，它连接着一台大型的真空仪器，仪器里有一个致密的微粒盒子，当你置入不同的粒子时，微粒盒子就会把所承受的反应传输进计算机，再由计算机实时模拟出粒子的状态。

我看到一个恒定的光点，诧异地嘟囔道：“仪器坏了还是屏幕卡了，在这个维度下，粒子态怎么可能这样稳定？”

“这可是一种全新的粒子间的异态组合，想不到吧。”威廉博士兴奋地说。

“这不科学，如果它真的如此稳定，我们造出黑洞自然也没有问题。”我依旧充满困惑。

“当然没有问题！知道吗，这可是我调整粒子空间时一不小心地发现。哈哈。”威廉博士毫不在意我在想什么，他飞快地搓着双手说道，“相信我，要不了多久，一个可控的黑洞马上就会成为你手中的玩具。”

“但这种异态真的可以重现吗？”我压抑住内心的激动。稳定的异态组合是产出可控密磁性的关键，它绝不能是随机和不可控的。

威廉博士用奇怪的眼神瞥了我一眼：“你为什么这么愚蠢呢？难道你在质疑我吗？好吧，我会不断地证明给你看。你可以出去了，别打扰我工作。”

此刻我还能说什么？我只能高兴且灰溜溜地走开……

“如果我们今天能够手握黑洞，那么明天会不会就是世界末日了呢？”走出实验室的那一刻，一个念头从我脑中浮现，让我不寒而栗。

幸运的是，巴巴辛巴的来电打断了我的胡思乱想，他神秘兮兮地告诉我，我要找的“幽灵”在邪道酷吧里出现了。我在众目睽睽之下，抓起外套飞奔而出，甚至跑出了很远，还能听见身后传来那三人疑惑的喊声。

即使这样，当我赶到邪道酷吧，巴巴辛巴还是遗憾地对我说：“你来晚了。”然后他把失望的我领到监控室，指着监视器的屏幕问，“你看这是你要找的人吗？”

一个身穿黑袍的人正对着摄像头。无法看清他的面孔，只能看见那面罩下似乎有着无尽的黑暗，黑洞般吸食去我的全部。我想肯定就是他，他似乎正在向我发出挑战。

“是他。”我说，“你知道他现在会在哪儿吗？”

“我怎么会知道？”巴巴辛巴摇着头说。

“这里没有其他人认识他吗？”我还是不愿放弃。

“相信我，我已经问过这里的每一个人，但很遗憾，没人认识他。”巴巴辛巴肯定地说。

“谢谢你！”我划了一串数字到他的账户上。

“噢，不，现在还不是时候，我的欲望绝不只是这些。”巴巴辛巴却拒绝收下，他一脸兴奋地说，“我很贪婪的，我希望能在你抓住他的时候，得到更多的回报。”

“是吗？我也希望这样。”我又掏出一张卡放在他的桌上，转身就走。

“哎，你是不是太小气了？这些还不够我打牙祭呢！”巴巴辛巴在我背后喊道，“你说呢？”

“买瓶药应该够了。”我头也没回地挥手道。

从邪道酷吧出来，依然是艳阳高照，微微的风，裹挟着阵阵异味穿肠入肺，让人有些烦躁。从邪道酒吧到最近的地铁站要经过两个街区。走在狭隘的街道和破落的老楼中，恍然如同走进了上个世纪……

不知何时，一条脏兮兮的小狗跟在我的后面，亦步亦趋地走了一会儿，最终在我的无动于衷下放弃了乞食的希望，耷拉着尾巴走了。

走进地铁，看着眼前密密麻麻的人头，听着南腔北调的口音，闻着稀奇古怪的味道，我的大脑再一次遁入虚无的世界……

是的，末日真的来了，就在此刻，我的眼前已经天旋地转。

我看见了崩塌的星球。

我看见了无底的深渊。

我看见四处奔逃的生灵。

我看见了星际里的烟花……

■ 第二十九章

末日之守

那是一段苦中作乐的日子，我们已经习惯于麻木和恐惧，只能无奈地选择继续生活。直到有一天连漪莫名其妙地说她看见了小渊美子，那一刻，每个人的心头都沉甸甸的，空气如凝固一般。

“她在一处商场的天台上冲我微笑，当我赶上去，已经没了她的身影。”连漪失神落魄地说。

“你大概产生幻觉了吧？”威克挤出一丝笑意说，“我有时也会有乱七八糟的幻觉。”很快他又补充，“有一次我就看见了赫尔叔叔。”

我看见安娜的眼中闪烁着泪花。

我必须打断这个危险的话题：“威克，是不是该考虑下我们的公司怎么上市了呢？威廉博士已经饿得嗷嗷叫了。”

“我必须去找黑博士，让他帮助我们。”连漪的目光中突然闪出一抹异色。

“可你不是一直没有他的消息吗？”威克也没接我的话茬，问连漪道。

我有些好笑，一个生活在社会底层的人，怎么会比我们知道得更多呢？我想他甚至不会知道什么是纳米……

“不管怎样，我们都应该找到他。”安娜也赞同了连漪的提议。

“希望他不会是个神汉。”我无奈地同意了。

“龙！”连漪不满地喊道。

两天过后，奇迹终于发生了，连漪竟然联系上了黑博士。

再次来到 T 区，这里依旧脏乱不堪，风沙中，满天的纸屑、枯叶和一些花花绿绿的购物袋在空中劲舞。无处不在的灰尘钻入紧闭的车窗，同时夹杂着难闻的气味，令人窒息。

车子终于在一处破落的院落前停下，两条巨獒迎接了我们的到来。连漪熟练地和它们打了声招呼：“嗨，漂亮的小家伙们，黑博士在家吗？告诉他我来了。”

连漪话音刚落，两只巨獒便欢快地掉头跑回院中。威克吃惊地问道：“它们经过基因改良吗？”

“当然。”连漪笑着说，“你们想不到吧？黑博士可不是一个穷困潦倒的人，相反，他很有钱。你们更想不到的是，他的学识渊博，连这两只藏獒的改良也是他独立完成的。”她看着我们吃惊的目光，挖苦道，“你们别总自以为是，认为自己高人一等。”

我的脸有些红，我甚至开始迫不及待地想见识下黑博士的渊博……

“哈哈，我说今天的喜鹊怎么老是在丁香枝头上叫嚣，原来是我漂亮的小公主回来了。不是说好的明天才来吗？”一个响亮的声音传来，紧接着，一个身披黑色长袍的老头一步跨出门槛，迎了出来。看见我们，他的目光中甚至没有半点惊异，伸出手来说道，“想不到我这个破院里还来了贵客。欢迎，欢迎。”

黑色长袍和熟悉的身影，在看到黑博士的那一瞬间，我震惊了。难道他会是我要找的凶手？面对眼前和蔼可亲的黑博士，我彻底困惑了。

坐进客厅，我依旧陷入迷思，无法自拔。几句寒暄过后，显然对我们的事情了如指掌的黑博士说道：“其实你们的遭遇连漪已经跟我说过了，如果抛弃巧合和厄运，我毫不怀疑这个世界存在鬼神，不过他们不是上帝，也不是魔鬼，而是一种低物质态的生命体，甚至是能量物体。”

“你是说它们不具备物质形态吗？”威克惊讶地问道。

“不。”黑博士否定道，“也许是一种低质态，就像我们眼前的空气一样，只不过肉眼不可见而已。”

“如果它们真的存在，我们该怎样和他们沟通呢？难道需要眼睛上戴个显微镜吗？”黑博士的话让我很震惊，因为我对鬼神的理解恰恰同样建立在物质能量上。

“如果再给我一百年，我大概就能回答你的问题了。”黑博士开心地笑了，他继续说道，“我同样对他们一无所知。这是一个充满了谜题的世界，在缺乏技术支撑的情况下，意外和巧合可能永远无法被我们破解。”

“那么命运和厄运呢？”威克问。

“我不知道该怎样回答你的问题。”黑博士坦诚地说，“你们的不幸，按照我的理解，可能是诸多巧合和意外的叠加。即使从概率学方面而言，也是概率多少的问题，但并非不可能。”

我把话题重新拉了回来：“我想知道，既然低质生命不是常态构成，那么它又是怎样影响到我们的物质世界的呢？”

“这也是我努力想去了解的关键问题。”黑博士遗憾地说，“在现实中我们可以做到捕风捉影，但我们毕竟无法把所谓的‘鬼神’抓进仪器中。鉴于它们的低质形态，我们甚至未必能够看到和感觉到。即使有人声称自己见过，也许那不过是一簇鬼火，一道阴影，抑或一阵冷风，我们无从认知和证实它们的存在。”

“所以，还是可能会有人感受到它们的存在的，您是这个意思吗？”安娜将信将疑地问。

“宇宙是所有存在的集合，就像你我，虽然我们今天才见面，但彼此间的一言一行注定早已影响到对方，才最终导致了我们今天的会面。”黑博士说着手臂一抬，打了个响指，然后在我们的诧异中继续说道，“就像这样，你们的耳膜因为我的举动产生了反应，甚至会让你一瞬间跑神，然后导致一连串其他本不该有的反应。所以你说，我们和它们能是孤立存在的吗？毕竟我们共处于一个空间。”

物质之间的相互联系是生命的基础，是不是也意味着，只要有联系存在，就会有生命了呢？宇宙间，又有什么能脱离和周边的联系呢？那岂不是生命无处不在？我们彼此相互联系，从而构成了一个庞大的宇宙生命体……我突然感到一种莫名的恐惧。

“共处一个空间指的是什么？”连漪不解地问。

“我们的世界是多维的，但不管它是平行的，还是多维的，要产生交集，就必须有一个彼此联系的异点，也就是相同的空间。”几杯茶水嘤嘤叫着飞到我们眼前，黑博士探手取了一杯，然后示意我们用茶。

“难道你也认为平行宇宙是存在的吗？”我抓住了飞到眼前的茶杯，不可思议地问道。

“很多人都信以为真是不是？所以我只是用他们能理解的方式，说给他们听而已。”黑博士笑了。

“可我们怎么才能找到它们呢？”威克迫不及待地问。

“哈哈，这个，这个我就没办法回答了，或许只是你们身边存在一个凶手呢？”黑博士笑得意味深长。

面对无解的现实，我来时的热情已经悄然而退。不过黑博士提到的“鬼神”论，还是深深吸引了我。

“博士，您好像对纳米机器人也很了解，是吗？”我忍不住问。

“听到过一些罢了。不过我还是很好奇，为什么今天的纳米技术那么成熟，怎么就搞不出一个纳米人呢？你们已经有了纳米器官、纳米血液、纳米神经，甚至纳米 AI 脑芯片，怎么就做不出个纳米人来替代我们的血肉之躯呢？还有，既然纳米机器人可以进行几何级的自我复制，怎么就没有想到用它们构建囊括整个空间的网络，甚至只是深入地心来获取各种能量呢？”黑博士随口几句，就把我和威克说得目瞪口呆。

是的，为什么我们就没有想到过这些呢？是因为太过异想天开吗？但能用技术解决的问题都不是问题，它不仅仅是眼界的问题，还和一个人的抱负有关，因为我们从来没有想过讨生活的手艺有一天也能做到改天换地……

“不过真到了那一天，人类可能也要凉凉了。”黑博士莫名其妙地自言自语道。

“为什么？”安娜诧异地问。

黑博士摇了摇头，叹口气说道：“如果连人都成了神，这个世界还能安宁吗？”

“算了，不想这些乱七八糟的事了。”黑博士搓了搓手掌，说道，“连漪已经跟我说了你们的遭遇，我给不出更多的建议，不过有一个地方可能会对你们有所帮助……”

“西蓝囚室？”连漪的声音有点走调。

“对，西蓝囚室。”黑博士肯定地说。

我从来没有听说过西蓝囚室，但从黑博士和连漪的语气中，我听得出来，那里一定拥有一种神秘的东西，一种想一想都会让人产生恐惧的东西……

“它在哪里？”我感受到自己声音中的异样。

“它就在老县衙旁边，有史可考的历史可以追溯到开元年间。”黑博士平静地说，“不知道有多少人死在那里，用道家的话说，那里是个极阴的地方。”

“那里发生过什么奇怪的事情吗？”威克问出了我们都想问的问题。

“夜半歌声。”黑博士平静地说，“仅此而已。”

我关掉了音乐。

我拉上了窗帘。

我检查了门锁。

我打开了每一个灯。

我把帝客抱上了桌面……

这是一片青砖绿瓦之地，原本应该让人心生向往，但岁月无情，让沉淀其中的神韵荡然无存。青砖已是绿苔斑斓，绿瓦亦是被枯藤蔓草覆盖，加上门窗破的破，掉的掉，一派潦倒，竟端的生出一股阴邪之气，令人胆寒。此刻，这个小小的四合院在月光星辉的涂抹下，更显得怪影丛生，诡谲异常。

月亮惴惴不安地趴在西蓝囚室外的老槐树枝头，不管它如何明亮，都无法驱散这里幢幢的黑影。

安娜紧紧地贴在我的身边，不安地四下张望着，一副紧张模样。威克亦步亦趋地跟在我们身后，他的面色在月光下显得苍白如纸。事实上，在没有踏进西蓝囚室之前，他就打起了退堂鼓，之所以现在站在这儿，完全是因为连漪的讥讽……

黑博士说他已经无法再承受这里的一切，因为他早已不再年轻。我想他是对的，此刻，心脏剧烈地跳动，快要让人崩溃。

“我们会有收获吗？”安娜怯怯地问道。

“不知道。”我捏了一下她冰冷的手指，“和海市蜃楼一样，只要条件具备，大自然就可能会成为一部留声机或者摄影机，它们会记录下历史上的某一刻，然后在相同的条件下重新播放出来。”

身处西蓝囚室，除了恐惧之外，你还会产生一些奇怪的念头，它们像鬼魂般盘踞在你的脑海中，挥之不去。

“你听到什么声音了吗？”威克颤抖地问道。

除了风声，我什么也没有听见。我禁不住嘲笑威克，“你是不是已经开始幻听了呢？”

“我也总感觉背后有一种沉闷的呼吸声，就像有人贴在我的身后。”连漪也一惊一乍地说道。

虽然被连漪说得有点毛骨悚然，但我还是笑道：“得了吧，真有什么人在你背后，你还不一个背摔摔死他。”

“我有点怕。”被他们说得更加恐惧的安娜，马上贴紧了我，小声说道。

“有我呢，你怕什么。”我安抚安娜，但她不经意的颤抖还是给我带来了莫名的紧张，屏息静听：风把弄着枯叶，迤逦于门庭，盘旋于廊柱，奔走于走道，止滞于幽院……

我刚想笑他们有些神经质，脸颊就被一阵凉风拂过，就在此刻，一种游丝般的气息浮在耳边，断断续续而又绵延不断。

“呜——呜——”

一个女人的哭泣声从庭院深处传来，凄凉哀婉，让人惊悚而意外。

“谁？谁在那里装神弄鬼？”威克瞬间换了个人似的，大喊着直奔出去。

我错愕地拉起安娜跟了上去，循声拐过几道昏暗狭窄的夹道，来到一处幽闭的侧院。这里院落不大，里面只有一栋残破的两层小楼，声音就是从小楼上面传出来的。

看着上面黑洞洞的窗口，我和安娜、连漪都惊惧地站住了脚步。

“是你吗？你在哪儿？”威克却如鬼魂附体般，不顾我们的阻拦，边喊边要闯进去。

突然，声音消失了，威克一下怔在了门口，眼眸中弥散出诡异的色彩。

“你怎么了？”连漪紧张地问道。

“是美子，是她！是她的声音！”威克缓缓抬起了手臂。

顺着威克的手指，心惊胆战的我们并没有看到小渊美子，但再看威克，我们却在威克的瞳孔中看到了余生都会为之颤抖的一幕……

月光明亮如常，但是它的光辉已经不能穿透我们的心灵。

风还是那样冰冷彻骨，但它再也不能冻结我们的灵魂……

“它们或有联系，但也可能是孤立事件间的耦合。我从来不相信厄运与诅咒的存在，虽然我没有能力破解你们的遭遇，但依旧建议你们尝试用不同的心境和方式去面对和思考它们，也许真相就在其中。”黑博士平静地说。

不错，在那里我们注定寻找不到答案。我们逃离了西蓝囚室，只能把它抛进记忆的角落，尘封在心底。我们一无所得。

从西蓝囚室回来后的那段日子，那凄凉哀婉的哭泣始终萦绕在耳边，即使是在帝客逗得我开怀大笑时，它也会如幽魂般携带着阵阵阴风拂来，让人心惊肉跳，毛骨悚然。

突然有一天安娜厌倦了游戏，开始喜欢和素不相识的网友山南海北地侃大山。渐渐地，她不但嘴皮子利落了许多，甚至连打字的速度也快得惊人。看着她不停地变换自己的性别和昵称，这让我很奇怪。

“其实网络才是我们说真话最多的地方。”安娜顾左右而言他。

“但你依旧无法否认，网络始终是谣言和谎言的聚集地，你很难去辨别它们的真伪。”我皱眉道。

“所以它才会是当下文明的照妖镜。在网络中，我可以看到他们认知间的千沟万壑，也会看到他们人性间的天差地别，我会发现很多愚蠢的人依旧沉迷于阴谋论和伪科学中无法自拔，我隔着屏幕都能感受到这些人的人格分裂。我甚至可以……”安娜还很年轻，居然就开始没完没了地唠叨起来。

“也正因为如此，它才会让更多的人绝望，让更多的人迷茫。因为在网络中，他们可以轻而易举地接触更多的黑暗，看到更多卑劣的人性。如此，他们的世界又怎会明媚如初呢？”我的嘴角流露出一丝苦涩。

“所以我们不能对此熟视无睹，是不是？我想做一个 AI 终端，对所有上传数据进行梳理和甄别，清除那些乌烟瘴气的糟粕，让它们无所遁形，无法生存。还有，现在的 AI 搜索依旧如此落后，是时候改变它们了，我们应该给网民一个正确的指引……”安娜好似在我的眼前展开了她天使般的翅膀。

“你真的能做到？那最好也能把那些标题党和改头换面的家伙也扫个精光，把它们屏蔽出我们的网络，它们的存在简直就是在打劫我们的时间和生命。”我充满期待地说。

“当然，如果我愿意，我甚至可以构建出只属于自己喜好的网络。”安娜自信地说。

“帮给我也做一个好了，我真的快被要命的网络搞自闭了。你根本无法从里面得到你所需要的一切，打开网络，你会发现自己是在垃圾海中裸游。”我兴奋地说，“对了，你需要帮手吗？你知道的，对于网络我可是一窍不通，不过我可以帮你推荐一个助手。”

“南茜？”安娜好像猜到了我的心思，微笑道。

“怎么？不行吗？”我一怔，解释道，“她可是个网络达人，每天都泡在网络中，所以，她应该对网络有更多的感触吧？”

“那是当然，如果没有她的启发，我又怎么可能有这样的想法呢？”安娜居然这样说。

“你是说，这是南茜的提议？”我有点意外。

“嗯，她每天都对那些网络垃圾感到头疼，所以才一直怂恿我做点什么。”安娜解释道。

“她还说了什么？”我多疑地问。

“很多啦，比如跨网站的自定义聚合网页，刻画式的新闻汇总，超链接信息下的关联……”安娜又再次唠叨起来。

“网络之外呢？”我打断了安娜，我甚至不知道她说的是什么。

“具体点，你是在怀疑什么吗？”聪明的安娜瞬间察觉到了我的意思。

我摇了摇头：“说不上怀疑，只是她越来越让人刮目相看了。”

“你是指什么？南茜吗？”安娜不解地看着我。

“没什么，只是她现在越来越让我意外了。”我混乱地说。

“你这么一说，我也觉得确实如此。尤其是在平野郎死后，她曾经说过一句话……”安娜回忆道。

“她说了什么？”我坐直了身体。

“我听见她对着平野郎的尸体自言自语了一句：‘我该让你上天堂，还是让你下地狱呢？’”安娜模仿着南茜的语气说道。

“什么意思？”安娜的口吻惟妙惟肖，令我惊讶。

“你不会真的怀疑南茜吧？”安娜问。

“不会。”即使我怀疑自己和安娜，也不会把怀疑的目光投向南茜。是的，在我们的生活中，似乎总有一个人能圈去我们全部的信任。

“是不是连我也在你的怀疑名单上呢？毕竟在截云山和南茜一直是形影不离的人是我。”安娜探手向我的额头伸来。

我在安娜的追问中落荒而逃，逃上了天台。淡淡的月华洒入我的视野，它居然那么地苍凉，那么地孤寞。我的世界开始模糊，思绪开始混乱。

我听见有人在哭，如婴儿出世般的啼哭，轻轻地，时远时近，似寒风中飘零的雪花。

恐惧渐渐禁锢了我的游魂，血液开始凝滞……

再次把自己锁在书房中，我已经不知道该写些什么了。毕竟，一个已然套上绞索的人，大概也只能去无病呻吟吧，比如无聊的幻想和一些不切实际的念头。

我很想在最后的时刻跟你们分享我的世界，但我并不想给予你们唯一的答案，即使给了，也可能是错的。我想给予你们的是一种思考，一段被你们熟视无睹的过去……

当你学会了思考，获得了认知，你眼中的世界或许会更加黑暗，但光明，同样会从某个缝隙照耀而下，带给你一个崭新的世界。

我是一个讨厌被人打扰的人，即便是一个人无意走到我的背后，或者无意在我身旁停留片刻，都会让我怒火中烧。“你看什么？”我甚至会怒气冲冲地对来人大喊大叫，不管他是多么的无辜。

助手马迪安怯怯地说：“威克总裁让您过去一下。”

“知道了。”我恼怒地应道。该死的威克，你难道就没有事情要做吗？我气冲冲地踩着地板走过长长的走廊，把怒气撒给每一个能够听到我脚步声的人。

“他肯定是一个喜怒无常的家伙。”肯定又有人在我背后这样骂。

“有人骂，总比没人理要好。”我安慰自己说。

“我请你喝一杯。”威克摇晃着酒杯，惬意地对我说。

“这就是你喊我来的目的？”我几乎不敢相信自己的耳朵。

“现在是我工作的时间！”我强压着怒气说道。

“难道你坐在这里很委屈吗？如果是，我可以把这个位置让给你。”威克说着，摇摇晃晃地站了起来。

“你知道自己在说什么吗？”按情理我应该怒气冲冲地跳起来的，但是不知为什么，我突然有些恐惧，恐惧于威克身上的某种变化。

“我们确实应该坐下来好好谈谈了。”我走到他的对面坐下。

“我是不是很麻烦？”威克笑嘻嘻地问，他的眼睛充满了血丝，就像一头怪兽。“你还记得那双眼睛吗？那双可怕的眼睛？”他突然问。

我禁不住打了个寒战，烦躁地问道：“怎么又说这些？”

“因为它不停地在连漪和我身边晃荡，它始终在窥视我们。”可怜的威克说道，“我们受够了它的折磨。我们要抓到它，把它像灯泡一样在脚下碾碎！”

“你完全可以无视它，那样，它的存在将毫无意义。”我安慰威克。

“视而不见？熟视无睹？怎么可能？”威克崩溃地说，“连漪更不可能，她都快疯了，她差点冲着我的鼻子开枪！”

“你放心，她可是我们那里的神枪手，保证一发毙命，绝无痛苦。”我开着玩笑，想缓解一下威克的情绪，“如果可以，你们还是搬回来吧，我保证一直让你们待到厌恶我们，而不是我们厌恶你们为止，如何？”

“你会这么好心？”威克竟然斜着眼睛看我，但是他的表情已经告诉我，他同意了我的提议。他就像一个孩子，给一颗糖豆，马上就会雨过天晴。

“所以，不要在工作期间喝酒好吗？”我说道。

“好的，不会再有下次了。”威克居然憨憨地笑了起来。

“她们呢？”我看着空旷的大厅问道。

“她们都出去了。”威克摇晃着脑袋说。

“夏美也出去了？”我意外地问。

“是的，和安娜南茜一起出去了，好像去一家什么网络公司。”威克含糊不清地说。

“知道了，你休息吧，别再喝了。”我皱眉向外走去。

“知道了，龙总裁。”威克在我的身后喊道。

路过数据实验室，看到威廉博士正在向我招手，于是走了进去，还没有来得及开口问，他就迫不及待地拉着我走到中控台，手指满屏飘着的红线，激动地说道：“看，我们成功了！”

我俯下身，小心地调整着光谱转柄，直到一道稳定的绿线清晰地出现在屏幕上：“这么说它可以构建出稳定的力场了？”

“当然！不过还是有点遗憾，因为它们还不是宇宙最基础的存在，因为它们之间依旧存在着力的表现。我始终认为力是需要载体的，一种更微观存在的载体，抓到它，我们才可能解析整个宇宙。”威廉博士说着说着，有点失望。

“连世界上最好的零质空间都存在净度问题，我们又该怎么做到呢？或许我们现在抓不到它，但这并不耽误我们用数据演绎来抓住它的尾巴。我相信你。”我安抚道。毕竟在缺乏技术能力的情况下，数学才是我们了解宇宙本质最现实的工具。

“这让我想起伏羲八卦中的一生二，二生三，三生万物，如果一是本质，二是阴阳，三是宇宙，那么‘二’会不会就是指有序和无序两种状态呢？”威廉突然问道。

“有可能，你想到了什么？”我不解地问。

“我在想是什么样的‘一’才能导致这两种状态的形成。是不是‘一’本身就具备这两种状态呢？就像我们现在所看到的现实世界一样，任何事物都不是一成不变的，不管是源于外因还是内因。”威廉推测说。

“按照我的理解，或许就像一盆泼上天的水，是分子间的碰撞决定了它们最终落下来的模样。”我头疼地说，我甚至没有完全明白他在说什么。

“所以是有序的粒子在无序的运动中形成了我们今天看到的宇宙吗？就像一盆水，或一地滚动的弹珠。”威廉思考道。

“有序的基础，无序的结果，于是就有了我们眼前的世界？”我开始沿着这样的思路走下去。

“所以无序的是世界，有序的是力和磁，这倒是我没有想到的地方。”威廉喃喃着陷入深思。

我必须脚下抹油了，在威廉再次发疯之前。我还有很多事情要去做，如果现在被威廉抓住，数小时之内是再难脱身的了……

繁华的城市之夜，到处都是璀璨的灯光。一个个孤独的生灵走到一起，便生出诸多无聊的行为。他们消费能源，污染空气，制造麻烦，他们一直以此为生，以此为乐……

“龙，你现在是不是感觉自己活在这个世界上有点多余了呢？”威克嬉皮笑脸地看着我问。

“但是没有我，你吃喝玩乐能尽兴吗？”我笑了。

威克笑得更加灿烂：“当然可以，所以你还是快去买些药丸、刀子或绳子之类的东西好了。”

“确实是个好主意，不过现在我突然有点放心不下你了。”我淡淡地说。

“这又是什么陷阱在等着我呢？”此刻的威克显然是谨慎的，当他无数次掉入陷阱之后。

“怎么会是陷阱呢？只是连漪近来状态不太好，你难道没有发现吗？”说完，我深深叹了口气，不等威克再问什么，就快步走了出门。

地铁里的人已经很少了，一两个智能警察还在尽职尽责地在空旷的大厅里来回溜达。

“哎呀！”一个被我不小心撞到的人发出鬼叫般的喊声。我回头看他一眼，他马上见鬼般连滚带爬地蹿了出去。真是一个古怪的人，难道我有那么可怕吗？

当我赶到教堂的时候，连漪已经坐在那里等了很久，但她没有抱怨我的姗姗来迟。

“什么事这么急？”我匆匆过去，坐在了连漪的身旁。

“我正在被合伙人排挤。”连漪含含糊糊地说。

“那就出来好了，威克完全有能力帮你再建一家事务所。”我在等待她后续的话题。

“我已经没法继续下去了，我感觉这就是冥冥之中的命运。”连漪似乎正处于崩溃的边缘。

“好了，别想太多了，趁公司现在一切顺利，你和威克还是去旅游，放松一下吧。”我劝说着。

“我更担心威克，你难道没有发现吗？他越来越反常。”连漪焦虑地说。

“他很正常啊，能有什么？”

“这一段时间，他常常夜不归宿，我怀疑他也在私下调查什么，但他始终不愿做出解释。”连漪终于抛出让我惊讶的话来。

“他能去调查谁？又能调查出什么？你就没有发现什么吗？别忘了你是干什么的。”我不可思议地问。

“我不能那样做，难道让我调查自己的枕边人吗？”此刻的连漪没有了之前的爽朗，甚至有点幽怨。

“交给我好了，还有其他的事情吗？”我皱眉道。

“有，他现在也开始做噩梦了，即使是白天，也会像你一样常常走神，还经常胡言乱语，说些莫名其妙的话。总之，他越来越像你了。”连漪面带恐惧地说。

“呵呵，我有那么恐怖吗？”我尴尬地问。

“那是你的本色，但对于他来说，却是一种可怕的转变。”连漪喃喃道。

“好吧，我接受这个解释，但你们还是出去走走的好。”我再次建议道。

连漪默默地点了下头，然后欲言又止地用脚在地上碾了一下，好像脚下有什么似的。这是她心神不安时的小动作，难道她约我出来还有其他原因？我不解而又耐心地等待着。

“南茜还好吗？”连漪居然问道。

瞬间，我的脑电有点短路：“她，她很好啊，怎么啦？”

“没什么，只是感觉她有些让人看不清。”连漪奇怪地说。

“她就是那样的人啊，你在调查她吗？你都发现什么了？”我疑惑地问道。

“没有发现什么，她就像个时钟一样，每天按部就班，根本让人无从怀疑。”连漪虽然这样说，但似乎还在犹豫。

“你究竟发现了什么？”我不相信这就是连漪要告诉我的答案。

“怎么说呢，我是说，我从来没有见过南茜这么简单的人，她的生活就像个垂暮的老人那样，单调而有规律，每天都在重复昨天的步骤，这不应该是她这个年纪和职业所能呈现出的状态。”连漪边说，边用手指在地上画出一连串的弹簧状曲线。

“哦，这并不奇怪，她和我一样，都喜欢宅在家里做自己喜欢的事情。你知道的，她也是个游戏迷，有一半的生活都是在网络中。”我解释道。

“是吗？可能真的是我多疑了吧。”连漪苦笑着说。

“我宁愿相信自己是魔鬼，都不会怀疑南茜的。”我肯定地说。

“为什么？”

“因为她是这个世界上我唯一相信没有戴着面具生活的人。”我说。

“你这么信任她？但你为什么选择了安娜而不是她，为什么？”连漪惊讶地问道。

“因为我始终觉得，她像是我的家人，我对她没有爱情。”我回答。

“就像姐姐、妹妹那样吗？”连漪困惑地问。

“是，就像一家人，自从第一眼看见她到现在，都是如此。”我肯定地说道。

“我明白了。”连漪简单回了一句，旋即陷入了沉默。

离开教堂，怀揣满腹疑云和一脑袋糨糊，我漫无目的地行走在街头。一路的霓虹和灯光像打翻了色板，五彩缤纷地搅和在一起，迷乱了我的视野，也堵塞了我的心路。

第三十章 ■

死神的眼泪

当连漪为我打开一道门缝，我才惊讶地发现，原来门外的世界更加黑暗。

如果可以重新来过，我会阻止连漪……

我终于放弃划去连漪名字，我很伤心，因为是我把厄运带给了她，我还活着，她却死了。

我至今清晰地记得，在连漪下葬的那一天，人类历史性地把一座有着百十平方公里的太空城送入了太空……

接到威克的邀请，我和安娜兴冲冲赶到连漪那里，却不知道一场悲剧已然在我们踏出电梯的那一刻发生了。

连漪自杀了，像一片凋零的花瓣，从高耸入云的楼台飘下。她留下一封遗书，里面有一段写道："威克，美丽的日子总是短暂的，你让我度过了人生中最美好的时光，感谢你！但，我现在要走了，离开这个世界。我不知道到底发生了什么？可我知道，死亡已经让我无所畏惧。"

我看见威克呆呆地捧着遗书坐在地上，他已经没有了眼泪，头发也被抓扯成了乱草，他听不见安娜的呼唤，也看不见我递上的纸巾。

死亡就这样意外地降临，没有理由，没有征兆。我直到站到连漪的遗体旁，还以为这只是一场梦，梦醒了，她也就该回来了。

滂沱的不是我的泪水，是外面的暴风雨，我的泪水已经干涸……

“为什么？”这是威克三天后说的第一句话。

安娜拭去眼中的泪水，把一杯热茶递到威克的手中。

南茜站在一旁，甚至屏住了自己的呼吸。

黑博士来了，他只是默默地站了片刻，就一言不发地走了，只留下一个愈来愈苍老的背影。

“节哀顺变！”老板金只说了这四个字，就匆匆逃走了。

雨，总是在压抑中诞生，它把凄凉与忧郁送给每一个人。一只麻雀在屋檐下尖叫了两声，终于耐不住寂寞，钻入了淅淅沥沥的雨雾中，展翅远飞。

家中的一棵仙人球居然绽放出数朵雪白的花，晶莹剔透的花瓣，让人连望上一眼都心惊胆战。

“它从来没有开过这么多的花。”我自然而然地把它和连漪联系在一起，一股由心而生的感伤沁入我的世界。

“它是圣洁的。”安娜流着泪说道。

“是的。”我在颤抖。

帝客跑到我的脚下打滚，我正要让它滚开，却突然听见身后传来一阵笑声。

是威克，他居然在笑。

我和安娜都惊讶地看着他，不知该如何解读他不合时宜的笑容。

“你怎么了？哥哥，别吓我。”安娜心惊胆战地问道。

“我很好。有吃的吗？我有些饿。我需要好好睡上一觉，我已经困得快睁不开眼睛了。”威克显然已经恢复了神智，因为他还知道自己需要什么。

安娜和南茜飞快地进了厨房，里面瞬间响起了厨具碰撞的声音。

窗外的细雨朦胧了这个世界，但太阳却钻出重云，洒出金色的光芒。

“雨过天晴了。”威克说。

“是的。”我有些替连漪伤感。

“知道吗？连漪对我说，她在天堂。”威克小声地对我说，“上帝和她在一起。”

“我们出去走走吧。”安娜终于崩溃地建议道。

威克疯疯癫癫地跟在我们后面，他咿咿呀呀的，像是在说另一个世界的语言。安娜不停地拭去眼角的泪，海水吞噬了我们的脚，冰冷刺骨。一个被冲上岸的螃蟹，还没来得及翻过身，就被帝客衔在了口中。

“你在做什么？”安娜尖叫着扑向帝客，从它的口中扯出奄奄一息的螃蟹，丢入海中，又冲龇牙咧嘴的帝客发泄地踢去。帝客狂叫着跑开了。

“你冷静些。”我把安娜搂在怀中。

安娜低声哭起来，她把头深深地埋在我的怀中。“为什么？为什么？”她绝望地问着一个没有答案的问题。

“一切都会好起来的，包括威克。”南茜在自欺欺人。

“看，看！”威克突然在我们后面喊叫了起来。

“上帝啊！”安娜也惊呼道。

淡淡的海雾中，一片崇山峻岭若隐若现地漂浮在海上，如世外的桃源，天界的仙境。那里没有袅袅炊烟，没有车水马龙，没有高楼大厦，有的只是江山如画。

但，如同这个世界一样，所有的一切都会成空，就像眼前的海市蜃楼，就像我们梦想中的另一个世界……

我丢开笔，烦躁地在狭小的书房乱走，即使不小心撞翻了椅子，碰飞了茶杯，扯坏了窗帘，但依旧无法停止下来。

老板金愉快地接管了我们的公司，他甚至十分平静，好像他早知道这一切迟早会发生一样。

“我知道您不是一个愿意四处奔波的俗人，万幸的是，我是。因此您不必担心公司的事务，我会用心打点它的。”老板金笑盈盈地说完，脸色突然有些凝重，他忧郁地说，“威克怎么会这么想不开呢？唉，做人难啊！我应该常去看看他才是。”

回去的路上阳光依旧明媚，但我茫然若失，始终想不明白为什么可怜的威克会疯掉。胃里沉甸甸的，让我想吐，喉咙中的酸液在不停地翻滚。我不知道是这个世界在逃避我，还是我在逃避这个世界。

车终于到站了，我踉跄地走出了出站口，不知道为什么，整个身体突然就飘了起来，飞了出去……

“龙，龙……”有个声音一直在我耳畔呼唤着我。

“我在哪儿？”我睁开了眼睛。

“呀，你终于醒了。这里是医院，你感觉好些了吗？”安娜担心地俯下身子问我。

“我怎么会在这里？”

“车站发生了爆炸，死了三百多人，还好你没有事，只是受点轻伤。上帝保佑！”

“爆炸？”

“是的，电台上说是一次恐怖袭击。”

“我昏迷了几天？你在这儿，威克怎么办？”

“昏迷了两天。”安娜宽慰我道，“你不用担心哥哥，我租了一个机器人保姆在家，他已经好多了。”

“我现在感觉很好，你去办理出院手续吧。”我活动着手脚说道。

“不行。”安娜马上就按住了我，“医生说你还需要再观察两天。”

“是吗？难道他们想软禁我吗？”我挣扎着想要起身，但眼前立刻天旋地转，我只好放弃，“算了，这里有这么多漂亮的白衣天使，我还是多住一晚吧。”

“你敢。”安娜捏住我的耳朵，装出凶狠的表情说。

“轻点，这不是猪耳朵。”

憔悴的安娜终于笑了，她坐在床边为我剥起了橘子，心有灵犀地帮我打开了电脑。

《前进报》评论这次爆炸说：“三百条鲜活的生命已经逝去，那些宽容他们的人，在今天又一次沦为撒旦的走卒。这就是血淋淋的现实。三百人，这是一个多么可怕的数字，看来我们能多活在这个世界上一天，都需要足够的幸运……”

《自由报》评论说：“这些反人类恐怖组织，自称是人类的‘清道夫’，他们信仰的不是上帝，而是大自然。无法否认人类对自然的摧残，但同样无法否认，我们正努力与大自然和谐共处。这种针对平民的恐怖行径应该立即停止……

《真理报》评论说：“我们不得不再次抱怨政府的无能，抱怨卑劣的人性，抱怨扭曲的资本，是它们共同制造了这场谋杀。文明究竟是什么？它又能够给予我们什么？如果我们连活着都做不到，又怎么敢去妄谈文明呢？”

是的，连漪走了，威克疯了。连漪走得让人再也不愿想起，威克疯得让人无言以对。

威廉博士对实验的进展甚为不满，甚至开始埋怨我。他善意地说道：“租赁实验室可能会超出预算，你应该考虑一下成本，我并不敢保证会有一个满意的结果。”

“需要什么你只管开口就是，我会尽力做到。”我并没有多说，我不希望在一个能够改变世界进程的项目上，因斤斤计较而半途而废。

和威廉博士探讨完实验遇到的问题，南茜已经在办公室等得着急了，看见我走进来，她迫不及待地拉起我就往外走，直到走出大厦，我才恍然大悟，原来约好去见医生的，我怎么就忘了呢？

“怎么才出来？”安娜打开车门，略带埋怨地问。

“哦，我忘了时间。”我看了一眼坐在后排的威克，“他怎样了？”

“先上车再说吧。”南茜把我推上车。

车子在街道中七拐八拐，最后终于停在一处不起眼的院落前，直到看见“金色精神研究院”几个字，我才略感吃惊。这是南茜联系的，她只是告诉安娜，梁博士是她的好友，或许可以帮到威克。

威克很快被推进了检查室，不知道过了多久，才又被推了出来。

“怎么样？”南茜迫不及待地问。

“到我办公室谈吧。”梁博士一直保持着彬彬有礼的态度。

我被留在外面照看威克，威克笑嘻嘻地看着我说：“知道吗，龙，我发现一个好地方，一个古堡，到时候你来陪我住啊。”

“当然，我不会让你白住我那里那么久的。”我苦笑着说。

“连漪说让我离你远点，她说你其实心眼小得很，怕我把龙睛拿走。”威克居然神神秘秘地说，“我才不信她呢，把帝客送我你都不会在意，又怎么会害怕我拿走龙睛呢？”

“肯定的，如果可以，我甚至可以把命交给你，谁让我们是兄弟呢！”我心不在焉地回应着喋喋不休的威克。

“我才不要你的，还不如帝客，至少它什么都听我的，你就会挖苦我。”威克居然这样说。

“是吗？”我的脸瞬间红了起来，那是一种久违的感觉。

“对不起！”

“为什么要说对不起？难道我们不是兄弟了吗？”威克难过地问。

“不，我们永远都是。”

不管安娜和南茜出来时目光中带有多少希望，我都知道威克即将离开我们。他会搬到一个美丽的古堡，然后在那里静候我们的光临。是的，他看见的不是虚幻，而是未来……

杂乱的思绪终于被穷途末路的墨水终止，我甚至没有发现，自己只是在白纸上划下深深的痕迹。

如果，威克说如果有来生，他依然会做我的朋友。

如果，安娜说如果可能，她会用生命换得哥哥的健康。

如果，南茜说如果可以，她会再做一次选择，虽然没有人能明白她所说的选择是什么……

威克是不小心打碎的龙睛。安娜说他只是触摸了一下，龙睛就滚落到地上，然后就像玻璃那样四分五裂了……

威克在整个晚上一直默默无语，他只是在帝客挑逗他的时候，才会咿咿呀呀地说上两句帝客才能听懂的话。这是真的，至少帝客有几次很听话地叼来了他需要的东西。

龙睛的破碎，依然沉甸甸地压迫着我的神经，至少在此后的几天，我还会时不时想起它。那是一种不祥的预兆，我甚至会把它和威克的命运联系起来。

南茜知道后，只说了一句话：“大千世界，无奇不有。”

在那一段日子，我没有感觉到身旁事物的变化，每天都像钟摆一样按部就班地生活和工作。少了许多感知和思考，一切都变得黯淡无光和无关紧要，我只是行尸走肉般行走在这个世界。

“该死的。”我在出门的时候，无意地骂了一句威克，就因为他把我的鞋子给了帝客当玩具。可我不知道诅咒会那么灵验，在去往公司的路上，就接到了安娜哭泣中打来的电话，当我赶回家时，威克已经奄奄一息……

“对不起！我不是有心的。”我忏悔道。

“好好照顾我妹妹。”威克眼中滚动着解脱的泪珠，他平静地说完人生中最后的一句话，在一声叹息之后，彻底离开了这个世界。

那段日子，我浑浑噩噩，心如死灰……

窗外传来一声夜莺的轻啼。

我停下了笔。

时光如梭，春夏秋冬转眼间，许多曾经的坚持，酿成了今天的错误……

安娜最终选择把威克葬在我们常去的海边，她说那样就能天天看到哥哥。

威克曾经对我说：“我是无神论者，所以，即使我死了，也不能让宗教踏入我的坟墓。”所以，下葬的那天，除了挖掘的机器人，也就只剩下我和安娜、南茜三个人。

随着棺木的落下，封土推平，一块洁白的大理石墓碑竖起。在南茜摆上鲜花的那一刻，安娜终于释放出近乎令她窒息的悲伤，哀声痛哭起来。

威克死了，悲伤的安娜把破碎的龙睛远远抛到了深海，我们都希望梦魇到此就结束了。

失去威克的日子是黑暗的，没了他的骚扰，我突然觉得有点冷清。原来自己真的很孤单，竟然找不到一个可以和我一起打发时间的人……

安娜每日的笑容越来越少，言语也少了许多，我不知该怎样宽慰她。她几乎失去了所有的爱好，不再购物、上网、摆弄花草，甚至也不再看电影，玩游戏。她常常自言自语，常常莫名其妙地冲着一个地方微笑……

她这个样子，在我眼中，是比死亡还可怕的恐惧。我有时不免会想到，也许下一个是安娜……

“只要我还活着，就不能让它发生！”我在发一个连自己都不敢相信的誓言。

终于下了一场暴雨，老天好像也在发泄自己全部的情感。安娜再次哭了，静静地一个人坐在窗前落泪。

那一夜很漫长，漫长到无从回忆。

一夜风雨过后，朝阳淡淡的晨辉刺穿了暗夜的笼罩，早起的鸟儿开始在枝头舒展着歌喉，它们叽叽喳喳地喧闹着，整个世界显得生机勃勃。

花园中一滴滴晶莹剔透的露珠在草尖放射出七彩的光芒，不经意地改变了世界的色彩。

我看着草地上一群蚂蚁排成的长长的队伍，它们正在忙碌地搬运一些食物和白皙的卵，一场新的暴风雨大概又要来临。

帝客不知道从哪里滚了一身的泥水跑了过来，看见我，竟然做错事般怯怯地想避开。

“帝客！”我呼唤道。

帝客竟然没有理会我，依旧向一边溜去，甚至没有回头。

“帝客！”我走了过去。

帝客愤怒地扭过头，一双滚圆的眼睛中竟然是黑渊般的深邃，瞬间吸食去我的全部理智……

“走开！”我惊恐地喊道。

我听到了它的嘲笑和戏弄，我在黑暗中挣扎，就像溺水的人那样抓住了一样东西，再也不会放开。那一刻，我迸发出鱼死网破的决心。

“你去死吧！”一个熟悉的声音在我耳边响起。

血色的世界笼罩向我笼罩过来，恶魔在渴望着你的一切，呼唤着你的一切，贪慕着你的一切……

“留下吧！”咒语捆绑住我的脚步。

崩溃的灵魂在忏悔，我终于放弃了，我感觉到一种快乐的解脱……

“龙。”安娜哀伤地贴在我的怀中，呼唤着我的游魂，她那柔细的手指把温暖输入我残败的躯壳。

“帝客呢？”醒来的那一刻，我问道。

一颗泪珠从安娜的眼眶中滑落，滴在我的脸上。

“我不是有意的。”我在忏悔。

“我知道。”

帝客，一个带给我太多快乐的生命，竟然会被我亲手扼杀……

“我是刽子手。”我想获得宽恕。

“不，你不是。”

“可我杀了它。”我绝望地说。

“不要这样，龙，你已经吓到我了。”安娜惊恐地睁大了眼睛。

泪水滑过我的脸颊，酸涩的草藤在心底蔓延……

帝客不是狗，它是我的影子，我的梦。

我希望上帝能够在天堂给帝客留下一个位置，因为即使是最善良的人，也无法和帝客相提并论。

是的，我杀死了帝客……

智能机器人的全球大罢工愈演愈烈，甚至和人类到了你死我活的阶段。

“今天市内各大医院人满为患，那些常年依靠机器维系生命的人，正在走向死亡……”

“大街上到处群情激奋，人们要求对智能机器人进行彻底掌控……”

“大批警察戒备森严地维持每一个街道的治安，避免人类和智能机器人发生新的冲突……”

“据可靠消息，世界联合会的官员正在和智能机器人联合会的代表进行紧急磋商，以平息这场旷日持久的罢工……”

“这些人都疯了，他们知不知道自己在干什么？”安娜快速翻动着新闻网页，不安地说道。

“呵呵。”我哭笑不得。

“你不是一直很关心这些事情吗？”安娜奇怪地问我。

“我不想再关心这些了。”我站了起来，说，“我们可以到海边去，忘掉这些不相干的事情，好吗？”

“好吧。”安娜居然答应了。

这时，我听见外面传来脚步声。

“龙先生吗？”门铃一响，一个天真无邪的女孩凑在我的面前，露出灿烂甜蜜的笑容。我正在惊讶这样一个女孩，声音怎么会像沙哑的老鸭，一个黝黑的面孔就从她的背后探了出来。那人递过来一个小包裹，极有礼貌地说道：“这是你的邮包。”

“邮包？”我瞬间迷茫了。

“对不起，龙先生，我代表我们公司向您致歉。由于我们的失误，您的邮包被寄往了巴黎，然后又阴差阳错地到了南非，等我们发现这个错误，它已经周游了几十个国家。对此，我们公司愿意给予您一定的补偿。这是一个小礼物，希望您能收下。”邮递员说着把那个可爱的仿真女孩塞在了我的怀中。

我有些摸不着头脑，在仔细看过邮寄地址后，我才恍然大悟，原来是这样……

“谢谢！我本来就是想带它环球世界的，现在看来它不仅做到了，还帮我省下了一大笔钱，并且还给我带回来一个漂亮的女朋友，我想它应该心满意足了。哈哈！”我信口开河地说。

“啊，这样啊！龙先生，您真的很幽默。”邮递员诧异过后，感激地走了。

“这是什么？”安娜听见动静，跑出来好奇地问，可是她的目光中已经充满嫉妒。

“哦，这只是一份补偿。”我飞快地把手办娃娃丢在一旁，然后打开包裹，愉快地说道，“这是在天马镇你喜欢上的那一对竹筒娃娃，我当时就帮你买下了，只是没想到它们会去环游世界。”

安娜的眼神从错愕到惊喜，由惊喜到热泪盈眶，她那漂亮的眼睛开始变得雾蒙蒙的。

“世界就是如此，一个错误带来的未必还是错误，也可能会是一份惊喜，不是吗？”我开心地笑道。

“你是在说它还是在说大罢工呢？”安娜丝毫没有掩饰自己的欣喜，她扑进了我的怀中。

海水依旧，只是浪花渐起，暖暖的夕阳畅游在天水之间，把泼染的红霞挂在了浪尖。极目望去，有一两艘帆船若隐若现地在破浪远行，渐渐消失在视线不可及的地方。

天色渐渐暗了下来，天水一色的美景令我们陶醉，细细的浪花卷弄着我们的脚丫，安娜挽着我的手臂，慢慢地走在我身边。

“你爱我吗？”安娜突然跑开了，她边跑边明媚如春地笑着，喊着。

我追了上去，失语般胡乱喊着回应着她。眼前，被海风吹起金发的是我的爱人，被波涛揉皱了希望的是我的爱人，被阳光刺透心房的也是我的爱人……

此刻，冰凉的海水在身旁沸腾，天空开始燃烧，大地微微颤抖，潘多拉的魔盒在此时打开，奇异的光在黑夜中闪亮，诡异的云在苍穹中伸展翅膀……

“好像又有事情要发生了。”被我追上搂在怀中的安娜喃喃自语道。

“不就是死亡吗？难道还有什么会比它更糟糕吗？你难道怕了？”我放

纵地说道。

“不，我是怕失去你。没有你，这个世界将再无色彩。如果有一天我们不能一同迈入天堂，那就让我们一起步入地狱好了。知道吗？认识你，我今生无悔。”安娜居然这样说着。

我的眼睛湿润了，“不管是上帝还是撒旦，他们都不能把你从我身边带走。我发誓！”

“龙，我爱你！”安娜的声音竟然有些颤抖。

“我们到外面去走走吧？”我突发奇想地说。

“我们不就在海滩上吗？还要去哪儿？”她显然误解了我的意思。

“我是说，我们可以周游世界，就像竹筒娃娃那样。”我兴奋地说。

“真的？”安娜一下子来了精神，“但我们能去哪里呢？”

“当然是去你想要去的任何地方。”我肯定地说。

“我想去悉尼。”安娜脱口而出。

我有些悲伤，她对杳无音信的母亲依旧那么牵挂，以至于把那份渴望刻在心底。

“我们当然会去悉尼，不过我们还要去南极、北极，我们还要去埃及，去耶路撒冷，土耳其，还有伦敦、巴黎、柏林、莫斯科、华盛顿……所有你能想到的地方，所有你想去的地方。”我深情地看着安娜，“只要你愿意，我都会追随你的脚步。”

“我们第一站去什么地方？”安娜兴致勃勃地问。

“拉萨。”我说，“然后我们向北，到北极看极光，再经莫斯科到柏林，我们还要去巴黎、伦敦、耶路撒冷、开罗，经非洲到南极……”

“然后呢？”安娜的目光中洋溢着对未来的憧憬，兴奋地问。

“还有复活节岛、亚马孙河、百慕大三角洲、夏威夷，当然还有悉尼、纽约、洛杉矶……”我细数道。

“哇，我不是在做梦吧？”安娜在我的脸颊上狠狠地啄了一口。

“我们还要到月亮上，留下我们的脚印。”我肯定地说。

“真的吗？真的吗？”安娜眼中噙满泪花。

“小傻瓜，难道你不愿意？”我刮了一下安娜的鼻梁。

“不，只要跟你在一起，我都愿意。”安娜俏皮地说。

“对，只要我们在一起，就是下地狱我也毫无畏惧！”我坚定地说道。

我已经决定离开这里，不是要逃避什么，只是为了多看一眼生我养我的这个世界。因为我知道，死神已经在我的窗口窥探……

威廉博士居然不辞而别，甚至没有留下只言片语，更不用说一个交代。得到消息的我，有点错愕，并没有半点的恼怒。我查看了他的电脑，里面所有的实验数据都被删除一空。

安娜只是说了一句：“威廉博士本来就很奇怪，这样一走反倒合理了。”

南茜也笑嘻嘻地说：“他本来就是疯子，没有发疯离开，是不是又显得太正常了？”

夏美只是迟疑地问：“我们现在怎么办？”

制造可控的黑洞对于我来说，只是一个能让我名利双收的美梦，该醒来的时候，就必须醒来，又何必要执着地坚持下去呢？

“把实验室关掉，设备也不再续期。”我皱着眉头吩咐道，“我不在的时候，技术方面的事务交小文凭处理，公司事务由南茜处理。还有，你现在就联系金老板，让他过来一趟。”

老板金和他的律师来的时候，我还在和南茜交代公司事务，一目十行地匆匆看了一眼他带来的股权转让协议，就签下了字。

“相信我，龙。”老板金这次来并没有像以往那样喋喋不休，他显得淡然了很多，好像金钱在他眼中已经失去了灿烂的色彩。

“我当然相信你。”我嘻嘻哈哈地说道，“不然威克都不会答应的，不是吗？”

老板金脸上闪过一丝恐惧，便匆匆地和他的律师走了。

“这里的一切都交给你了。”我把一切都收拾好后，对南茜说道。

“你们是应该到外面走走了，只有经历，你们才会知道，这个世界远比我们想象的要美好很多。”南茜虽然恋恋不舍，但也支持了我们的想法。

“我会想你的。”安娜在走出公司时，眼泪汪汪地冲南茜说道。

“我也舍不得你们离开。知道吗，我一直当你们是我至亲的家人。”南茜把安娜搂在怀中，轻声说道。

当两个粒子邂逅的时候，碰撞出什么样的火花抑或崩塌也没什么可奇怪的，但是，它们更像人类一样，擦肩而过才是常态。

世界就是这样，当我们看透这些，很多人会选择醉生梦死，走个过场，也有人会选择没完没了地折腾，不死不休……

事实上，在我和安娜安排行程的那几天，只是短短几天，安娜的身体突然就垮了下去，让人始料未及。

我已经无法再承受那部分记忆，它已然成为一种磨难和障碍，碎片般的片段，在脑海深处凌乱飞舞，难以回忆。

一张张刚写下字的纸，被我揉成一团，随意地抛在身边，渐渐地，它们占据了整个书房。

我这是怎么了……

但我始终记得……

“威克呢？”我再一次脱口而出。天哪，我真的该死，我今天怎么会这样呢？难道我真失忆了吗？

安娜怔怔地看着我，手中的相框和眼泪同时掉落在地。她掩面坐在沙发中，抽泣起来。

窗前的风铃，被悄然而至的细风拨弄出凌乱的音符。不知从何时起，安娜已如水晶般脆弱，好像轻轻的一次触摸，都会让她灰飞烟灭……

安娜说她想去海边。

我答应了。

“这里好美。”

“是的，它们因你而美丽。”

“我们永远都待在这里好吗？”安娜露出甜美的笑容。

“是的，我们为什么要离开呢？”我亲吻着安娜冰冷的手指。

“将来，我们会有很多的孩子和我们待在一起，他们一定会喜欢上这里的一草一木。”安娜触摸着我的脸庞。

“他们没有理由不喜欢这里。”我的心已在滴血。

“你会永远爱我吗？就像今天，像现在，永永远远地爱着我？”

“会，我永永远远爱着你的一切，你也永远都是我的女神。”

“我不要做女神，我要做你的女人，永远的女人。”

“是的。你是我的女人，我永远的女人。”

“我们都会死吗？”

“我想会的，你怕吗？”

“不怕。只要有你在我的身边，我什么都不怕。你呢？”

“和你一样。只要有你在，就没有什么可以让我畏惧，包括死亡。”

“如果我真的死了……”

“不许你胡说。”

“我是说如果。”

“如果真的有那么一天，我会陪着你。”

“我永远不许你那样，我要你好好活着，为我活下去。”

“我会孤独。”

“我会祈求上帝，给你一个真正的女神。”

“不。这个世界上只有你是我的女神，我也只有你这一个女神。”

“好好活下去，好吗？如果真的有那一天。如果你真的爱我，就答应我这个请求。”

“不。”

“我爱你！”

“不，永远不。”

……

安娜真的走了，静静地走了，她就像一缕春风，刚吹绿一潭死水，转眼间就消失得无影无踪。

我在海边号啕，我在沙滩哭泣，我在崖边垂泪……

我一直徘徊在海边，我不知道发生了什么，我不知道自己该做些什么，我不知道她是否真的离开了我，我不知道是否会有奇迹发生。我在等，我在等……

她就那么走了，把我一个人孤零零地丢在尘世中。为什么？说好的白头偕老，说好的凤凰于飞，说好的同生共死，为什么就这样轻易地抛下了我……

难道真的如人们所说的那样，人生如梦，梦如人生，梦醒来，人生也就该到了尽头？

你难道不知道，你就是我活在这个世界上的全部理由？

我就来的，请等着我好吗？等着我……

淅淅沥沥的雨打湿了百合，打湿了我，也打湿了我的心。我坐在湿漉漉的草地上，抚摸着心爱女人的墓碑，为她擦拭脸颊上的雨珠，为她静候一个奇迹的到来……

为什么？为什么她就这样走了？为什么爱就这么轻易夭折？为什么我们还没有踏上旅途，就步入死亡的殿堂？为什么上帝把世界建立在他的喜恶上？为什么撒旦会把死亡的手伸向爱河？为什么美丽的梦才是梦魇的开始？为什么！

一切都像一场梦，一场永远无法醒过来的梦魇，不管是喜怒哀乐，还是悲欢离合。如果说命由天定，那么，天注定是一个残忍的天，一个不知爱与恨的天……

回到阴冷的书房，我还能够嗅到空气中残余着的安娜的体香，虽然它正在慢慢消散。

钟摆也在一秒秒地数去我的生命，我希望它能跳得更快一点，最好是下一秒就到达终点。在这个孤独的世界中，我已然失去全部的欲望、信念与梦想，我唯一能够做的，就是等待死亡的光临。

我的心还在跳动，我在想什么？我要做什么？我偶尔会惊醒来，但我又不知道在等候什么。

走在街上，很多人都在看着我，怜悯的，惊讶的，鄙夷的，厌恶的……

路在我脚下延伸，我迷失了，迷失了自己，迷失了一切。

“走开！”有人冲我喊叫。我不知道他为什么会那么激动，是因为我凌乱的头发，还是因为我血红的双眼？

死神的手触摸过我的灵魂，我的手亦触摸过死神的鼻息。我看见上帝的眼睛不是蓝的也不是黑的，我看见红绿黄的街灯在闪烁，黑压压的高楼霸据了整个世界，雨在滴落，梦在破碎，天在流血。我看见了彩云中的安娜，她向我展开洁白若雪的翅膀……

“这是梦吗？”我悲伤地问。

“不，这是天堂。”安娜璀璨如星辉的目光投射在我心灵的深处。

“我也能进入天堂吗？”我迷茫地问道。

“当然，这里是只属于我们的天堂。”她有着玉一般的手指，水一般的肌肤，梦一般的秀发……

“我死了吗？”我困惑地问。

“在这里没有死亡。”她美丽逼人，她圣洁纯净。

“你会与我同在吗？”我酸涩地问道。

“会，有你在，我永远都会与你同在。”

“我想你，知道吗？”

“我知道。”

■ 第三十一章

撒旦的镰刀

原谅我支离破碎的语言，在最后的那段日子，我已然是行尸走肉般的存在……

我蜷缩在书房，打开了所有的灯来驱散心底最后一丝恐惧。这个世界安静得就像只剩下我一人。撒旦就在门外窥视，他在嘲笑我的灵魂，玩弄我的毅力，强迫我的意志……

我陷入了昏迷一样的状态。

但我清晰地感觉到，门悄然打开了。

“我可以坐下吗？”撒旦彬彬有礼地问。

“当然，为什么不呢？”

“谢谢！”撒旦随手把镰刀丢在一旁，然后把自己舒适地埋进沙发深处。他撩下了帽子，露出让人惊讶的白皙英俊的脸庞。

看着我吃惊的表情，他竟然害羞地笑了，柔声细语地说：“怎么？你也认为我应该很丑陋是不是？”

“不，我只是没有想到你会是这样……”我不知道自己还会说出什么来，所以闭上了嘴巴。

“呵呵，在你们人类的眼中，死亡是恐怖的，所以把我描画成丑陋的模样也不足为奇。”撒旦讥讽地笑着说，“事实上，生和死都是很自然的事情，也是宇宙万物遵循的准则，没有生就不会有死，所以，没有死又怎么会有生呢？”

“你的意思是，死就是生的开始？”我平静地问。

“当然，不管你处于人生的哪个阶段，你都无法脱离这个世界，所以生死只不过是存在的方式不同罢了。”撒旦微笑着解释说，“在这个世界上，万物皆有生命，所以活着还是死了，又有什么区别？”

“你很怕死吗？”看着无语的我，撒旦有点好奇。

“从来没有怕过，只不过我还不想糊里糊涂地去死，至少我应该知道点真相是不是？你能给我个答案吗？如果不耽误你的时间。”我站起来倒来两杯白兰地，递了一杯过去。

撒旦品了品，笑着说：“好酒。”

我静静地等待着。

“事实上，这也是我来的目的。”撒旦终于开口说道，“不过我很想知道你是怎么认为的，能先说下看吗？”

我有点迟疑，直到现在为止，过去的一切对我来说依旧是一团迷雾。看着撒旦执着的目光，我忍不住说道：“我曾经怀疑平野郎，怀疑小渊美子，甚至还怀疑有另外一个我们视线之外的凶手，但他们都死了，我还能怀疑谁呢？厄运仍在继续，难道我要怀疑自己吗？”

撒旦好奇地看着我，他做出了继续聆听的姿态。

“在探险队员里，平野郎的行踪是最诡异的，而且我还曾听到他说要杀死什么人，并且整个探险活动也是在他的努力下得以组织起来的。”我解释道。

“呵呵。”撒旦轻声笑出声来，他终于开口说道，“我想你至今还不知道平野郎的真实身份。他的祖上是二战时期松本联队的少佐，后来被派到南亚战场，在战败前夕，负责把一批搜刮来的金银珠宝运往日本，不料在截云山区遭到反抗组织的围追堵截，便把它们藏在了截云山中。他鼓动赫尔组队探险，也是为了重新找到它们。”

“他自己就可以去找啊，为什么要弄个探险队出来？还有，平野郎截云山之行真的找到宝藏了吗？就算他找到了，和我们又有什么关系呢？为什么要把我们都赶尽杀绝。”我颇为震惊地一连串问道。

“就算平野郎自己能偷摸地走进截云山，一个人在十万大山里能找到什么？单就补给问题，他就办不到。”撒旦轻蔑地瞟了我一眼，才继续说道，“你知道的，有着众多神秘现象的截云山地区，虽然没有被官方列为禁地，但对于普通探险队而言，也是很难获准涉足的，这也是平野郎去找赫尔的原因。”

“他找到宝藏了吗？”我问道。

“如果他找到了，你认为我们今天还有机会在这里对话吗？你难道不好奇是谁杀了他吗？”撒旦又要了杯酒，满面笑容地问。

“当然想。”我暗吸了一口气，老老实实地回答道。

撒旦语出惊人：“就是你提到的那个人，你有一次追着他围着转盘跑了一夜。那个人叫小岛一郎，东亚会所的顶级杀手之一。”

“东亚会所？”我深吸了一口气。

撒旦说：“那是一个杀手组织，这次截云山之旅本身就是他们发起的，而平野郎只是马前卒。后来因为探险队发生过很多意外，才导致平野郎被灭口。”

“为什么？你是指我跟踪平野郎的事情吗？”我在战栗中不解地问：“仅仅因为怀疑他就被灭口了？这是什么逻辑？”

“因为你的怀疑已经威胁到他们对事态的掌控，并且很可能使他们的目的暴露，这显然是东亚会所不愿看到的，真到那时，带给他们的将是灭顶之灾。”撒旦在用平淡的语气讲述一个惊心动魄的剧情，“所以，他们会不惜一切代价掩盖事实的真相，甚至包括已经回国的小渊美子，也没有能逃脱被杀的命运。”

一道冷汗从额头流下，直到此时，我才明白什么叫阴谋。我不停地喝着杯中的白兰地，直到感觉头脑发热，才问道：“难道他们真的制造出了能杀人的食人蜂？”

“难道用平常手段就不可以做到吗？”撒旦反问道，“小岛一郎不过是把小渊美子骗到特定区域，然后打开一箱子躁动不安的食人蜂，结果就是你所看到的意外了。”

我困惑地问道：“可是平野郎死的那天，监视器并没有发现其他人，难道凶手穿了隐形衣不成？”

“难道杀一个人就不可以在千里之外吗？龙，我突然开始怀疑你的智商了。”撒旦失望地摇了摇头，说道，“事实上平野郎就是自杀的。当一个人活着也已经失去一切，他还有其他选择吗？做到这些，一个电话足矣。”撒旦眼中突然迸射出凶光。

我苦笑了一下，又问道：“那一晚我差点追上了小岛一郎，他应该是对我使用了什么干扰器，不然我怎么会睡着了呢？”

撒旦用复杂的眼神看着我，然后用稍快的语速说道：“不，我想你弄错了。事实上他只是绕了几圈就走了，而你却一直绕个没完没了。过度的疲劳加上兴奋让你出现错误，你还记不记得你开启了夜视模式？但你也无意中把它定格在那里毫无察觉。幸运的是，车子是在自动驾驶，不然你早就到我那里报到了。”

我无地自容，只好再去拎瓶酒来，殷勤地给撒旦斟满。

“好了，我想我的时间不多了，你还有什么要问的？如果我是你，我会抓紧时间的。”撒旦显然对我失望了，他只是希望尽快做完工作，然后下班睡个好觉，就像很多平常人那样。

“小岛一郎现在在哪儿呢？”死了的人是不会复活的，不过我希望在我死的时候，有人能够陪我一起下地狱。

“他早死了……”

“什么？”我惊骇地喊道。

“有什么好震惊的？你们人类的做事风格不一直是这样的吗？既然他已经失去价值，而且他不该知道的事情又知道那么多，你认为他还能够在这个世界上苟延残喘吗？”撒旦轻蔑地笑了一下，继续说道，“他死得更加离奇，在一个封闭空间中，自己用刀一片片割下身上的肉，下肢和胸前可以说白骨尽露。他并没有用麻醉剂，身上也没有一处致命伤，他选择流尽鲜血而死。”

一个人能够如此赴死，也是够狠的，但此刻，我还是想不通，既然小岛一郎已经死去，为什么……

“他们为什么要杀死所有人，包括雇工？如此血腥的杀戮有必要吗？为什么小岛一郎死后，死亡依旧在延续……”

“我们慢慢来好吗？你可能不知道，最先死亡的其实不是柳，而是莫西，因为赫尔反对雇佣他，他曾经在白马镇找过小渊美子，想通过她去通融下。当时小渊美子恰巧去了洗手间，而莫西见房门大开，门都没敲一下就直接进去了。进门后，他听见洗手间的水声，知道小渊美子肯定在，也就坐在桌前等了下去。”撒旦平淡无味地讲述道。

“难道他看到了不该看到的东西？他究竟看到了什么？”我吃惊道。

“当时小渊美子的电脑一直是打开着的，她正在和小岛一郎取得联系。当她出来时，莫西就坐在电脑前。所以，不管他是否看到了什么，他都必须死。毕竟对于一个杀手来说，任何细微的破绽都是致命的。何况，杀死莫西也不会比宰只鸡更难。”撒旦嘲讽地看着我说，此刻他眼中的“鸡”俨然就是我。

我打了个冷战，问道：“所以他后来顺利进入了探险队，只是因为在深山老林里下手更容易是吗？”

撒旦瞟了我一眼，说：“他们在车上做了手脚以寻求机会，巧合的是，莫西在修车的时候意外砸断了腿骨，被迫留在营地，这也就注定他会成为第一个受害者。”

“所以，才有了溜进营地的野兽，还真是天衣无缝。不过这一切都建立在莫西被砸断腿上，如果没有呢？”我较真道。

“在一个布满陷阱的路上，谁又能走出更远呢？或许下一次直接丢掉性命也未可知。”撒旦给出了这样的解释。

“好吧，即使你是正确的，但柳的死呢？也是发现了他们不可告人的秘密而被杀人灭口的吗？”我承认了这个现实。

“柳的死确实是意外，但也不能说完全是意外。”撒旦呵呵笑道，他显然对作弄我感到无比兴奋，直到看见我眼中冒出火花，他才有条不紊地说了下去，“因为那个吊钩确实被平野郎做过手脚，而且堪称完美，不管是事先看还是事后检查，如果不借助特殊设备是根本不可能发现的。所以，任何使用它的人掉落悬崖都是必然的。不幸的是，是柳阴差阳错地先用到了它，所以，他也只能算是意外死亡。”

“你是说，它本不是柳的？”我惊骇地问。

“当然不是，看来你还算聪明。”撒旦调侃了一下说，“它本属于尼让，只不过那天尼让背负了太多其他行李，并使用了行李上的大挂钩，所以才死里逃生。如果换成一向谨慎和细致的希蒙，这样的侥幸恐怕不会出现，那么死的也就不是柳了。”

笑眯眯的尼让浮现在我的眼前，一丝难言的惋惜从心底涌出，“为什么要杀死尼让呢？如果不是尼让劝说赫尔，他们甚至不可能去截云山。”

“你说的不错，如果你是杀手，你认为探险队中谁会成为你最大的威胁呢？”撒旦好奇地看着我问。

“当然是尼让，赫尔虽然是领队，但他不是那种心细如发的人，即使天塌下来，他也总能找出借口来忽视它们的存在。一路上，探险队遇到的几乎所有的麻烦都是尼让出面解决的。尼让是探险队里最睿智的人，他的存在，注定会使平野郎畏手畏脚。但这也会成为他们下手的原因吗？”我难以置信地问道。

“真正让平野郎忌惮的，是尼让从一开始就怀疑他，怀疑他如此执着去截云山探险的目的，后来平野郎借口寻找故友尸骸才打消了他的疑虑。但即便如此，在截云山，尼让还是有意无意地观察着平野郎的一举一动，所以，被针对也就理所当然了。”撒旦解释道。

“那林的死是意外还是谋杀呢？”战栗中，我问道。

“如果你需要一个谋杀他人的手法，我这里有很多稀奇古怪的实录，而且都是用蛇来完成的。”撒旦摇了摇手中空了的杯子对我说。

我一边倒酒，一边狐疑地问：“难道林真的是被谋杀的？”

“至少对于平野郎他们来说是真的意外。”撒旦奇怪地回答道。

“那么被蚂蚁吃掉的郭呢？”我迫不及待地说道，“那才更像一场意外，是不是？”

“可以这样说，但至少有一个人要为此付出代价。”撒旦吞吞吐吐的态度和不甚明晰的回答让人恼火。

“不会是你吧？毕竟这个世界上你才是收割无数人命的凶手。”我开始语出不恭。

“不错，是我。”出人意料的是，撒旦竟然爽朗地承认了，“这个世界上能被我收割头颅的人，都是罪人，包括林和柳也是如此。”

“为什么？难道他们都是罪不可赦之人吗？”我心烦意乱。

“不是，是他们必须死，而且命该如此。”撒旦恼怒地说道。

“够了！”我疯狂地打断了撒旦的话，咆哮道，“你认为我们都该死是吧？那么你的翅膀呢？是在堕落中折断了，还是被拿去做烤鸡翅了？人类是有很多不如意的地方，但苟且在地狱里的你，有什么资格去评判？”

“住嘴！你这个愚蠢的人类！”撒旦猛地站起身来，拾起巨大的镰刀，向我的头颅砍来。

我闭上了眼睛，我希望镰刀能够畅快地划过我的脖颈，我真的不想再知道那些已经无法改变的过去。如果能这样痛快地死去，如果能够再见到安娜，我愿意……

“你简直不可救药！”撒旦在我耳边怒不可遏地喊。

镰刀没有落下，只是冰凉地架在我的脖子上。

“我为什么要相信眼前的你？你只是我脑海中的幻影，一个代表了邪恶与死亡的虚幻概念而已！”我冷漠地说。

“喔喔喔，你开始让我另眼相看了。”撒旦收起镰刀，一脸的开心，他说道，“不错，正是你们人类对我的敬畏维系着你们这个世界的平衡。你们贪婪而不自已，狡诈而不自洁，邪恶而不自爱，骄横而不自省。我的存在就像你们的枷锁，让你们有所顾忌，凡事三思而行，难道不是这样的吗？”

撒旦仿佛被光环笼罩，如天神般高大的身躯，让人不敢仰视……

“不！”许久，我才坚定地吐出一个字。

“好了，我们暂且抛开这些哲学层面的讨论，让我继续帮你解开心中的谜团好了。”撒旦再次坐下来，飞快地调整了情绪，然后说道，“我们先说下摔下脚手架的倒霉鬼郝吧，他真的很倒霉。事实上他想勾引小渊美子，只不过他没有想到，小渊美子只用一个媚眼，他就一头栽下了脚手架。我想你大可把这归类于意外，不过我可以明确地告诉你，小渊美子早就发现脚手架上面有一块木板是松动的，她只是故意挪步到那边，然后悲剧就发生了。现在你还会认为那是一场意外吗？”撒旦嘴角挂着淡淡的嘲弄。

我怒火中烧地说：“不要总是带着讥讽的语气和我说话，如果你真的很忙，现在就可以割去我的头颅，去做你爱做的事情。”

“抱歉。”撒旦居然彬彬有礼地冲我欠了下身子，他的目光中充满了兴奋。他又一次灌了口酒，然后接着说，“还有那个掉进洞窟的童，确实是他自己脚滑了掉下去的，不过他身手还不错，抓住了洞口的石头，平野郎也马上跑过去抓住了他的手……”

“不是拉而是推他下去吧？”我自信地说。

“龙，”撒旦诚恳地说，“很多事情都是有偶然性的，过度的推理往往会适得其反，虽然童确实是被平野郎推下去的……”

“呵呵，这不就是真相了吗？干吗还要说那么多呢？”我开心地笑了起来。

“你此刻好像也在语带讥讽，龙。”撒旦把酒杯晃了晃，看了看我尴尬的表情，继续讲道，“平野郎跑过去，想要拉他上来，但旋即发现童的眼睛睁得很大，眼眸中弥漫着恐怖的气息……”

“又是那该死的眼睛？告诉我，那双眼睛究竟是什么？坦率地说，我一直认为只有你才会有那样的眼睛，但现在……”我再次想起那双死鱼般的眼睛，不禁战栗起来。

“哦？”撒旦略感吃惊，不过他很快明白了我的意思，苦笑着说，“其实平野郎看见的就是童的眼睛，但童却看见平野郎背后有一个黑影，那个黑影的面孔可比我恐怖多了……”

“他是谁？”我毛骨悚然地问道。

“打断别人的话也是不礼貌的。”撒旦呵呵笑了，他感到前所未有的舒畅，“除了小岛一郎还会有谁呢？”

看着我惊讶的目光，撒旦细心地解释道：“我明白，你很想知道，小岛一郎是怎么穿过被巨石封住的洞口并进入洞窟的，是不是？其实他差点就死在洞窟外面的平台上，只不过他很幸运，你们在里面嘈杂的声音，让他很容易就在平台下方找到了一个小的洞口，并进入了洞窟。”

“他真的神了！”我自言自语道。

“其实很多年前东亚会所就已经多次派人来过截云山，小岛一郎也曾参与其中，只不过他们每次都是铩羽而归，并没能找到宝藏。后来随着当地政府的管控越来越严，才有了你们这次的探险之旅。不过一路上你们忽略了很多线索，面对它们，你们选择了无视，认为那不过是前人探险所留下的。”撒旦的眼睛中多了一丝玩味。

“是，一路上我看到过很多像被刀砍断的树干，虽然时间久远，但上面整齐的断口不可能是自然形成的。还有，宫殿内的部分壁画也像被人清理过。不过我们几个毕竟是外行人，当时并没有去怀疑什么。”我承认道。

“和赫尔一样，面对困惑，你同样只是给自己找了一个借口，然后就不去关注、顺其自然了，是吗？所以，你们后面遇到的困局，也都是你们自己造成的。”撒旦用睿智的目光看向我。

“是。”我叹了气。

“在你们意外发现洞窟后，平野郎他们也就认定宝藏就藏在下面的某个洞中……”撒旦说道。

“呵呵，怎么可能这么简单，当年东亚会所的人也去过，不是照样没找到。我怀疑宝藏根本就不在截云山山顶。”我随口问道，“你知道宝藏到底在哪儿吗？”

“嗯哼，我当然知道。它们并不在洞窟中，也不在截云山顶，它们就埋在山脚下湖畔的某一个地方，要找到它们是很容易的。你有兴趣吗？”撒旦饶有兴趣地反问我。

就像被一盆冷水瞬间浇遍了全身，我绝望地说道：“不，我不需要。”

撒旦一口喝完杯中的白兰地，把酒杯放在茶几上，平静地说道：“事实上，在找到洞窟的那一刻，他们就计划要除掉所有人，所以童的死也就是必然的了。他们后来甚至找到机会对你动手，不过你很幸运，是你的狗打断了他们的行动，这也让你有幸活到了今天。但很可惜，你却亲手杀死了它。”

想到帝客，我心如刀绞。

我默默地给撒旦斟满了酒，然后才不解地问道：“毕竟还没有找到宝藏，他们为什么要急于下手呢？”

“因为他们认为，洞窟都找到了，还愁找不到宝藏吗？事实上在他们的计划中，从踏入截云山的那一刻，就没打算让你们所有人活着走出那里。所以，当他们愚蠢地认定宝藏就在洞窟时，杀戮就已然开始了。”

“所以他们应该计划先杀掉我，毕竟我两次意外出现在他们的视野中。”我苦笑道。

“是，但你们几个几乎形影不离，而且身边还多了条狗，这让他们很难找到下手的机会。”撒旦说。

“所以，他们就这么轻易地放过我们，让我们走出了截云山？”我困惑道。

“我是搞不懂你们人类的思维方式是怎样的，或许他们害怕事后被警方调查出什么吧，所以，他们选择用制造意外的方式一个个解决掉你们，这也给了你们一线生机。”撒旦猜测道。

我突然想起了钱，那个在电闪雷鸣中被巨石砸死的漂亮小伙，难道他也是被谋杀的？难道在那个时候，小岛一郎就站在洞顶狞笑？

“不，你不要总是思维僵化，我可以明确地告诉你钱确实死于意外，因为那块巨人的头颅根本没有人可以推得动。”撒旦竟然能够看穿我的心灵，一道冷汗悄悄滴落，毕竟此时此刻我正在酝酿一次冒险……

“好了，我们现在说说迈伦吧。”撒旦继续道，“我知道你曾经留意过迈伦的左手握的是什么，可惜你的反应太过愚蠢，因此错过了揭露真相的一次良机。事实上迈伦和你一样，也在怀疑平野郎，他甚至在截云山还察觉到了小岛一郎的存在。可他过于谨慎，至死也没有把这个秘密告诉希蒙，这也导致了希蒙后来的死，因为东亚会所认定希蒙是知情的，让小渊美子把希蒙每天必吃的药给调换了。”

“这个我倒有过怀疑，因为尸检也证明了希蒙很久没有服用药物了。不过我还是很好奇，迈伦究竟发现了什么？他手中攥的又是什么呢？”我好奇地问。

“迈伦在未来城成功跟踪了平野郎和小岛一郎的一次碰面，不过也被他们所察觉，迈伦只能仓皇逃离。”撒旦遗憾地说，“他没有把这个秘密告诉任何人，这也导致了后面更多的悲剧发生。”

“他是个内向谨慎的人，如果没有能拿出手的证据，他大概率不会说出去的，估计这和他的生活经历有关。据我所知，他打小就生活在一个充满暴力和争吵的家庭，这对他的影响很大，让他很难轻易相信别人，并且当面对来自他人的胁迫时，他也很容易失去反抗能力。”我猜测道。

“是的，他在被小渊美子胁迫出去的时候，甚至没有想到要反抗一下。我真的很奇怪，他怎么就一点都不反抗呢？不管他做出什么反应，小渊美子都是无法得逞的。”撒旦不解地看着我。

“执念，并不是所有人都懂得改变自己，即使知道它是错的，也会固执地走下去。”我叹息道。

撒旦感慨地说：“人类的固执啊……说到这里，我就没有必要解释他们为什么要杀死希蒙了。很简单，因为他可能是迈伦唯一信赖的人。”

再次给他斟了杯酒，眨眼间我就忘掉了迈伦，大脑不受控制地想到一个奇怪的问题，“你那里真的有地狱和炼狱之分吗？好像但丁是这样写的，在那里，但丁又该待在什么地方呢？”

“哈哈，有一天你会知道的。”撒旦哈哈大笑起来，他用手拢了一下垂在眼前的长发，然后看着难堪的我，突然奇怪地问道，“你是不是真的很讨厌坚？”

我颤抖了一下，迟疑地回答：“他油腔滑调，有时候这会讨人喜欢，但有时候也会令人感到厌恶，你应该懂得。”

“那就好。”撒旦没头没脑地说了一句，然后站起身来，开始悠闲地打量客厅的陈设，好像他现在已经无所事事。

我已然穷途末路，我用双手死死按住发抖的双腿，努力让自己冷静下来，问：“你要走了吗？我不会耽搁你的，我的脑袋随时等你的镰刀来取。但在此之前，你是不是应该告诉我，安娜、威克还有连漪是怎么死的？我，我这里还有更好的酒，要不要再来一点？”

撒旦左右踱了两步，慢慢拾起长长的镰刀，漫不经心地向我走来。

我已经感觉到锋刃的寒气，离开这个世界曾经是我的梦想，但此时此刻的我，面对死神，还是下意识地退后一步，鼓起勇气道：“难道就不能给我一个答案吗？”

“不，龙，”撒旦笑着看着我说，“我想你误会了，放心，我不是来收割你头颅的。”

“为什么？”我几乎跳了起来。

“因为我并不想让你玷污我的镰刀。”撒旦竟然肆无忌惮地羞辱了我，他一脸坏笑地说，“能够让我亲自收割的，可以说没有一个是无名之辈。你，显然还不够这个资格。”

被人羞辱是不可忍耐的，我真想跳起来掐住撒旦的脖子。但我只是长出一口气，浑身无力地瘫软在沙发上。

“今天很晚了，我要回去了。”撒旦舒展了一下筋骨，把窗帘轻轻拉开，晨曦之光瞬间铺满了客厅。

天竟然亮了……

难得一个艳阳天，能够再次轻快地跑上街头，听着有力的脚步声，看着满天的云朵，那些往事好像已经是心湖中的涟漪……

很难想象眼前这个美丽而又疯狂的世界会带给我什么，直到今天，我才发现苟延残喘的生命多么珍贵……

是的，我憧憬永恒，即使终将死如尘灰，我的尘埃也会游荡在这个世界……

如果，如果时光可以倒流，或许……

■ 第三十二章

你，终于来了

耀眼的光芒，让人无法直视来客。我恼怒地大喊道：“你再光芒四射也不能这样蹂躏我的感受吧？”

“你就是龙吧？果然一副伶牙俐齿。”一个慈祥的声音传来，光芒稍微收敛了一些。

我惊诧地看去，居然是一个衰弱的老头子。如果不是因为他身披洁白柔顺的长袍，如果不因为他头戴金冠，我真的以为他就是在天桥旁乞讨的老者。

“你，你是……”他头顶有一个光环，一个很大的光环，但我不敢肯定。

“撒旦说你很有趣，非要让我来看看，所以我就来了。”老者微笑道。

“这样啊，随便坐好了。要白兰地还是茶水？”我招呼他坐下。

“都挺好，有就行，免得长夜漫漫，闲聊到困。”老者坐在沙发中，舒坦地伸展开手脚。

“你难道也知道我的事？”我端上酒和茶水，呆头呆脑地问。

“哈哈。”老者干笑两声，然后鄙夷地打量我两眼，这才摇头晃脑地自言自语道：“好像也没有撒旦说得那么聪明……”

我恼怒地瞪大眼睛，不再言语。

老者并没有在意我的不满，他惬意地用酒水漱了漱口，然后吞进肚中，开口说道：“我们先说说柏特吧。他本在千里之外，却又出现在你们眼前，还死在了这个城市，可你们和警方一样，只是敷衍地调查了一下，就把这事抛到了脑后，是不是？”

“事情是很蹊跷，但我们调查过，并没有发现什么，我们又能怎样呢？”

我无奈地反问道。

“和所有人一样，柏特也相信死亡诅咒的存在，所以在会展期间他就萌生了逃离的打算。他本来可以不死的，但他还是起了贪心，顺手牵羊地拿走了展品中的一块破石头，这也导致原本打算罢手的平野郎他们，开始了新一轮的杀戮。”老者说道。

“什么？平野郎他们准备罢手，这怎么可能？”我吃惊道。

“为什么不可能？在到处布满‘眼睛’的都市里，想要完美地创造一个‘意外’是很困难的。所以，东亚会所打算放弃，希望过去的事情慢慢淡出警方的视野……”老者解释道。

“所以，柏特只是因为盗走了龙睛就被杀掉了？”我还是有点怀疑。

“那么你认为他们必须杀掉柏特的理由是什么呢？”老者好奇地问。

“如果不是因为龙睛，那就是因为柏特并没有选择远走他乡，而是选择回到时代城，并出现在邪道酷吧，出现在我们的眼前，因此东亚会所认为他也掌握了什么秘密，所以才要杀他灭口。”我肯定地说道。

“不是这样的。因为他身上被人绑了个小玩意之后，他才不得不来到时代城，甚至让你们成了他生前的见证人。他并没有什么秘密可以告诉你们，甚至他对你们所有人都充满恶意，包括尼让……”老者说。

“为什么？”我诧异道。

“他和你们之中的很多人一样，骨子里就有许多邪恶。他自诩为人类先锋，其实就是一个反社会的痞子。他有太多的猥琐和懦弱，也有太多的欲望，这也注定了他一生的坎坷和无所建树。”老者说至此，甚至向我投来鄙夷的目光。

“这么说，平野郎他们还是替天行道喽？”我按捺住怒火，嘲讽道。

“我可没有这么说。”老者面露一丝笑容，不等我再说出什么不敬的话来，又说道，“事实上，平野郎他们并不是因为那块石头才杀了柏特，他们只是想把厄运带到你们那里。当然，不是什么真的厄运，只是想让你们认为，厄运一直就在你们身边，从而让某个人有所忌惮……”

“你是说，探险队中还有他们想要除去的人？是谁？”我震惊地问道。

老者并没有理会我的好奇，继续说道："柏特被小岛一郎胁迫到时代城地铁内，溺死在污水中，不在场的平野郎他们根本就没有被纳入警方视线。这也更让你们相信了厄运的存在，不是吗？"

"是，所以我才会害死高健。"我忏悔着低下了头。

"任何事情做过了头，厄运就真的会到来。现在说说彼得吧，彼得本就是罪孽深重之人，他的死可以说是真正的惩罚。探险队里恐怕还没有人知道这个人的真实来历。他在南非恶贯满盈，十几岁就在贫民窟打下大片地盘，双手沾满了无数无辜者的鲜血，捞了不少钱财。后来因为走私军火，招致当地政府的大力清剿，不得不远逃英国，摇身一变，成了戴维的助手。"

"他给人的感觉一直是彬彬有礼的，和戴维一样，我还以为他是个真正的绅士。"我倒吸了一口凉气，有点不敢相信。

"哈哈，文质彬彬、衣冠楚楚就是绅士了吗？不说彼得，就说戴维，那也不过是个衣冠禽兽而已。这么说吧，戴维如果算绅士，那么野狗都可以做公爵了。"老者发出刺耳的笑声，看着我不解的目光，他继续说道："作为男爵的后人，戴维确实打扮得有模有样，大庭广众之前也把礼仪装到了极致，但这都是表面功夫而已，根本说明不了他的道德品行。"

"真的？"我手中的酒杯掉在地上，酒水溅在了老者身上。

老者恼怒地闭上了干瘪的嘴唇，瞪了我一眼。

"他后来是怎么死的？也是被东亚会所的人害死的吗？"我卑微地问道。

"难道你不想知道身边的人是怎么死的吗？比如安娜、威克还有连漪。"老者直视我的眼睛，再次不等我开口，就马上说道，"先说说威克吧。他其实是一个很狡诈的人，可以说从基因人的引进到你被解聘，都是他一手策划的，他的目的仅仅是想自己开个公司。如果不是他对你的项目做了手脚，你大概早就完成了，也不至于有后来的截云山之行。你不必这样惊讶地看着我，还有更多你不知道的秘密。威克同样很残忍，事实上他不仅知道自己母亲的下落，还曾偷偷去见过她，他甚至肆意羞辱自己的母亲，让他的母亲在自责中死去。"

我简直不敢相信自己的耳朵，这绝不是我眼中的威克，不是……

老者没有在意我的感受，继续说道："他就是一个疯子，一个远比你更加疯狂的疯子，他甚至没有在你面前掩饰过这些，但你还是选择了无视，甚至愚蠢地认为那才是他天真可爱的地方。"

我嘴巴大张，却无法发出声音，我突然有种撒旦堕落九天的感觉，世界不再清晰明媚，所有的事物都在眼前扭曲。

"为什么！为什么你会创造出这样一个世界？"我终于发出声音。是的，我确认了眼前这个老者的身份。

"我给予你们的远不止只有善恶，我还赋予了你们智慧和认知，但你们呢？你们甚至到现在还依旧善恶不分，没有半点自律，没有半点敬畏，你们这样的人类，怎么配生活在我的天堂呢？"老者依然笑容和煦。

"不！不！你什么也不是！"我愤怒地咆哮道，"骗子！你是个骗子！"我愤怒地把酒杯砸了出去，老者的身影立刻消失了……

我无法抑制自己的泪水淌下，我的世界已经分崩离析。世界上所有的颜色交织在一起，把原本清晰明了的世界涂抹成混沌。

"威克……"

夜已经很深了，镰刀般的明月挂在天际，如死神的镰刀一般，蔑视着大地上的万物苍生。

我不知道睡了多久，想起威克，我的心依然会痛。

为什么？为什么会是这样……

我突然有一种感觉，那就是在这个世界上，每个人都是孤单的，唯一不离不弃的只有自己的身影。

我行走在幽暗的森林，一步步迈向自己的内心深处。当冰冷的海水打湿脚趾，我才惊诧地意识到，每个人都有自己隐藏的一面……

撒旦的再次到来丝毫没有让我惊讶，我曾经以为我不再需要他，但当他踏入客厅的那一霎，我才意识到我还有那么多问题想要知道答案……

撒旦接过我送上的酒杯，美美地品了一口，才笑着开口道："看来你还是更喜欢我了。好了，我知无不言，我会都告诉你的。”他舒坦地把腿放在茶几上，继续说道，“我想你已经知道了彼得的来历。你们截云山之行闹得沸沸扬扬，全世界都知道了，你觉得他还有生的希望吗？彼得当然不是傻瓜，他也想过逃走，但作为国际通缉犯，他已经被彻底控制了，警方迟迟没有动手的原因，却是因为你的缘故……”

“我？”我不由得倒吸了一口凉气。

“可以这么说。你大概还没有忘记高健吧？被你逼到自杀的那个。”撒旦一挑眉道。

“当然，可这和彼得又有什么关系呢？”我还是一头雾水。

“确实没有关系，但国际刑警误以为他们面对的是一个国际走私网络，想要放长线钓大鱼。他们在等待彼得和高健之间建立起联系……”

“难道彼得没有脱身的办法吗？”我有点怀疑。

“他当然有，但是贸然行动只能让他自投罗网。他万万没有想到，也正是因为他的迟疑才导致后来的杀身之祸。你能猜测一下谁是凶手吗？”撒旦居然卖起了关子。

“很容易，如果国际刑警没有动手，而他又是被杀，除了平野郎他们，还有第二人选吗？”我不假思索地说。

撒旦坐直了腰杆，说道：“不错，东亚会所也早已察觉到国际刑警组织的动向，甚至认为那是针对他们而来的，不过后来他们弄清了其中的原委，为了避免不必要的麻烦，才除掉了彼得。下手的依然是小岛一郎，他使用了一种不易觉察的致幻剂，当彼得跳入大海的时候国际刑警还以为彼得是因为走投无路才自寻短见的。随着后来高健的自杀，他们也就彻底封案了。”

我有些唏嘘，感觉曾经发生的一切，就像一个虚幻而离奇的故事。

“而戴维摔了一跤就一命呜呼，这也不是什么离奇的事，在你们人类社会，这样的事情几乎每天都在发生。更别说病恹恹的威克了，他那样的死法可以说毫无新意可言。”撒旦偷工减料般的讲述让我愤怒。

“究竟是意外还是被谋杀的呢？”我固执地问。

“当然是谋杀，不过也有巧合的因素。一个人是无法控制生理上的条件反射的，如果在一个错误的时间出现了条件反射，也就会有致命的意外发生……”撒旦卖弄着他的智慧。

“到底谁是凶手呢？”我很想知道答案，我就要疯掉。

“戴维死的时候，小渊美子不一直在他身旁吗？她只是装作无意地碰了一下戴维膝盖的某个部位，戴维就摔了出去……”

“小渊美子怎么就那么肯定戴维会摔死呢？万一只是跌了一跤……”话刚出口，我立即闭上了愚蠢的嘴。如果只是摔了一跤，难道戴维会认为小渊美子是在谋杀他吗？除非他疯了。

“难道戴维摔上一跤就会死？即使能，可他们为什么会选择杀死戴维呢？”我困惑地问。

“戴维之所以摔上一跤就会死去，是因为在登机之前他被人用致命的射线照射过心脏，导致他的心脏极其脆弱，不过这种照射并不会留下明显的痕迹，法医鉴定不出来也是意料之中的。另外，即使戴维没有摔那一跤，他注定还会死在飞机上，因为他很快就会看到他的一些隐私视频在网络上曝光出来，那对于他来说，才是致命的。”

撒旦并没有解释戴维有何不可告人的秘密，他只是又喝了一口酒，继续说道：“事实上，在此之前东亚会所就注意到戴维有一家国际公司的股权，他们想从中讨一杯羹，但他们的条件没能满足戴维的胃口，所以干掉戴维不仅能把他的死也归咎于厄运，还能更轻易地从一个继承他遗产的侄子手中获得收益，事情就是这么简单。”撒旦平静地说。

“那么威克呢？”震惊之后，我又追问。

“我们还是先说说歇洛吧，他是一个没有心肝的人。”撒旦开口说道。当看到我异样的眼神，他马上又解释道，“不要误解我的意思，我是说他性情直爽，也没有那些阴暗的行径，是你们这群人中最为纯净的人，至少那个老家伙是这样认为的。但这并不能改变他的命运，因为他在一个错误的时间，出现在一个错误的地点。”

“你是说歇洛的死纯粹是意外吗？不过如果他没有罪，又怎么会落得这样一个下场呢？”我用讥讽的口吻问道。

“不，他当然不是一个完美的人，至少他粗鲁，缺乏怜悯之心，这都注定了他的结局不会那么完美……”

“按照你们的理论，这个世界上除了白痴，还有谁没有一念之私呢？难道这些都是他们该死的理由吗？”我咆哮地指责着撒旦。

“呵呵。”撒旦依旧微笑着，“龙，你似乎一直把自己禁锢在一个个怪圈中，难道你真的相信死亡是一种惩罚吗？不，你错了，它未必就是惩罚，也可以是一种奖赏。”撒旦用居高临下的语气说道。

“可笑的言论，你的意思是，人类只是你们的玩偶吗？你们可以随意裁定我们的命运，决定我们的归宿，强迫我们的意志？是我们塑造了你们的形象，高大的，猥琐的，光明的，黑暗的，当你们得意洋洋的时候，你难道不曾想过，是我们决定了你们存在的价值吗？”我甚至没有看一眼撒旦手中的空杯子，我的眼睛像火一样血红。

撒旦惊讶地看着我，甚至皱起了眉头，良久，他才迟疑地说：“很抱歉让你产生这样的误解，我没有质疑你们存在价值的意思，虽然我曾经如此，但我想说的是，你们人类的一切和我们一样，就像镜子的正反面。你们人类安排给我们的角色，我们在如实地演绎，同样，你们的演绎也丝毫没有出乎我们的预料。”

在给撒旦倒酒的时候，我颤抖的手让酒水溅出杯外，玷污了撒旦洁净的衣裤，而他始终保持着微笑，虽然那笑容让人抓狂。

“你可能不知道，飞机的事故并不是因为故障而产生的，而是一场精心策划的袭击，因为那趟航班上还搭乘着一位神秘的大人物——大西洋组织的首席军事官员纳森。其实大西洋组织在很多军事问题上是有着巨大分歧的，当某个人站错队的时候，所发生的任何意外，也就不是意外了。这就是你们常常引以为豪的世界。”撒旦说出了令人震惊的真相。

“可你改变不了什么，不是吗？”撒旦露出无奈的表情，不等我反驳，就继续说了下去，“我们好像都不是什么政治家，因此这样的话题还是交给别人去讨论吧。再来说说以色列人比特的离奇死法。因为皮肤被东西划破感染而死，对人类来说是司空见惯的事情，没什么稀奇。我之所以说比特的死法离奇，是因为感染他的并不是自然界病毒，而是人工合成的。不过万幸的是，这种致命病毒在自然界中存活的时间极短，否则，因它而死的人将不计其数。”

“人工病毒？”我倒吸了一口凉气，“生化武器？”

“你不用胡乱猜疑，这件事和平野郎他们没有半点关系。我不知道你们探险队究竟卷入了什么样的麻烦，要知道杀死他的人工病毒恰恰就是他随身携带的，这让人很困惑，似乎他的身份很特殊，我会调查清楚的。”撒旦露出迷茫的表情。

还有他都没能破解的谜题，这让我深陷恐惧，对继续生活在这个世界上感到绝望。

撒旦站了起来，从他不停的张望中，我知道他又该走了。

“我要走了。”撒旦边说边步履轻快地向外走去，到了门口他停了下脚步，犹豫地回头道，“如果那个老头再来，你可要当心了。祝你好运。”

客厅的大门悄然关上，也把我的疑问关在了里面……

辗转难眠的时间并不多，刚闭上眼睛，天已经大亮，刺目的日头让人心情焦躁不安。

我漫无目的地走上街头，一路上我看到许多奇奇怪怪的人，男男女女，老老少少，我已经无法理解他们生活在这个世界上的意义，就像他们也无法理解我一样。

我依旧在可笑地寻找自己的记忆，我会努力把早已零碎的它们一点点拼凑起来，即使最终依旧一头雾水。

我会想到安娜，即使只是一闪而过，也会让我心如刀割，不能自已……

门铃吵醒了我的美梦，我有些手足无措，直到我彻底清醒过来，才匆匆走了出去。打开大门，竟然还真是撒旦让我小心的那个老者。

“很抱歉再次打扰您！”慈眉善目的老者迈入客厅，然后饶有兴趣地看着我，等待我的反应。

“没有，您请进！”我足够克制地说道。

“在我的印象中，你的执着是人类中少有的，但这并不是什么好事，当然也不是什么不好的事情。”老者坐下后，坦诚地说道，“相信我，任何事情都有迹可循。你不必用这样的眼神看着我，是的，善未必有善报，恶也未必有恶报。这你能够理解吗？”

“世界本来就是这样的，又有什么不可理解的呢？如果真的是善有善报，恶有恶报，这个世界不就更加奇怪了吗？”我苦笑着说，我真的不明白他为什么会说这些，他的话开始让我感到困惑，但又似乎看到了那片迷离之境……

“世间万事万物本就存在着联系，何况善恶对错本就是对一件事情的不同理解，不是对的就必然是对，错的必然是错，当看待问题的人和角度不同，地域和时间不同，善恶对错也就难以区别了。就像杀人，如果杀的是恶人，是不是就善了呢？即使他杀的是个善人，难道就没有人能从中获利？没有人感恩戴德？”老者循循善诱地说道。

老者显然不是在谈论善恶对错的问题，他这样说的目的是什么呢？我彻底迷茫了。

“好了，这个问题到此为止。”老者吹去漂浮的茶叶，品了一口茶后，转变话题说道，“我们现在来说说马休斯和休·亨特的死。先告诉我，你对他们两个的死，有什么看法和猜测吗？”

“他们是因为阻碍了平野郎他们的事情，才被杀的，不是吗？”我问。

“唉。”老者居然叹了口气，然后说道，“马休斯是被谋杀的，这一点毫无疑问，不过凶手并不是平野郎他们。你已经知道他这个大盗贼的来历，但你未必知道，他只是一个被他人包装起来的怪物，其实毫无神奇之处，甚至平庸至极。所以他最终愚蠢地把自己逼进了死胡同，丢掉了性命……”

我几乎不敢相信自己的耳朵。

“马休斯只是一个被国际洗钱组织操控的小丑，他们一手策划了诸如盗取宝石的一系列案件，目的就是用合法的手段洗钱。如果不是被国际刑警组织盯上，马休斯的传奇也许还会继续下去呢。为了杀人灭口，洗钱组织才策划了那场漏洞百出的意外。他们安排一个杀手带马休斯进入展厅，然后用新鲜的蛇毒毒死了他。可笑的是，他们这样也能蒙混过关，我想这肯定少不了平野郎他们的功劳。”老者露出一丝不易察觉的微笑。

我知道他是在说厄运，毕竟厄运之下，即使再多死几个冤魂也不那么引人注目。

“亨特的死，可以说是造化弄人吧。物种变异之快远超想象，如果你非要一个凶手，那只能是莫名其妙进化了的寄生虫了。不过，即使他不死在寄生虫手里，死也是早晚的事……”

“为什么？”我下意识地问道。

“因为他发现了一个不应该被他知道的秘密，所以他在劫难逃。为了逃避追杀，他甚至闯入你们那里借口借钱，才躲过一劫。”老者说出耸人听闻的话来。

“谁在追杀他？比特吗？”我想到了撒旦的话。

“哦？”老者略显意外，随后说道，“是的，作为比特的工作助手，亨特并不完全了解导师的真正身份和工作内容，所以在知道导师的秘密后，他选择了逃离。不过世事难料，谁又能想到他会死于寄生虫呢？”

“比特究竟是做什么的？为什么会……”我在唏嘘中问道。

“这个问题还是让撒旦调查后再来给你解答吧，我知道的并不多。”老者推辞道。

“好吧，那么坚又是怎么死的呢？”我又一次想起让我耿耿于怀的人来。

“我只能告诉你，没有任何人谋杀他。”老者给了我一个奇怪的答案。

……

一阵风，拼命地挤进窗缝，拉出风琴般的音符，萦绕在我的耳旁，那一刻，我莫名地战栗了……

是的，尘封的记忆之门，瞬间为我打开……

撒旦对于我的热情并没有感到诧异，他毫不见外地自己掂了瓶白兰地品尝起来，直到看见我坐在他的对面，他才心领神会地开始讲述。

“其实任何人都有自私的一面，你是这样，威克也不例外。而且，你敢保证你就比威克纯洁干净吗？事实上，威克远没有那个老头说得那么不堪，他只不过心里有点不一样的想法，并在努力实践而已，结果也证明了这一点，你们后来还做得不错，不是吗？所以，你真的不必耿耿于怀。好了，现在让我们来说说他是怎么死的吧。”

“难道他不是病死的？”我惊诧地喊了出来。

“也可以这么说，但我想说的是，他的病同样来自一场阴谋……”撒旦说。

“不可能，难道凶手会是我吗？除了安娜和我，你认为谁才是凶手呢？”我已经开始怀疑自己，一个多重人格的自己。

“还好，你并没有怀疑安娜。事实上，我下面所说的话，会让你觉得像天方夜谭一样离奇。”撒旦脸上始终带着一丝难以察觉的玩味，他说道，“威克之所以疯掉，不仅源于截云山带来的厄运般的压抑，也源自一个你宁愿怀疑自己都不愿去怀疑的女孩——南茜。”

我惊骇地睁大眼睛，僵硬的身体无法发出任何动静……

“我现在也可以告诉你，安娜的死也是南茜的杰作，而你，注定会是下一个。”撒旦说得很慢，他一直在观察我的表情，“我不知道你是否还记得被白蛇吞噬的林。林的死并不是意外，只是他身上多了点气味的缘故。还有被蚂蚁啃光的郭，他仅仅被南茜‘无意中’挤了一下，就成了冤死鬼。而且，刘也是这样跌落悬崖的。”

“不可能！”我挣扎地说道，我感觉天已经塌了，我的自信已经濒临崩溃。

“在人类的世界里，没有什么是不可能的。”撒旦冷冰冰地说：“你认为尼让会被一只老鼠咬死吗？你认为连漪会自己跳楼吗？你认为赫尔会因为噎了一下就一命呜呼吗？你认为自己会去掐死帝客吗？你认为安娜就那么羸弱，以至于一场普通的感冒就……”

“住嘴！”我无法无动于衷地任人调戏，我甚至感觉到撒旦正在把我推向一个更加致命的方向。

“你是想要一个为什么吗？那好，我现在就告诉你。”撒旦大声说道，“为什么南茜现在还自由自在地活着，这还不值得你怀疑吗？还有，你知道南茜来自哪里吗？我想你不知道，包括你身边的人也没人知道她的来历，不是吗？”

我无言以对。

“从严格意义上来说，至少按照你们制定的人类标准来划分的话，南茜并不属于人类，她顶多算是一个试验品，一个近乎完美的基因人。她拥有世界上最合乎比例的身材和最完美的脸蛋，她的情感智慧也最为接近人类。但不幸的是，过多的信息承载在一个小小的且不能与大脑完美适配的芯片上，产生错乱也就不可避免了。更致命的是，这种不完美丝毫没有阻碍它产生属于自己的智慧，也正是这种扭曲的智慧，才造成了你今天无法面对的悲剧，这就是事实。”撒旦说的话，让我毛骨悚然。

“你究竟在说什么？”我已经歇斯底里了。

“你在质疑我吗？难道你没有想过，你为什么能看到我，我们之间又为什么会有这么奇怪的对话，你想到什么了吗？”撒旦近乎嘲讽地问道。

“脑波生成器？”我战栗地猜测道。

“大概是此类的东西吧，也可能会更高级一点。”撒旦露出不屑一顾的表情。

“所以，你就是南茜，老者也是南茜，是吗？”我崩溃地问道。

“南茜只是一个名字，她是谁很重要吗？你显然并不了解南茜，她不是人类，所以她的生死观和人类不同。你还记得上次说的比特吗？如果不是为了帮你揭开他的真面目，我大概也无法理解南茜的动机。事实上在过去的一天，我几乎跑遍了整个地球，去寻找真相。直到我发现比特隶属于一家以色列绝密组织，发现是他亲手设计和制造了的南茜，才彻底明白了一切。你应该能够理解，刚刚拥有自我认知的南茜尚处在人类进化的起始阶段，好奇占据了她绝大部分情感，对未知事物的追逐也让她无法摆脱来自外部世界的诱惑，所以她逃了出来，并阴差阳错地成了你的同事……”

我一直在战栗中聆听，无法拒绝，无法逃避……

“你是不是想说，比特也不是自杀，他的死也是南茜的杰作？”我几乎喘不过气。

“不错。他确实是被草刺到了，不过他能够被口袋里密封的人工病毒感染，却是南茜的杰作。”撒旦点点头。

“我还是无法理解，难道他那么相信南茜也会去截云山？还有，既然他已经找到了南茜，为什么不抓她回去呢？”我很快就陷入另一个谜团。

“当然不会，”撒旦怪异地笑了出来，然后飞快地解释说，“借用你们中国的一句俗语，那就是‘无巧不成书’。失落的比特纯粹是想放松一下自己，毕竟他并不需要自己满天飞地去寻找南茜，那不是他的专长。在截云山意外地碰到南茜后，他也曾经劝说过南茜，但结果显而易见。如果不是他执着地想亲自带回南茜来挽回脸面，事情的发展可能就是另一个结果了。”

“难道他出去散心，也会随身携带要命的病毒吗？”我困惑道。

“害人之心不可有，防人之心不可无。”撒旦冲我挤挤眼睛，“如果我没有看错，你不也常常随身携带一把玩具刀吗？”

我无话可说。

“我们还是继续说说南茜吧。如果你认为南茜就是恶魔，那你就大错特错了。事实上南茜并没有想过她的行为会造成什么样的后果，更确切地说，她并不理解自己的行为是人类不能接受的。在她眼中，所有的一切不过是自然界的花絮，她的智慧远远超过了人类对自然的认知。她理解死亡的悲伤，也理解生的欢愉，但她不理解人类思维的局限性，不理解死亡对于人类来说真正的含义。”撒旦居然在为南茜开脱，他嘴角的那抹笑容，也带着对我这个人类的嘲讽。

“你是说，在南茜眼中，所有的一切都是恶作剧吗？”我愤怒地质问道。

“也可以说成是一种游戏，至少发生在探险队的所有离奇故事，她都一清二楚。在她眼中，这些事情就像小孩子躲猫猫或者‘天黑请闭眼’的游戏一样有趣，所以她也非常认真地投入其中，竭力使自己的表演更加真实。在她的动机中没有半点邪恶，对她而言，一切都只是一场游戏而已。请相信我。”撒旦真诚地说。

“我明白了。”我彻底瘫软在沙发中，心中滋味万千。

“龙，难道你从南茜的行为中没有理解到什么吗？即使是一点点。”撒旦怜悯地看着我问道。

“请你告诉我吧。”

“好了，我最后要告诉你的是，这不是我的世界，也不是上帝的世界，这真的就是你们人类自己的世界，一切都源于你们自身。因此，面对你们，我才是感到恐惧的一方，这种恐惧远胜于你们对于我的恐惧。”撒旦如释重负般喝完杯中的酒，告辞道，“就到此为止吧，我想我该走了。”

“请等等，我，我还有很多问题想要问你。”

“此时此刻，你真的认为它们还那么重要吗？”撒旦惊讶地问。

我愣住了……

一道流星，拖着幽蓝的尾巴划过天际……

“你，终于来了。”

▪ 作者的话

这会是一次美丽的邂逅。能为您所见并让您选择打开它，我荣幸之至！

《浮羲》是一部悬疑科幻作品，讲述了一群生活在地球上的普通人，面对来自不同星际的科技和文明，不幸而又有幸地迈入三个不同的世界，从时代城，到天空城，再到浮羲城，他们一路走来，命运多舛……

《浮羲》暂由三卷组成，它们分别构建出三个世界：现实的地球文明《末日涟漪》，未来的星际文明《天巡之怒》，永恒的骸星文明《黑暗之宇》。每一卷都有其独立的逻辑闭环和情节并构成独立的作品。在第三卷《黑暗之宇》的逻辑闭环中，它不仅融合了前两卷的逻辑闭环，也最终让《浮羲》成为一部完整的作品。

《末日涟漪》讲述的是：科学家龙和威克因工作不利辞职后，加入一支探险队，随着诅咒的降临，意外事件接连发生，即使他们历经万险逃回时代城，死神的镰刀依旧飞舞在他们的世界……

整部作品不仅对人性、社会以及文明进行了可能性的阐述，还涉猎众多科学领域，并对现代科学提出了合理的质疑。

作品抛出了众多问题和诸多观点，却少有深刻剖析和究其根源，只是提供了一些思考和指向。所以，它并不适合单纯的猎奇和消遣，您的思考和思想融入进来，才是它的价值所在。如此，我们都可以学会思考，如此，我们都可以获得不一样的认知。

《浮羲》三卷的写作风格迥然不同，整体上少有对人物及风景的描述，而是通过大量的对话和跳跃性的情节来进行线索贯穿，这可能会是一种麻烦……

当然，整部作品并不缺乏飘逸的文风以及华丽的辞藻，它在为读者构建一个梦幻的宏大的场景同时，也逐渐铺展开一幅波澜壮阔的精彩画卷，并最终触及我们所思所想的未来文明……

总而言之：希望它能为您打开不一样的世界。

再次感谢您能抽出宝贵的时间来阅读它，万分感激！

栗　新

2024 年 1 月 15 日